LA VOIX

DU MÊME AUTEUR
CHEZ LE MÊME ÉDITEUR

La Cité des Jarres

La Femme en vert

ARNALDUR INDRIDASON

LA VOIX

Traduit de l'islandais
par Éric Boury

Traduit avec le concours
du Centre National du Livre

Éditions Métailié
5, rue de Savoie, 75006 Paris
www.editions-metailie.com
2007

Titre original : *Röddin*

Published by agreement with Edda Publishing, Reykjavik

ISBN : 978-2-86424-600-8

"Oh, où suis-je donc,
Maintenant que s'abat l'hiver
Et où ont fui les fleurs
Le soleil
Et l'ombre rafraîchissante de la terre?
Résonnent les murailles,
Muettes et glaciales,
Grincent les girouettes
Dans la tempête."

Extrait de *Au milieu de la vie,* Friedrich Hölderlin
(Traduction islandaise: Hannes Pétursson)

Enfin, le grand moment arriva. On tira le rideau, la salle s'ouvrit et il se sentait comme le plus précieux des objets en voyant tous ces gens qui le regardaient; sa timidité s'évanouit sur-le-champ. Il nota la présence de quelques-uns de ses camarades d'école, de quelques professeurs, et là-bas, il vit le directeur qui, semblait-il, lui adressait un signe de tête bienveillant. Cependant, le nombre de ceux qu'il connaissait dans le public était très réduit. Tous ces gens étaient venus ici afin d'entendre la merveilleuse voix qui avait suscité l'intérêt au-delà des limites du pays.

Les chuchotements diminuèrent peu à peu et tous les yeux se tournèrent vers lui, dans une attente silencieuse.

Il vit son père, assis au centre du premier rang, les jambes croisées, avec ses épaisses lunettes à monture de corne noire et son chapeau sur les genoux. Il remarqua qu'il le fixait derrière ses lunettes et qu'il lui souriait pour l'encourager; c'était un moment d'une telle importance dans leur existence. A partir de cet instant-là, plus rien ne serait comme auparavant.

Le chef de chœur leva les bras en l'air. Le silence se fit dans la salle.

Alors, il commença à chanter de cette magnifique voix limpide que son père disait céleste.

PREMIER JOUR

1

Elinborg les attendait à l'hôtel.

Un imposant arbre de Noël trônait dans le hall et partout, il y avait des décorations, des sapins et des boules scintillantes. D'invisibles haut-parleurs entonnaient le *Douce nuit, sainte nuit.* De grands autobus étaient garés devant l'hôtel et leurs passagers s'attroupaient à la réception. C'étaient des touristes étrangers venus passer les fêtes de Noël et du nouvel an en Islande parce que, dans leur esprit, l'Islande était ce fascinant pays où l'aventure est au coin de la rue. Ils venaient à peine d'atterrir qu'un grand nombre d'entre eux semblait déjà avoir fait l'acquisition de pull-overs islandais. Tout excités, ils procédaient aux formalités d'enregistrement dans cette étrange contrée de l'hiver. Erlendur balaya les flocons de son imperméable. Sigurdur Oli parcourut le hall du regard et repéra Elinborg à côté de l'ascenseur. Il donna un coup de coude à Erlendur et ils se dirigèrent vers elle. Elle avait déjà examiné la scène du crime. Les policiers arrivés en premier sur les lieux avaient bien pris garde à ce que rien ne soit déplacé.

Le directeur de l'hôtel les pria d'agir avec autant de discrétion que possible. C'étaient les termes qu'il avait employés au téléphone. Il s'agissait d'un hôtel et le succès des hôtels dépend de leur réputation. Il leur demanda donc de prendre ce fait en compte. C'est pourquoi il n'y avait ni sirènes au-dehors, ni policiers en uniforme qui s'engouffraient au pas de course dans le hall. Le directeur avait précisé qu'il ne fallait sous aucun prétexte éveiller l'inquiétude dans l'esprit des clients de l'hôtel.

Il ne fallait pas que l'Islande devienne trop fascinante ni qu'elle offre trop d'aventure.

Il se tenait maintenant aux côtés d'Elinborg et saluait Erlendur et Sigurdur Oli d'une poignée de mains. Il avait un tel embonpoint que son costume parvenait à peine à l'envelopper. La veste était fermée par un seul bouton au-dessus de l'estomac et le bouton en question était sur le point de céder. La ceinture du pantalon disparaissait sous son énorme bedaine, engoncée sous la veste, et l'homme suait tellement qu'il lui était impossible de se séparer de son grand mouchoir qu'il se passait régulièrement sur le front et derrière la nuque. Le col blanc de sa chemise était trempé de sueur. Erlendur saisit sa main toute moite.

– Tous mes remerciements, déclara le directeur en soufflant comme une baleine accablée sous le poids des ennuis. Il dirigeait cet hôtel depuis une bonne vingtaine d'années et ne s'était jamais trouvé dans semblable situation.

– En pleine affluence de Noël, soupira-t-il. Je ne comprends pas comment une telle chose peut se produire. Comment une chose pareille peut-elle arriver ? martela-t-il ; les policiers ne manquèrent pas de noter combien l'homme était désemparé.

– Il est en haut ou en bas ? demanda Erlendur.

– En haut ou en bas ? soupira le gros directeur. Vous me demandez s'il est monté au ciel ou quoi ?

– Oui, répondit Erlendur, nous avons besoin de cette information.

– Alors, on prend l'ascenseur, non ? demanda Sigurdur Oli.

– Non, rétorqua le directeur en lançant à Erlendur un regard excédé, il est en bas, à la cave. Dans une petite chambre. Nous n'avons pas voulu le mettre à la porte et voilà que ça nous retombe dessus !

– Et pour quelle raison auriez-vous voulu le mettre à la porte ? demanda Elinborg.

Le directeur la regarda sans répondre.

Ils descendirent lentement un escalier situé à côté de l'ascenseur. C'était le directeur qui ouvrait la marche. La descente de l'escalier représentait pour lui un effort considérable et Erlendur se demanda comment l'homme allait faire pour le remonter.

Ils s'étaient mis d'accord pour faire preuve d'un certain tact. Erlendur excepté. Et ils essayaient de se montrer aussi discrets que possible en ce qui concernait l'hôtel. Trois voitures de police étaient stationnées à l'arrière du bâtiment ainsi qu'une ambulance. Policiers et ambulanciers étaient entrés par la porte de service. Le médecin légiste était en route. Il allait confirmer le décès, puis il appellerait une voiture mortuaire.

Ils avancèrent dans un long couloir, précédés par la baleine essoufflée. Les policiers en uniforme les saluèrent. Le couloir s'assombrissait au fur et à mesure qu'on y progressait parce que certaines des ampoules du plafond étaient grillées et que personne ne s'était occupé de les changer. Ils parvinrent enfin à une porte dissimulée dans l'obscurité qui ouvrait sur une petite chambre. Celle-ci ressemblait plus à un cagibi qu'à un endroit habitable, cependant elle abritait tout de même un lit étroit et un petit bureau, il y avait un paillasson en loques sur les dalles crasseuses du sol. Une petite fenêtre se trouvait à hauteur du plafond.

L'homme était assis sur le lit et adossé au mur. Il était vêtu d'un costume de Père Noël rouge vif et avait encore sur la tête le bonnet qui lui avait glissé sur le visage. Une barbe blanche fournie dissimulait son visage. Il avait détaché la grosse ceinture qui lui enserrait le ventre et déboutonné sa veste. Il ne portait rien d'autre qu'un maillot de corps en dessous. Il avait une blessure mortelle à l'endroit du cœur. Son corps portait d'autres blessures mais celle qu'il avait au cœur lui avait été fatale. Il avait les mains couvertes d'égratignures, comme s'il avait essayé de se défendre pendant l'agression.

Son pantalon était baissé. Un préservatif pendouillait sur son membre.

– Quand tu descendras du ciel, avec tes… chantonna Sigurdur Oli en regardant le cadavre.

Elinborg lui cloua le bec d'un "chut!".

Dans le cagibi se trouvait un petit placard ouvert où apparaissaient des pantalons pliés, des chandails, des chemises repassées, des sous-vêtements et des chaussettes. Un uniforme bleu nuit orné d'épaulettes dorées et de boutons de laiton était suspendu à un cintre. A côté du placard : des chaussures de cuir noir impeccablement cirées.

Des journaux et des magazines étaient posés à terre. A côté du lit, il y avait une petite table de nuit et une lampe. Sur la table, un livre : *A History of the Vienna Boy's Choir*.

– Il habitait ici, cet homme-là ? demanda Erlendur en examinant les lieux. Il était entré dans la pièce, accompagné d'Elinborg, alors que le directeur et Sigurdur Oli étaient restés sur le pas de la porte. Il n'y avait pas assez de place pour eux à l'intérieur.

– Nous l'avions autorisé à occuper cet endroit, déclara le directeur, mal à l'aise, en essuyant la sueur de son front. Il travaillait chez nous depuis longtemps. Avant même mon arrivée. Comme portier.

– Cette porte était ouverte quand vous l'avez découvert ? demanda Sigurdur Oli s'efforçant d'adopter un ton aussi formel que possible, comme pour faire oublier ce qu'il avait chantonné l'instant d'avant.

– La femme qui l'a découvert est à la cafétéria du personnel. Je lui ai demandé de vous attendre, dit le directeur. Elle a reçu un sacré choc, la pauvre, comme vous devez l'imaginer.

Le directeur évitait de regarder à l'intérieur de la chambre.

Erlendur s'approcha du cadavre et examina la blessure avec attention. Il ne parvenait pas à se représenter le type de couteau qui avait pu causer la mort de l'homme. Au-dessus du lit, une vieille affiche de film jaunie représentant Shirley Temple était fixée par du ruban adhésif sur les coins. Erlendur ne connaissait pas le film en question. Il s'appelait *The Little Princess.* La petite princesse. Ce poster était l'unique décoration de la chambre.

– Qui est-ce ? demanda Sigurdur Oli depuis le seuil de la pièce d'où il regardait l'affiche.

– C'est écrit dessus ! répondit Erlendur. Shirley Temple.

– Au fait, c'était qui, déjà ? Elle est morte, non ?

– Qui était Shirley Temple ? demanda Elinborg, atterrée devant l'inculture de Sigurdur Oli. Tu ne sais pas qui c'était ? Ce n'est pas toi qui as étudié en Amérique ?

– C'était une star de Hollywood, non ? demanda Sigurdur Oli en regardant l'affiche.

– C'était une enfant vedette, informa sèchement Erlendur. Par conséquent, elle est morte depuis bien longtemps et ce, qu'elle le soit réellement ou non.

– Hein ? répondit Sigurdur Oli qui n'entendait décidément rien à rien.

– Une enfant star, reprit Elinborg. Je pense qu'elle est encore vivante, mais je ne me souviens pas. Je crois qu'elle fait des choses avec les Nations unies.

Erlendur se fit la réflexion que la chambre ne contenait aucun autre objet personnel. Il examina les lieux mais ne vit ni bibliothèque, ni compact discs, ni ordinateur, ni radio, ni télévision. Rien qu'un bureau avec une chaise, un lit avec un oreiller usé et une housse de couette maculée. Ce cagibi lui rappelait la cellule d'un prisonnier.

Il avança plus loin et scruta l'obscurité au fond du couloir, il perçut une légère odeur de brûlé, comme si quelqu'un s'était amusé à craquer des allumettes à cet endroit afin d'éclairer sa route.

– Qu'y a-t-il là-bas ? demanda-t-il au directeur.

– Rien du tout, répondit-il en levant les yeux au plafond. Rien d'autre que le bout du couloir. Il manque quelques ampoules, il va falloir que je m'en occupe.

– Il vivait ici depuis longtemps, cet homme ? demanda Erlendur en se tournant à nouveau vers l'intérieur de la chambre.

– Je n'en sais rien, ça date d'avant mon époque.

– Il était déjà ici quand vous avez obtenu le poste de directeur de l'hôtel ?

– Oui.

– Vous êtes en train de me dire qu'il a passé vingt ans dans ce cagibi ?

– Précisément, oui.

Elinborg regarda le préservatif.

– En tout cas, il pratiquait le sexe sans risque, commenta-t-elle.

– Enfin, pas suffisamment, ajouta Sigurdur Oli.

A ce moment-là, le médecin légiste apparut, accompagné par l'un des employés de l'hôtel qui disparut à nouveau dans le couloir. Le médecin était extrêmement corpulent même s'il n'y avait aucune commune mesure avec le directeur de l'hôtel. Il s'introduisit péniblement à l'intérieur de la chambre et Elinborg, se voyant en mauvaise posture, sortit à toute vitesse.

– Bonjour Erlendur, déclara le docteur.

– Alors, qu'en dis-tu ? demanda Erlendur.

– Crise cardiaque, mais il faudrait que je l'examine d'un peu plus près, répondit le médecin, connu pour son humour noir.

Erlendur lança un regard à Sigurdur Oli et à Elinborg qui souriaient béatement.

– Tu peux nous dire quand ça s'est produit ? demanda Erlendur.

– Il ne doit pas y avoir bien longtemps. Au cours des deux dernières heures. Le corps a tout juste commencé à se refroidir. Vous avez retrouvé ses rennes ?

Erlendur soupira.

Le médecin légiste retira l'une de ses mains du cadavre.

– Je vais rédiger l'acte de décès, annonça-t-il. Ensuite, vous l'enverrez à la morgue de Baronstigur et ils procéderont à l'autopsie. On dit que la jouissance est une petite mort, ajouta-t-il en baissant les yeux sur le corps. Dans le cas présent, il a fait coup double.

– Coup double ? demanda Erlendur qui ne saisissait pas.

– Je veux dire qu'il a doublement joui, précisa le médecin. C'est vous qui prenez les photos, n'est-ce pas ?

– Oui, répondit Erlendur.

– Ça va faire joli dans son album de famille.

– J'ai l'impression qu'il n'a pas la moindre famille, répondit Erlendur en regardant alentour. Donc, tu as terminé pour l'instant ? demanda-t-il, espérant se débarrasser de ce comique.

Le légiste hocha la tête et ressortit de la chambre avec difficulté avant de disparaître dans le couloir.

– Ne vaudrait-il pas mieux fermer l'hôtel ? demanda Elinborg, puis elle vit que le directeur retenait son souffle. Interdire à quiconque d'entrer ou de sortir ? Interroger l'ensemble des clients et du personnel ? Fermer les aéroports et stopper toute navigation vers l'étranger... ?

– Pour l'amour de Dieu, supplia le directeur en serrant son mouchoir et en adressant à Erlendur un regard implorant. Il s'agit seulement du portier !

Erlendur se fit la réflexion que dans cet hôtel-là, Marie et Joseph n'auraient jamais obtenu de chambre.

– Cette... cette... infamie n'a rien à voir avec mes clients, continua le directeur, scandalisé au point qu'il en avait le souffle coupé. Ce sont des étrangers pour la plupart et il y a aussi des provinciaux aisés, des armateurs et des gens de ce genre. Personne qui ait quoi que ce soit à voir avec le portier. Absolument personne. Vous êtes dans le deuxième hôtel de Reykjavik en termes de taille. Et il est plein à craquer pendant les fêtes. Vous ne pouvez absolument pas le fermer. Vous ne le pouvez simplement pas !

– Nous pourrions le faire mais nous ne le ferons pas, répondit Erlendur en essayant de calmer le directeur. Je suppose qu'il faudra peut-être que nous interrogions quelques clients de l'hôtel ainsi que la majeure partie du personnel.

– Dieu merci, soupira le directeur en retrouvant son calme.

– Quel était le nom de cet homme ?

– Gudlaugur, répondit le directeur. Je crois qu'il avait la cinquantaine. Et vous avez raison en ce qui concerne sa famille, je ne crois pas qu'il en ait.

– Qui recevait-il ici ?

– Je n'en ai pas la moindre idée, haleta le directeur.

– S'est-il produit quelque chose d'inhabituel dans l'hôtel en rapport avec cet homme ?

– Non.

– Un vol ?

– Non, il ne s'est rien passé.

– Des plaintes ?

– Non plus.

– Il ne lui est pas arrivé quoi que ce soit qui pourrait expliquer tout cela ?

– Non, pas que je sache.

– S'était-il querellé avec quelqu'un de l'hôtel ?

– Pas à ma connaissance.

– Et avec quelqu'un d'extérieur à l'hôtel ?

– Pas que je sache mais je ne connais pas très bien cet homme-là. Je veux dire, connaissais, corrigea le directeur.

– Même au bout de vingt ans ?

– Non, en fait, non. Il n'était pas très doué pour les relations humaines, je crois. Il restait seul autant que possible.

– Et vous trouvez qu'un hôtel est le lieu idéal pour une personne de ce genre ?

– Moi ? Je ne saurais… Il se montrait toujours très poli et personne n'avait jamais franchement à se plaindre de lui.

– Jamais franchement ?

– Non, jamais personne n'avait à se plaindre de lui. En réalité, il n'était pas un mauvais employé.

– Où est la cafétéria ? demanda Erlendur.

– Je vais vous y accompagner.

Le directeur essuya la sueur de son visage, soulagé qu'ils n'aient pas l'intention de fermer l'hôtel.

– Il avait l'habitude de recevoir des hôtes ? demanda Erlendur.

– Quoi ? demanda le directeur.

– Des hôtes, répéta Erlendur. La personne qui se trouvait chez lui ne lui était pas inconnue, vous ne croyez pas ?

Le directeur regarda le cadavre et ses yeux s'arrêtèrent sur le préservatif.

– Je ne sais rien de ses petites amies, répondit-il. Rien du tout.

– Décidément, vous n'en savez pas beaucoup sur cet homme, observa Erlendur.

– Il est portier ici, répondit le directeur, pensant qu'Erlendur devait se satisfaire de cette explication.

Ils avancèrent. Les policiers de la Scientifique approchaient avec leurs outils et leurs appareils, suivis d'autres policiers. Ce ne fut pas sans difficulté qu'ils dépassèrent le directeur en le croisant. Erlendur leur demanda de bien examiner le couloir ainsi que le recoin sombre à côté de la chambre. Sigurdur Oli et Elinborg étaient restés dans la minuscule cellule et examinaient le cadavre.

– Je n'aimerais pas qu'on me retrouve dans une posture pareille, observa Sigurdur Oli.

– Ça ne le gêne plus maintenant, répondit Elinborg.

– Non, je suppose que non, convint Sigurdur Oli.

– Il y a quelque chose à l'intérieur ? demanda Elinborg en sortant un petit sachet de cacahuètes salées. Elle passait son temps à mâchouiller n'importe quoi. Sigurdur Oli mettait ça sur le compte de la nervosité.

– A l'intérieur ? demanda-t-il.

Elle fit un signe de tête en direction du cadavre. Sigurdur Oli la regarda un instant avant de comprendre où elle voulait en venir. Il hésita mais s'agenouilla finalement à côté du corps pour examiner le préservatif.

– Non, répondit-il. Rien, il est vide.

– Donc, elle l'a tué avant qu'il arrive à la jouissance, observa Elinborg. Pourtant, le médecin pensait…

– Elle ? interrogea Sigurdur Oli.

– Oui, n'est-ce pas évident ? répondit Elinborg en avalant une poignée de cacahuètes. Elle en proposa à Sigurdur Oli qui déclina son offre. Il n'y aurait pas une histoire de prostitution là-dessous ? Il était ici en galante compagnie, dit-elle. Non ?

– C'est la théorie la plus simple, répondit Sigurdur Oli en se relevant.

– Tu n'y crois pas ? demanda Elinborg.

– Je ne sais pas, je n'ai pas l'ombre d'une idée sur la question.

2

La cafétéria du personnel avait peu de points communs avec le hall luxueux de l'hôtel et ses espaces pompeux. Il n'y avait ni décoration ni musique de Noël, seulement quelques tables de cuisine et quelques chaises abîmées, du lino sur le sol, déchiré à un endroit et, dans l'un des angles, un petit coin cuisine équipé d'étagères, d'une cafetière et d'un réfrigérateur. On aurait dit que personne ne s'occupait d'y faire le ménage. Les tables étaient maculées de taches de café et les tasses sales traînaient ici et là. La cafetière fatiguée expulsait l'eau en rotant.

Quelques employés de l'hôtel formaient un cercle autour d'une jeune femme, encore toute retournée après la macabre découverte. Elle avait pleuré et le mascara noir avait coulé le long de ses joues. Elle leva les yeux quand Erlendur entra en compagnie du directeur.

– La voici, annonça le directeur, comme si elle était coupable d'avoir perturbé la trêve de Noël, puis il expulsa les autres employés. Erlendur le chassa ensuite de la pièce, pour s'entretenir avec la jeune femme en toute tranquillité. Le directeur le regarda décontenancé mais ne protesta pas, arguant du fait qu'il avait assez à faire comme ça. Erlendur referma la porte derrière lui.

La fille essuya le mascara sur ses joues et regarda Erlendur, ne sachant à quoi s'attendre. Erlendur lui adressa un sourire et apporta une chaise sur laquelle il s'assit face à la jeune femme. Elle avait l'âge de sa fille, la trentaine, elle semblait intimidée et encore bouleversée par ce qu'elle venait de voir. Elle avait des cheveux noirs, était maigre et vêtue de l'uniforme des femmes de ménage de l'hôtel, une combinaison bleu ciel. Un badge portant son nom était fiché sur la poche de sa poitrine. Ösp.

– Vous travaillez ici depuis longtemps? demanda Erlendur.

– Ça fera bientôt un an, répondit Ösp à voix basse en le regardant. Elle comprit qu'il n'allait pas lui faire de mal. Elle renifla et s'étira sur la chaise. La découverte du corps l'avait visiblement ébranlée. Elle était parcourue d'un léger tremblement. Son nom, qui signifiait “saule”, lui allait parfaitement, pensa Erlendur. Ösp. Elle était comme une brindille dans le vent.

– Et ça vous plaît de travailler ici ? demanda Erlendur.

– Non, répondit-elle.

– Pourquoi vous le faites, alors ?

– Il faut bien travailler.

– Et qu'est-ce qui vous déplaît ici ?

Elle le regarda comme si elle considérait la question inutile.

– Je change les lits, commença-t-elle. Je nettoie les toilettes, je passe l'aspirateur. Enfin, c'est quand même mieux que chez Bonus.

– Et les gens qui travaillent avec vous ?

– Le directeur de l'hôtel est cinglé.

– Il me fait penser à une bouche d'incendie qui aurait une fuite, dit Erlendur.

Ösp fit un sourire.

– Et en plus, il y a des clients qui s'imaginent qu'on travaille dans cet hôtel pour qu'ils puissent nous tripoter.

– Pourquoi vous êtes descendue à la cave ? demanda Erlendur.

– Pour y chercher le Père Noël. Les enfants l'attendaient.

– Les enfants ?

– Oui, à l'arbre de Noël. L'hôtel organise une fête pour les membres du personnel. Pour leurs enfants et aussi pour ceux des clients, et c'était lui qui faisait le Père Noël. Quand on a constaté qu'il n'arrivait pas, on m'a envoyée le chercher.

– Et ça ne vous a pas beaucoup amusé.

– Non, je n'avais jamais vu de mort avant. Et puis, il y avait ce préservatif…

Ösp tenta de chasser l'image de son esprit.

– Il avait des amies à l'hôtel ?

– Non, pas que je sache.

– Vous connaissez des gens avec qui il aurait eu des contacts en dehors de l'hôtel ?

– Je ne sais rien de cet homme et j'en ai vu plus de lui que ce que j'ai envie.

– Que ce dont j'ai envie, corrigea Erlendur.
– Hein ?
– Il faut dire : ce dont j'ai envie et pas ce que j'ai envie.
Elle le regarda comme s'il était malade.
– Et vous trouvez que ça a de l'importance ?
– Oui, répondit Erlendur.
Elle secoua la tête avec une expression rêveuse.
– Et vous n'avez pas non plus remarqué de visites ? demanda Erlendur afin d'aborder un autre sujet que l'usage grammatical. Il se présenta brusquement à son esprit un centre de rééducation où les infirmes grammaticaux déprimés déambulaient en uniforme et en pantoufles en confessant leur faute : je m'appelle Finnur et je dis "ce que j'ai envie".
– Non, répondit Ösp.
– La porte était ouverte quand vous l'avez découvert ?
Ösp s'accorda un moment de réflexion.
– Non, c'est moi qui l'ai ouverte. J'ai frappé et comme personne n'a répondu, j'ai attendu, j'allais m'en aller quand j'ai eu l'idée de l'ouvrir. Je croyais que la porte était fermée à clé mais, brusquement, elle s'est ouverte et il était là, assis avec le préservatif…
– Pour quelle raison pensiez-vous qu'elle était fermée à clé ? interrompit prestement Erlendur. Cette porte ?
– Eh bien, je savais que c'était sa chambre.
– Vous avez croisé quelqu'un en descendant chez lui ?
– Non, personne.
– A ce moment-là, il était prêt pour aller à l'arbre de Noël et quelqu'un est venu le déranger. Il avait déjà enfilé son costume.
Ösp haussa les épaules.
– Qui change son linge de lit ?
– Comment ça ?
– Qui change ses draps ? Il y a longtemps que ça n'a pas été fait.
– Je n'en sais rien. Peut-être lui.
– Vous avez dû sacrément avoir peur.
– C'était dégoûtant à voir, répondit Ösp.
– Je sais, convint Erlendur. Vous feriez mieux d'essayer d'oublier cela au plus vite. Si vous le pouvez. Est-ce que c'était un gentil Père Noël ?

La jeune femme le dévisagea.
– Qu'y a-t-il ? demanda Erlendur.
– Je ne crois pas au Père Noël.

La femme chargée de l'organisation de l'arbre de Noël avait une présentation soignée, c'était une petite femme à qui Erlendur donnait la trentaine. Elle annonça qu'elle était responsable du service marketing et publicité de l'hôtel et Erlendur ne se risqua pas à lui demander de plus amples précisions ; la plupart de ceux qu'il rencontrait ces temps-ci étaient des machin chose en marketing. Elle disposait d'un bureau au premier étage de l'hôtel et c'est là qu'Erlendur la trouva, occupée à parler au téléphone. La presse avait eu vent de ce qui se passait à l'hôtel et Erlendur s'imagina qu'elle était en train d'inventer un mensonge quelconque à un journaliste. La conversation se termina rapidement. La femme raccrocha au nez de son interlocuteur en précisant qu'elle n'avait le droit de communiquer aucune information.

Erlendur se présenta et saisit sa main rêche ; il lui demanda à quel moment elle avait parlé pour la dernière fois à, hmmm, disons… l'homme de la cave. Il ne savait pas s'il devait l'appeler le portier ou le Père Noël et il avait oublié son nom. Il se disait qu'il pouvait difficilement l'affubler du nom de Père Noël. Sigurdur Oli, en revanche, avait tout d'un Père Noël bien qu'il n'en portât jamais le costume.

– Vous voulez dire à Gulli ? répondit-elle, résolvant le problème. Notre dernière discussion date de ce matin, pour lui rappeler l'arbre de Noël. Je l'ai croisé à côté de la porte tournante. Il travaillait. Il était le portier de cet hôtel, comme vous le savez peut-être. Et bien plus que cela d'ailleurs, en fait, il était tout bonnement homme à tout faire. Il s'occupait de tout, voyez-vous.

– Il était diligent ?
– Pardon ?
– Il se montrait zélé, il était prêt à rendre service, il ne fallait pas le tanner pour qu'il fasse le travail ?
– Je n'en sais rien. C'est important ? Il ne faisait jamais rien pour moi. En tout cas, je n'avais jamais besoin de ses services.

– Et pourquoi faisait-il le Père Noël ? Il aimait beaucoup les enfants ? Il était drôle ? Amusant ?

– C'est une histoire qui date d'avant mon arrivée. Je travaille ici depuis trois ans et j'en suis à mon troisième arbre de Noël. Il avait fait le Père Noël les deux autres fois. Il convenait assez bien. Il plaisait aux enfants.

On ne pouvait pas dire que la mort de Gudlaugur ait choqué la femme. Elle ne se sentait pas concernée. Le meurtre ne faisait que perturber le timing du service marketing et publicité et Erlendur se demanda comment il était possible que les gens soient à ce point dénués de sentiments et de compassion.

– Mais quel genre d'homme était-ce ?

– Je n'en sais rien, répondit-elle. Je ne le connaissais pas du tout. Il était portier. Et Père Noël. Les seules fois où j'ai discuté avec lui, c'était en réalité quand il faisait le Père Noël.

– Et qu'est-il advenu de la fête ? Quand vous avez découvert que le Père Noël était mort ?

– Nous avons annulé. Nous ne pouvions pas faire autrement. Et aussi par respect pour lui, ajouta-t-elle comme pour montrer enfin un peu de compassion. Mais ça ne servait à rien. Erlendur voyait parfaitement que cette femme se fichait éperdument du cadavre de la cave.

– Qui était le plus proche de cet homme ? demanda-t-il. Je veux dire, ici, dans l'hôtel.

– Je n'en sais absolument rien. Essayez d'interroger le chef de la réception. C'était lui, le supérieur du portier.

Le téléphone sonna sur son bureau et elle décrocha. Elle regarda Erlendur comme s'il la gênait, il se leva et sortit en se disant qu'elle ne pourrait pas mentir indéfiniment au téléphone.

Le réceptionniste en chef n'avait pas le temps de s'occuper d'Erlendur. Les touristes s'agglutinaient au comptoir de la réception et il les enregistrait, assisté par trois autres employés qui n'avaient pas une minute à eux. Erlendur les regarda procéder à l'enregistrement, examiner les passeports, remettre les clés, sourire avant de servir le client suivant. La queue atteignait la porte tournante, à travers les vitres de laquelle Erlendur vit qu'un autobus de plus venait se garer devant l'hôtel.

Des policiers, pour la plupart en civil, étaient disséminés dans tout le bâtiment, occupés à interroger le personnel. Une sorte de quartier général de la police avait été installé dans la cafétéria du personnel, au sous-sol, et c'est de là qu'on dirigeait l'enquête.

Erlendur examina les décorations du hall. Un chant de Noël américain était diffusé par les haut-parleurs. Il se dirigea jusqu'à une grande salle de restaurant située à l'arrière du hall. Les premiers clients s'installaient autour d'un luxueux buffet de Noël. Il longea la table en contemplant le hareng, le mouton fumé, le jambon de porc, la langue de bœuf et tous les accompagnements, et puis les délicieux desserts, la glace, les tartes à la crème, la mousse au chocolat et bien d'autres friandises encore.

Erlendur sentit l'eau lui venir à la bouche. Il n'avait pratiquement rien mangé de toute la journée.

Il inspecta les alentours et, avec la rapidité de l'éclair, engouffra une tranche de langue de bœuf au goût relevé. Il s'imaginait que tout le monde n'y avait vu que du feu mais son cœur bondit à l'intérieur de sa poitrine quand il entendit une voix cassante tonner derrière son dos.

– Non, mais dites donc! Ça ne va pas? Vous n'avez pas le droit de faire ça!

Erlendur se retourna et vit un homme, la tête surmontée d'une grande toque, qui se dirigeait vers lui d'un air mauvais.

– Qu'est-ce que ça veut dire? On ne s'empiffre pas comme ça! Qu'est-ce que c'est, cette éducation?

– Calmez-vous donc, répondit Erlendur en attrapant une assiette. Il se mit à y entasser un assortiment de mets exquis, exactement comme s'il avait, dès le début, eu l'intention de s'offrir le buffet. Vous connaissiez le Père Noël? demanda-t-il afin d'éviter d'aborder le sujet de la langue de bœuf.

– Le Père Noël? demanda le cuisinier. Quel Père Noël? Je venais vous dire de ne pas fourrer vos doigts dans la nourriture. Cela n'a rien de...

– Gudlaugur, interrompit Erlendur. Vous le connaissiez? Il était aussi portier et homme à tout faire, si j'ai bien compris.

– Vous parlez de Gulli?

– Oui, Gulli, confirma Erlendur en posant une jolie tranche de jambon froid sur son assiette avec un peu de sauce au yaourt dessus. Il se demanda s'il devait appeler Elinborg afin qu'elle puisse, elle aussi, explorer le buffet. Elinborg était un fin gourmet et préparait un livre de recettes depuis de nombreuses années.

– Non, je... que voulez-vous dire par ce "connaissiez-vous" ? demanda le cuisinier.

– Vous ne savez pas ?

– Quoi donc ? Il est arrivé quelque chose ?

– Il est mort. Assassiné. La nouvelle ne s'est pas encore répandue dans l'hôtel ?

– Assassiné ? s'écria le cuisinier. Assassiné ! Quoi ! Ici, dans l'hôtel ? Qui êtes-vous ?

– Oui, à l'intérieur du cagibi qu'il occupait à la cave. Je suis inspecteur de police.

Erlendur continuait à entasser les délices sur son assiette. Le cuisinier avait fini par oublier la langue de bœuf.

– Comment il a été assassiné ?

– Il vaut mieux en dire le moins possible.

– Ici, à l'intérieur de l'hôtel ?

– Oui, exactement.

Le cuisinier jeta un regard alentour.

– Je n'arrive pas à y croire, dit-il. Ça va être l'horreur, n'est-ce pas ?

– Oui, répondit Erlendur. Pour sûr, ça va être l'horreur.

Il savait que l'hôtel ne parviendrait jamais à se débarrasser de ce meurtre. Que l'hôtel n'arriverait jamais à se laver de cette tache. Désormais, ce serait toujours l'hôtel dans lequel on avait retrouvé un Père Noël mort avec un préservatif sur le sexe.

– Vous le connaissiez ? demanda Erlendur. Ce Gulli ?

– Non, très peu. Il était portier ici et il fixait toutes sortes de choses.

– Il fixait ?

– Il faisait des réparations. Je ne le connaissais pas du tout.

– Savez-vous qui était le plus proche de lui parmi les employés de l'hôtel ?

– Non, répondit le cuisinier. Je ne sais rien de cet homme. Qui donc aurait bien pu le tuer, ici, à l'intérieur de l'hôtel ? Dieu tout-puissant !

Erlendur comprit que l'homme s'inquiétait plus du sort de l'hôtel que de celui de la victime. Il avait presque envie de lui dire que le nombre de clients pouvait augmenter grâce au meurtre. C'était en ces termes que les gens pensaient maintenant. Ils pouvaient même faire la promotion de l'hôtel comme lieu du crime. Développer un service touristique lié au meurtre. Mais il ne s'aventura pas sur ce terrain. Il avait envie de s'asseoir avec son assiette et de se régaler sans plus tarder. De s'accorder quelques instants de tranquillité.

Sur ces entrefaites, Sigurdur Oli arriva.

– Vous avez trouvé quelque chose ? demanda Erlendur.

– Non, répondit Sigurdur Oli en regardant le chef qui se précipitait vers la cuisine avec la nouvelle.

– Alors, comme ça, maintenant on s'empiffre ! ajouta-t-il d'un ton sec.

– Aïe, ne viens pas me casser les pieds ! Je me suis mis dans une posture délicate, c'est tout.

– Cet homme-là n'avait rien du tout, et s'il possédait quoi que ce soit, alors ce n'était pas dans sa chambre qu'il le conservait, informa Sigurdur Oli. Elinborg a trouvé des vieux disques dans sa penderie. C'est absolument tout. Est-ce qu'on ne ferait pas mieux de fermer l'hôtel ?

– Fermer l'hôtel ? N'importe quoi ! répondit Erlendur. Et comment tu t'y prendrais pour fermer cet hôtel ? Pendant combien de temps ? Tu comptes peut-être faire fouiller chaque chambre du bâtiment ?

– Non, mais le meurtrier pourrait très bien être l'un des clients. Il ne faut pas négliger cette hypothèse.

– Nous n'avons aucune certitude. Il existe deux possibilités. Soit il se trouve ici en tant qu'employé ou en tant que client, soit il n'a absolument rien à voir avec l'hôtel. Voilà comment nous devons procéder : interroger tout le personnel et tous les clients qui partent au cours des prochains jours en nous concentrant plus particulièrement sur ceux qui avancent la date prévue de leur départ bien que je doute que l'assassin essaie d'attirer l'attention sur soi en commettant ce genre d'erreur.

– Non, c'est vrai. Je pensais au préservatif, continua Sigurdur Oli.

Erlendur chercha une table libre et dès qu'il en eut trouvé une, il s'y installa. Sigurdur Oli s'assit à ses côtés et l'eau lui vint également à la bouche alors qu'il regardait l'assiette royale.

– Bon, si c'est une femme, alors elle est encore en âge d'avoir des enfants, tu ne crois pas ? A cause de la capote.

– Oui, si la chose s'était passée il y a une vingtaine d'années, répondit Erlendur en goûtant le jambon légèrement fumé. Aujourd'hui, le préservatif est bien plus qu'un simple moyen de contraception. Il sert à protéger contre toutes sortes de saloperies, la chlamydia, le sida…

– Et le préservatif peut aussi nous confirmer que la victime ne connaissait pas ce… cet individu qui se trouvait dans la chambre avec lui. Si tant est qu'il se soit agi d'une rencontre d'une fois. S'il avait bien connu la personne, il n'aurait peut-être pas mis de capote.

– Nous devons garder à l'esprit que la présence du préservatif n'exclut en rien la possibilité qu'il ait été en compagnie d'un homme, observa Erlendur.

– Quel genre de couteau a bien pu être utilisé, comme arme du crime ?

– Nous verrons ce qu'il ressortira de l'autopsie. C'est évidemment un jeu d'enfant de se procurer un couteau ici, si c'est bien quelqu'un de l'hôtel qui l'a agressé.

– Alors, c'est bon ? demanda Sigurdur Oli. Il avait regardé Erlendur se régaler et se sentait maintenant tenté de se servir lui-même, cependant il redoutait d'ajouter encore au scandale : deux flics enquêtant sur une affaire de meurtre dans un hôtel et qui venaient s'asseoir au buffet de Noël comme si de rien n'était.

– J'ai oublié de regarder s'il y avait quelque chose à l'intérieur, poursuivit Erlendur entre deux bouchées.

– Tu trouves vraiment que c'est convenable de t'empiffrer comme ça sur le lieu d'un crime ?

– Et alors, nous sommes dans un hôtel, n'est-ce pas ?

– Certes, mais…

– Je viens de te dire que je me suis mis dans une position délicate. Je n'ai pas eu d'autre solution pour me tirer d'affaire. Alors, il y avait quelque chose dedans ? Dans la capote ?

– Elle était vide, répondit Sigurdur Oli.

– Pourtant le légiste pensait qu'il était parvenu à la jouissance. Et même deux fois mais je n'ai pas compris ce qu'il voulait dire.

– Je ne connais personne qui le comprend.

– Par conséquent, le meurtre a été commis en pleine action.

– Oui, comme quelque chose qui arrive subitement alors que tout va pour le mieux.

– Mais si tout allait pour le mieux, pourquoi donc y avait-il un couteau dans les parages ?

– Il faisait peut-être partie d'un jeu.

– Quel jeu ?

– Le sexe est aujourd'hui une affaire bien plus complexe que la bonne vieille position du missionnaire, précisa Sigurdur Oli. Par conséquent, il pourrait s'agir de n'importe qui, n'est-ce pas ?

– Oui, de n'importe qui. Au fait, pourquoi on parle toujours de position du missionnaire ? Qu'est-ce que c'est que cette histoire de mission ?

– Je ne sais pas, répondit Sigurdur Oli en soupirant. Erlendur posait parfois des questions qui lui portaient sur les nerfs parce que, malgré leur simplicité, elles étaient à la fois infiniment compliquées et ennuyeuses.

– Ça vient d'Afrique ?

– Ou peut-être du catholicisme, répondit Sigurdur Oli.

– Et pourquoi cette histoire de mission ?

– Je n'en sais rien.

– En tout cas, la capote n'exclut pas non plus la possibilité de l'autre sexe, observa Erlendur. Que ce soit clair. Cette capote ne permet d'exclure aucune éventualité. Tu as demandé au directeur pour quelle raison il voulait se débarrasser du Père Noël ?

– Non, parce qu'il voulait s'en débarrasser ?

– C'est ce qu'il a dit mais il n'a pas donné d'explication. Il faut qu'on voie ce qu'il voulait dire.

– Je note, répondit Sigurdur Oli qui se promenait toujours avec son petit calepin et son crayon à papier.

– En outre, il y a une catégorie de gens qui utilise le préservatif plus que les autres.

– Ah bon ? répondit Sigurdur Oli avec un visage en forme de point d'interrogation.

– Les prostituées.

– Les prostituées ? répéta Sigurdur Oli. Les putes ? Tu crois qu'il y en a ici ?

Erlendur hocha la tête.

– Elles dirigent une importante mission à l'intérieur de cet hôtel.

Sigurdur Oli se leva et piaffa d'impatience devant Erlendur qui, ayant terminé son assiette, lançait à nouveau un regard plein de convoitise en direction du buffet.

– Hmm, à part ça, où est-ce que tu fêtes Noël ? demanda finalement Sigurdur Oli, d'un air gêné.

– Noël ? reprit Erlendur. Je vais… comment ça, où est-ce que je fête Noël ? Où est-ce que je devrais le fêter ? En quoi ça te regarde ?

Sigurdur Oli hésita, puis il se jeta à l'eau.

– Bergthora se demandait si tu ne risquais pas d'être seul.

– Eva Lind a prévu quelque chose. Que proposait Bergthora ? Que je vienne chez vous ?

– Eh ben… je ne sais pas vraiment, répondit Sigurdur Oli. Les femmes ! Qui donc les comprend ?

Sur quoi, il quitta la table en vitesse pour descendre à la cave.

Devant la chambre de la victime, Elinborg observait le travail des policiers de la Scientifique quand Sigurdur Oli avança dans le couloir sombre.

– Où est Erlendur ? demanda-t-elle en réglant lentement son compte au sachet de cacahuètes salées.

– Au buffet de Noël, éructa Sigurdur Oli.

L'analyse sommaire pratiquée plus tard dans la soirée révéla que le préservatif était couvert de salive.

3

La Scientifique avait pris contact avec Erlendur dès la découverte de l'échantillon. A ce moment-là, il se trouvait encore dans l'hôtel. La scène du crime prit pendant un moment des allures de studio photo. Des flashs illuminaient l'obscurité du couloir à intervalles réguliers. Le corps fut photographié sous tous les angles ainsi que l'ensemble de ce qui se trouvait dans la chambre de Gudlaugur. Le défunt fut ensuite transféré à la morgue de Baronstigur où l'autopsie légale serait pratiquée. La Scientifique s'était concentrée sur la recherche d'empreintes digitales dans la chambre du portier et elle en avait trouvé une grande quantité qui devaient être comparées à celles que la police détenait dans son fichier. On allait relever les empreintes digitales de tous les employés ; en outre, la découverte faite par la Scientifique exigeait qu'on prélève sur eux des échantillons de salive.

– Et les clients ? demanda Elinborg. Il ne faudrait pas leur faire subir le même traitement ?

Elle désirait rentrer chez elle et regretta aussitôt d'avoir posé la question ; elle avait surtout envie de terminer sa journée. Elinborg prenait Noël très au sérieux et sa famille lui manquait. Elle décorait sa maison avec des branches et des babioles. Elle confectionnait de délicats petits gâteaux secs, les plaçait ensuite dans des boîtes Tupperware qu'elle étiquetait avec soin. Elle préparait un repas de Noël tellement délicieux que sa renommée avait même franchi les frontières de sa nombreuse famille. Le plat principal indifféremment servi à chaque Noël était un cuissot de porc à la suédoise qu'elle laissait mariner pendant douze jours sur son balcon et auquel elle accordait autant de soin que s'il s'était agi de l'Enfant Jésus dans ses langes.

– Il me semble que nous devrions partir de l'hypothèse que l'assassin est islandais, répondit Erlendur. Pour l'instant, laissons de côté les clients. L'hôtel est en train de se remplir en cette époque de fêtes et il y a peu de gens qui s'en vont. Nous interrogerons les clients en partance, prélèverons un échantillon de leur salive et relèverons leurs empreintes digitales. Nous ne pouvons quand même pas les empêcher de quitter le pays. Il faudrait vraiment que de lourds soupçons pèsent sur eux pour pouvoir le faire. Ensuite, procurons-nous la liste des clients étrangers qui se trouvaient dans l'hôtel au moment du meurtre et laissons tranquilles ceux qui sont arrivés après. Essayons de simplifier.

– Mais si ce n'était pas aussi simple ? objecta Elinborg.

– Je ne crois pas que les clients soient au courant qu'un meurtre a été commis, ajouta Sigurdur Oli qui, lui aussi, avait envie de rentrer chez lui. Bergthora, son épouse, l'avait appelé en début de soirée pour lui demander s'il en avait encore pour longtemps. C'était le moment idéal et elle l'attendait. Sigurdur Oli comprit immédiatement à quoi elle faisait référence par ce "moment idéal". Ils essayaient d'avoir un enfant mais ça ne marchait pas très fort et Sigurdur Oli avait confié à Erlendur qu'ils considéraient l'éventualité d'une fécondation *in vitro*.

– Il faut donc que tu ramènes une boîte, c'est bien ça ? avait demandé Erlendur.

– Une boîte ? avait rétorqué Sigurdur Oli.

– Oui, ou bien un verre. Tous les matins.

Sigurdur Oli fixa Erlendur avant de comprendre le sens de ses paroles.

– Je n'aurais jamais dû te raconter tout ça, lança-t-il.

Erlendur avala une gorgée de mauvais café. Ils étaient assis, seuls tous les trois, à la cafétéria du personnel. Le coup de feu était passé, la Criminelle et la Scientifique avaient disparu, les scellés avaient été apposés sur la chambre. Erlendur n'était pas pressé. Il n'avait personne d'autre que lui-même à rejoindre dans l'obscurité de son appartement. Les fêtes de Noël n'avaient pour lui aucune importance. Sa fille viendrait peut-être lui rendre visite, peut-être se prépareraient-ils du mouton fumé. Parfois, elle venait même accompagnée de son frère. Et Erlendur restait assis à lire, comme il le faisait toujours en toute circonstance.

– Vous feriez mieux de rentrer chez vous, observa-t-il. Je vais traîner encore un peu ici. Pour voir si je n'arrive pas à parler un peu avec ce chef réceptionniste qui n'a le temps de rien.

Elinborg et Sigurdur Oli se levèrent.

– Mais toi, ça va aller ? demanda Elinborg. Tu n'as pas envie de rentrer chez toi ? C'est Noël et puis…

– Non mais, qu'est-ce que vous avez, toi et Sigurdur Oli ? Pourquoi vous ne me fichez pas la paix ?

– Mais c'est Noël, objecta Elinborg en soupirant. Elle hésita. Bon, laisse tomber, conclut-elle. Sigurdur Oli et Elinborg tournèrent les talons et quittèrent la cafétéria.

Erlendur resta assis pensif un long moment. Il réfléchit à la question de Sigurdur Oli : où allait-il fêter Noël ? Et il médita sur la gentillesse d'Elinborg. En pensée, il voyait son appartement : le fauteuil, la vieille télévision et les livres qui couvraient les murs jusqu'en haut.

Parfois, il s'achetait une bouteille de Chartreuse pour Noël, plaçait un verre à côté de lui pendant qu'il lisait des histoires relatant des épreuves ou des décès qui se passaient à l'époque où tout le monde effectuait ses voyages à pied et où Noël était une période dangereuse. Les gens ne se laissaient pas dissuader de rendre visite à ceux qu'ils portaient dans leur cœur et se mesuraient aux forces de la nature, se perdaient et mouraient pendant qu'à la ferme, la naissance du Sauveur se transformait en cauchemar. On en retrouvait certains, d'autres pas. Jamais.

C'était là les contes de Noël d'Erlendur.

Le chef réceptionniste avait enlevé son uniforme et était en train d'enfiler son manteau quand Erlendur le trouva dans le vestiaire. L'homme lui expliqua qu'il était mort de fatigue et n'avait qu'une hâte : regagner son foyer familial comme tout un chacun. Il avait appris la nouvelle du meurtre, oui, quelle horreur, mais il ne voyait pas en quoi il pouvait être utile.

– Si j'ai bien compris, c'est vous qui le connaissiez le mieux ici, à l'hôtel, dit Erlendur.

– Non, je ne pense pas que ce soit le cas, répondit le réceptionniste en nouant une épaisse écharpe autour de son cou. Qui donc est allé vous raconter ça ?

– Il travaillait sous vos ordres, n'est-ce pas ? demanda Erlendur en éludant la question de son interlocuteur.

– Sous mes ordres, oui, je suppose. Il était portier, je m'occupe de la réception, des enregistrements, comme vous le savez peut-être. Au fait, vous savez à quelle heure ferment les boutiques ce soir ?

On aurait dit qu'il n'accordait pas grande attention à Erlendur ni à ses questions, et la chose porta sur les nerfs d'Erlendur. Ce qui lui portait sur les nerfs, c'est que tout le monde semblait se ficher éperdument du destin de l'homme dans la cave.

– Toute la journée, enfin, je ne sais pas. Qui a donc bien pu poignarder votre portier ?

– *Mon* portier ? Ce n'était pas *mon* portier. Il était le portier de l'hôtel.

– Et pourquoi il avait son pantalon baissé et une capote qui lui pendait au bout de la quéquette ? Qui se trouvait chez lui ? Qui venait lui rendre visite en général ? Quels amis avait-il ici, à l'hôtel ? Quels amis avait-il en dehors de l'hôtel ? Qui étaient ses ennemis ? Pourquoi est-ce qu'il habitait ici ? Qu'est-ce que c'était, cet arrangement ? Qu'avez-vous à cacher ? Pourquoi vous ne me répondez pas comme un homme digne de ce nom ?

– Dites donc, je... quoi ? Le réceptionniste se tut. J'ai simplement envie de rentrer chez moi, répondit-il enfin. Je n'ai pas toutes les réponses à vos questions et c'est Noël. On ne pourrait pas en discuter demain ? Je n'ai pas arrêté de toute la journée.

Erlendur le regarda.

– Oui, parlons-en demain, convint-il. Il quitta le vestiaire et se rappela brusquement une question qui lui trottait dans la tête depuis sa rencontre avec le directeur de l'hôtel. Il se retourna. Le réceptionniste franchissait la porte quand Erlendur le rappela.

– Pour quelle raison vous vouliez vous débarrasser de lui ?

– Quoi ?

– Le Père Noël, vous vouliez le mettre dehors, n'est-ce pas ? Pourquoi ?

Le réceptionniste hésita.

– Il avait déjà été renvoyé, répondit-il finalement.

Le directeur prenait son repas quand Erlendur remit la main sur lui. Il était assis à une grande table dans la cuisine, avait enfilé un tablier de chef cuisinier et engloutissait le contenu des plats qui avaient été ramenés du buffet de Noël.

– Vous ne pouvez pas vous imaginer à quel point j'adore manger, annonça-t-il en s'essuyant la bouche quand il remarqua qu'Erlendur l'observait. En paix, ajouta-t-il.

– Je sais précisément ce que vous voulez dire, répondit Erlendur.

Les deux hommes étaient seuls dans la grande cuisine impeccable. Erlendur ne pouvait s'empêcher d'admirer le directeur. Il mangeait avec rapidité, d'un geste précis mais sans se montrer vorace. Les mouvements de ses mains avaient presque quelque chose d'artistique. Les bouchées disparaissaient en lui les unes après les autres, sans la moindre hésitation et avec une visible passion.

Il était plus calme maintenant que le cadavre avait été enlevé de l'hôtel, que la police était partie ainsi que les journalistes qui avaient stationné devant le bâtiment ; la police avait ordonné que personne ne pénètre dans l'hôtel, considéré dans sa totalité comme une scène de crime. On avait fait de même pour l'activité de l'hôtel. Seul un nombre restreint de clients étrangers savait qu'un crime avait été commis dans la cave. Malgré tout, beaucoup avaient remarqué les allées et venues de la police et ils avaient posé des questions. Le directeur avait ordonné au personnel de raconter une histoire d'homme âgé victime d'une crise cardiaque.

– Je sais ce que vous pensez, vous trouvez que je ressemble à un porc, n'est-ce pas ? dit-il en s'arrêtant de manger pour avaler une gorgée de vin rouge. Son auriculaire de la taille d'une petite saucisse était levé en l'air.

– Non, en revanche, je comprends la raison qui vous pousse à être directeur de cet établissement, répondit Erlendur. Puis, n'y tenant plus, il lança d'un ton brutal : vous savez que vous êtes en train de creuser votre propre tombe.

– Je pèse cent quatre-vingts kilos, répondit le directeur. Les porcs d'élevage dépassent rarement ce poids. J'ai toujours été gros. Je n'ai jamais rien connu d'autre, jamais suivi de régime. Je n'ai jamais pu imaginer changer d'hygiène de vie, comme on dit. Je me sens bien. Et mieux que vous, à mon avis, conclut-il.

Erlendur se souvint avoir entendu dire que les obèses étaient d'un caractère plus enjoué que les squelettes ambulants. Cependant, il n'en croyait pas un mot.

– Mieux que moi ? demanda Erlendur avec un léger sourire. Vous n'en savez absolument rien. Pourquoi avez-vous mis le portier à la porte ?

Le directeur s'était remis à manger et il s'écoula un moment avant qu'il repose ses couverts. Erlendur attendait patiemment. Il remarqua que le directeur réfléchissait à la réponse la plus adéquate, aux mots qu'il allait choisir, étant donné qu'Erlendur avait connaissance du licenciement.

– Les affaires ne marchent pas très fort en ce moment, annonça-t-il enfin. Nous sommes toujours en surréservation pendant l'été et il y a de plus en plus d'affluence pour les fêtes de Noël et de fin d'année, mais il y a aussi des temps morts qui peuvent être sacrément difficiles. Les propriétaires nous ont dit qu'il fallait faire des coupes. Diminuer le nombre d'employés. Je me suis dit qu'il était inutile de payer un portier à temps complet toute l'année.

– Mais, d'après ce que j'ai compris, il avait bien d'autres tâches que celle de portier. Par exemple, il faisait le Père Noël. Il était concierge, homme à tout faire et artisan généraliste. Il faisait des réparations, bien plus qu'un simple portier.

Le directeur s'était remis à enfourner son festin, il y eut donc une nouvelle pause dans la discussion. Erlendur observa autour de lui. La police avait autorisé les employés ayant terminé leur journée à rentrer chez eux après avoir enregistré leur nom et adresse. On ne savait pas encore qui avait été le dernier à parler au défunt, ni la manière dont s'était déroulé le dernier jour de son existence. Personne n'avait témoigné un intérêt particulier au Père Noël. Nul n'était descendu à la cave. Nul ne savait s'il y recevait des visites. Seules quelques personnes savaient que c'était là qu'il habitait, que ce cagibi lui servait de domicile, et il semblait que tout le monde voulait s'occuper de lui aussi peu que possible. Peu de gens avouaient le connaître et il n'avait pas d'amis à l'intérieur de l'hôtel. Le personnel ne lui connaissait pas non plus de relations extérieures à l'hôtel.

Erlendur se fit la réflexion qu'il était en présence d'un authentique Petit Bjössi sur la montagne*.

– Nul n'est irremplaçable, continua le directeur en levant en l'air sa petite saucisse pendant qu'il avalait une gorgée de vin rouge. Ce n'est jamais un plaisir de renvoyer quelqu'un mais nous n'avons pas les moyens de nous payer un portier tout au long de l'année. C'est pour ça qu'on l'a congédié. Il n'y a pas d'autre motif. D'ailleurs, son travail de portier ne l'occupait pas beaucoup. Il enfilait son uniforme quand des stars de cinéma ou des chefs d'État étrangers venaient en visite et à part ça, il jetait les intrus dehors.

– Il a mal pris la chose ? Pour son licenciement.

– Je pense qu'il en comprenait la raison.

– Il manque des couteaux ici, à la cuisine ? demanda Erlendur.

– Je n'en sais rien. Des milliers de couteaux, de fourchettes et de verres disparaissent chaque année. Il en va de même des serviettes et… Vous pensez qu'il a été poignardé avec un couteau appartenant à l'hôtel ?

– Je ne sais pas.

Erlendur regardait le directeur manger.

– Il travaillait ici depuis vingt ans et personne ne le connaissait. Vous ne trouvez pas cela surprenant ?

– Les employés vont et viennent, répondit le directeur en haussant les épaules. Les changements de personnel sont fréquents dans cette branche. Je crois que les gens connaissaient son existence mais, franchement, qui connaît vraiment qui ? Je ne le sais pas. Je ne connais réellement personne, ici.

– Mais vous avez échappé à tous ces changements de personnel.

– Il est difficile de me déplacer.

– Pourquoi avez-vous employé l'expression : le jeter dehors ?

– Ah bon, j'ai dit ça ?

– Oui.

---

* Titre d'un poème de Jon Magnusson racontant l'existence d'un petit ours solitaire et rejeté de tous. (*NdT*)

– C'était juste une façon de parler, je n'entendais rien de particulier par là.

– Mais vous l'aviez licencié et vous aviez l'intention de le jeter dehors, poursuivit Erlendur. Et puis, voilà qu'il est assassiné. On ne peut pas dire qu'il ait eu de la veine ces derniers temps.

Le directeur fit comme si Erlendur n'existait pas pendant qu'il engouffrait les gâteaux et la mousse avec d'élégants mouvements de gourmet, se régalant avec application.

– Pourquoi n'était-il pas parti puisque vous l'aviez congédié ?

– Il devait avoir fait ses valises pour la fin du mois prochain. J'ai essayé de le pousser à partir plus vite mais j'ai été trop mou. J'aurais dû me montrer plus dur, ça m'aurait épargné toutes ces imbécillités.

Erlendur regarda le directeur s'empiffrer en gardant le silence. C'était peut-être à cause du buffet. Peut-être à cause de l'obscurité de son appartement. Peut-être à cause de la saison. Du plat cuisiné qui l'attendait chez lui. De ce Noël solitaire. Erlendur ne le savait pas. La question franchit ses lèvres avant même qu'il ne s'en rende compte.

– Une chambre ? répondit le directeur comme s'il ne comprenait pas de quoi parlait Erlendur.

– Elle n'a pas besoin d'être spéciale, précisa Erlendur.

– Vous voulez dire pour vous ?

– Oui, une chambre simple, précisa Erlendur. Pas besoin de télévision.

– Nous sommes absolument complets, malheureusement.

Le directeur dévisagea Erlendur. Il n'avait pas l'intention d'avoir ce policier sur le dos de jour comme de nuit.

– Mais le réceptionniste m'a dit qu'il y avait une chambre de libre, mentit Erlendur d'un ton plus assuré. Il m'a dit que cela ne poserait pas de problème si je m'adressais à vous.

Le directeur le fixa longuement. Accorda un regard à la mousse qu'il n'avait pas terminée et repoussa l'assiette, l'appétit coupé.

Dans la chambre, il faisait froid. Erlendur se tenait debout à côté de la fenêtre, il regardait dehors mais ne voyait rien d'autre que son propre reflet dans l'obscurité de la vitre. Il ne s'était pas trouvé face à face avec cet homme depuis un certain temps et constata qu'il avait vieilli, là, dans l'obscurité. Derrière et tout autour de lui, des flocons de neige tombaient doucement à terre comme si les cieux s'étaient brisés et que la poussière qu'ils contenaient se répandait sur le monde.

Il lui vint à l'esprit un petit recueil de poésie qu'il avait en sa possession, des traductions d'une exceptionnelle qualité de quelques poèmes de Hölderlin. En pensée, il déambula parmi les poèmes jusqu'à s'attarder sur une phrase qu'il savait s'appliquer à l'homme qui le regardait dans les yeux dans la vitre.

Résonnent les murailles, / Muettes et glaciales, / Grincent les girouettes / Dans la tempête.

4

Il allait s'endormir quand quelqu'un vint doucement frapper à sa porte et il entendit murmurer son nom.

Il comprit immédiatement qui était là. En ouvrant, il vit sa fille, Eva Lind, dans le couloir de l'hôtel. Ils échangèrent un regard, elle lui fit un sourire et lui passa devant pour entrer dans la chambre. Il referma la porte. Elle alla s'asseoir devant le petit bureau et sortit son paquet de cigarettes.

– J'ai l'impression qu'on n'a pas le droit de fumer ici, l'informa Erlendur qui avait respecté l'interdiction.

– Ouais, répondit Eva Lind en prenant une cigarette dans le paquet. Pourquoi est-ce qu'il fait un froid pareil là-dedans? demanda-t-elle.

– Je crois que le radiateur est cassé.

Erlendur s'assis sur le rebord du lit. Il était en slip, il remonta la couette sur sa tête et ses épaules en s'en faisant comme une carapace.

– Qu'est-ce que tu fabriques? demanda Eva Lind.

– J'ai froid, répondit Erlendur.

– Non, je veux dire, tu te prends une chambre d'hôtel, pourquoi tu ne rentres pas à la maison?

Elle inspira profondément, consumant presque un tiers de la cigarette, puis elle expira et la chambre s'emplit instantanément de fumée.

– Je ne sais pas. J'ai…

Erlendur se tut.

– Tu n'as plus envie de rentrer chez toi?

– Je me suis dit que c'était en accord avec la situation. Un homme a été assassiné ici dans cet hôtel aujourd'hui, tu n'en as pas entendu parler?

– Si, un Père Noël, c'est ça? C'était un meurtre?

– Le portier. Il devait participer à l'arbre de Noël des enfants de l'hôtel. Comment vas-tu?

– Bien, répondit Eva Lind.

– Tu as toujours ton travail ?

– Oui.

Erlendur la regarda. Elle allait mieux. Elle était toujours aussi maigre mais les cernes sous ses jolis yeux bleus s'étaient atténués et ses joues n'étaient plus aussi creuses qu'avant. Elle n'avait pas touché à la drogue depuis bientôt huit mois, pensait-il. Depuis qu'elle avait perdu son enfant et s'était retrouvée dans le coma à l'hôpital entre la vie et la mort. A sa sortie de l'hôpital, elle avait emménagé chez lui, y était restée pendant six mois, avait trouvé un travail fixe, chose qui ne s'était pas produite depuis deux ans. Depuis quelques mois, elle louait une chambre en centre-ville.

– Comment est-ce que tu as réussi à me trouver ici ? demanda Erlendur.

– Je n'arrivais pas à te joindre sur ton portable, alors j'ai téléphoné à ton bureau et on m'a dit que tu étais là. Quand j'ai demandé après toi ici, on m'a répondu que tu avais pris une chambre à l'hôtel. Qu'est-ce qui se passe ? Pourquoi tu ne rentres pas chez toi ?

– Je ne sais pas exactement ce que je fabrique, répondit Erlendur. Noël est une drôle de période.

– C'est vrai, répondit Eva Lind. Ils se turent un instant.

– Des nouvelles de ton frère ? demanda Erlendur.

– Sindri travaille encore en province, répondit Eva Lind. La cigarette émit un sifflement quand elle atteignit le filtre. La cendre tomba à terre. Elle chercha un cendrier mais n'en trouva aucun et posa la cigarette à la verticale sur le coin du bureau, la laissant s'éteindre d'elle-même.

– Et de ta mère ? demanda Erlendur. C'était toujours les mêmes questions et les réponses étaient en général identiques.

– Ok, au bagne, comme toujours.

Erlendur se taisait sous la couette. Eva Lind regardait la fumée bleutée de la cigarette monter en volutes du bureau.

– Je ne suis pas sûre d'arriver à tenir plus longtemps, annonça-t-elle en contemplant la fumée.

Erlendur leva les yeux de dessous la couette.

A ce moment-là, quelqu'un frappa à la porte et ils échangèrent un regard inquisiteur. Eva se leva et alla ouvrir. Un employé de l'hôtel se tenait dans le couloir, vêtu d'un uniforme. Il précisa qu'il travaillait à la réception.

– Il est interdit de fumer ici, dit-il tout d'abord en regardant à l'intérieur de la chambre.

– Je lui ai demandé de l'éteindre, répondit Erlendur, toujours en slip sous la couette. Elle ne m'a jamais écouté.

– Et il est interdit d'avoir des filles dans les chambres, continua l'homme. A cause de ce qui s'est passé.

Eva Lind eut un léger sourire et fixa son père. Erlendur regarda sa fille puis l'employé.

– On nous a dit qu'une fille était montée ici, poursuivit l'homme. C'est interdit. Il faut que vous partiez. Immédiatement.

Il restait sur le pas de la porte et attendait qu'Eva Lind le suive. Erlendur se leva, la couette toujours enroulée autour de ses épaules, et il se dirigea vers l'homme.

– C'est ma fille, expliqua-t-il.

– Oui, justement, répondit l'homme de la réception comme s'il n'en avait cure.

– Sérieusement, confirma Eva Lind.

L'homme les regarda à tour de rôle.

– Je ne veux pas de problème, reprit-il.

– Alors, allez-vous-en et foutez-nous la paix, rétorqua Eva Lind.

Il restait immobile à regarder Eva Lind et Erlendur, immobile derrière elle, en slip et enroulé dans sa couette.

– Il y a un problème avec le radiateur, annonça Erlendur. Il ne chauffe pas.

– Il faut qu'elle me suive, répondit l'homme.

Eva Lind regarda son père et haussa les épaules.

– Bon, on discutera plus tard, dit-elle. Je supporte pas ces conneries.

– Qu'est-ce que tu entends par "je ne suis pas sûre de tenir plus longtemps" ? demanda Erlendur.

– On discutera de ça plus tard, répondit Eva avant de disparaître par la porte.

L'homme sourit à Erlendur.

– Vous avez l'intention de réparer ce radiateur ? demanda Erlendur.

– Je transmettrai, répondit-il en fermant la porte.

Erlendur se rassit sur le bord du lit. Eva Lind et Sindri Snaer étaient les fruits d'un mariage raté, terminé depuis maintenant plus de deux décennies. Erlendur n'avait pratiquement pas eu de contacts avec ses enfants après le divorce. C'était son ex-femme, Halldora, qui en avait décidé ainsi. Elle s'était sentie trahie et avait utilisé les enfants pour se venger de lui. Erlendur s'en était accommodé. Cependant, il avait toujours regretté de ne pas avoir plus insisté pour qu'on lui accorde un droit de visite. Il avait regretté de laisser Halldora décider seule. En grandissant, les enfants s'étaient à nouveau tournés vers lui. Sa fille était alors piégée par la drogue. Son fils, quant à lui, avait déjà plusieurs cures de désintoxication alcoolique derrière lui.

Il savait bien ce qu'Eva voulait dire quand elle déclarait ne pas être sûre de tenir. Elle n'avait pas suivi de cure. Ne s'était adressée à aucune institution pour demander de l'aide. Elle avait résolu son problème elle-même et entièrement seule. Elle s'était toujours montrée fermée, mal embouchée et totalement butée dès qu'on abordait la question de la vie qu'elle menait. Elle n'avait pas réussi à renoncer à la consommation de drogue en dépit de sa grossesse. Elle avait fait des tentatives et arrêté un moment mais sa volonté n'avait pas été suffisamment forte pour un sevrage total. Pourtant, elle essayait et Erlendur savait qu'elle le faisait avec sérieux, mais c'était plus qu'elle n'en pouvait supporter et elle retombait toujours dans le même travers. Il ne savait pas ce qui créait chez elle cette dépendance à la drogue, au point de la rendre prioritaire sur tout le reste. Il ne connaissait pas l'origine de ce désir d'autodestruction mais il savait qu'il l'avait trahie, dans un certain sens. Que, dans un certain sens, il avait, lui aussi, une part de responsabilité dans l'état dans lequel sa fille se trouvait.

Il était resté au chevet d'Eva Lind à l'hôpital pendant qu'elle était dans le coma et il lui avait parlé parce que le médecin lui avait expliqué qu'il était possible qu'elle entende sa voix, voire qu'elle sente sa présence. Quelques jours plus tard, elle était sortie du coma et la première chose qu'elle avait demandée était de voir son père. Elle était si faible qu'elle parvenait à peine à parler. Lorsqu'il était arrivé à l'hôpital, elle dormait, il s'était assis à côté d'elle en attendant qu'elle se réveille.

Quand elle ouvrit finalement les yeux et qu'elle le vit, on aurait dit qu'elle essayait de sourire mais, au lieu de cela, elle se mit à pleurer, alors il s'était levé et l'avait serrée contre lui. Elle sanglotait dans ses bras et il essayait de la calmer. Il l'adossa à nouveau contre l'oreiller et essuya les larmes de ses yeux.

– Où étais-tu donc pendant toutes ces interminables journées ? dit-il en lui caressant la joue et en essayant de sourire pour la rassurer.

– Où est mon enfant ? demanda-t-elle.

– Personne ne t'a expliqué ce qui est arrivé ?

– Si, on m'a dit que je l'avais perdu mais on ne m'a pas dit où il était. Je n'ai pas eu le droit de le voir. Ils ne me font pas confiance…

– Il s'en est fallu de peu que je te perde aussi.

– Où est-il ?

Erlendur était allé voir l'enfant mort-né au service de chirurgie, une petite fille qui aurait dû s'appeler Audur.

– Tu veux voir l'enfant ? demanda-t-il.

– Pardonne-moi, murmura Eva.

– De quoi ?

– D'être comme je suis. Comment l'enfant…

– Je n'ai pas à te pardonner d'être comme tu es, Eva. Tu n'as pas à demander pardon d'être celle que tu es.

– Bien sûr que si.

– Tu n'es pas maîtresse de ton destin.

– Tu voudrais… ?

Eva Lind se tut, épuisée. Erlendur garda le silence pendant qu'elle reprenait des forces. Un long moment s'écoula. Enfin, elle regarda son père.

– Tu voudrais bien m'aider à l'enterrer ? demanda-t-elle.

– Bien sûr, répondit-il.

– Je veux la voir, dit Eva.

– Tu crois que… ?

– Je veux la voir, répéta-t-elle. Fais ça pour moi. S'il te plaît, laisse-moi la voir.

Erlendur hésita puis se rendit à la morgue où on lui remit le cadavre de la petite fille que, dans son esprit, il appelait Audur parce qu'il voulait qu'elle ait un nom. Il la porta dans une serviette blanche le long des couloirs de l'hôpital car Eva était trop faible pour se déplacer et il l'amena jusqu'au service des soins intensifs. Eva prit son enfant dans les bras, le regarda puis leva les yeux vers son père.

– C'est entièrement ma faute, dit-elle à voix basse.

Erlendur crut qu'elle allait changer d'avis et s'étonna qu'elle ne le fasse pas. Le calme qui se lisait sur son visage ne faisait que cacher le dégoût qu'elle s'inspirait.

– Pas de danger que tu pleures, observa-t-il.

Eva le dévisagea.

– Je ne mérite pas de pleurer, répondit-elle.

Elle était venue en fauteuil roulant au cimetière de Fossvogur, elle avait regardé le prêtre jeter les trois poignées de terre sur le cercueil avec une expression dure et inflexible sur le visage. Elle s'était levée du fauteuil avec difficulté et avait repoussé Erlendur du bras quand il s'était avancé pour la soutenir. Elle avait fait un signe de croix au-dessus de la tombe de sa fille et elle avait bougé les lèvres, cependant Erlendur ne savait pas si elle essayait de retenir ses larmes ou si elle récitait une prière silencieuse.

C'était une jolie journée de printemps et le soleil scintillait à la surface de la mer dans la crique, on pouvait distinguer des gens qui se promenaient, profitant du beau temps dans la baie de Nautholsvik, la plage de Reykjavik. Halldora se tenait à distance et Sindri Snaer sur le bord de la tombe, loin de son père. Ils pouvaient difficilement être plus éloignés les uns des autres, un groupe épars qui ne partageait rien d'autre que les malheurs de la vie. Erlendur se fit la réflexion que la famille ne s'était pas trouvée ainsi réunie depuis bientôt un quart de siècle. Il regarda en direction d'Halldora qui évitait de le regarder. Il ne lui adressa pas un mot ; elle non plus.

Eva Lind retomba sur son fauteuil et Erlendur s'occupa d'elle, il l'entendit soupirer.

– Saloperie de vie !

Erlendur fut tiré de ses pensées quand lui revinrent en mémoire les mots que l'homme de la réception avait prononcés et à propos desquels il voulait demander une explication, mais il avait oublié de le faire. Il se leva, sortit dans le couloir et vit que l'homme s'apprêtait à disparaître dans l'ascenseur. Nulle trace d'Eva. Il héla l'homme qui bloqua la porte, sortit de la cabine et examina Erlendur pieds nus, en slip et toujours enroulé dans la couette.

– Qu'entendiez-vous par "à cause de ce qui s'est passé" ?

– A cause de ce qui s'est passé ? répéta l'homme d'un air interrogateur.

– Vous avez affirmé que je n'avais pas le droit de recevoir une fille dans ma chambre à cause de ce qui s'était passé.

– Oui.

– Vous voulez parler de ce qui est arrivé à la cave, avec le Père Noël, n'est-ce pas ?

– Oui. Qu'est-ce que vous savez de… ?

Erlendur baissa les yeux vers son slip et hésita un instant.

– Je suis chargé de l'enquête, annonça-t-il. L'enquête de la police criminelle.

L'homme le dévisagea, incrédule.

– Pourquoi établissez-vous un lien entre ces deux éléments ? débita Erlendur à toute vitesse.

– Je ne comprends pas, répondit l'homme en piétinant devant lui.

– On a l'impression que si le Père Noël n'avait pas été assassiné, ça n'aurait pas posé de problème qu'une fille monte dans ma chambre. C'est ce que vous avez laissé entendre. Vous voyez ce que je veux dire ?

– Absolument pas, répondit l'homme. Est-ce que j'ai dit "à cause de ce qui est arrivé" ? Je ne me souviens pas.

– Parfaitement. Vous ne vouliez pas que ma fille reste dans la chambre à cause de ce qui s'est passé. Vous imaginiez que c'était… (Erlendur essaya de dire les choses joliment mais n'y parvint pas.) Vous croyiez que ma fille était une pute et vous êtes venu la virer parce que le Père Noël a été assassiné. Si cela n'était pas arrivé, j'aurais eu le droit d'avoir une fille dans ma chambre. Est-ce à dire que vous autorisez des filles à monter dans les chambres ? Quand tout va bien ?

L'homme dévisageait Erlendur.

– Qu'entendez-vous par "des filles" ?

– Des putes, répondit Erlendur. Est-ce qu'il y a des putes qui traînent dans cet hôtel et viennent se faufiler dans les piaules et vous fermez les yeux, sauf maintenant, à cause de ce qui s'est passé ? Qu'est-ce que le Père Noël avait à voir là-dedans ? Est-ce qu'il était mêlé à ça d'une manière ou d'une autre ?

– Je ne comprends pas un traître mot de ce que vous me racontez, rétorqua l'homme de la réception.

Erlendur adopta une autre stratégie.

– Je comprends bien que vous preniez des précautions étant donné le meurtre qui vient d'être commis dans l'hôtel. Vous ne voulez pas attirer l'attention sur des choses inhabituelles ou anormales même si elles sont parfaitement innocentes et je n'ai rien à dire là-dessus. En ce qui me concerne, les gens ont le droit de faire ce qu'ils veulent et même de payer pour ça. Mais ce que je veux savoir, c'est si le Père Noël était lié à un réseau de prostitution dans cet hôtel.

– Je ne connais aucun réseau de prostitution, répondit l'homme. Comme vous voyez, nous surveillons de près les jeunes femmes qui montent dans les étages non accompagnées. C'était réellement votre fille ?

– Oui, répondit Erlendur.

– Elle m'a dit d'aller me faire foutre.

– C'est tout elle !

Erlendur referma la porte de la chambre, s'allongea sur le lit et ne tarda pas à s'endormir. Il rêva que les cieux se répandaient en pluie sur son corps pendant que lui parvenait le grincement des girouettes dans la tempête.

DEUXIÈME JOUR

5

Le chef réceptionniste ne s'était pas présenté à son travail quand Erlendur descendit dans le hall le matin suivant et qu'il demanda à lui parler. Il n'avait fourni aucun motif à son absence, n'avait pas appelé pour dire qu'il était malade ou qu'il avait besoin d'une journée de congé afin de régler des affaires diverses. Une femme dans la quarantaine qui travaillait à la réception expliqua à Erlendur qu'il était vraiment étonnant que le chef, un homme si ponctuel, n'arrive pas au travail à l'heure et qu'il était incompréhensible qu'il n'ait pas téléphoné s'il avait besoin de prendre un congé.

Elle avait expliqué tout cela à Erlendur par bribes, pendant qu'un employé du service de biologie de l'Hôpital national lui prélevait un échantillon de salive. Trois employés du service en question collectaient des échantillons sur l'ensemble du personnel. Un autre groupe allait le faire chez les employés en congé. Bientôt, les biologistes seraient en possession de prélèvements provenant de l'ensemble du personnel travaillant actuellement dans l'hôtel et il suffirait de les comparer à la salive prélevée sur le préservatif du Père Noël.

Des policiers de la Criminelle interrogeaient les employés sur leurs relations avec Gudlaugur et leur demandaient où ils étaient la veille au cours de l'après-midi. Tout le service participait à l'enquête afin de rassembler renseignements et indices.

– Comment fait-on pour ceux qui viennent de donner leur démission ou bien qui travaillaient ici il y a un an et quelques et connaissaient le Père Noël ? demanda Sigurdur Oli. Il s'était assis à côté d'Erlendur dans le restaurant et le regardait se régaler de filets de hareng sur une tranche de pain complet, de jambon froid, de pain grillé et de café fumant.

– Dans un premier temps, nous allons voir ce qu'il ressort de tout ça, répondit Erlendur en avalant le café chaud par petites gorgées. Tu as du nouveau sur le compte de ce Gudlaugur ?

– Pas grand-chose. Apparemment, il n'y a pratiquement rien à dire à son sujet. Quarante-huit ans, célibataire, sans enfant. Il travaillait à l'hôtel depuis vingt ans environ. Je crois savoir qu'il a vécu dans cette espèce de cagibi, en bas, pendant toutes ces années. Au début, il ne devait s'agir que d'une solution provisoire, à ce que m'a dit le Gros. Il a quand même dit qu'il ne savait rien de cette affaire et nous a conseillé de nous adresser à son prédécesseur. C'est lui qui avait fait ce petit arrangement avec le Père Noël. Le Gros pense que Gudlaugur avait été mis à la porte d'un appartement qu'il louait il y a longtemps et qu'on l'avait autorisé à stocker son bordel dans ce placard, puis, le temps passant, il n'en est jamais ressorti.

Sigurdur Oli fit une pause. Puis, il ajouta :

– Elinborg m'a raconté que tu avais passé la nuit ici.

– Je ne te le conseille pas. La chambre est glaciale et le personnel ne te lâche pas d'une semelle. En revanche, on y mange bien. Où est Elinborg ?

L'agitation régnait dans la salle et les clients bruyants de l'hôtel se régalaient du buffet du petit-déjeuner. La plupart d'entre eux étaient des étrangers vêtus de pulls islandais, de chaussures de montagne et d'épais vêtements d'hiver même s'ils n'avaient pas l'intention d'aller plus loin que le centre-ville, à dix minutes de là. Les serveurs s'arrangeaient pour que le café ne manque pas dans les tasses et débarrassaient les assiettes vides. Des chants de Noël se déversaient nonchalamment dans les haut-parleurs.

– Le procès débute aujourd'hui, tu le sais, non ? demanda Sigurdur Oli.

– Ah oui, c'est vrai.

– Elinborg va y assister. Comment tu crois que ça va se passer ?

– Je suppose qu'il va écoper de quelques mois avec sursis. Comme c'est toujours le cas avec ces tocards de juges.

– En tout cas, il va perdre la garde du petit.

– Je ne sais pas, répondit Erlendur.

– Quel salaud, ce type, conclut Sigurdur Oli. Ils devraient le mettre au pilori au milieu de la place Laekjartorg.

C'était Elinborg qui avait conduit cette enquête. Un petit garçon de huit ans avait été admis à l'hôpital suite à une violente agression. On n'était pas parvenu à lui faire dire quoi que ce soit sur les conditions de l'agression. La première théorie était que des élèves d'une classe supérieure s'en étaient pris à lui à l'extérieur de l'école et qu'ils l'avaient tellement battu qu'il avait eu le bras cassé, les pommettes fêlées et deux dents de la gencive supérieure déchaussées. Il était rentré chez lui dans un état désastreux. Son père avait averti la police en rentrant du travail peu de temps après et une ambulance l'avait emmené aux urgences.

Le petit garçon était fils unique. Sa mère était internée en psychiatrie à l'hôpital de Kleppur au moment des faits. Il habitait avec son père, directeur et propriétaire d'une entreprise Internet, dans une jolie maison individuelle à deux étages sur la colline de Breidholt, avec une vue imprenable. Le père était, comme on l'imagine, plutôt fâché de l'agression et avait dit qu'il allait se venger de ces gamins qui s'étaient attaqués à son fils avec une telle sauvagerie. Il avait exigé qu'Elinborg les attrape par la peau du dos.

Elinborg ne serait peut-être jamais parvenue à connaître la vérité si la maison individuelle n'avait pas eu deux étages et que la chambre du garçon ne s'était pas trouvée au second.

– Elle prend la chose vraiment trop à cœur, observa Sigurdur Oli. Elle a elle-même un petit garçon de cet âge.

– Il faut savoir prendre de la distance, répondit Erlendur d'un air absent.

– Je ne te le fais pas dire!

La tranquillité du petit-déjeuner fut perturbée par un vacarme provenant de la cuisine. Les clients levèrent les yeux et échangèrent des regards. On entendait une forte voix masculine se fâcher et lancer des injures à propos de quelque chose dont on ne comprenait pas la nature. Erlendur et Sigurdur Oli se levèrent et entrèrent dans la cuisine. La voix appartenait au cuisinier qui avait dérangé Erlendur au moment où celui-ci engloutissait tout rond le morceau de langue de bœuf. Il déversait son fiel sur la biologiste qui voulait lui prélever un échantillon de salive.

– ... et débarrassez-moi le plancher avec votre saleté de bâtonnet! hurla le cuisinier sur la femme d'une cinquantaine d'années munie d'une petite boîte à prélèvements ouverte sur une table. Elle était restée polie en dépit de la fureur de l'homme, ce qui n'était pas fait pour le calmer. A la vue d'Erlendur et de Sigurdur Oli, il s'enflamma de plus belle.

– Vous êtes cinglés ou quoi ? hurla-t-il. Vous vous imaginez peut-être que je suis allé voir Gulli pour lui mettre une capote sur la quéquette ? Non mais, ça va pas ? Bande de crétins ! C'est hors de question ! Absolument hors de question ! Et je me fous complètement de ce que vous direz ! Vous pouvez bien me coller au trou et jeter la clé mais je refuse de prendre part à des conneries pareilles ! Vous m'entendez ! Pauvres crétins !

Il sortit en trombe de la cuisine, gonflé d'un orgueil masculin toutefois tempéré par sa toque de chef, aussi haute qu'une cheminée. Erlendur se mit à sourire. Il lança un regard à la biologiste qui lui rendit la pareille avant d'éclater de rire. Cela détendit l'atmosphère. Les cuisiniers et les serveurs qui avaient accouru éclatèrent tous de rire.

– Ça se passe plutôt mal, non ? demanda Erlendur à la biologiste.

– Non, pas du tout, répondit-elle. En fait, tout le monde se montre très coopératif. Il est le premier à trouver cela complètement à côté de la plaque.

Elle fit un sourire qu'Erlendur trouva joli. Elle avait à peu près sa taille, des cheveux blonds et épais, coupés court et elle portait un gilet bigarré boutonné sur le devant. On pouvait apercevoir un chemisier blanc en dessous. Elle portait aussi des jeans et d'impeccables chaussures de cuir noir.

– Erlendur, annonça-t-il d'une manière presque automatique en lui tendant la main.

Elle perdit un peu de son assurance.

– Très bien, répondit-elle en lui serrant la main. Je m'appelle Valgerdur.

– Valgerdur ? répéta Erlendur. Il ne voyait pas trace d'alliance.

Le portable d'Erlendur retentit à l'intérieur de sa poche.

– Veuillez m'excuser, dit-il en décrochant. Il entendit une voix bien connue demander à lui parler.

– C'est bien toi ? demanda la voix.

– Oui, moi-même, répondit Erlendur.

– Je ne comprends rien à ces téléphones portables, dit la voix. Où es-tu ? A l'hôtel ? A moins que tu ne sois en train de faire un footing ? Ou dans un ascenseur peut-être ?

– Je suis à l'hôtel.

Erlendur plaça sa main devant le téléphone et demanda à Valgerdur de patienter un moment, retourna vers le restaurant et, de là, entra dans le hall. C'était Marion Briem à l'autre bout du fil.

– Alors, comme ça tu couches à l'hôtel ? demanda Marion. Il y a quelque chose qui ne va pas ? Pourquoi tu ne rentres pas chez toi ?

Marion Briem avait travaillé à la police criminelle nationale à l'époque où cet organisme existait encore sous ce nom. Elle était en poste au moment où Erlendur avait commencé sa carrière et elle l'avait formé au travail d'enquêteur criminel. Marion appelait parfois Erlendur pour se plaindre du fait qu'il ne lui rendait jamais visite. Erlendur n'avait jamais eu beaucoup de sympathie pour son ancienne supérieure et ne ressentait pas le besoin d'aller lui rendre visite sur ses vieux jours. Peut-être parce qu'ils se ressemblaient trop. Peut-être parce que, ce qu'il voyait en Marion Briem, c'était l'image de son propre avenir qu'il voulait fuir. Marion menait une vie solitaire et s'ennuyait dans sa vieillesse.

– Qu'est-ce qui t'amène ? demanda Erlendur.

– Il y a encore des gens qui daignent me tenir au courant des événements même si ce n'est pas ton cas, reprocha Marion.

Erlendur avait envie de mettre fin au plus vite à cette conversation mais il hésita. Marion lui était déjà venue en aide par le passé, sans qu'il le lui demande. Il ne pouvait pas se permettre de trop la rudoyer.

– Je peux t'aider en quoi que ce soit ? demanda Erlendur.

– Donne-moi le nom de cet homme. Je pourrais peut-être trouver quelque chose à son sujet qui vous aurait échappé.

– Tu ne vas jamais t'arrêter.

– Je m'ennuie, plaida Marion. Tu ne t'imagines pas à quel point je m'ennuie. Il y a bientôt dix ans que j'ai pris ma retraite et je peux te dire que chaque journée passée dans cet enfer est une éternité. On dirait que chaque jour dure mille ans.

– Il y a des tas de choses qui sont faites pour les retraités, répondit Erlendur. Tiens, que dis-tu du bingo ?

– Le bingo ! vociféra Marion.

Erlendur lui communiqua le nom de Gudlaugur. Il lui résuma l'affaire dans les grandes lignes puis prit congé d'elle sans se montrer trop impoli. Presque immédiatement, le téléphone sonna à nouveau.

– Allô, dit Erlendur.

– Nous avons trouvé une note dans la chambre de la victime, annonça une voix. C'était le chef de la Scientifique.

– Une note?

– Une note où figure ceci: Henry 18:30.

– Henry? Attends un peu, à quelle heure est-ce que la fille a découvert le Père Noël?

– Vers sept heures.

– Ce Henry aurait par conséquent pu se trouver dans la chambre au moment où notre homme a été assassiné?

– Je n'en sais rien. Il y a autre chose.

– Oui?

– Il est possible que le préservatif ait appartenu au Père Noël. Dans la poche de son uniforme de portier, il y en avait un paquet. Un paquet de dix et il en manquait trois.

– Autre chose?

– Non, juste un portefeuille avec un billet de 500 couronnes, des vieilles cartes d'identité, un ticket de caisse du supermarché 10-11 daté d'avant-hier. Si, il y a aussi un trousseau avec deux clés.

– Quel genre de clés?

– J'ai l'impression que l'une est celle d'une porte d'entrée et l'autre pourrait ouvrir un placard ou quelque chose de ce genre. Elle est nettement plus petite.

Les deux hommes se saluèrent et Erlendur balaya les lieux du regard à la recherche de la biologiste mais elle avait disparu.

Parmi les clients étrangers de l'hôtel figuraient deux individus répondant au nom de Henry. D'une part, un Américain dénommé Henry Bartlet et d'autre part, un Britannique du nom de Henry Wapshott. Ce dernier ne répondit pas quand on appela sa chambre mais l'autre n'était pas sorti et fut étonné de voir que la police islandaise souhaitait s'entretenir avec lui. L'histoire de crise cardiaque propagée par le directeur de l'hôtel avait visiblement produit l'effet attendu.

Erlendur alla voir Henry Bartlet accompagné de Sigurdur Oli qui avait fait ses études de criminologie aux États-Unis, chose dont il n'était pas peu fier. Il parlait l'anglais comme si c'était sa langue maternelle et bien que l'accent américain chantonnant déplût fort à Erlendur, il résolut de s'en satisfaire.

Pendant qu'ils montaient vers les étages, Sigurdur Oli informa Erlendur que la plupart des employés présents dans l'hôtel au moment de l'agression sur Gudlaugur avaient été interrogés, qu'ils avaient tous pu retracer leurs allées et venues et indiquer le nom de gens pouvant corroborer leurs témoignages.

Bartlet était un homme d'environ trente ans, courtier en actions dans le Colorado. Sa femme et lui avaient vu un reportage sur l'Islande dans une émission matinale diffusée à la télévision américaine et avaient été impressionnés par la saisissante beauté de la nature ainsi que par le Lagon bleu où ils s'étaient déjà rendus par deux fois. Ils avaient décidé de réaliser leur rêve et de passer Noël et le nouvel an dans cet empire hivernal éloigné. Ils étaient fascinés par la beauté du pays même s'ils trouvaient les prix des restaurants et des bars de la ville absolument exorbitants.

Sigurdur Oli hocha la tête. Il considérait les États-Unis comme le paradis sur terre et apprécia de rencontrer ce couple avec lequel il pouvait discuter de base-ball, des préparations de Noël en Amérique jusqu'au moment où Erlendur en eut assez et l'en informa d'un coup de coude. Sigurdur Oli exposa les circonstances du décès du portier et mentionna la note retrouvée dans sa chambre. Henry Bartlet et madame fixèrent les deux policiers comme s'ils s'étaient brusquement changés en extraterrestres.

– Vous ne connaissiez pas le portier, n'est-ce pas ? demanda Sigurdur Oli en lisant l'effarement sur leur visage.

– Un meurtre ? demanda Henry. Ici, dans cet hôtel ?

– *Oh, my God!* s'écria son épouse en s'asseyant sur le lit double.

Sigurdur Oli évita de parler du préservatif. Il expliqua simplement que la note indiquait que Gudlaugur avait eu un rendez-vous avec un certain Henry mais qu'ils n'en connaissaient pas la date, qu'ils ne savaient pas si ce rendez-vous avait déjà eu lieu ou s'il était prévu pour dans deux jours, une semaine ou dix jours.

Henry Bartlet et sa femme nièrent connaître le portier de façon catégorique. Ils n'avaient même pas remarqué sa présence quand ils étaient arrivés à l'hôtel quatre jours plus tôt. Erlendur et Sigurdur Oli les avaient visiblement troublés.

– *Jesus*, soupira Henry. *A murder!*

– Vous avez des meurtres en Islande ? s'enquit la femme en regardant le livret touristique d'Icelandair sur la table de nuit. Cindy, avait-elle annoncé à Sigurdur Oli quand ils avaient fait les présentations.

– Rarement, répondit-il en s'efforçant de sourire.

– Rien ne dit que ce Henry soit l'un des clients de l'hôtel, observa Sigurdur Oli pendant qu'ils attendaient l'ascenseur pour redescendre. Il n'est même pas sûr qu'il soit étranger. Il y a des Islandais qui portent ce nom.

– Ben voyons ! répondit Erlendur. Et il est originaire de Strokahlid, pendant que tu y es !

6

Sigurdur Oli avait retrouvé la trace de l'ancien directeur de l'hôtel et prit donc congé d'Erlendur une fois qu'ils furent arrivés dans le hall. Erlendur demanda à parler au chef réceptionniste mais il n'était toujours pas arrivé et n'avait pas donné de nouvelles. Henry Wapshott avait déposé la clé de sa chambre sur le bureau de la réception plus tôt le matin sans que quiconque y prête attention. Il séjournait à l'hôtel depuis bientôt une semaine et avait l'intention d'y rester encore deux jours. Erlendur demanda à être informé dès que Wapshott se présenterait à nouveau.

Le directeur de l'hôtel passa devant Erlendur en se dandinant lourdement.

– J'espère que vous n'êtes pas en train d'importuner mes clients, dit-il.

Erlendur le tira par le bras pour le prendre à part.

– Quelle règle appliquez-vous ici en ce qui concerne la prostitution ? demanda Erlendur sans ambages juste en dessous du sapin de Noël trônant dans le hall.

– La prostitution ? Que voulez-vous dire ?

Tout essoufflé, le directeur se passa un mouchoir chiffonné dans le cou.

Erlendur le fixait en attendant.

– N'allez donc pas mélanger tout et n'importe quoi dans cette affaire ! répondit le directeur.

– Est-ce que le portier traficotait avec des putes ?

– Vous voulez bien arrêter ça ! Il n'y a pas de put… pas la moindre prostitution dans cet hôtel.

– Il y en a dans tous les hôtels !

– Ah bon ? demanda le directeur. Vous parlez par expérience personnelle ?

Erlendur ne lui répondit pas.

– Vous insinuez que le portier aurait fourni des prostituées aux clients ? demanda le directeur, scandalisé. Je n'ai jamais entendu une idiotie pareille de toute ma vie. Vous n'êtes pas dans un peep-show mais à l'intérieur du deuxième plus grand hôtel de Reykjavik !

– Donc, il n'y a pas de femmes qui traîneraient dans les bars ou dans le hall et viendraient s'asseoir à côté des messieurs, avant de monter avec eux dans les chambres ?

Le directeur hésita. Il tenait visiblement à ne pas se mettre Erlendur à dos.

– Nous sommes un grand hôtel, concéda-t-il finalement. Nous ne pouvons pas avoir l'œil sur tout. Si nous sommes en présence de prostitution avérée, nous tentons d'y remédier bien que ce soit très délicat. Si nous constatons quelque chose de suspect, nous nous en occupons. En outre, les clients de l'hôtel sont seuls maîtres de leurs faits et gestes une fois qu'ils sont dans leurs chambres.

– Vous m'avez dit que votre clientèle est principalement composée d'étrangers et d'armateurs originaires de province, n'est-ce pas ?

– Oui, mais pas seulement, évidemment. Cependant, nous ne sommes pas un hôtel bon marché. C'est un hôtel de classe supérieure et les clients ont en général largement de quoi payer. Nous ne tolérons pas de saletés et, pour l'amour de Dieu, prenez garde à ne pas aller nous coller ce genre de réputation. La concurrence est suffisamment dure comme ça et c'est déjà terrible d'avoir ce meurtre sur le dos.

Le directeur fit une pause.

– Vous avez l'intention de continuer à dormir dans l'hôtel ? demanda-t-il. Ce n'est pas tout à fait anormal ?

– La seule chose qui soit anormale, c'est qu'il y ait un Père Noël décédé dans votre cave, répondit Erlendur en souriant.

Il aperçut la biologiste qu'il avait rencontrée dans la cuisine sortir du bar situé au premier étage du bâtiment avec sa sacoche de prélèvements à la main. Il fit un signe de tête à l'attention du directeur et marcha vers elle. Elle lui tournait le dos et se dirigeait vers le vestiaire à côté de l'une des portes d'entrée.

– Alors, comment ça va ? demanda Erlendur.

Elle se retourna et le reconnut immédiatement mais continua d'avancer.

– C'est vous qui dirigez l'enquête ? demanda-t-elle en entrant dans le vestiaire où elle retira son manteau d'un cintre. Elle demanda à Erlendur de lui tenir sa sacoche.

– On m'autorise à y participer, répondit Erlendur.

– Cette idée de prélever des échantillons de salive n'a pas été du goût de tous, dit-elle, et je ne parle pas seulement du cuisinier !

– Nous nous efforçons avant tout d'exclure les employés afin de pouvoir orienter l'enquête sur d'autres pistes, je croyais qu'on vous avait conseillé de donner cet argument.

– Certes, mais il était bien maigre. Vous avez d'autres éléments ?

– Valgerdur, c'est un très vieux nom islandais, n'est-ce pas ? demanda Erlendur sans lui répondre.

Elle lui adressa un sourire.

– Vous n'avez pas le droit de parler de l'enquête ?

– Non.

– Vous trouvez que c'est gênant ? Que Valgerdur soit un très vieux nom ?

– Moi ? Non, je…

Erlendur hésitait.

– Vous vouliez me dire quelque chose de particulier ? demanda Valgerdur en tendant le bras vers sa sacoche. Elle souriait à cet homme qui se tenait devant elle, vêtu d'un gilet de laine boutonné sous sa veste fatiguée qui portait des pièces usées aux coudes, cet homme qui la regardait avec des yeux emplis de tristesse. Ils étaient à peu près du même âge mais il paraissait dix ans de plus qu'elle.

La phrase échappa à Erlendur sans qu'il s'en rende compte. Cette femme avait vraiment quelque chose.

Et puis, il ne voyait pas d'alliance.

– J'avais envie de savoir si je pouvais vous inviter au restaurant ici ce soir, le buffet de Noël, c'est un véritable festin.

Il prononça ces mots sans rien savoir de cette femme, comme s'il lui semblait parfaitement impossible que la réponse fût positive, mais il s'y risqua tout de même en se disant qu'elle allait sûrement éclater de rire, qu'elle était mariée, mère de quatre enfants, propriétaire d'un pavillon individuel et d'une maison d'été, qu'elle avait organisé les confirmations, les fêtes de ses enfants quand ils avaient eu leur bac et même qu'elle avait marié son aîné et attendait maintenant de vieillir paisiblement aux côtés de son époux bien-aimé.

– Je vous remercie beaucoup, répondit-elle. C'est très gentil à vous. Mais… malheureusement, je ne peux pas. Merci quand même.

Elle le débarrassa de la sacoche à prélèvements, hésita un instant, lui adressa un regard et s'éloigna puis sortit de l'hôtel. Erlendur resta seul et à demi assommé dans le vestiaire. Cela faisait des années qu'il n'avait pas invité une femme. Son portable retentit dans la poche de sa veste, il l'attrapa machinalement au bout d'un moment et décrocha. C'était Elinborg.

– Il arrive dans la salle d'audience, chuchota-t-elle dans le combiné.

– Hein ? fit Erlendur.

– Le père, il est venu escorté par ses deux avocats. Il faudra au moins ça pour le blanchir.

– Et il y a beaucoup de gens ? demanda Erlendur.

– Non, très peu. J'ai l'impression qu'il y a la famille de la mère du petit et aussi quelques journalistes.

– Et il a l'air comment ?

– Il porte beau comme d'habitude, costume-cravate, on dirait qu'il vient à une réception. Il n'a aucun sens moral.

– Mais si, objecta Erlendur. Évidemment qu'il a un certain sens moral.

Erlendur avait accompagné Elinborg à l'hôpital pour interroger le petit garçon dès que les médecins l'avaient autorisé. Il venait d'être opéré et se trouvait en pédiatrie avec d'autres gamins. Les murs étaient tapissés de dessins d'enfants, il y avait des jouets dans les lits, des parents assis au chevet de leurs enfants, épuisés par les nuits blanches, infiniment inquiets pour leur progéniture.

Elinborg s'était assise à côté de lui. Le petit garçon avait un bandage autour de la tête et on apercevait à peine son visage, à part la bouche et les yeux qui fixaient les policiers d'un air méfiant. Son bras dans le plâtre était suspendu à un petit crochet. Sous la couette, il y avait les pansements consécutifs à l'opération. Ils étaient parvenus à sauver sa rate. Le médecin leur avait dit qu'ils pouvaient parler au garçon mais qu'il n'était pas certain qu'il veuille leur dire quoi que ce soit.

Elinborg commença par parler d'elle-même, elle se présenta, expliqua ce qu'elle faisait dans la police et dit qu'elle voulait attraper ceux qui lui avaient fait ça. Erlendur se tenait à distance et observait. Le petit garçon fixait Elinborg. Elle savait qu'elle n'avait pas le droit de lui parler en l'absence de l'un de ses parents. Ils s'étaient donné rendez-vous avec le père à l'hôpital mais une demi-heure était passée et ce dernier ne s'était toujours pas présenté.

– Qui est-ce qui t'a fait ça ? demanda finalement Elinborg quand elle jugea le moment propice pour aborder le sujet.

L'enfant la regarda sans répondre.

– Qui est-ce qui t'a fait tout ce mal ? Tu as le droit de me le dire. Ils ne pourront plus te faire de mal. Je te le promets.

Le garçon lança un regard vers Erlendur.

– Ce sont des camarades d'école ? demanda Elinborg. Des grands ? Nous savons qu'il y en a deux qui auraient pu te faire ça et que ce sont des garçons qui posent problème. Ils ont déjà agressé d'autres enfants mais pas aussi violemment que toi. Ils jurent qu'ils ne t'ont rien fait mais nous savons qu'ils étaient à l'école au moment où on t'a fait du mal. Ils sortaient de leur dernière heure de cours.

Le petit garçon écoutait Elinborg en la regardant en silence. Elle était allée à l'école pour interroger le directeur et les enseignants, elle était aussi allée au domicile des deux garçons en question pour voir leur cadre de vie et les entendre nier catégoriquement avoir agressé le garçon. Le père de l'un d'entre eux était incarcéré à la prison de Litla-Hraun.

Un pédiatre entra dans la pièce à ce moment-là. Il leur précisa que l'enfant avait besoin de repos et qu'il fallait qu'ils reviennent plus tard. Elinborg hocha la tête et ils prirent congé.

Erlendur accompagna également Elinborg quand elle se rendit au domicile du père, plus tard le même jour. En guise d'explication, le père avança qu'il avait dû participer à une importante téléconférence avec des employés basés en Allemagne et aux États-Unis, voilà pourquoi il n'avait pas pu venir à l'hôpital. C'était tout à fait imprévu, avait-il précisé. Quand il avait finalement réussi à se libérer, les policiers venaient de quitter l'hôpital.

Pendant qu'il racontait tout cela, le soleil hivernal vint illuminer les fenêtres du salon et éclaira les dalles de marbre du sol ainsi que la moquette tapissant l'escalier menant à l'étage. Tout en l'écoutant, Elinborg décela la trace d'une tache sur la moquette de l'escalier, puis d'une seconde sur la marche suivante. De petites taches qui seraient restées invisibles en l'absence de ce soleil d'hiver.

Des taches qu'on avait presque réussi à effacer et laissaient à première vue croire à un relief dans la moquette.

Des taches qui se révélèrent par la suite être des traces de pas.

– Tu es toujours là? demanda Elinborg. Erlendur? Tu es là?

Erlendur revint à lui.

– Tiens-moi au courant des développements, répondit-il, puis tous deux raccrochèrent.

Le chef de rang de l'hôtel, âgé d'une quarantaine d'années, était maigre comme un clou et portait un costume noir ainsi que des chaussures vernies noires. Il était occupé à vérifier la liste des réservations pour la soirée dans un petit recoin sur le côté du restaurant. Quand Erlendur se présenta en lui demandant s'il pouvait le déranger un moment, le chef de rang leva les yeux d'un registre tout froissé et dévoila une fine moustache noire – des poils de barbe aux racines sombres qu'il devait à coup sûr raser deux fois par jour –, des yeux marrons et un teint mat.

– En fait, je ne connaissais pas du tout ce Gulli, expliqua l'homme en déclinant son identité: Rosant. C'est terrifiant, ce qui lui est arrivé. Vous êtes sur une piste?

– Aucune, répondit froidement Erlendur. Son esprit était toujours occupé par la biologiste et par ce père qui battait son fils. Il pensait à sa fille, Eva Lind qui lui avait annoncé qu'elle n'en pouvait plus. Il savait ce que cela signifiait, même si, en son for intérieur, il espérait se tromper. Vous avez du pain sur la planche en période de fêtes, n'est-ce pas? remarqua Erlendur.

– Nous faisons tout ce que nous pouvons pour en tirer le meilleur profit. On essaie de placer trois réservations par chaise pour le buffet, ce qui ne va pas sans mal parce qu'il y a des gens qui s'imaginent que le fait de payer leur donne le droit de tout emporter. Et le meurtre à la cave n'arrange rien.

– Non, répondit Erlendur d'un ton indifférent. Il n'y a donc pas longtemps que vous travaillez ici, puisque vous ne connaissiez pas Gulli.

– En effet, ça fait deux ans. Je n'avais pas beaucoup de contacts avec lui.

– D'après vous, qui est-ce qui le connaissait le mieux dans l'hôtel ? Ou même dans la vie en général ?

– Je n'en sais rien, répondit le chef de rang en passant son index sur la ligne noire surmontant sa lèvre supérieure. Je ne sais rien de cet homme. Peut-être les femmes de ménage. Quand est-ce qu'on saura pour ce machin avec la salive ?

– Que vous saurez quoi ?

– Qui était avec lui. C'est un de ces tests ADN ?

– Oui, répondit Erlendur.

– Et vous envoyez tout ça à l'étranger ?

Erlendur hocha la tête.

– Vous savez s'il recevait des visites à la cave ? Des personnes extérieures à l'hôtel ?

– Vous savez, il y a tellement de passage. Les hôtels, c'est comme ça. Les gens sont comme des fourmis qui entrent et qui sortent, qui montent et qui descendent, ce n'est jamais calme. A l'école hôtelière, on nous disait qu'un hôtel n'était ni un bâtiment, ni un ensemble de chambres, ni un service, mais un ensemble de gens. Un hôtel, ce sont des gens. Rien d'autre. Nous devons nous arranger pour qu'ils se sentent bien. Comme s'ils étaient chez eux. Voilà ce qu'est un hôtel.

– Je vais essayer de m'en souvenir, répondit Erlendur en remerciant l'homme.

Il vérifia si Henry Wapshott était rentré mais ce n'était pas le cas. En revanche, le chef réceptionniste avait pris son poste et il salua Erlendur. Un autobus de plus s'était garé devant l'hôtel, rempli de touristes qui se rassemblaient dans le hall. Le chef réceptionniste adressa à Erlendur un sourire embarrassé et haussa les épaules pour signifier que ce n'était pas sa faute s'ils ne pouvaient pas se parler et qu'il faudrait qu'ils attendent un moment plus propice.

7

Gudlaugur Egilsson avait débuté sa carrière à l'hôtel en 1982. Il était alors âgé de vingt-huit ans. Il avait exercé diverses activités auparavant, la dernière étant celle de gardien de nuit au ministère des Affaires étrangères. Quand la décision fut prise d'engager un portier à l'année, il avait obtenu le poste. L'industrie du tourisme avait alors le vent en poupe. On venait de terminer l'extension de l'hôtel et d'augmenter le nombre des employés. L'ancien directeur ne se souvenait pas exactement pour quelle raison c'était Gudlaugur qui avait été recruté. Il se rappela toutefois qu'il n'y avait pas eu beaucoup de candidats pour ce poste.

Le directeur avait trouvé qu'il présentait bien. Il semblait poli, doté de qualités d'accueil et s'avéra par la suite être un employé digne de confiance. Il n'avait pas de famille, ni femme ni enfant, ce qui avait été source d'inquiétude pour le directeur car la pratique prouvait que les pères et mères de famille étaient des employés plus fiables. Par ailleurs, Gudlaugur se montrait plutôt discret sur sa personne et sur son passé.

Il était venu voir le directeur peu de temps après son embauche pour lui demander s'il n'y avait pas un local qu'il pouvait utiliser juste le temps de trouver un nouveau logement. On avait mis fin à son contrat de location avec un préavis très court et il était à la rue. Il faisait pitié à voir et avait indiqué au directeur l'existence d'un petit cagibi tout au bout du couloir de la cave de l'hôtel où il pouvait s'imaginer rester en attendant de trouver mieux. Ils descendirent voir le local. On y avait entassé des objets hétéroclites et Gudlaugur avait affirmé savoir où tout cela pouvait être entreposé mais que, de toute manière, on pouvait en jeter la majeure partie.

C'est ainsi que Gudlaugur, portier et plus tard Père Noël, s'installa dans cette chambre où il vécut jusqu'à sa mort. Le directeur s'était dit qu'il ne resterait que quelques semaines tout au plus dans ce placard. C'était ce que Gudlaugur avait laissé entendre, de plus cette cellule n'avait rien d'un lieu à usage d'habitation à long terme. Cependant, il tarda à trouver un logement convenable et, bientôt, le fait que Gudlaugur habite dans l'hôtel devint une évidence, d'autant plus que son poste de portier se transformait petit à petit en un emploi de concierge. Avec le temps, on trouva bon de l'avoir sous la main jour et nuit quand surgissait un problème exigeant l'intervention d'une personne disponible.

– Peu de temps après que Gudlaugur a emménagé dans le cagibi, l'ancien directeur a quitté son emploi, continua Sigurdur Oli qui, assis dans la chambre d'Erlendur, lui faisait le compte rendu de son entrevue avec l'homme. Le jour était bien avancé et la nuit tombait.

– Tu sais pourquoi ? demanda Erlendur. Allongé sur le lit, il fixait le plafond. Ils venaient d'agrandir l'hôtel, d'embaucher une foule de gens et il arrête juste après. Tu ne trouves pas ça étrange ?

– Je ne me suis pas posé la question. Je vais voir ce qu'il dit si tu penses que ça a la moindre importance. Il ne savait pas que ce Gudlaugur avait fait le Père Noël. C'est arrivé après son époque et il était profondément choqué d'apprendre qu'on l'avait retrouvé assassiné dans ce cagibi.

Sigurdur Oli examina la chambre vide.

– Tu as l'intention de passer les fêtes de Noël ici ? demanda-t-il.

Erlendur ne donna pas de réponse.

– Pourquoi tu ne rentres pas chez toi ?

Silence.

– Tu sais, mon invitation tient toujours.

– Merci beaucoup et transmets toutes mes salutations à Bergthora, répondit Erlendur pensif.

– A quoi est-ce que tu réfléchis ?

– A rien qui te concerne, si tant est que je… réfléchisse à quoi que ce soit. Noël m'ennuie.

– En tout cas, moi, je rentre chez moi, observa Sigurdur Oli.

– Et vos tentatives de grossesse, ça avance ?

– Très peu.

– Ça vient de toi ou vous faites juste une mauvaise combinaison ?

– Je n'en sais rien. Nous ne nous sommes pas faits examiner. Bergthora a quand même soulevé la question.

– Tu as vraiment envie d'avoir un enfant ?

– Oui. Enfin, je ne sais pas. Je ne sais pas du tout ce que je veux.

– Quelle heure est-il ?

– Six heures et demie passées.

– Rentre chez toi, dit Erlendur. Je vais m'occuper de notre Henry.

Henry Wapshott était rentré à l'hôtel mais pas encore remonté dans sa chambre. Erlendur demanda à la réception de l'appeler et monta chez lui, frappa à la porte mais n'obtint aucune réponse. Il se demanda s'il devait faire appel au directeur pour qu'il lui ouvre la chambre mais, dans ce cas, il lui fallait obtenir un mandat de perquisition spécial auprès d'un juge, ce qui pouvait l'amener jusque tard dans la nuit, sans parler du fait qu'il n'y avait aucune certitude que ce Henry Wapshott soit bien le Henry avec lequel Gudlaugur était censé avoir un rendez-vous à 18h30.

Debout dans le couloir, Erlendur examinait les alternatives possibles quand un homme entre cinquante et soixante ans surgit au coin et avança vers lui. Il portait une veste de tweed brun élimé, un pantalon kaki, une chemise bleue avec une cravate rouge vif. Il était à moitié chauve et rabattait soigneusement une mèche de cheveux grisonnants sur sa calvitie.

– C'est vous ? demanda-t-il en anglais en apercevant Erlendur. On m'a dit que quelqu'un voulait me parler. Un Islandais. Vous êtes collectionneur ? Vous me cherchiez ?

– Vous vous appelez Wapshott ? demanda Erlendur. Henry Wapshott, n'est-ce pas ? Son anglais n'était pas très bon. Il le comprenait maintenant correctement mais le parlait encore mal. L'internationalisation du crime avait amené la police islandaise à proposer des cours d'anglais spécifiques qu'Erlendur avait suivis et appréciés. Il s'était même mis à lire des livres dans cette langue.

— Oui, je m'appelle bien Henry Wapshott, que me voulez-vous ?

– Nous ferions sûrement mieux de ne pas rester dans ce couloir, répondit Erlendur. Nous pourrions peut-être aller dans votre chambre ? A moins que… ?

Wapshott regarda la porte de sa chambre puis passa à Erlendur.

– Peut-être vaut-il mieux descendre dans le hall, répondit-il. Que me voulez-vous exactement ? Qui êtes-vous ?

– Alors descendons, répondit Erlendur.

Henry Wapshott le suivit, hésitant, en direction de l'ascenseur. Quand ils arrivèrent dans le hall, Erlendur se dirigea vers une table basse et des chaises un peu à l'écart, près de la porte du restaurant et ils s'assirent. Une serveuse apparut immédiatement. Les gens commençaient à s'installer au buffet qui n'avait rien perdu de ses charmes de la veille aux yeux d'Erlendur. Ils commandèrent un café.

– C'est tout à fait étonnant, nota Wapshott. J'avais rendez-vous il y a juste une demi-heure à cet endroit précis mais l'homme en question ne s'est pas présenté. Il ne m'a laissé aucun message et voilà que je vous trouve devant ma porte et que vous me faites à nouveau descendre ici.

– Qui vous avait donné ce rendez-vous ?

– Un Islandais. Il travaille dans cet hôtel. Il s'appelle Gudlaugur.

– Et vous deviez le rencontrer ici à 18h30 ?

– Exactement, confirma Wapshott. Qu'est-ce que… ? Qui êtes-vous ?

Erlendur lui annonça qu'il était de la police et l'informa du décès de Gudlaugur en lui expliquant qu'ils avaient trouvé dans sa chambre une note mentionnant un rendez-vous avec un certain Henry, prénom qui était visiblement le sien. La police désirait savoir pourquoi les deux hommes souhaitaient se rencontrer. Erlendur ne souffla pas mot du fait qu'il envisageait comme une possibilité que Wapshott se soit trouvé dans le cagibi du Père Noël au moment du meurtre. Il se contenta d'indiquer que Gudlaugur travaillait dans l'hôtel depuis vingt ans.

Wapshott regardait fixement Erlendur en l'écoutant et en hochant la tête, incrédule, comme s'il ne comprenait pas bien les mots qu'il entendait.

– Donc, il est décédé ?
– Oui.
– Assassiné ? !
– Oui.
– Seigneur Dieu ! soupira Wapshott.
– Comment avez-vous connu Gudlaugur ? demanda Erlendur.

Wapshott semblait avoir l'esprit ailleurs et Erlendur répéta la question.

– Il y a des années que je le connais, répondit Wapshott. Il sourit, découvrant de petites dents jaunies par le tabac dont certaines étaient noircies à la base de la gencive. Erlendur se dit que l'homme devait fumer la pipe.

– De quand date votre première rencontre ?

– Nous ne nous sommes jamais rencontrés, répondit Wapshott. Je ne l'ai jamais vu. Je devais le voir pour la première fois en personne aujourd'hui.

– Et c'est pour cela que vous êtes venu en Islande, n'est-ce pas ?

– Oui, entre autres choses.

– Mais alors, par quel moyen avez-vous fait sa connaissance ? Si vous ne vous êtes jamais rencontrés, quel genre de relation entreteniez-vous ?

– On ne peut pas parler d'une relation, précisa Wapshott.

– Je ne vous suis pas, répondit Erlendur.

– Il n'y a jamais eu de relation entre nous, expliqua Wapshott en dessinant des guillemets avec ses mains autour du mot "relation".

– Alors, qu'y avait-il ? demanda Erlendur.

– Une vénération sans réciprocité, répondit Wapshott. De mon côté.

Erlendur lui demanda de répéter les derniers mots. Il ne saisissait pas comment cet homme qui avait fait tout ce chemin depuis la Grande-Bretagne et n'avait jamais rencontré Gudlaugur pouvait le vénérer. Lui, un simple portier qui occupait un cagibi au fond de la cave d'un hôtel et qu'on avait retrouvé mort avec le pantalon baissé et un coup de couteau dans le cœur. Le vénérer sans réciprocité. Cet homme qui jouait le rôle de Père Noël à la fête destinée aux enfants de l'hôtel.

– Je ne vois pas de quoi vous parlez, dit Erlendur. Puis, il lui revint à l'esprit que, dans le couloir, Wapshott lui avait demandé s'il était collectionneur. Pourquoi vouliez-vous savoir si j'étais collectionneur ? s'enquit-il. Quel genre de collection ? Que vouliez-vous dire ?

– Je croyais que vous collectionniez les vinyles, répondit Wapshott. Tout comme moi.

– Comment ça, les vinyles ? Vous voulez dire… des disques ?

– Je collectionne les disques anciens, répondit Wapshott. De vieux disques. De vinyles. Voilà comment j'ai connu Gudlaugur. Je m'apprêtais à le rencontrer il y a quelques instants et vous comprenez bien que ça me fait un sacré choc d'apprendre qu'il est mort. Qui plus est, assassiné ! Qui aurait bien pu vouloir le tuer ?

Sa surprise semblait réelle.

– Vous l'avez peut-être déjà rencontré hier ?

Wapshott ne comprit pas immédiatement ce qu'Erlendur insinuait puis, quand il saisit enfin, il dévisagea le policier.

– Vous sous-entendez… vous croyez que je suis en train de vous mentir ? Que je suis… ? Vous êtes en train de me dire que vous me soupçonnez ? Vous croyez que j'ai un rapport avec son assassinat ?

Erlendur le regardait sans rien dire.

– Mais c'est n'importe quoi ! s'exclama Wapshott en haussant la voix. J'attends de rencontrer cet homme depuis longtemps, depuis des années. Vous n'êtes pas sérieux !

– Où étiez-vous hier à la même heure ? demanda Erlendur.

– En ville, répondit Wapshott. J'étais en ville. Dans un magasin pour collectionneurs, dans la principale rue commerçante. Ensuite, j'ai mangé dans un restaurant indien des environs.

– Il y a plusieurs jours que vous êtes dans l'hôtel, pourquoi n'avez-vous pas rencontré Gudlaugur avant ?

– Mais… vous ne venez pas de m'annoncer sa mort ? Que voulez-vous dire ?

– Vous n'avez pas eu envie de le rencontrer dès votre arrivée ? Vous étiez très impatient de le voir, à ce que vous venez de me dire. Pourquoi avoir attendu si longtemps ?

– C'était lui qui avait décidé du lieu et de l'heure. Dieu tout-puissant, dans quel pétrin je me suis donc fourré ?

– Comment avez-vous pris contact avec lui ? Et qu'entendez-vous par vénération sans réciprocité ?

Henry Wapshott lui lança un regard.

– J'entends par là… commença Wapshott mais Erlendur ne le laissa pas achever sa phrase.

– Vous saviez qu'il travaillait dans cet hôtel ?

– Oui.

– Comment ?

– J'avais fait des recherches. Je mets un point d'honneur à connaître mon sujet de façon approfondie. Pour les besoins de ma collection.

– Et c'est pour cela que vous êtes descendu dans cet hôtel-ci ?

– Oui.

– Vous lui achetiez des disques ? continua Erlendur. C'est comme ça que vous l'avez connu ? Comme deux collectionneurs partageant une passion commune ?

– Comme je vous l'ai précisé, je ne le connaissais pas mais j'avais envie de le rencontrer en personne.

– Comment ça ?

– Si je comprends bien, vous n'avez aucune idée de qui était réellement cet homme, n'est-ce pas ? demanda Wapshott. Pour lui, il était tout simplement inconcevable qu'Erlendur ne sache pas qui était Gudlaugur Egilsson.

– Il était concierge, portier et Père Noël, répondit Erlendur. Y a-t-il autre chose que je devrais savoir ?

– Vous connaissez ma spécialité ? demanda Wapshott. Je ne sais pas ce que vous savez de l'univers des collectionneurs en général ou des collectionneurs de disques en particulier mais la plupart d'entre nous se spécialisent dans un domaine. Les gens deviennent parfois de véritables experts sur certains sujets. C'est même incroyable de voir ce que certains entassent. J'ai entendu parler d'un homme qui possède des sacs pour le mal de l'air provenant de toutes les compagnies aériennes du monde. Il y a aussi une femme qui collectionne les cheveux des poupées Barbie.

Wapshott regarda Erlendur.

– Vous savez quelle est ma spécialité ? répéta-t-il.

Erlendur secoua la tête. Il n'était pas tout à fait sûr que cette histoire de sacs à vomi ne soit pas un malentendu.

– Je me consacre aux maîtrises de jeunes garçons, annonça Wapshott.

– Aux maîtrises de jeunes garçons ?

– Oui, et pas seulement aux maîtrises, je m'intéresse particulièrement aux petits garçons eux-mêmes.

Erlendur hésita, se demandant s'il avait vraiment bien compris.

– Vous voulez dire aux petits garçons qui chantent dans les chorales ?

– Précisément.

– Et vous collectionnez ce genre de disques ?

– Exact. Bien sûr, je ne possède pas que ça mais les chorales de petits garçons sont... comment dirais-je ?... ma passion.

– Et qu'est-ce que cela a à voir avec Gudlaugur ?

Henry Wapshott afficha un sourire. Il tendit le bras vers une sacoche de cuir noir qu'il avait avec lui. Il l'ouvrit et en sortit la pochette d'un 45 tours.

Il prit ses lunettes dans la poche de sa chemise et Erlendur nota qu'il faisait tomber à terre une feuille blanche. Il la ramassa et y vit inscrit le nom de Brenner's en lettres vertes.

– Merci beaucoup, fit Wapshott. Cette serviette provient d'un hôtel en Allemagne. Collectionner est une véritable manie, ajouta-t-il comme pour s'excuser.

Erlendur hocha la tête.

– J'avais l'intention de lui demander de me dédicacer cette pochette, expliqua Wapshott en tendant le disque à Erlendur.

La pochette portait le nom de Gudlaugur Egilsson écrit en lettres d'or et disposé en arc de cercle ainsi que la photo noir et blanc d'un jeune garçon avec quelques taches rousseur : à peine plus de douze ans, les cheveux soigneusement gominés, il souriait à Erlendur.

– Il possédait une tessiture d'une sensibilité exceptionnelle, précisa Wapshott. Et puis, avec la puberté... Il haussa les épaules en signe de découragement. On pouvait distinguer de la tristesse et du regret dans sa voix. Je trouve surprenant que vous n'ayez pas entendu parler de lui et que vous ne sachiez pas qui il était si vous enquêtez effectivement sur sa mort. Son nom devait être immensément connu dans le temps. D'après mes sources, on peut dire qu'il a été un enfant star très célèbre.

Erlendur quitta des yeux la pochette pour regarder Wapshott.

– Un enfant star ?

– Deux disques de lui ont été édités, l'un comme soliste et l'autre accompagné d'un chœur d'église. Il devait bénéficier d'une grande renommée ici, en Islande. Dans le temps.

– Un enfant star, répéta Erlendur. Vous voulez dire un enfant vedette comme Shirley Temple ? Un enfant star de ce type ?

– Probablement, en ramenant tout ça à votre échelle, celle de l'Islande, ce pays peu peuplé et loin de tout. Il a dû être sacrément connu, même si tout le monde semble aujourd'hui l'avoir oublié. Shirley Temple était évidemment…

– La Petite Princesse, murmura Erlendur à voix basse, comme pour lui-même.

– Pardon ?

– Je ne savais pas qu'il avait été enfant vedette.

– Il y a des années de ça, oui.

– Et donc, il enregistrait des disques ?

– Oui.

– Dont vous faites la collection ?

– J'essaie de m'en procurer des exemplaires. Je suis spécialiste des chœurs de jeunes garçons comme lui. Il avait une voix exceptionnelle.

– Un garçon qui chantait dans une chorale? dit Erlendur comme s'il réfléchissait tout haut. L'affiche de la Petite Princesse se présenta à son esprit et il s'apprêtait à demander à Wapshott plus de précisions sur l'enfant star qu'avait été Gudlaugur quand on l'interrompit.

Erlendur entendit une voix au-dessus de lui : "Ah, vous voilà !" Il leva les yeux. Valgerdur se tenait derrière lui et souriait. Elle n'avait plus sa trousse à prélèvements à la main. Elle portait un trois-quarts de cuir noir et un joli pull-over rouge, elle s'était maquillée avec tant de discrétion que ça se voyait à peine.

– Votre invitation tient toujours ? demanda-t-elle.

Erlendur se leva d'un bond. Wapshott avait quand même eu le temps de se lever avant lui.

– Je vous prie de m'excuser, dit Erlendur, je ne m'attendais pas à ce que… Évidemment. Il lui adressa un sourire. Bien sûr que oui.

8

Ils entrèrent dans le bar attenant au restaurant après s'être rassasiés au buffet et avoir bu un café. Erlendur commanda deux verres et ils prirent place dans un petit renfoncement plus loin à l'intérieur du bar. Elle annonça qu'elle ne pourrait pas rester très longtemps, ce qu'Erlendur interpréta comme une prise de précaution polie. Ce n'était pas qu'il ait eu l'intention de l'inviter dans sa chambre, cela ne lui était même pas venu à l'esprit et elle le savait parfaitement, mais il décela une certaine gêne dans le comportement de la femme et ressentit chez elle la présence d'une ligne de défense comparable à celle qu'il rencontrait chez les gens qu'il convoquait pour un interrogatoire. Sans doute n'en avait-elle pas vraiment conscience elle-même.

Elle trouvait passionnant de parler avec un commissaire de la Criminelle et avait envie de tout savoir sur le métier, sur les crimes et la façon dont on s'y prenait pour attraper les meurtriers. Erlendur lui expliqua qu'en fait, il s'agissait principalement d'un travail administratif des plus monotones.

– Pourtant, les crimes sont devenus beaucoup plus moches, dit-elle. On lit tout ça dans les journaux. Des crimes affreux.

– Je ne sais pas, répondit Erlendur. Les crimes sont toujours affreux.

– On entend toutes sortes d'histoires sur le milieu de la drogue, sur les encaisseurs et la façon dont ils s'en prennent aux jeunes qui leur doivent de l'argent, et si les gamins ne peuvent pas payer, ils s'attaquent aux parents.

– C'est exact, convint Erlendur qui s'inquiétait parfois pour Eva Lind justement à cause de ça. Le monde a beaucoup changé. Les agressions sont devenues plus brutales.

Ils se turent un moment.

Erlendur fit de son mieux pour trouver un sujet de conversation mais il ne connaissait rien aux femmes. Et aucune de celles qu'il fréquentait ne pouvait le préparer à ce qui méritait le nom de soirée romantique comme celle-là. Elinborg et lui étaient de bons amis ainsi que des collègues ; ils étaient unis par une sympathie réciproque construite sur une collaboration de longue date ainsi que sur un ensemble d'expériences communes. Eva Lind était son enfant, pour lequel il s'inquiétait constamment. Quant à Halldora, c'était la femme qu'il avait épousée il y avait si longtemps et dont il avait divorcé, ne récoltant que de la haine. C'était là toutes les femmes de sa vie si l'on excluait quelques rencontres d'un soir qui ne lui apportaient que déceptions et complications.

– Et vous, alors ? demanda-t-il une fois qu'ils se furent installés sur les banquettes. Qu'est-ce qui vous a fait changer d'avis ?

– Je ne sais pas, répondit-elle. Il y a sacrément longtemps qu'on ne m'avait pas fait ce genre de proposition. Comment avez-vous eu l'idée de m'inviter à dîner ?

– Je n'en sais rien. Cette idée de vous inviter au buffet m'est sortie de la bouche bêtement. Moi aussi, il y a longtemps que je n'ai pas fait ce genre de proposition.

Tous deux affichèrent un sourire.

Il lui parla d'Eva Lind et de son fils Sindri et elle lui raconta qu'elle avait deux enfants, également adultes. Il eut l'impression qu'elle ne voulait pas trop en dire sur elle-même ni sur la façon dont elle vivait, ce qui ne le dérangea pas. Il ne souhaitait pas s'immiscer dans sa vie.

– Vous avez quelques pistes à propos de cet homme qui a été assassiné ?

– Non, en réalité aucune. L'homme avec lequel je parlais tout à l'heure…

– Oh, je vous ai dérangés ? Je ne savais pas qu'il avait quelque chose à voir avec l'enquête.

– Aucune importance, la rassura Erlendur. Il collectionne des disques, des vinyles, et il nous a appris que l'homme trouvé dans la cave était un enfant star. Il y a très longtemps.

– Un enfant star ?

– Oui, il a enregistré des disques.

– J'imagine que ça ne doit pas être facile d'être un enfant star, observa Valgerdur. N'être qu'un enfant et se voir confronté à toutes sortes de rêves et d'exigences qui ne se matérialisent que très rarement. Quel genre de vie peut-on bien avoir après cela ?

– On s'enterre dans un cagibi en attendant que tout le monde vous oublie.

– Vous croyez ?

– Je ne sais pas. Peut-être qu'il y a tout de même des gens pour se souvenir de lui.

– Vous croyez que cela aurait un rapport avec le meurtre ?

– Quoi donc ?

– Le fait qu'il ait été enfant vedette ?

Erlendur avait tenté d'en dévoiler le moins possible sur l'enquête sans paraître trop impoli. Il n'avait pas encore eu le temps de réfléchir à cette question et ne savait pas si elle était importante.

– On ne sait pas, répondit-il. Nous verrons bien.

Il y eut un silence.

– Vous n'étiez pas un enfant vedette, n'est-ce pas ? reprit-elle en souriant.

– Non, répondit Erlendur. J'étais parfaitement incompétent dans tous les domaines.

– Tout comme moi, poursuivit Valgerdur. Je dessine encore comme une gamine de trois ans.

– Et que faites-vous quand vous n'êtes pas au travail ? demanda-t-elle au bout de quelques instants de silence.

Erlendur ne s'attendait pas à cette question et hésita jusqu'à ce que la femme se mette à sourire.

– Je n'avais pas l'intention de vous mettre dans l'embarras à ce point, précisa-t-elle voyant qu'il ne répondait pas.

– Non, c'est juste que… je n'ai pas l'habitude de parler de moi, répondit Erlendur.

Il ne pouvait pas lui raconter qu'il pratiquait le golf ou quelque autre sport que ce soit. Autrefois, il s'était intéressé à la boxe mais cela lui avait passé. Il n'allait jamais au cinéma, ne regardait pratiquement pas la télévision et ne sortait jamais au théâtre. Il voyageait seul en Islande pendant l'été mais très peu au cours des dernières années. Ce qu'il faisait quand il n'était pas au travail ? Il ne le savait pas lui-même. Il était la plupart du temps tout seul.

– Je lis beaucoup, annonça-t-il tout à coup.

– Et que lisez-vous ?

Il hésitait encore et elle se remit à sourire.

– C'est si difficile que ça ? demanda-t-elle.

– Des livres sur les gens qui se perdent dans le mauvais temps. Sur les décès dans les montagnes. Les gens qui meurent dans la nature. Il existe toute une littérature sur le sujet. Très en vogue à une certaine époque.

– Des gens qui se perdent dans le mauvais temps ? répéta-t-elle.

– Oui, mais je lis d'autres choses, évidemment. Je lis beaucoup. Des livres d'histoire. Des documents. Des annales.

– C'est-à-dire, tout ce qui est vieux et passé, commenta-t-elle.

Il hocha la tête.

– Le passé est une chose à laquelle on peut se raccrocher, précisa-t-il. Même s'il arrive parfois aussi qu'il mente.

– Mais pourquoi précisément les gens qui se perdent dans le mauvais temps ? demanda-t-elle. C'est affreux comme lecture, non ?

Erlendur sourit comme pour lui-même.

– Vous devriez travailler dans la police, observa-t-il.

En l'espace de cette brève soirée, elle était parvenue à atteindre dans le tréfonds de l'esprit d'Erlendur un espace soigneusement délimité et clos, y compris à lui-même. Il ne voulait pas en parler. Eva Lind était la seule à le savoir, sans en avoir pleinement conscience car elle ne reliait peut-être pas l'événement aux disparitions humaines. Il demeura longtemps silencieux.

– C'est simplement quelque chose qui m'est venu au fil des ans, répondit-il, regrettant aussitôt d'avoir menti. Et vous ? Que faites-vous quand vous n'enfoncez pas vos bâtonnets de coton dans la bouche des gens ?

Il essayait de faire machine arrière par un trait d'humour mais le contact entre eux venait de se rompre et il n'y pouvait rien.

– En réalité, je n'ai jamais eu le temps de faire quoi que ce soit d'autre que de travailler, répondit-elle. Elle avait le sentiment d'avoir sans le faire exprès abordé un sujet dont il préférait ne pas discuter mais dont elle ignorait la nature. Elle se montra embarrassée et il ressentit sa gêne.

– Je trouve que nous devrions renouveler l'expérience d'une soirée comme celle-là rapidement, dit-il afin d'en finir. Il s'en voulait terriblement d'avoir menti.

– Absolument, convint-elle. En toute honnêteté, j'étais très hésitante mais je ne regrette vraiment pas. Je tiens à ce que vous le sachiez.

– Moi non plus, répondit-il.

– Bon, conclut-elle. Je vous remercie pour tout. Merci pour le verre de Drambuie, dit-elle en terminant sa liqueur. Lui aussi avait pris un Drambuie afin de lui plaire mais il n'y avait pas touché.

Erlendur était allongé sur le lit de sa chambre d'hôtel et fixait le plafond. Il faisait toujours froid dans la chambre et il était tout habillé. Dehors, il neigeait. C'était une neige douce, belle et pleine de chaleur qui tombait, fragile, sur la terre en fondant aussitôt. Rien à voir avec cette neige glaciale et impitoyable qui estropie et assassine.

– Qu'est-ce que c'est, ces taches qu'on voit là ? demanda Elinborg au père.

– Ces taches ? s'enquit-il. Quelles taches ?

– Ici, sur la moquette, précisa Erlendur. Elinborg et lui-même venaient d'arriver de l'hôpital où ils avaient vu le petit garçon. Le soleil hivernal éclairait la moquette de l'escalier menant à l'étage où se trouvait la chambre du petit et il y distinguait une tache.

– Je ne vois pas de tache, répondit le père en se baissant pour scruter le sol.

– On les distingue plutôt bien dans cette lumière, continua Elinborg en regardant par la fenêtre du salon. Le soleil, bas dans le ciel, faisait mal aux yeux. Elle regardait les grands carreaux de marbre grisâtre tout brillants. Non loin de l'escalier se trouvait un bar contenant des alcools forts et des liqueurs coûteuses. Les vins blancs et rouges étaient placés à l'horizontale dans des porte-bouteilles avec le goulot en avant. Le bar était muni de deux portes vitrées et sur l'une des vitres, Erlendur remarqua la trace presque invisible du passage d'un chiffon. Sur le côté du bar le plus proche de l'escalier, on voyait une petite goutte qui s'était étalée sur environ un centimètre et demi. Elinborg posa son doigt dessus et il resta collé.

– Qu'est-ce qui s'est passé à côté de ce bar ? demanda Erlendur.

Le père lui lança un regard.

– De quoi est-ce que vous parlez ?

– On dirait que quelqu'un a renversé quelque chose. Et vous l'avez nettoyé il n'y a pas bien longtemps.

– Non, répondit le père. Pas récemment.

– Et ces traces de pas dans l'escalier, continua Elinborg, il me semble bien que ce sont celles d'un enfant, je me trompe ?

– Je ne vois aucune trace de pas dans l'escalier, répondit le père. Tout à l'heure vous parliez de taches et maintenant voilà que ce sont des traces de pas. Qu'est-ce que vous insinuez ?

– Vous étiez chez vous au moment où l'agression contre votre fils a eu lieu ?

Le père se taisait.

– L'agression a eu lieu à l'école, continua Elinborg. La journée de cours était terminée, il était en train de jouer au football et c'est au moment où il allait rentrer à la maison qu'ils l'ont attaqué. Voilà la façon dont nous supposons que les choses se sont passées. Il ne vous a rien dit, pas plus qu'à nous d'ailleurs. Je crois qu'il ne le veut pas. Qu'il n'ose pas. Peut-être parce que les garçons l'ont menacé de le tuer s'il allait cafter à la police. Ou peut-être parce que quelqu'un d'autre l'a menacé de le tuer s'il nous parlait.

– Où est-ce que vous voulez en venir ?

– Pourquoi êtes-vous rentré tôt du travail ce jour-là ? Vous êtes rentré à midi. Il s'est traîné jusqu'à chez vous, est monté dans sa chambre et vous êtes rentré peu après ; ensuite, vous avez appelé la police et une ambulance.

Elinborg s'était déjà demandée ce que le père pouvait bien faire à son domicile à la mi-journée en milieu de semaine mais elle ne lui avait pas posé la question jusqu'alors.

– Personne ne l'a vu rentrer de l'école, remarqua Erlendur.

– Vous n'êtes quand même pas en train d'insinuer que je me serais attaqué à… que j'aurais battu mon petit garçon de cette façon ? Vous n'insinuez quand même pas ça ?!

– Cela vous dérange si nous faisons un prélèvement sur la moquette ?

– Je crois que vous feriez mieux de décamper d'ici, répondit le père.

– Je n'insinue rien du tout, observa Erlendur. Le garçon finira par dire ce qui s'est réellement passé. Peut-être pas tout de suite, ni dans une semaine, ni dans un mois, ni même dans un an, mais il finira par le raconter.

– Dehors, dit le père d'un ton maintenant chargé de colère et de mépris. Je ne vous permets pas ! Je ne vous permets pas de... Vous devez partir. Sortez d'ici, dehors !

Elinborg retourna directement au service de pédiatrie de l'hôpital. L'enfant dormait dans son lit avec la main qui pendait dans le vide accrochée au suspensoir. Elle s'assit à côté de lui et attendit qu'il se réveille. Elle était là depuis quinze minutes quand l'enfant remua dans son sommeil et se rendit compte de la présence de la policière à la mine épuisée, pourtant, il ne voyait nulle part le policier aux yeux fatigués qui portait un gilet de laine et qui l'avait accompagnée plus tôt dans la journée. Ils échangèrent un regard et Elinborg fit un sourire avant de demander avec autant de douceur que possible :

– C'est ton papa ?

Elle retourna au domicile du père et du fils plus tard dans la soirée avec un mandat de perquisition, accompagnée par des policiers de la Scientifique. Ils observèrent la tache sur la moquette. Ils observèrent le sol de marbre et le bar. Ils prélevèrent des échantillons. Aspirèrent les plus infimes particules de poussière présentes sur le marbre. Prirent un peu de la goutte tombée sur le bar. Ils montèrent l'escalier pour aller à la chambre du garçon et firent des prélèvements sur le lit. Ils explorèrent la buanderie, les serviettes et les torchons. Ils examinèrent le linge sale. Ils ouvrirent l'aspirateur, prirent des échantillons sur le balai. Ils sortirent examiner la poubelle et fouillèrent les détritus. Ils y trouvèrent une chaussette appartenant au garçon.

Le père était dans la cuisine. Il appela son avocat, un de ses amis, dès que la Scientifique fit son apparition. L'avocat arriva immédiatement et examina le mandat du juge. Il conseilla à son client de garder le silence devant la police.

Erlendur et Elinborg regardaient la police scientifique faire son travail. Elinborg fixait le père d'un regard assassin ; celui-ci secouait la tête et baissait les yeux.

– Je ne comprends pas ce que vous voulez, dit-il. Je ne comprends pas.

Le petit garçon n'avait rien dit qui puisse accuser son père. Quand Elinborg lui avait posé la question, il n'avait manifesté d'autre réaction que celle de fondre en larmes.

Le chef de la Scientifique téléphona deux jours plus tard.

– C'est à propos des taches sur la moquette de l'escalier, annonça-t-il.

– Oui, répondit Elinborg.

– C'est du Drambuie.

– Du Drambuie ? La liqueur ?

– Il y en a des traces partout dans le salon et une traînée sur la moquette jusqu'à la chambre du garçon.

Erlendur fixait toujours le plafond quand il entendit quelqu'un frapper à la porte. Il se leva pour aller ouvrir et Eva Lind se faufila à toute vitesse dans la chambre. Erlendur inspecta le couloir et referma derrière elle.

– Personne ne m'a vue, précisa Eva. Ça faciliterait les choses si tu daignais rentrer chez toi. Je ne comprends pas ce que tu as dans la tête.

– Je vais rentrer chez moi, répondit Erlendur. Ne t'inquiète pas pour ça. Pourquoi tu traînasses toujours ici ? Tu as besoin de quelque chose ou quoi ?

– Il faut que j'aie une raison particulière pour avoir envie de te voir ? demanda Eva en s'asseyant au petit bureau et en attrapant son paquet de cigarettes. Elle balança un sac plastique par terre et fit un signe de la tête dans sa direction. Je t'ai apporté quelques fringues, précisa-t-elle. Si tu as l'intention de continuer à déambuler dans cet hôtel, il faut que tu puisses te changer.

– Je te remercie, répondit Erlendur en prenant place face à elle sur le lit et en lui prenant une cigarette. Eva alluma les deux.

– Ça me fait plaisir de te voir, dit Erlendur en rejetant une volute de fumée.

– Alors, ça avance avec le Père Noël ?

– Lentement. Et toi, qu'est-ce que tu racontes ?
– Rien.
– Tu as vu ta mère ?
– Oui. Rien de neuf. Il ne se passe jamais rien dans sa vie. Boulot, télé, dodo. Boulot, télé, dodo. Boulot, télé, dodo. C'est tout ? Est-ce que c'est tout ce qu'on peut espérer ? Est-ce qu'on essaie de rester dans le droit chemin pour bosser comme des esclaves jusqu'à tomber d'épuisement ? Et regarde-toi donc un peu ! Tu traînasses comme un idiot dans cette chambre d'hôtel au lieu de rentrer chez toi !

Erlendur aspira une bouffée et rejeta la fumée par le nez.
– Je ne voulais pas…
– Non, je sais bien, interrompit Eva Lind.
– Alors, tu abandonnes ? demanda-t-il. Quand tu es passée hier…
– Je ne sais pas si j'arriverai à supporter tout ça.
– Tout ça quoi ?
– Cette saloperie de vie !

Ils étaient assis, occupés à fumer, et le temps passait.
– Ça t'arrive de penser à l'enfant ? finit par demander Erlendur. Eva en était au septième mois au moment où elle avait fait une fausse couche et elle avait sombré dans une profonde dépression quand elle avait emménagé chez son père après son séjour à l'hôpital. Erlendur savait qu'elle avait été terriblement ébranlée. Elle se sentait coupable de la mort de l'enfant. Le soir où l'événement s'était produit, elle avait adressé à son père un appel de détresse et il avait fini par la retrouver baignant dans son sang devant l'Hôpital national jusqu'où elle s'était traînée pour se rendre à la maternité. Il s'en était fallu de peu qu'elle y laisse la vie elle-même.
– Cette saloperie de vie ! répéta-t-elle en écrasant sa cigarette sur le plateau du bureau.

Une fois qu'Eva Lind fut repartie et qu'Erlendur se fut recouché, le téléphone sonna sur la table de nuit. C'était Marion Briem.
– Tu sais l'heure qu'il est ? demanda Erlendur en regardant sa montre. Il était minuit passé.

– Non, répondit Marion. Je pensais à la salive.

– A la salive sur le préservatif? demanda Erlendur, renonçant à s'énerver.

– Ils y penseront sûrement eux-mêmes mais il ne serait peut-être pas inutile de leur rappeler de mesurer le taux d'hydrocortisone.

– Je ne les ai pas encore vus mais ils vont probablement me dire quelque chose là-dessus.

– Tu pourras en déduire un certain nombre de choses. Et aussi mieux comprendre ce qui s'est passé dans ce cagibi, à la cave.

– Je sais, Marion. Il y avait autre chose ?

– Non, je voulais juste te rappeler pour cette histoire d'hydrocortisone.

– Alors, bonne nuit, Marion.

– Bonne nuit.

TROISIÈME JOUR

9

Erlendur, Sigurdur Oli et Elinborg se retrouvèrent à l'hôtel pour faire le point tôt le lendemain matin. Ils s'assirent à une petite table ronde un peu à l'écart et prirent leur petit-déjeuner au buffet. Il avait neigé pendant la nuit mais l'air s'était maintenant réchauffé et il n'y avait plus trace de neige dans les rues. La météo avait annoncé un Noël sans neige. Les emplettes de fin d'année battaient leur plein. De longues files de voitures attendaient à tous les carrefours et une foule de gens envahissaient la ville.

– Ce Wapshott, demanda Sigurdur Oli. Qui est-ce?

Beaucoup de bruit pour rien, pensa Erlendur tout en avalant une gorgée de son café et en jetant un œil par la fenêtre. Drôle d'endroit, un hôtel. Ça le changeait de rester à l'hôtel mais il fallait compter avec l'étrange sentiment que quelqu'un venait dans sa chambre pendant son absence pour tout remettre en ordre. Il quittait sa chambre le matin et, quand il y retournait, quelqu'un y était entré, avait tout remis en place, refait le lit, changé les serviettes, mis un nouveau savon sur le lavabo. Il pouvait ressentir la présence de la personne qui remettait de l'ordre mais ne connaissait pas son identité.

Quand il descendit ce matin-là, il alla à la réception et demanda qu'on arrête de faire sa chambre.

Wapshott voulait le revoir plus tard dans la matinée pour lui en apprendre un peu plus sur sa collection de disques et la carrière de Gudlaugur Egilsson. Ils s'étaient dit au revoir d'une poignée de mains quand Valgerdur les avait interrompus la veille au soir. Wapshott s'était tenu droit comme un I en attendant qu'Erlendur fasse les présentations mais, voyant que rien de tel ne se produisait, il avança la main et se présenta lui-même en s'inclinant. Ensuite, il les pria de bien vouloir l'excuser, prétexta qu'il avait faim, qu'il était fatigué et qu'il allait monter dans sa chambre pour s'occuper de quelques affaires avant de manger et d'aller se coucher.

Ils ne le virent pas redescendre dans le restaurant pendant qu'ils mangeaient et se dirent qu'il avait peut-être demandé qu'on lui serve le dîner dans sa chambre. Valgerdur mentionna le fait qu'il avait l'air fatigué.

Erlendur l'avait accompagnée au vestiaire, aidée à remettre son joli trois-quarts en cuir et suivie jusqu'à la porte-tambour auprès de laquelle ils étaient restés un instant avant que la femme ne sorte affronter la neige. Après le départ d'Eva Lind, le sourire de Valgerdur l'accompagna jusqu'à ce qu'il s'endorme, bercé par quelques légères notes du parfum qu'il avait gardé sur sa main lorsqu'ils s'étaient dit au revoir.

– Erlendur ? fit Sigurdur Oli. Allô ! Ce Wapshott, qui est-ce ?

– Tout ce que je sais, c'est que c'est un Anglais collectionneur de disques, répondit Erlendur qui leur avait fait un résumé de son entrevue avec Henry Wapshott. Et qu'il doit quitter l'hôtel demain. Il faudrait que tu appelles l'étranger pour prendre des renseignements sur son compte. Nous avons fixé un autre rendez-vous avant midi et il va m'en dire un peu plus.

– Un jeune choriste ? demanda Elinborg. Qui aurait bien pu vouloir assassiner un choriste ?

– Enfin, naturellement, il n'avait plus rien d'un petit choriste, commenta Sigurdur Oli.

– Autrefois, il était célèbre, reprit Erlendur. Il a même sorti des disques visiblement rares et très convoités aujourd'hui. Henry Wapshott est venu d'Angleterre jusqu'ici à cause de ces disques et à cause de cet homme. Il s'intéresse aux maîtrises de jeunes garçons et aux petits garçons qui les composent dans le monde entier.

– Tout ce que je connais là-dedans, ce sont les Chœurs d'enfants de Vienne, précisa Sigurdur Oli.

– Tiens donc ! Spécialisé dans les jeunes garçons, remarqua Elinborg. Quel genre d'homme peut bien collectionner des petits garçons qui chantent sur des disques ? Il y a de quoi se poser des questions. Cet homme-là doit être plutôt tordu, non ?

Erlendur et Sigurdur Oli la dévisagèrent.

– Comment ça ? demanda Erlendur.

– Quoi donc ?

Elinborg afficha une expression de surprise.

– Tu trouves que c'est tordu de collectionner des disques?

– Pas les disques mais les jeunes garçons, précisa Elinborg. Les jeunes garçons qui enregistrent des disques. Il y a une sacrée différence, me semble-t-il. Vous ne voyez rien de bizarre à ça?

Elle les regarda à tour de rôle.

– Je n'ai pas les idées aussi mal placées que toi, répondit Sigurdur Oli en jetant un regard à Erlendur.

– Les idées mal placées! Est-ce que le Père Noël avec le pantalon baissé et une capote sur la quéquette serait sorti de mon imagination? J'ai eu besoin de faire preuve d'imagination pour ça? Ensuite, on apprend qu'il y a un gars dans cet hôtel qui vénère le Père Noël en question mais seulement à l'époque où ce dernier avait douze ans et quelques, et qu'il a fait tout le chemin depuis l'Angleterre pour venir le voir. Vous seriez pas un peu stupides, par hasard?

– Tu veux ramener cette affaire à une histoire de sexe? demanda Erlendur.

Elinborg roula des yeux.

– On dirait deux séminaristes!

– Mais il ne fait que collectionner des disques, répondit Sigurdur Oli. Comme Erlendur l'a expliqué, il y a même des gens qui collectionnent les sacs à vomi dans les avions. Quel est leur type de sexualité d'après tes théories?

– Je ne comprends pas comment vous pouvez être aveugles à ce point! Ou bien refoulés! Pourquoi est-ce que les hommes sont toujours aussi coincés?

– Aïe aïe, ne commence pas à nous bassiner avec ça, répondit Sigurdur Oli. Pourquoi est-ce que les femmes accusent toujours les hommes d'être refoulés? Comme si les femmes ne l'étaient pas avec tous leurs "oh, je ne trouve plus mon rouge à lèvres" et…

– Des vieux séminaristes refoulés et aveugles, cingla Elinborg.

– Qu'implique le fait d'être collectionneur? interrogea Erlendur. Pourquoi les gens désirent-ils s'entourer d'un certain type d'objets et pourquoi accordent-ils plus de valeur à une chose qu'à une autre?

– Il y a des objets qui possèdent plus de valeur que d'autres, répondit Sigurdur Oli.

– Ils doivent être en quête d'une chose exceptionnelle et spéciale, poursuivit Erlendur. De quelque chose que nul autre qu'eux ne posséderait. N'est-ce pas leur but ultime ? Posséder un joyau que nul autre au monde ne possède.

– Est-ce que ce ne sont pas des gens un peu spéciaux, quand même ? demanda Elinborg.

– Spéciaux ?

– Des solitaires, des gens un peu bizarres.

– Tu as trouvé des disques à l'intérieur de l'armoire de Gudlaugur, n'est-ce pas ? lui demanda Erlendur. Qu'est-ce que tu en as fait ? Tu les as examinés ?

– Je les ai vus dans l'armoire, c'est tout, précisa Elinborg. Je n'y ai pas touché et ils s'y trouvent encore, si tu as envie de les voir.

– Comment un collectionneur comme Wapshott peut-il entrer en contact avec un homme comme Gudlaugur ? poursuivit Elinborg. Comment a-t-il donc appris son existence ? Existe-t-il des intermédiaires ? Comment se fait-il qu'il connaisse quoi que ce soit à l'édition de disques de chant choral en Islande dans les années 70 ? Et qu'il connaisse un soliste qui chantait il y a plus de trente ans de ça en Islande ?

– Par le biais de magazines ? avança Sigurdur Oli. D'Internet ? Du téléphone ? D'autres collectionneurs ?

– Nous en avons appris un peu plus sur ce Gudlaugur ? demanda Erlendur.

– Il avait une sœur, répondit Elinborg. Ainsi qu'un père, toujours de ce monde. Évidemment, nous les avons informés de son décès. C'est sa sœur qui est venue reconnaître le corps.

– Nous allons bien sûr faire subir un prélèvement de salive à ce Wapshott, n'est-ce pas ? demanda Sigurdur Oli.

– Oui, je vais m'en occuper, répondit Erlendur.

Sigurdur Oli partit en quête d'informations sur Henry Wapshott, Elinborg se chargea d'aller voir le père et la sœur de Gudlaugur. Quant à Erlendur, il redescendit à la cave dans le cagibi du portier. Il passa devant la réception et nota que le chef réceptionniste était à nouveau à son poste. Il se dit qu'il l'interrogerait plus tard.

Il trouva les disques dans le placard de Gudlaugur. Il y en avait deux, des 45 tours. Sur la pochette du premier était inscrit : "Gudlaugur chante l'*Ave Maria* de Schubert." Henry Wapshott lui avait montré le même disque. La pochette de l'autre présentait le jeune soliste devant une petite chorale d'enfants. Le chef de chœur, un homme jeune, se tenait à l'écart. "Gudlaugur Egilsson chante en solo" était inscrit en gros caractères en travers de la pochette.

A l'arrière se trouvait un bref article décrivant le jeune chanteur prodige.

"Gudlaugur Egilsson a suscité un intérêt considérable et mérité avec le Chœur d'enfants de la ville de Hafnarfjördur, et on peut sans risque dire que ce jeune garçon de douze ans a un bel avenir devant lui. Voici donc le deuxième disque de Gudlaugur : il y chante avec toute la merveilleuse sensibilité de sa voix pure et limpide sous la direction de Gabriel Hermannsson, chef du Chœur d'enfants de Hafnarfjördur. Voilà un disque que tous les amateurs de grande musique se doivent de posséder. Gudlaugur Egilsson y fait une prestation qui ne laisse aucun doute sur ses qualités exceptionnelles et il s'apprête actuellement à effectuer une tournée dans les pays nordiques."

– Un enfant vedette, pensa Erlendur en regardant l'affiche du film de la Petite Princesse, Shirley Temple. Qu'est-ce que tu fabriques donc ici ? demanda-t-il à l'affiche. Pourquoi est-ce qu'il t'a gardée ? Pourquoi es-tu la seule chose qu'il laisse derrière lui ?

Il prit son téléphone.

– Marion, dit-il quand son interlocuteur décrocha.

– Oui, fit la voix au téléphone. C'est toi ?

– Alors, du nouveau ?

– Tu savais que ce Gudlaugur avait sorti des disques quand il était gamin ?

– Je viens juste de le découvrir, répondit Erlendur.

– L'entreprise qui les éditait a fait faillite il y a environ vingt ans et il n'en reste rien du tout aujourd'hui. C'est un dénommé Gunnar Hansson qui en était le propriétaire et le directeur. Elle s'appelait les Disques GM. Elle a sorti quelques saletés à l'époque hippie et à celle des Beatles mais tout a fini par se casser la figure.

– Tu sais ce que le stock est devenu ?

– Le stock ? demanda Marion Briem.

– Les disques invendus.

– Ils ont évidemment servi à payer les dettes. C'est toujours comme ça que ça se passe, non ? J'ai parlé à la famille de ce Gunnar, à ses deux fils. L'entreprise n'a jamais été bien importante et ils sont vraiment tombés des nues quand je leur ai demandé des précisions là-dessus. Il y avait des dizaines d'années qu'ils n'en avaient pas entendu parler. Gunnar est décédé dans les années 80 et ils m'ont dit qu'il n'avait rien laissé d'autre derrière lui qu'une montagne de dettes.

– Il y a un homme ici, à l'hôtel, qui collectionne des disques de chorales, plus précisément des chœurs de garçons, voire des petits garçons qui chantent dans les chœurs. Il avait l'intention de rencontrer Gudlaugur mais il n'en a pas eu le temps. Je me demandais si les disques qu'il a enregistrés pourraient avoir une quelconque valeur. Comment est-ce que je peux savoir ça ?

– Il suffit de trouver des collectionneurs et de leur en parler, répondit Marion. Tu veux que je m'en occupe ?

– Il y a encore autre chose. Tu pourrais retrouver la trace d'un dénommé Gabriel Hermannsson, qui était chef de chœur à Hafnarfjördur dans les années 60 ? Tu le trouveras sûrement dans l'annuaire s'il est encore en vie. Il se pourrait qu'il ait été le professeur de Gudlaugur. J'ai en ma possession une pochette de disque avec une photo de lui où il doit avoir la trentaine. S'il est mort, évidemment, ça ne mènera nulle part.

– C'est ce qui se passe en général.

– Quoi ?

– Quand on est mort. Ça ne mène nulle part.

– Exact. (Erlendur hésita.) Qu'est-ce qui te prend de me parler de la mort ?

– Rien.

– Tout va bien ?

– Merci de me balancer quelques miettes, répondit Marion.

– Ce n'était pas ce que tu voulais ? De quoi farfouiller afin de distraire tes vieux jours ?

– En tout cas, ça va me sauver la journée, convint Marion. Tu as eu le temps de voir, pour l'hydrocortisone dans la salive ?

– Je vais m'en occuper, répondit Erlendur avant de prendre congé.

Le chef réceptionniste disposait d'un coin personnel au fond de la réception, c'est là qu'il était assis, absorbé dans des papiers, quand Erlendur entra et referma la porte derrière lui. L'homme se leva et protesta qu'il n'avait pas le temps de lui parler parce qu'il devait se rendre à une réunion mais Erlendur s'assit et croisa les bras.

– Qu'est-ce que vous fuyez ? demanda-t-il.

– Comment ça ?

– Vous n'étiez pas ici hier alors que l'hôtel est comble. Vous vous êtes comporté comme un fugitif quand je vous ai interrogé le soir du meurtre du portier. Et maintenant, vous avez l'air survolté. Dans mon esprit, vous figurez en tête sur la liste des suspects. On m'a dit que c'était vous qui connaissiez le mieux Gudlaugur dans l'hôtel. Ce que vous niez, prétendant ne rien savoir sur son compte. Je crois bien que vous me mentez. Il travaillait sous vos ordres. Vous feriez mieux de vous montrer un peu plus coopératif. Ce n'est pas très drôle de mariner en garde à vue pendant les fêtes.

Le chef réceptionniste dévisagea Erlendur sans trop savoir quelle attitude adopter, puis il se rassit doucement sur sa chaise.

– Vous n'avez rien contre moi, répondit-il. C'est n'importe quoi d'imaginer que j'aie fait ça à Gudlaugur. Que je sois allé dans son espèce de cagibi et que… enfin, je veux dire tout ce truc avec la capote.

Erlendur s'inquiétait car il semblait que des détails de l'affaire s'étaient répandus dans l'hôtel et que le personnel s'en délectait. Le cuisinier savait très exactement pour quelle raison on faisait des prélèvements de salive. Le chef réceptionniste était en mesure de se représenter mentalement la scène dans le placard du portier. Peut-être était-ce le directeur qui avait tout raconté, ou bien la fille qui avait découvert le cadavre, ou encore les policiers eux-mêmes.

– Où étiez-vous hier ? demanda Erlendur.

– Malade, répondit le chef réceptionniste. Je suis resté chez moi toute la matinée.

– Vous n'avez prévenu personne. Vous avez consulté un médecin ? Il vous a délivré un arrêt de travail ? Je peux l'interroger ? Son nom ?

– Je ne suis allé consulter aucun médecin. Je suis resté au lit. Mais maintenant, ça va mieux.

Il se força à tousser. Erlendur fit un sourire. Le réceptionniste était le plus pitoyable menteur qu'Erlendur ait jamais rencontré.

– Pourquoi ce tissu de mensonges ?

– Vous n'avez rien contre moi, répondit le réceptionniste. Tout ce que vous pouvez faire, c'est me menacer. Et je veux que vous me fichiez la paix.

– Je pourrais aussi interroger votre femme, répliqua Erlendur. Et lui demander si elle vous a servi le thé au lit hier.

– Vous la laissez tranquille ! répondit le réceptionniste d'un ton brusquement plus sec et plus grave. Son visage s'empourpra.

– Non, je ne la laisserai pas tranquille, fit Erlendur.

Le réceptionniste fit les gros yeux à Erlendur.

– Je vous interdis de lui parler ! rétorqua-t-il.

– Et pourquoi ? Qu'est-ce que vous me cachez ? Votre comportement est devenu beaucoup trop suspect pour espérer vous débarrasser de moi.

Le chef réceptionniste regarda fixement droit devant lui et soupira.

– Fichez-moi la paix ! Tout cela n'a rien à voir avec Gudlaugur. Il s'agit de problèmes personnels dans lesquels je me suis fourré et dont je suis en train de me sortir.

– Et de quoi s'agit-il ?

– Je n'ai pas à vous raconter quoi que ce soit à ce sujet.

– Permettez-moi de l'apprécier moi-même.

– Vous ne pouvez pas me forcer.

– Comme je vous l'ai dit, je peux parfaitement vous placer en garde à vue ou encore aller interroger votre femme.

Le réceptionniste soupira profondément.

Il lança un regard à Erlendur.

– Cela reste entre vous et moi ?

– Si ce n'est pas en rapport avec Gudlaugur, oui.

– Non, ça n'a rien à voir avec lui.
– Bon, d'accord.
– Quelqu'un a téléphoné à ma femme avant-hier, expliqua le réceptionniste. Le jour où vous avez trouvé Gudlaugur.

A l'autre bout du fil, une voix féminine que sa femme n'avait pas reconnue avait demandé à lui parler. C'était à la mi-journée, en semaine, et il n'y avait rien d'anormal à ce qu'on l'appelle chez lui à cette heure-là. Ceux qui le connaissaient savaient ses horaires de travail très irréguliers. Son épouse, médecin, faisait des gardes et la sonnerie du téléphone l'avait réveillée, elle devait travailler ce soir-là. La femme au téléphone fit semblant de bien connaître le réceptionniste mais se dévoila immédiatement quand l'épouse lui demanda son nom.

– Qui êtes-vous ? avait-elle demandé.

La réponse obtenue l'avait surprise et avait suscité encore plus d'interrogations.

– Il me doit de l'argent, avait répondu la voix au téléphone.
– Elle m'avait déjà menacé d'appeler chez moi, expliqua le chef réceptionniste à Erlendur.
– Et qui était-ce ?

Il était sorti s'amuser en ville cela faisait maintenant dix jours. Sa femme était en voyage en Suède où elle assistait à un colloque de médecins et il était allé manger au restaurant avec trois de ses amis. Ils avaient passé un bon moment, entre vieux copains. Ils avaient quitté le restaurant pour faire le tour des bars et atterri dans une discothèque fréquentée du centre-ville. C'est là qu'il s'était séparé de ses amis pour aller au bar discuter avec des collègues qui travaillaient dans l'hôtellerie. Il était resté à regarder les gens se trémousser sur une petite piste. Il était légèrement ivre mais pas au point d'être incapable de prendre des décisions raisonnables. C'est pourquoi il ne comprenait rien à tout cela. Jamais auparavant il ne s'était livré à ce genre de chose.

Elle s'avança jusqu'à lui et, exactement comme dans un film, une cigarette entre les doigts, elle lui demanda du feu. Il ne fumait pas mais, à cause de son travail, il avait toujours un briquet sur lui. C'était une habitude qu'il avait prise puisque les gens avaient le droit de fumer partout. Elle lui avait parlé de quelque chose qu'il avait maintenant oublié avant de lui demander s'il n'allait pas lui offrir un verre. Il l'avait regardée. Bien sûr que si. Ils étaient debout au comptoir, il avait payé les consommations, puis ils étaient allés s'asseoir à une petite table qui se libérait. Elle était particulièrement attirante et jouait d'une séduction tout en finesse. Il prit part au jeu, sans comprendre vraiment ce qui se passait. Les femmes ne se comportaient généralement pas de cette façon-là avec lui. Elle était assise, blottie tout contre lui, se montrait entreprenante et sûre d'elle. Quand il se leva pour aller commander un autre verre, elle fit descendre sa main le long de sa cuisse. Il lui lança un regard et elle lui décocha un sourire. C'était une femme d'une grande beauté et séduisante qui savait ce qu'elle voulait. Elle était à coup sûr de dix ans sa cadette.

La nuit avançant, elle lui demanda s'il ne voulait pas l'accompagner chez elle. Elle habitait juste à côté et ils y allèrent à pied. Lui, encore incertain et hésitant mais en même temps plein d'impatience. La chose lui était étrangère au point qu'il se demandait s'il n'était pas sur la lune. Pendant vingt-trois ans, il avait été fidèle à sa femme. Au cours de toutes ces années, il était peut-être allé jusqu'à embrasser une autre femme mais rien de comparable ne lui était arrivé jusqu'alors.

– J'ai totalement perdu pied, expliqua le chef réceptionniste à Erlendur. Une partie de moi voulait s'enfuir, rentrer à la maison et oublier tout ça. Une autre partie voulait la suivre chez elle.

– Je sais quelle partie a eu le dernier mot, répondit Erlendur.

Ils étaient devant la porte de son appartement dans l'escalier d'un immeuble récent et elle introduisit la clé dans la serrure. Même ce geste avait le goût de l'amour quand ses mains à elle l'exécutaient. La porte s'ouvrit et elle s'approcha de lui : entre avec moi, lui demanda-t-elle en lui caressant l'entrejambe.

Il la suivit à l'intérieur. Elle commença par leur servir des cocktails. Il prit place dans le canapé du salon. Elle mit de la musique, s'approcha de lui avec un verre et un sourire qui découvrit de belles dents éclatantes de blancheur derrière le rouge à lèvres. Elle s'assit à côté de lui, reposa son verre, attrapa le haut de son pantalon et fit lentement glisser sa main le long de son sexe.

– J'ai… C'était… Enfin, elle savait faire les choses les plus incroyables, continua le réceptionniste.

Erlendur le fixait en gardant le silence.

– J'avais l'intention de filer à l'anglaise le lendemain matin mais elle était à l'affût. J'étais torturé par le remords, je me sentais complètement nul d'avoir trahi ma femme et mes enfants. Nous avons trois enfants. Je voulais sortir de là et oublier tout ça. Je ne voulais plus jamais revoir cette femme. Elle était réveillée et d'humeur joyeuse au moment où j'ai voulu me faufiler hors de la chambre.

Elle s'est assise dans le lit et a allumé une lampe de chevet. Tu t'en vas déjà ? demanda-t-elle. Il répondit que oui, prétextant être en retard. Une réunion importante. Une chose de ce genre.

– Alors, tu as passé une bonne nuit ? poursuivit-elle.

Il la regardait avec son pantalon dans les mains.

– Très bonne, oui, répondit-il, mais je ne peux pas vivre un truc comme ça. Je ne le peux pas. Pardonne-moi.

– C'est quatre-vingt mille couronnes, annonça-t-elle d'un ton calme, comme si c'était la chose la plus évidente.

Il la dévisagea, comme s'il n'avait pas entendu ce qu'elle avait dit.

– Quatre-vingt mille, reprit-elle.

– Comment ça ? demanda-t-il.

– Pour la nuit, précisa-t-elle.

– La nuit ? lança-t-il. Quoi, tu vends tes charmes ?

– Qu'est-ce que tu t'imagines ? rétorqua-t-elle.

Il ne comprenait pas de quoi elle parlait.

– Tu t'imagines peut-être que tu peux avoir une femme comme moi gratuitement ? continua-t-elle.

Petit à petit, il comprit où elle voulait en venir.

– Mais tu ne m'as rien dit !

– J'avais besoin de te dire quoi que ce soit ? Paie-moi quatre-vingt mille et tu pourras peut-être revenir me voir une autre fois.

– J'ai refusé de payer, expliqua le chef réceptionniste à Erlendur. Je suis sorti de chez elle. Elle était dans une colère noire. Elle a appelé ici, sur mon lieu de travail, et m'a menacé si je ne payais pas. Elle m'a menacé de téléphoner chez moi.

– Quel est le nom qu'on leur donne, déjà ? demanda Erlendur. C'est un terme anglais. *Date*? *Date whores*, enfin, des putes de luxe ? C'en est une ? C'est ce que vous voulez dire ?

– Je ne sais pas ce qu'elle est, mais de son côté, elle savait parfaitement ce qu'elle faisait et elle a fini par appeler à la maison et tout raconter à ma femme.

– Pourquoi est-ce que vous ne l'avez pas tout simplement payée ? Elle vous aurait laissé tranquille.

– Je ne suis pas sûr qu'elle m'aurait fichu la paix même si je l'avais payée, répondit le réceptionniste. Ma femme et moi avons examiné le problème hier. Je lui ai expliqué ce qui s'était passé comme je viens de le faire pour vous. Il y a vingt-trois ans que nous sommes ensemble et même si je n'ai aucune excuse, il s'agissait quand même d'un piège, en tout cas, c'est comme ça que je vois les choses. Si cette femme n'avait pas voulu m'extorquer de l'argent, cela ne se serait jamais passé.

– Par conséquent, tout est de sa faute à elle ?

– Non, bien sûr que non, mais tout de même… c'était un piège.

Il y eut un silence.

– Il se passe des choses de ce genre ici, à l'hôtel ? demanda Erlendur. Il y a des *date whores*, des putes de luxe ?

– Non, répondit le réceptionniste.

– Ça n'échapperait pas à votre attention ?

– On m'a dit que vous posiez des questions à ce sujet. Il n'y a rien de ce genre ici.

– Très bien, répondit Erlendur.

– Vous garderez le silence là-dessus ?

– Il me faut le nom de cette femme si vous le connaissez. Et son adresse. Mais cela reste entre nous.

Le réceptionniste hésita.

– Quelle sale petite pute, grommela-t-il, abandonnant un instant son rôle d'hôtelier bien éduqué.

– Vous avez l'intention dc la payer ?
– Il y a une chose sur laquelle nous sommes d'accord avec ma femme : elle n'aura pas une seule couronne.
– Vous croyez qu'il pourrait s'agir d'une blague malveillante ?
– D'une blague malveillante ? demanda le réceptionniste. Je ne comprends pas. Qu'entendez-vous par là ?
– Je veux dire, serait-il possible que quelqu'un vous veuille du mal au point de manigancer une telle chose pour vous amener des ennuis ? Une personne avec laquelle vous seriez en mauvais termes ?
– Non, je ne vois pas. Vous voulez dire que j'aurais des ennemis susceptibles de me jouer un tour pareil ?
– Pas nécessairement des ennemis. Peut-être juste de mauvais plaisantins, même de vos amis.
– Non, je n'ai pas d'amis de ce genre. D'autant plus que la blague a été poussée très loin, elle a largement dépassé le stade de la plaisanterie.
– C'est vous qui avez signifié son congé au Père Noël ?
– Comment ça ?
– C'est vous qui lui avez communiqué la nouvelle ? Ou bien il l'a apprise par lettre ou bien... ?
– C'est moi qui le lui ai annoncé.
– Et comment l'a-t-il pris ?
– Pas très bien, ce qui se comprend. Il y avait longtemps qu'il travaillait ici. Bien plus longtemps que moi, par exemple.
– Vous pensez qu'il aurait pu être derrière tout ça, si tant est que quelqu'un en soit à l'origine ?
– Gudlaugur ? Non, je ne peux pas m'imaginer une chose pareille. Gudlaugur ? Mêlé à une telle histoire ? Non, je ne crois pas. Il n'avait franchement rien d'un mauvais plaisantin. Absolument rien.
– Vous saviez qu'il était un enfant vedette autrefois ? demanda Erlendur.
– Un enfant vedette ? Comment ça ?
– Il a enregistré des disques. Il chantait dans une chorale.
– Non, je ne savais pas ça, répondit le réceptionniste.
– Encore une petite chose pour finir, dit Erlendur en se levant.

– Oui, répondit l'homme.

– Vous pourriez me faire monter un électrophone dans ma chambre ? demanda Erlendur qui s'aperçut aussitôt que le réceptionniste n'avait pas la moindre idée de ce que l'objet en question pouvait bien être.

Quand Erlendur retourna dans le hall, il vit le chef de la Scientifique qui sortait de l'escalier de la cave.

– Alors, où en est-on avec la salive trouvée sur le préservatif ? demanda Erlendur. Vous avez vérifié le taux d'hydrocortisone ?

– C'est en cours. Qu'est-ce que vous savez sur l'hydrocortisone ?

– Je sais que c'est signe que l'individu a perçu un danger quand sa salive présente un taux très élevé.

– Sigurdur Oli m'a demandé des précisions sur l'arme du crime, continua le chef de la Scientifique. Le médecin légiste m'a dit qu'il ne s'agissait pas d'un couteau spécial. Pas très long, la lame est fine et dentelée.

– Donc, il ne s'agit pas d'un couteau de chasse ou d'un gros coutelas de boucher ?

– Non, c'est un outil tout à fait commun, d'après ce qu'elle m'a dit, continua le chef de la Scientifique. Un couteau plutôt banal.

10

Erlendur emporta les deux disques du placard de Gudlaugur et les monta dans sa chambre. Puis, il appela l'hôpital et demanda à parler à Valgerdur. On lui passa le service où elle travaillait. Ce fut une autre femme qui décrocha. Il demanda à nouveau à parler à Valgerdur, la femme lui demanda de patienter un instant et finalement Valgerdur vint au téléphone.

– Il vous reste quelques-uns de ces bâtonnets avec du coton au bout ? demanda-t-il.

– C'est pour quelqu'un qui s'est perdu dans la nature ou pour une catastrophe naturelle ?

Erlendur fit un sourire en coin.

– Il y a un étranger ici, à l'hôtel, que nous devons examiner.

– C'est très urgent ?

– Il faudrait que ça soit fait aujourd'hui.

– Vous serez là ?

– Oui.

– A tout à l'heure.

Erlendur raccrocha. Quelqu'un qui s'est perdu dans la nature ou une catastrophe naturelle, pensa Erlendur en souriant comme pour lui-même. Il avait rendez-vous avec Henry Wapshott au bar du rez-de-chaussée. Il redescendit, s'installa dans le bar et attendit. Un serveur lui demanda s'il voulait consommer quelque chose mais il répondit que non puis changea d'avis et lui demanda de lui apporter un verre d'eau. Il parcourut du regard les étagères d'alcool, les rangées de bouteilles de vin et les rangées de liqueurs de toutes les couleurs de l'arc-en-ciel.

Ils trouvèrent un minuscule éclat de verre, invisible sur le marbre du salon. Des traces de Drambuie sur le bar, dans les chaussettes du petit garçon ainsi que dans l'escalier. Ils trouvèrent des éclats de verre dans les poils du balai et dans l'aspirateur. Tout semblait indiquer que la bouteille de liqueur s'était fracassée sur le marbre du salon. L'enfant avait selon toute probabilité marché dans la flaque alors formée et monté l'escalier en courant pour aller jusqu'à sa chambre. Les taches relevées dans l'escalier suggéraient en effet que le garçon avait plus couru que marché. De petits pieds apeurés. Voilà pourquoi ils en déduisirent que le petit garçon avait cassé la bouteille et que son père avait perdu son sang-froid et s'en était pris physiquement à son fils, de telle sorte qu'il l'avait envoyé à l'hôpital.

Elinborg le fit convoquer pour interrogatoire au commissariat de la rue Hverfisgata : là, elle lui exposa les conclusions de la police scientifique, la réaction du petit garçon quand on lui avait demandé si c'était son père qui l'avait battu de cette façon, ainsi que son intime conviction qu'il était le coupable. Erlendur assistait à l'interrogatoire. Elle annonça au père qu'il était juridiquement dans la position d'un inculpé et qu'il avait le droit d'avoir son avocat à ses côtés. Et même qu'elle le lui conseillait. Le père répondit qu'il ne voulait pas appeler d'avocat pour l'instant. Il était innocent et répéta qu'il ne comprenait pas pourquoi les soupçons pesaient sur sa personne simplement parce qu'une bouteille de liqueur était tombée par terre.

Erlendur alluma un magnétophone dans la salle d'interrogatoire.

– Voilà la façon dont nous croyons que les choses se sont déroulées, dit Elinborg en faisant comme si elle lisait un rapport, essayant ainsi de mettre de côté ses émotions. Le petit garçon est rentré de l'école. Il était alors entre trois et quatre heures. Vous êtes rentré peu après. Nous savons que vous avez quitté votre travail tôt ce jour-là. Peut-être même étiez-vous déjà revenu à la maison quand l'événement s'est produit. Pour une raison quelconque, l'enfant a fait tomber une grosse bouteille de Drambuie par terre. Il a paniqué et s'est réfugié en courant dans sa chambre. Vous vous êtes mis en colère et bien au-delà. Vous avez totalement perdu votre sang-froid, vous êtes monté dans la chambre de votre fils pour le punir. Les choses ont dégénéré et vous lui avez donné une raclée d'une telle violence qu'elle a eu pour conséquence son admission à l'hôpital.

Le père fixait Elinborg sans dire le moindre mot.

– Vous vous êtes servi d'un objet que nous n'avons pas retrouvé mais de forme ovoïde et, en tout cas, non contondant; il se peut même en fait que vous ayez projeté votre fils sur le bois du lit en le frappant. Vous lui avez asséné des coups de pied à maintes reprises. Avant d'appeler une ambulance, vous avez mis de l'ordre dans le salon. Vous avez nettoyé la liqueur avec trois serviettes de bain que vous avez jetées dans la poubelle devant la maison. Vous avez aspiré les plus petits morceaux de verre. Vous avez aussi balayé le sol de marbre et nettoyé à la va-vite. Vous avez lavé le bar avec soin. Vous avez enlevé les chaussettes du garçon pour les jeter à la poubelle. Vous avez mis du détergent sur les marches de l'escalier mais n'êtes pas parvenu à éliminer complètement les taches.

– Vous ne pouvez rien prouver, rétorqua le père, d'ailleurs vous êtes complètement à côté de la plaque. Mon fils n'a rien dit. Il n'a pas dit un mot à propos de ses agresseurs. Pourquoi est-ce que vous n'allez pas plutôt interroger ses camarades d'école?

– Pourquoi vous ne nous avez pas parlé de la liqueur?

– Parce qu'elle n'a rien à voir avec tout ça.

– Et les chaussettes dans la poubelle? Les petites traces de pas dans l'escalier?

– Il y a effectivement eu une bouteille de liqueur de cassée mais c'est moi qui l'ai fait tomber. C'est arrivé deux jours avant l'agression contre mon fils. Je me servais un verre quand je l'ai laissée tomber par terre et elle a explosé. Addi a vu ça et il a sursauté. Je lui ai dit de faire attention où il mettait les pieds mais il avait déjà marché dans la liqueur, puis il est monté par l'escalier jusqu'à sa chambre. Tout cela n'a rien à voir avec l'agression et je dois dire que je suis atterré par toutes ces inventions. Vous n'avez rien qui corrobore ce que vous avancez! Il a dit que c'est moi qui l'avais battu? Alors ça, j'en doute! Et il ne dira jamais ça parce que ce n'est pas moi. Jamais je ne pourrais lui faire une chose pareille. Jamais.

– Pourquoi vous ne nous avez pas raconté tout cela immédiatement?

– Immédiatement?!

– Au moment où nous avons remarqué la trace. Vous n'avez donné aucune précision là-dessus à ce moment-là.

– Je me suis dit que c'était exactement ce qui allait arriver. Que vous établiriez un lien entre cet accident et l'agression qu'a subie Addi. Je ne voulais pas compliquer les choses. Ce sont les gamins de l'école qui ont fait ça.

– Votre entreprise est au bord de la faillite, reprit Elinborg. Vous venez de licencier vingt personnes et d'autres licenciements sont prévus. J'imagine que vous subissez une très forte pression. Vous êtes sur le point de perdre votre maison…

– Tout ça, ce n'est que du business, répondit-il.

– Nous pensons même que ce n'est pas la première fois que vous vous montrez violent à son égard.

– Non, mais enfin…

– Nous avons lu les rapports médicaux. Deux fois en quatre ans il a eu des doigts fracturés.

– Vous avez des enfants ? Les gamins se font toujours des tas de petits bobos. C'est vraiment n'importe quoi !

– Un spécialiste en pédiatrie a noté quelques remarques à propos de la fracture la deuxième fois que la chose s'est produite et il a fait un signalement auprès du Comité de protection de l'enfance. Des gens du comité sont même venus chez vous. Pour enquêter sur les conditions de vie de l'enfant au foyer. Ils n'ont rien trouvé de particulier. Le pédiatre, quant à lui, a décelé des traces de piqûres sur le dos de la main de l'enfant.

Le père gardait le silence.

Elinborg perdit son sang-froid.

– Espèce d'ordure ! vociféra-t-elle.

– Je veux voir mon avocat, répondit-il les yeux baissés.

– *I said, good morning!*

Erlendur revint à lui et vit Henry Wapshott au-dessus de lui qui lui souhaitait le bonjour. Il était profondément plongé dans ses pensées à propos du petit garçon qui avait monté l'escalier en courant, et n'avait pas remarqué l'arrivée de Henry dans le bar, pas plus qu'il n'avait entendu son bonjour.

Il se leva d'un bond et lui serra la main. Wapshott était vêtu de la même façon que la veille. Ses cheveux étaient plus ébouriffés et il avait une mine plus fatiguée. Il commanda un café et Erlendur fit de même.

– Nous parlions des collectionneurs, commença Erlendur.

– *Yes*, répondit Wapshott en affichant sur son visage un sourire grimaçant. Un ramassis de solitaires, tout comme moi.

– Comment un collectionneur originaire de Grande-Bretagne comme vous parvient-il à avoir vent de l'existence d'un choriste doté d'une jolie voix il y a quarante ans de cela, à Hafnarfjördur, en Islande ?

– Oh, elle est beaucoup plus que jolie, corrigea Wapshott. Beaucoup, beaucoup plus que ça. Il possédait une voix exceptionnelle, cet enfant.

– Comment avez-vous appris l'existence de Gudlaugur Egilsson ?

– Par des gens qui partagent la même passion que moi. Comme je crois vous l'avoir dit hier, les collectionneurs de disques se spécialisent. Si nous prenons seulement le chant choral, on peut diviser les collectionneurs en plusieurs groupes : ceux qui collectionnent des morceaux ou encore des interprétations précises et ceux qui collectionnent des maîtrises bien précises. D'autres encore, comme moi, s'intéressent aux petits garçons qui chantent dans des chœurs. Certains se concentrent sur les petits garçons qui ont enregistré des 78 tours en celluloïd dont on a arrêté la fabrication dans les années 60. D'autres sur les 45 tours mais seulement ceux d'une maison de disques donnée. Il n'y a aucune limite à la spécialisation. Certains se mettent en quête de toutes les éditions existantes d'une chanson, par exemple *Stormy Weather*, que vous connaissez évidemment. Je précise tout cela juste pour que vous compreniez bien de quoi il ressort. J'ai connu Gudlaugur par le biais d'un important groupe ou plutôt d'un réseau de collectionneurs japonais qui dirigent un site de commerce et d'information sur le Net. Nul ne collectionne plus de musique occidentale que les Japonais. Ils parcourent le monde comme des aspirateurs et achètent absolument tout ce qui leur tombe sous la main et qui existe sous forme de disque. Surtout quand ça date de l'époque des Beatles ou de celle des hippies. C'est la réputation qu'ils ont sur les foires aux disques et, ce qui ne gâche rien, ils ont de l'argent.

Erlendur se demanda si on avait le droit de fumer dans le bar et décida de faire une tentative. Wapshott vit qu'il s'apprêtait à prendre une cigarette et sortit son paquet tout froissé de Chesterfield sans filtre, Erlendur lui offrit du feu.

– Vous croyez qu'on a le droit de fumer ici ? demanda Wapshott.

– On verra bien, répondit Erlendur.

– Les Japonais possédaient un exemplaire d'un disque de Gudlaugur, reprit Wapshott. Celui que je vous ai montré hier soir. C'est à eux que je l'ai acheté. Il était hors de prix, mais je ne le regrette pas. En demandant des précisions sur l'origine du disque, les vendeurs m'ont appris qu'ils l'avaient acheté à un collectionneur de Bergen, en Norvège, qui se trouvait sur une foire, à Liverpool, en Angleterre. J'ai pris contact avec le collectionneur norvégien et il est apparu qu'il avait acheté des vinyles dans la liquidation d'héritage du propriétaire d'une maison d'édition de Trondheim. Il était possible que ce dernier ait reçu le disque directement d'Islande, peut-être même de quelqu'un qui voulait promouvoir la carrière du garçon à l'étranger.

– Cela représente un sacré travail d'enquête juste pour un vieux disque, nota Erlendur.

– Les collectionneurs sont comme les généalogistes. Une partie du plaisir réside dans la découverte de l'origine. Depuis, j'ai essayé de dégotter d'autres exemplaires mais cela s'avère être plus que compliqué. Il n'a fait que deux enregistrements.

– Vous me dites que les Japonais vous ont vendu l'exemplaire à prix d'or. Ces disques ont-ils une quelconque valeur ?

– Non, sauf pour les collectionneurs, répondit Wapshott. Et ça ne se chiffre pas en sommes astronomiques.

– Mais suffisamment élevées pour que veniez ici, en Islande, pour en acheter d'autres exemplaires, n'est-ce pas ? C'est pour cette raison que vous vouliez rencontrer Gudlaugur. Pour savoir s'il avait des disques en sa possession.

– Depuis un certain temps, je suis en contact avec deux ou trois collectionneurs islandais. Bien avant que je m'intéresse aux enregistrements de Gudlaugur. Malheureusement, il n'existe plus de disques de lui. Les collectionneurs islandais n'ont rien trouvé. Je vais peut-être avoir un exemplaire provenant d'Allemagne par le Net. J'ai fait le voyage jusqu'ici pour rencontrer ces collectionneurs, pour rencontrer Gudlaugur parce que je suis un fervent admirateur de sa voix et aussi pour faire un tour dans les boutiques spécialisées et sur le marché aux puces.

– Et c'est de cela que vous vivez ?

– Non, pas vraiment, répondit Wapshott en ramenant vers lui le paquet de Chesterfield ; ses doigts étaient jaunes après des décennies de tabagisme. J'ai fait un héritage. Des biens immobiliers à Londres. Je m'occupe de les gérer mais la plupart de mon temps, je le consacre à ma collection. On peut dire que ce domaine est ma passion.

– Et vous collectionnez les petits garçons qui chantent dans les chœurs.

– Exact.

– Vous avez trouvé quelque chose à vous mettre sous la dent au cours de votre séjour ?

– Non, rien. Apparemment, les gens ne manifestent pas beaucoup d'intérêt à la conservation des objets anciens, ici. Il faut que tout soit récent. Tout ce qui est vieux est à jeter à la poubelle. Rien ne mérite d'être gardé. J'ai bien l'impression que les disques sont maltraités dans ce pays. On les met au rebut. Dans les successions, par exemple. Il n'y a même pas quelqu'un pour y jeter un œil. On les envoie directement aux ordures. J'ai longtemps cru que l'entreprise dénommée Sorpa à Reykjavik était une association de collectionneurs. Elle était très souvent mentionnée dans des courriers que j'ai reçus. Finalement, il s'est avéré qu'il s'agit d'un centre de recyclage qui revend ensuite ses produits. Les collectionneurs islandais y trouvent toutes sortes d'objets de valeur qu'ils vendent à bon prix sur le Net.

– L'Islande présente un intérêt pour un collectionneur ? demanda Erlendur. Elle a quelque chose de spécifique ?

– Le principal avantage de l'Islande pour ce type de collection, c'est la taille réduite du marché. Seuls quelques exemplaires de chaque disque sont produits et ils ne mettent pas longtemps à s'évanouir du marché et à disparaître totalement. Comme c'est le cas pour ceux de Gudlaugur.

– Ça doit être passionnant d'être collectionneur dans un monde qui se débarrasse de tout ce qui est vieux ou cassé. On doit être rempli de joie à l'idée de sauver des objets chargés d'une grande valeur culturelle.

– Nous sommes en effet un petit nombre d'hurluberlus à nous battre contre les forces de la destruction, répondit Wapshott.

– En outre, on en tire certains bénéfices.

– Cela peut arriver, oui.

– Qu'est-il arrivé à Gudlaugur Egilsson ? Qu'est devenu l'enfant vedette ?

– Ce qui leur arrive à tous, répondit Wapshott. Il est devenu adulte. Je ne sais pas précisément ce qu'il est devenu mais il n'a plus jamais chanté, ni quand il était adolescent, ni à l'âge adulte. Sa carrière de chanteur a été fulgurante et magnifique, puis ensuite il s'est à nouveau fondu dans la foule, sans plus rien de spécial ni d'unique. Plus personne ne le portait aux nues, ce qui lui a sûrement manqué. Il faut avoir la tête solide pour supporter l'admiration et la célébrité, et il faut être encore plus solide quand les gens vous tournent le dos.

Wapshott regarda la pendule au-dessus du bar, puis il jeta un coup d'œil à sa montre et toussota.

– Je dois rentrer à Londres par l'avion du soir et j'ai quelques petites choses à régler avant de partir. Vous désiriez savoir autre chose ?

Erlendur le dévisagea.

– Non, je crois que c'est tout. Mais je pensais que vous deviez rentrer demain.

– Si je peux vous être utile en quoi que ce soit, voici ma carte, reprit Wapshott en sortant une carte de visite de sa poche et en la tendant à Erlendur.

– Il a été modifié, le vol ? demanda Erlendur.

– Étant donné que je n'ai pas pu rencontrer Gudlaugur, répondit Wapshott. J'ai terminé la plupart des choses que j'avais l'intention de faire pendant mon séjour et je me suis dit que je pouvais économiser une nuit d'hôtel.

– Il y a juste un détail, répondit Erlendur.

– Oui ?

– Une biologiste va venir ici tout à l'heure et elle vous fera un prélèvement de salive, si ça ne vous gêne pas.

– Un prélèvement de salive ?

– Pour les besoins de l'enquête.

– Mais pourquoi donc de la salive ?

– Je ne peux pas vous le dire à ce stade de l'enquête.

– Je suis soupçonné ?

– Nous prélevons la salive de tous ceux qui ont un tant soit peu connu Gudlaugur. Pour les besoins de l'enquête. Cela ne signifie pas qu'on vous soupçonne.

– Je comprends, répondit Wapshott. Mais de la salive ! Voilà qui est franchement bizarre.

Il sourit et Erlendur aperçut ses dents du bas, noircies par la fumée du tabac.

11

Ils entrèrent dans l'hôtel par la porte-tambour, il était vieux et frêle dans son fauteuil roulant et elle se tenait derrière, tout aussi petite et maigre. Elle avait un nez aquilin, fin et pointu ; ses yeux perçants et durs scrutaient le hall. La femme âgée d'une soixantaine d'années, vêtue d'un épais manteau d'hiver marron et chaussée de bottes de cuir noires poussait le fauteuil roulant devant elle. L'homme avait dans les quatre-vingts ans, des mèches de cheveux blancs dépassaient du rebord de son chapeau et son visage émacié était d'une pâleur cadavérique. Il était assis, recroquevillé dans le fauteuil, et ses mains blanches décharnées dépassaient des manches de son imperméable noir ; il portait une écharpe noire autour du cou et d'épaisses lunettes à monture noire qui lui grossissaient les yeux, leur donnant l'apparence de ceux d'un poisson.

La femme poussa le fauteuil vers le comptoir des enregistrements. Le chef réceptionniste sortit de son bureau et les regarda s'avancer.

– Que puis-je faire pour vous ? demanda-t-il une fois qu'ils furent arrivés au comptoir.

L'homme dans le fauteuil ne lui accorda pas un regard mais la femme demanda à parler à un policier du nom d'Erlendur dont on lui avait affirmé qu'il enquêtait dans l'hôtel. Erlendur quittait le bar en compagnie de Wapshott quand il les avait vus entrer. Ils avaient immédiatement attiré son attention. Il y avait quelque chose en eux qui lui faisait penser à la mort.

Il se demandait s'il devait faire prononcer une interdiction de quitter le territoire à l'encontre de Wapshott et lui interdire de rentrer à Londres pour l'instant mais il n'avait pas de raisons suffisantes pour retenir l'homme. Il se demandait qui ces gens pouvaient bien être, cet homme aux yeux de merlan et cette femme au nez d'aigle, lorsque le réceptionniste le vit et lui adressa un signe de la main. Erlendur s'apprêta à prendre congé de Wapshott mais ce dernier avait brusquement disparu.

– Ces personnes désirent vous parler, annonça le réceptionniste alors qu'Erlendur s'approchait.

Erlendur longea le comptoir. Sous le chapeau, les yeux de merlan le fixaient.

– Vous êtes bien Erlendur ? demanda l'homme dans le fauteuil, d'une voix âgée et voilée.

– Vous désirez me parler ? demanda Erlendur. Le nez d'aigle se redressa.

– C'est vous qui dirigez l'enquête sur le décès de Gudlaugur Egilsson qui s'est produit dans cet hôtel ? interrogea la femme.

Erlendur acquiesça.

– Je suis sa sœur, annonça-t-elle. Et voici notre père. Nous pouvons vous parler en privé ?

– Vous ne voulez pas que je vous aide ? demanda Erlendur mais elle lui lança un regard de fierté blessée et fit avancer le fauteuil. Ils suivirent Erlendur dans le bar jusqu'à la table qu'il avait occupée avec Wapshott. Il n'y avait personne à part eux. Même le serveur avait disparu. Erlendur ne savait pas si le bar était ouvert avant midi. Il avait conclu que c'était le cas puisque la porte n'était pas fermée à clé mais il semblait que peu de gens étaient au courant.

La femme fit rouler le fauteuil jusqu'à la table et bloqua les roues. Puis, elle s'assit face à Erlendur.

– Je m'apprêtais justement à vous rendre visite, mentit Erlendur qui comptait sur Sigurdur Oli et Elinborg pour aller voir la famille de Gudlaugur. Cependant, il ne se souvenait pas s'il avait donné des ordres précis dans ce sens.

– Nous préférerions ne pas recevoir la visite de la police à notre domicile, répondit la femme. Cela n'est jamais arrivé. Une femme nous a téléphoné, probablement l'une de vos collègues, je crois qu'elle a dit qu'elle s'appelait Elinborg. Je lui ai demandé qui dirigeait l'enquête et on m'a dit que vous étiez l'un des enquêteurs. J'espérais que nous pourrions régler tout cela au plus vite afin que vous nous laissiez en paix.

On ne décelait pas la moindre trace de chagrin dans le comportement de ces gens. Pas le plus mince regret pour un être aimé. Rien que du mépris glacial. Ils considéraient devoir s'acquitter de certaines obligations, devoir faire une déposition à la police, mais la chose les rebutait visiblement et ça ne les gênait pas de le laisser transparaître. On aurait dit que le cadavre trouvé dans la cave ne les concernait en aucune manière. Qu'ils se sentaient au-dessus de tout cela.

– Vous connaissez les circonstances dans lesquelles Gudlaugur a été découvert ? dit Erlendur.

– Nous savons qu'il a été assassiné, répondit le vieil homme. Poignardé. Nous savons qu'il a été poignardé.

– Vous savez qui pourrait avoir fait ça ?

– Nous n'en avons pas la moindre idée, répondit la femme. Nous n'avions aucun contact avec lui. Nous ne savons pas qui il fréquentait. Nous ne connaissions ni ses amis, ni ses ennemis, pour autant qu'il en ait eu.

– Quand l'avez-vous vu la dernière fois ?

Elinborg entra dans le bar à ce moment-là. Elle s'avança vers eux et s'assit à côté d'Erlendur. Il la leur présenta mais ils n'eurent aucune réaction, étant tous les deux aussi fermement décidés à ce que rien de toute cette histoire ne les atteigne.

– Il devait avoir dans les vingt ans, répondit la femme, la dernière fois que nous l'avons vu.

– Dans les vingt ans ?

Erlendur crut qu'il avait mal entendu.

– Comme je viens de vous le dire, nous n'entretenions aucune relation.

– Pourquoi ? demanda Elinborg.

La femme ne daigna pas la regarder.

– Cela ne suffirait pas que nous vous parlions à vous ? demanda-t-elle à Erlendur. Il faut que cette femme soit présente aussi ?

Erlendur regarda Elinborg. On aurait dit qu'il était brusquement d'humeur guillerette.

– On ne peut pas dire que vous vous lamentiez sur son sort, rétorqua-t-il sans répondre à sa question. Sur le sort de Gudlaugur, votre frère, continua-t-il en lançant à nouveau un regard à la femme. Et de votre fils, poursuivit-il en regardant le vieil homme. Pourquoi ? Comment se fait-il que vous ne l'ayez pas vu depuis trente ans ? En outre, comme je vous l'ai précisé, cette femme s'appelle Elinborg, ajouta-t-il. Si vous avez d'autres observations de ce genre, nous pouvons aussi vous emmener au poste de police pour continuer cet interrogatoire jusqu'à ce que vous déposiez une plainte en bonne et due forme. Il y a une voiture de police qui nous attend juste devant ce bâtiment.

Le nez d'aigle se redressa, vexé, et les yeux du merlan se fermèrent à demi.

– Il vivait sa vie, annonça-t-elle. Et nous, la nôtre. Il n'y a rien de plus à dire à ce sujet. Nous n'avions aucun contact. C'était ainsi. Et nous en étions satisfaits. Lui aussi.

– Vous êtes en train de me dire que vous ne l'avez pas vu depuis le milieu des années 70 ? demanda Erlendur.

– Nous n'avions aucun contact, répéta-t-elle.

– Pas un seul pendant tout ce temps ? Même pas un coup de téléphone ? Absolument rien ?

– Non, répondit la femme.

– Pourquoi ?

– Ce sont des affaires de famille, répondit le vieil homme. Elles n'ont pas le moindre rapport avec tout ça. Absolument aucun. Ce sont des choses anciennes et oubliées. Que voulez-vous savoir d'autre ?

– Vous saviez qu'il travaillait dans cet hôtel ?

– Nous avions de ses nouvelles de temps en temps, répondit la femme. Nous savions qu'il était portier ici. Qu'il portait un affreux costume et qu'il ouvrait la porte aux clients de l'hôtel. Et je crois savoir qu'il se déguisait aussi en Père Noël dans les animations.

Erlendur ne la quittait pas des yeux. Elle prononça ces mots comme si Gudlaugur n'avait pu causer de plus grande honte à la famille que celle d'être retrouvé assassiné, à demi nu dans le cagibi d'un hôtel.

– Nous ne savons pas grand-chose sur lui, reprit Erlendur. Il ne semble pas avoir eu beaucoup d'amis. Il occupait une petite chambre ici, à l'hôtel. Il paraissait apprécié. On le disait gentil avec les enfants. Il se déguisait en Père Noël pour les arbres de Noël de l'hôtel, comme vous l'avez dit. En revanche, nous avons appris qu'il avait autrefois été considéré comme un chanteur très prometteur. Petit garçon, il a enregistré des disques, deux, je crois, mais cela, vous le savez évidemment mieux que moi. Sur l'une des pochettes que j'ai vues, il est précisé qu'il est en route vers les pays nordiques pour y chanter et qu'il faut s'attendre à ce que le monde se prosterne à ses pieds. Tout cela semble avoir pris fin d'une façon ou d'une autre. Plus personne ne se souvient de ce petit garçon aujourd'hui, excepté quelques collectionneurs de disques farfelus. Que s'est-il passé ?

Le nez d'aigle avait perdu de sa superbe et les yeux de merlan s'étaient éteints pendant qu'Erlendur parlait. Le vieil homme détourna le regard de lui et baissa les yeux vers la table ; quant à la femme, qui tentait encore de garder sa contenance et sa retenue, elle semblait n'être plus aussi sûre d'elle-même.

– Que s'est-il passé ? répéta Erlendur en se rappelant tout à coup qu'il avait dans sa chambre les 45 tours du placard de Gudlaugur.

– Il ne s'est rien passé du tout, répondit le vieil homme. Il a perdu sa voix. Il a mué de façon précoce, a perdu sa voix à l'âge de douze ans, ce qui a fait que c'en était fini.

– Et après cela, il ne pouvait plus chanter ? demanda Elinborg.

– Sa voix était devenue affreuse, répondit le vieil homme d'un ton sec. Il était impossible de lui enseigner quoi que ce soit. Et impossible de faire quoi que ce soit pour lui. Il ne supportait plus le chant. Il se montrait difficile et il en voulait au monde entier. A moi. A sa sœur qui essayait de faire ce qu'elle pouvait pour lui. Il s'en est pris à moi et m'a dit que tout était de ma faute.

– Je pense que vous n'avez pas d'autres questions, reprit la femme en regardant Erlendur. N'en avons-nous pas dit assez ? Cela devrait vous suffire, n'est-ce pas ?

– Nous avons trouvé très peu de choses dans le cagibi occupé par Gudlaugur, reprit Erlendur en feignant de ne pas avoir entendu la femme. Nous avons mis la main sur deux disques de lui ainsi que sur un trousseau de clés.

Il avait demandé à la brigade scientifique de lui renvoyer les clés une fois qu'elle aurait fini de les examiner. Il les tira de sa poche et les posa sur la table. Elles étaient accrochées à un porte-clés avec un petit couteau. Les bords étaient en plastique rose et l'une des faces présentait une image de pirate avec une jambe de bois, un sabre et un bandeau sur l'œil : sous l'image était écrit le mot PIRATE.

La femme concéda un bref regard aux clés et déclara ne pas les reconnaître. Le vieil homme ajusta ses lunettes sur son nez, examina les clés et secoua la tête.

– L'une d'elles doit être celle d'une maison, observa Erlendur. Quant à l'autre, elle doit ouvrir un placard ou une sorte de remise. Il fixa l'homme et la femme mais ne remarqua aucune réaction, il reprit les clés et les replongea dans sa poche.

– Vous avez trouvé ses disques ? demanda la femme.

– Deux d'entre eux, répondit Erlendur. Il en a enregistré d'autres ?

– Non, il n'y en a pas eu d'autres, répondit le vieil homme en jetant un regard vif à Erlendur avant de baisser à nouveau les yeux.

– Nous pouvons les récupérer ? s'enquit la femme.

– J'imagine que vous hériterez de ce qu'il a laissé, répondit Erlendur. Quand nous considérerons l'enquête terminée, vous récupérerez tout ce qu'il possédait. Il n'avait que vous, n'est-ce pas ? Pas d'enfants ? Nous n'avons rien trouvé qui indique le contraire.

– Aux dernières nouvelles, il était célibataire, répondit la femme. Nous pouvons vous être utiles à autre chose ? demanda-t-elle comme si elle avait apporté un concours considérable à la progression de l'enquête en s'abaissant à venir dans cet hôtel.

– Ce n'était quand même pas sa faute s'il avait mué et perdu sa voix, observa Erlendur. Il ne supportait plus leur indifférence et leur attitude hautaine. Un fils avait perdu la vie. Un frère avait été assassiné. Pourtant, on eût dit que rien ne s'était passé. Comme si la chose ne les touchait pas. Comme si sa vie avait depuis longtemps cessé de faire partie de la leur pour une raison qu'Erlendur ne parvenait pas à découvrir.

La femme lança un regard à Erlendur.

– Puisque vous en avez terminé, répéta-t-elle en débloquant le frein du fauteuil.

– Nous allons voir ça, interrompit Erlendur.

– Vous ne me trouvez pas très sensible, n'est-ce pas ? questionna-t-elle brusquement.

– Je trouve que vous ne montrez pas la moindre trace de compassion, répondit Erlendur. Mais cela ne me regarde pas.

– Non, lança la femme. Ce ne sont en effet pas vos affaires.

– Ce que je voudrais quand même savoir, c'est si vous aviez des sentiments pour cet homme. C'était votre frère. (Erlendur se tourna vers le vieil homme dans le fauteuil roulant.) Et votre fils.

– C'était un inconnu pour nous, répondit la femme en se levant. Le vieil homme fit une grimace.

– Parce qu'il ne s'est pas montré à la hauteur de vos espérances ? Erlendur se leva également. Parce qu'il vous a déçus alors qu'il n'avait que douze ans ? Qu'il n'était qu'un enfant ? Qu'avez-vous fait ? Vous l'avez jeté dehors ? Vous l'avez mis à la rue ?

– Comment osez-vous, monsieur, vous adresser à nous de la sorte ? rétorqua la femme en serrant les dents et en donnant subitement du Monsieur à Erlendur. Quelle audace ! Qui donc vous a érigé en conscience du monde ?

– Et qui donc vous a privée de la vôtre, madame, lui jeta Erlendur en insistant subtilement sur le "madame".

Elle fixa Erlendur, furieuse. Puis, elle parut abandonner la partie. Elle tira le fauteuil vers elle d'un coup sec, l'éloigna de la table et le poussa devant elle vers la porte du bar. Elle traversa le hall d'un pas rapide en direction de la porte-tambour. Dans les haut-parleurs, une cantatrice islandaise entonnait d'une voix pleine de tristesse *"caresse ma harpe, ô céleste déesse…"*. Erlendur et Elinborg sortirent également du bar et les suivirent du regard pendant qu'ils quittaient l'hôtel : la femme droite comme un piquet et l'homme encore plus profondément affaissé dont on ne voyait que la tête dodeliner au-dessus du dossier du fauteuil.

"… et certains demeurent à jamais de petits enfants…"

12

Le chef réceptionniste avait installé un électrophone et deux haut-parleurs dans la chambre d'Erlendur quand celui-ci y remonta peu après midi. L'hôtel disposait de quelques vieux électrophones qui ne servaient plus depuis un bon moment. Erlendur lui-même en possédait un et il se familiarisa vite avec le fonctionnement de celui-ci. Jamais il n'avait fait l'acquisition d'un lecteur de CD et il y avait des années qu'il ne s'était pas acheté de disques. Il n'écoutait pas de musique moderne. Il avait entendu parler du hip-hop au bureau et avait longtemps cru qu'il s'agissait d'une variante de la corde à sauter ou du hula-hop.

Elinborg était en route vers Hafnarfjördur. Erlendur lui avait demandé de s'y rendre pour voir l'école primaire et le collège que Gudlaugur avait fréquentés. Il avait pensé questionner le père et la sœur sur ce point mais n'en avait pas eu le temps, leur rencontre s'étant soldée par cette fin abrupte. Il faudrait qu'il interroge à nouveau le père et la fille. Entre-temps, il souhaitait qu'Elinborg retrouve la trace de personnes ayant connu Gudlaugur à l'époque de sa célébrité et qu'elle interroge ceux qui étaient allés à l'école avec lui. Il avait envie d'en savoir plus sur l'influence que cette supposée célébrité avait eue sur le garçon à un âge si précoce, ainsi que la façon dont ses camarades avaient pris la chose. Il voulait également savoir si certains d'entre eux se souvenaient de ce qui s'était passé lorsqu'il avait perdu sa voix et de ce qui lui était arrivé au cours des années suivantes. Il se demandait en outre si certains lui connaissaient des ennemis à cette époque.

Il avait énuméré tout cela à Elinborg dans le hall de l'hôtel et avait remarqué son énervement car elle considérait qu'il n'était pas nécessaire de lui mâcher tout le travail. Elle savait de quoi il retournait et était parfaitement en mesure de se fixer un objectif.

– Et tu peux aussi t'acheter une glace en route, ajouta-t-il comme pour la taquiner encore davantage. Elle lança un juron quelconque, du genre “espèce de vieux machin”, et disparut par la porte.

– Comment reconnaîtrai-je ce Wapshott ? demanda une voix derrière Erlendur. En se retournant, il vit que Valgerdur se tenait derrière lui avec sa trousse de prélèvements à la main.

– C'est un Britannique chauve à l'air fatigué et avec des dents abîmées qui collectionne les jeunes choristes, répondit Erlendur. Il ne pourra pas vous échapper.

Elle fit un sourire.

– Des dents abîmées ? demanda-t-elle. Et il collectionne les jeunes choristes ?

– C'est une longue, très longue histoire, que je vous raconterai un jour. Y a-t-il du neuf avec tous ces échantillons ? Cela ne vous prend pas un temps fou ?

Il était étrangement heureux de la revoir. On aurait dit que son cœur avait sursauté et manqué un battement quand il avait entendu sa voix. Sa tristesse se dissipa l'espace d'un instant, insufflant de la vie à sa voix. Il éprouvait presque de la difficulté à respirer.

– Je ne sais pas comment ça se passe, répondit-elle. Mais il y a un nombre incroyable de prélèvements à analyser.

– Je… enfin… (Erlendur cherchait un moyen de s'excuser pour ce qui s'était passé durant la soirée de la veille.) Je me suis retrouvé coincé hier soir. Avec cette histoire de gens qui disparaissent et meurent dans la nature. Je ne vous ai pas dit toute la vérité quand vous m'avez demandé pourquoi je m'intéressais aux décès dans les montagnes.

– Vous n'êtes pas obligé de me dire quoi que ce soit, le rassura-t-elle.

– Si, bien sûr que je dois vous le dire, répondit Erlendur. Nous pouvons remettre ça ?

– Je vous en prie… Elle marqua un silence. N'ayez aucune inquiétude. C'était très sympathique. Oublions cet incident, vous voulez bien ?

– Oui, je veux bien, si c'est ce que vous voulez, répondit Erlendur à contrecœur.

– Alors, où est ce Wapshott ?

Erlendur l'accompagna à la réception où on lui communiqua le numéro de la chambre. Ils échangèrent une poignée de mains et elle se dirigea vers les ascenseurs. Il la suivit des yeux. Elle attendit sans lui accorder un regard. Il se demandait s'il ne devait pas se risquer à une autre tentative et était sur le point de le faire quand la porte s'ouvrit et qu'elle entra dans l'ascenseur. Elle le regarda au moment précis où la porte se referma et lui fit un sourire presque imperceptible.

Erlendur demeura immobile un instant et vit que l'ascenseur s'arrêtait à l'étage de la chambre de Wapshott. Puis, il appuya sur le bouton pour le rappeler. Il sentit le parfum de Valgerdur flotter dans le couloir.

Il plaça le disque du choriste Gudlaugur Egilsson sur l'électrophone en prenant garde à régler la vitesse sur 45 tours. Ensuite, il s'allongea sur le lit. Le disque était comme neuf, on aurait dit qu'il n'avait jamais été écouté. Il ne portait pas la plus infime rayure ni le moindre grain de poussière. Au début, on entendait un léger grésillement puis arrivait l'introduction et finalement une voix d'enfant limpide et d'une beauté incomparable entonnait l'*Ave Maria*.

Il se tenait debout tout seul dans le couloir, il ouvrit doucement la porte de la chambre de son père et le vit assis sur le bord du lit le regard fixe, tenaillé par une angoisse muette. Son père ne participait pas aux recherches. Il était rentré à la ferme dans un état pitoyable après avoir perdu ses deux fils de vue dans la tempête qui s'était si soudainement abattue sur la lande. Il les avait cherchés à l'aveuglette dans les rafales et il les avait appelés mais il ne voyait pas à un mètre et le hurlement de la tempête étouffait ses cris. Son épuisement était plus profond que les mots ne peuvent décrire. Il avait emmené les garçons afin qu'ils l'aident à retrouver les bêtes. Il possédait quelques moutons et quelques-uns s'étaient enfuis sur la lande. Il voulait les ramener à l'étable. C'était l'hiver mais les prévisions météo étaient bonnes et, au moment de leur départ, le temps semblait convenable. Mais ce n'étaient là que des prévisions et ce n'était là que de l'apparence. La tempête ne donnait aucun signe de son imminence.

Erlendur entra dans la chambre de son père et se plaça à côté de lui. Il ne comprenait pas pourquoi il restait assis sur son lit au lieu d'aller prendre part aux recherches sur la lande avec les autres hommes. On n'avait toujours pas retrouvé son frère. Il se pouvait qu'il soit encore en vie, même si c'était improbable. Erlendur le voyait bien à l'expression sur le visage des hommes qui rentraient épuisés à la ferme pour s'y reposer un peu avant de repartir. Tous les hommes valides qui le pouvaient étaient accourus des villages et des fermes alentour, suivis de leurs chiens et munis de longues verges qu'ils enfonçaient pour sonder la neige. C'est ainsi qu'ils avaient retrouvé Erlendur. Ainsi qu'ils espéraient retrouver son frère.

Ils montaient sur la lande par groupes de huit ou dix et enfonçaient leurs bâtons dans la neige en criant le nom de son frère. Deux jours s'étaient écoulés depuis qu'ils avaient retrouvé Erlendur et il y avait trois jours que la tempête les avait séparés tous les trois. Les frères étaient parvenus à rester ensemble un certain temps. Ils avaient crié dans les rafales et tenté de percevoir la voix de leur père. Erlendur, de deux ans l'aîné, tenait son frère par la main, mais le froid glacial avait engourdi leurs doigts et Erlendur ne sentit pas qu'il lâchait prise. Il avait l'impression qu'il tenait toujours sa main dans la sienne au moment où il s'était retourné et où son frère avait disparu. Bien des années plus tard, il crut se rappeler avoir senti la main glisser lentement hors de la sienne mais c'était là le fruit de son imagination. A aucun moment, il n'avait senti que la chose se produisait.

Il était persuadé qu'il allait mourir à l'âge de dix ans, pris dans cette tempête de neige qui jamais n'allait desserrer son emprise. Cette tempête qui l'assaillait de tous côtés, l'écorchait, le griffait, lui obstruait la vue, glaciale, inflexible et impitoyable. Il finit par tomber dans la neige et tenta de s'y enterrer. Allongé là, il pensait à son frère qui, lui aussi, était en train de périr sur la lande.

Il fut réveillé par un violent coup sur l'épaule et, brusquement, un visage inconnu lui apparut. Il n'entendait pas ce que l'homme lui disait. Il avait juste envie de continuer à dormir. On enleva la neige qui le couvrait et les hommes le portèrent à tour de rôle en descendant de la lande mais il ne se rappelait pas grand-chose du voyage. Il entendait des voix. Il entendait sa mère qui le cajolait et le soignait. Le médecin l'examina. Des engelures aux pieds et aux mains mais rien de bien sérieux. Il regardait à l'intérieur de la chambre de son père. Il le voyait assis sur le bord du lit comme si rien de ce qui se produisait ne l'atteignait.

Deux jours plus tard, Erlendur était à nouveau sur pied. Il se tenait à côté de son père, désemparé et terrifié. Une étrange mauvaise conscience l'avait envahi dès qu'il s'était relevé et qu'il avait commencé à reprendre des forces. Pourquoi lui ? Pourquoi lui et pas son frère ? Et s'ils ne l'avaient pas trouvé lui, ils auraient peut-être retrouvé son frère à la place ? Il avait envie de poser la question à son père et de lui demander pourquoi il ne participait pas aux recherches. Mais il ne demanda rien. Il se contenta de le regarder, ses rides profondes sur le visage, ses poils de barbe et ses yeux noircis par le chagrin.

Un long moment s'écoula ainsi sans que son père ne lui accorde la moindre attention. Erlendur posa sa main sur la sienne et lui demanda si c'était sa faute. Si c'était par sa faute que son frère s'était perdu. Parce qu'il ne lui avait pas tenu suffisamment la main et qu'il aurait dû faire plus attention à lui et qu'il aurait dû se trouver à ses côtés au moment où les hommes l'avaient retrouvé. Il demanda cela d'une voix basse et hésitante sans pouvoir refréner ses sanglots. Son père baissait la tête. Ses yeux s'emplirent de larmes et il serra Erlendur dans ses bras en commençant lui aussi à pleurer jusqu'à ce que son corps immense et imposant tremble comme une feuille dans les bras de son fils.

Toutes ces choses traversèrent l'esprit d'Erlendur jusqu'à ce qu'il entende à nouveau le grésillement du disque. Il y avait bien longtemps qu'il ne s'était pas laissé aller à ces retours en arrière mais tout à coup on aurait dit que les verrous des souvenirs avaient sauté en lui et il ressentit à nouveau cette immense tristesse dont il savait qu'elle ne serait jamais totalement oubliée ni enterrée.

Tel était le pouvoir du petit choriste.

13

Le téléphone de l'hôtel sonna sur la table de nuit. Il se leva, retira le saphir du disque et éteignit l'électrophone. C'était Valgerdur. Elle annonça que Henry Wapshott n'était pas dans sa chambre. Quand elle l'avait fait appeler puis chercher, on ne l'avait trouvé nulle part.

– Il m'avait dit qu'il attendrait, répondit Erlendur. Est-ce qu'il aurait par hasard quitté l'hôtel ? J'avais compris qu'il avait une place sur le vol de ce soir.

– Je n'ai pas vérifié, répondit Valgerdur. Je ne peux pas me permettre d'attendre ici beaucoup plus longtemps.

– Non, évidemment, excusez-moi, dit Erlendur. Je vous l'enverrai dès que je l'aurai trouvé. Je vous prie de m'excuser.

– Pas de problème, alors, j'y vais.

Erlendur hésita. Il ne savait pas quoi dire mais il ne voulait pas non plus lui dire au revoir immédiatement. Le silence se prolongea et, tout à coup, on frappa à la porte de sa chambre. Il crut que c'était Eva Lind qui venait lui faire une visite.

– Je serais très heureux de vous revoir, dit-il, mais je peux comprendre que vous n'en ayez pas envie.

On frappa à nouveau à la porte.

– J'avais envie de vous dire la vérité à propos de cette histoire de gens qui se perdent et qui meurent dans la nature, expliqua Erlendur. Si vous voulez bien l'entendre.

– Que voulez-vous dire exactement ?

– Vous êtes d'accord ?

Il ne savait pas très bien lui-même ce qu'il entendait par là. Pour quelle raison désirait-il confier à cette femme ce qu'il n'avait jamais dit à personne, sauf à sa fille. Pourquoi n'abandonnait-il pas et ne continuait-il pas sa vie sans laisser quoi que ce soit venir la perturber, ni maintenant ni jamais.

Valgerdur ne lui répondit pas tout de suite et on frappa à la porte pour la troisième fois. Erlendur posa le combiné et ouvrit la porte sans regarder son visiteur, il ne s'attendait pas à voir quelqu'un d'autre qu'Eva Lind. Quand il reprit le combiné, Valgerdur n'était plus là.

– Allô, dit-il. Allô ?

Il n'obtint aucune réponse.

Il raccrocha et se retourna. A l'intérieur de la chambre se tenait un homme qu'il n'avait jamais vu auparavant. Il était de petite taille, vêtu d'un épais manteau d'hiver bleu marine, d'une écharpe, et portait une casquette bleue sur la tête. Des perles d'eau scintillaient sur sa casquette et sur son manteau aux endroits où la neige avait fondu. Il avait le visage bouffi, des lèvres épaisses et d'immenses poches toutes couperosées sous ses petits yeux fatigués. Il rappelait à Erlendur certains clichés qu'il avait vus du poète W.H. Auden. Une petite goutte lui pendait au nez.

– Vous êtes bien Erlendur ?

– Oui.

– On m'a demandé de venir dans cet hôtel vous parler, annonça l'homme en enlevant sa casquette qu'il tapota doucement sur son manteau. Il essuya la goutte qui lui pendait au nez.

– Qui vous a demandé ça ? interrogea Erlendur.

– Quelqu'un qui disait s'appeler Marion Briem. Je ne sais pas qui c'est. Cette personne m'a affirmé qu'elle enquêtait sur l'affaire concernant Gudlaugur Egilsson et qu'elle interrogeait ceux qui le connaissaient aujourd'hui comme autrefois. Je fais partie des gens qui l'ont connu par le passé et ce ou cette Marion m'a demandé de venir vous en parler.

– Qui êtes-vous ?

Erlendur avait l'impression de reconnaître le visage mais il ne parvenait pas à le replacer dans son contexte.

– Je m'appelle Gabriel Hermannsson et j'ai dirigé le Chœur d'enfants de Hafnarfjördur autrefois, expliqua l'homme. Puis-je m'asseoir sur votre lit ? Tous ces couloirs…

– Gabriel ? Oui, bien sûr ! Je vous en prie. Asseyez-vous. L'homme déboutonna son manteau et se débarrassa de son écharpe. Erlendur attrapa l'une des pochettes des disques de Gudlaugur et examina la photo du Chœur d'enfants de Hafnarfjördur. Le chef de chœur regardait l'objectif d'un air enjoué.

C'est vous ? demanda Erlendur en tendant la pochette à l'homme.

Celui-ci la regarda et hocha la tête.

– Où avez-vous eu cette chose-là ? demanda-t-il. Ces disques sont introuvables depuis des dizaines d'années. J'ai perdu les miens à cause de ma satanée maladresse. Je les ai prêtés à quelqu'un. Il ne faut jamais prêter quoi que ce soit.

– C'est lui qui les avait en sa possession, expliqua Erlendur.

– Je n'avais pas beaucoup plus de, disons, vingt-huit ans, dit Gabriel. Au moment où la photo a été prise. C'est incroyable comme le temps passe vite.

– Que vous a dit Marion ?

– Pas grand-chose. Je lui ai raconté ce que je savais de Gudlaugur et elle m'a dit qu'il fallait que je vous voie. J'avais une course à faire à Reykjavik et j'ai décidé de profiter de l'occasion.

Gabriel hésita.

– Je n'ai pas réussi à le déterminer au son de sa voix, dit-il, mais je me demandais s'il s'agissait d'un homme ou d'une femme. Marion ? C'est un drôle de nom, non ? J'aurais trouvé impoli de lui poser la question mais je n'ai pas réussi à trancher. En général, on arrive à s'en rendre compte à la voix. C'est un prénom masculin ou féminin ? Cette personne semblait avoir à peu près mon âge, voire légèrement plus mais je ne lui ai pas posé la question non plus. Drôle de nom, Marion Briem.

Erlendur décelait de la curiosité dans la voix de l'homme, presque de l'impatience, comme si la réponse était importante pour lui.

– En fait, je ne me suis jamais interrogé sur ce point, répondit Erlendur. Cette question du nom. Marion Briem. Je viens d'écouter ce disque, continua-t-il en montrant la pochette. C'est une voix très impressionnante, indéniablement. Surtout quand on pense au jeune âge de ce garçon.

– Gudlaugur est probablement le plus grand choriste que nous ayons jamais eu en Islande, dit Gabriel en examinant la pochette. En y réfléchissant, je crois que nous n'avons eu conscience du trésor que nous avions entre les mains que bien plus tard, peut-être même n'est-ce que maintenant, depuis quelques années, que nous en prenons véritablement la mesure.

– Quand avez-vous fait sa connaissance ?

– C'est son père qui me l'a amené. La famille vivait à Hafnarfjördur, ce qui est toujours le cas, je pense. La mère est décédée peu après et, par la suite, c'est le père qui s'est occupé seul de l'éducation de Gudlaugur et de sa fille, légèrement plus âgée. Il savait que je venais juste de rentrer de l'étranger où j'avais achevé des études de musique. J'étais chargé d'enseigner la musique à l'école primaire de Hafnarfjördur ainsi que dans d'autres écoles et je donnais des cours particuliers. On m'a employé comme chef de chœur quand on a commencé à constituer une chorale d'enfants. Il y avait surtout des filles, comme toujours, mais nous avions passé des annonces pour susciter l'intérêt des garçons et Gudlaugur est venu me voir chez moi un jour, accompagné de son père. Il avait alors dix ans et était doté de cette voix magnifique. Cette voix absolument sublime. En plus, il savait chanter. J'ai tout de suite vu que son père se montrait très exigeant et qu'il était dur avec l'enfant. Il m'a dit qu'il lui avait appris tout ce qu'il connaissait lui-même dans le domaine du chant. J'ai découvert par la suite qu'il était tyrannique avec son fils, qu'il le punissait, qu'il le consignait à la maison alors que l'enfant voulait aller jouer dehors. De mon point de vue, ce garçon n'a pas reçu une bonne éducation dans le sens où les adultes se montraient injustement exigeants avec lui et où on ne l'autorisait à fréquenter ses amis que d'une façon limitée. Il était l'exemple typique de ce qui se passe quand les parents prennent le pouvoir sur leurs enfants et qu'ils veulent les façonner selon leurs propres désirs. Je ne crois pas que l'enfance de Gudlaugur ait été particulièrement heureuse.

Gabriel marqua un silence.

– Vous avez beaucoup réfléchi à la question, n'est-ce pas ? demanda Erlendur.

– J'ai simplement vu le phénomène se produire sous mes yeux.

– Quel phénomène ?

– Il n'existe rien de plus terrible que d'opprimer un enfant par une discipline inflexible afin de le forcer à satisfaire des exigences hors d'atteinte. Je ne parle pas ici de la discipline de fer qu'il convient d'appliquer aux enfants insupportables qui ont besoin d'être guidés et tenus, c'est tout autre chose. Il est évidemment nécessaire de discipliner les enfants. Ce dont je vous parle, c'est d'une situation où l'enfant n'a pas le droit d'être un enfant. Où on lui interdit la joie d'être celui qu'il est vraiment ou qu'il voudrait être, mais où on le fait ployer, voire on le brise afin d'en faire autre chose. Gudlaugur était doté de cette magnifique voix de petit garçon, une voix de soprano enfant, et son père avait décidé qu'il accomplirait de grandes choses dans sa vie. Je ne suis pas en train de dire qu'il lui faisait du mal de façon consciente et calculée, mais il l'a spolié de sa propre vie. Il lui a volé son enfance.

Erlendur pensa à son père, qui n'avait jamais fait que lui inculquer des principes et lui témoigner de la tendresse. Sa seule exigence était qu'il se comporte correctement et qu'il respecte les autres. Son père n'avait jamais tenté de faire de lui une autre personne que celle qu'il était. Il pensa à ce père qui attendait de passer en jugement pour l'infâme agression qu'il avait fait subir à son fils et il s'imagina Gudlaugur s'efforçant constamment d'être à la hauteur des espérances de son père.

– C'est dans les sectes religieuses que nous observons ce phénomène le plus clairement, poursuivit Gabriel. Les enfants qui naissent dans des sectes sont obligés de suivre les croyances de leurs parents, ils vivent par conséquent bien plus la vie de leurs parents que la leur en propre. Ils n'ont jamais l'occasion d'être libres, de sortir de l'univers dans lequel ils sont nés et de prendre des décisions indépendantes quant à leur existence. Ces enfants-là n'en prennent conscience que bien plus tard et certains ne le font jamais. Mais il arrive souvent qu'au cours de leur adolescence, ou une fois devenus adultes, ils disent : je ne veux plus de tout ça, et que cela soit source de conflits. Brusquement, l'enfant ne veut plus vivre la vie de ses parents et il peut s'ensuivre des tragédies. Nous observons partout ce phénomène : le médecin veut que son enfant devienne médecin. De même pour l'avocat, le chef d'entreprise, le pilote d'avion. On voit partout des gens qui ont des exigences démesurées pour leurs enfants.

– C'est ce qui s'est passé dans le cas de Gudlaugur ? A-t-il fini par dire : ça suffit ? Est-ce qu'il s'est révolté ?

Gabriel se tut un bref instant.

– Vous avez rencontré le père de Gudlaugur ? demanda-t-il.

– Je les ai interrogés ce matin, lui et sa fille, répondit Erlendur. Ils sont pleins de colère et d'hostilité et il est évident qu'ils n'éprouvaient pas le moindre sentiment chaleureux envers Gudlaugur. Ils n'ont pas versé une larme pour lui.

– Et il était en fauteuil roulant ? Le père ?

– Oui.

– C'est arrivé quelques années après, continua Gabriel.

– Après quoi ?

– Quelques années après le concert. Ce terrible concert juste avant que le petit garçon ne doive partir en tournée dans les pays nordiques. C'était la première fois que cela arrivait, qu'un garçon d'ici parte chanter en soliste avec des chorales des pays nordiques. Son père avait envoyé son premier disque en Norvège et une maison de production de là-bas s'était montrée intéressée et avait organisé une série de concerts avec l'intention d'enregistrer des disques pour le faire connaître en Scandinavie. Son père m'a confié un jour que c'était son rêve, c'est-à-dire son rêve à lui et pas nécessairement celui de Gudlaugur, de voir son petit garçon chanter dans le Chœur de garçons de Vienne. Il en avait la capacité, indubitablement.

– Et que s'est-il passé ?

– Ce qui se passe toujours tôt ou tard avec un garçon qui a une voix de soprano, la nature s'en est mêlée, expliqua Gabriel. Au pire moment imaginable dans sa vie. Cela aurait pu se produire en répétition ou encore chez lui en toute solitude. Mais ça s'est produit là et ce pauvre enfant…

Gabriel regarda Erlendur.

– Je me trouvais avec lui en coulisse. La chorale devait l'accompagner sur quelques morceaux et il y avait dans la salle beaucoup d'enfants de Hafnarfjördur, des musiciens de Reykjavik très appréciés et même quelques critiques de journaux. Le concert avait bénéficié d'une publicité considérable et son père était évidemment assis au premier rang. Ce petit garçon est revenu me voir bien des années plus tard, une fois qu'il avait quitté le domicile familial ; il m'a raconté ce qu'il avait éprouvé pendant cette soirée marquée par le destin et je me suis souvent demandé par la suite comment un unique événement pouvait marquer les gens à jamais.

Tous les fauteuils du Cinéma municipal de Hafnarfjördur étaient occupés et le brouhaha considérable. Il était déjà venu dans ce splendide bâtiment deux fois auparavant pour y voir des films et avait été séduit par tout ce qu'il y avait vu : le splendide éclairage de la salle et la scène en hauteur où on jouait les pièces de théâtre. Sa maman l'avait amené là quand on avait rediffusé Autant en emporte le vent *et il était également venu avec son père et sa sœur pour voir le dernier Walt Disney.*

Cependant, aujourd'hui, les gens n'étaient pas là pour admirer les héros de l'écran blanc mais pour l'écouter lui, lui en personne, chanter avec cette voix qui avait été enregistrée sur deux 45 tours. Il ne ressentait plus de timidité mais plutôt de l'incertitude. Il avait déjà chanté en public à l'église de Hafnarfjördur ainsi qu'à l'école où une foule de gens l'avait écouté. Il était souvent très intimidé, voire tout bonnement terrifié. Mais ensuite il avait compris qu'il était digne d'intérêt aux yeux des autres, ce qui l'avait aidé à vaincre son appréhension. Voilà la raison pour laquelle les gens étaient venus l'écouter chanter, la raison qui poussait les gens à vouloir l'écouter et il n'y avait donc aucune timidité à avoir. La raison, c'était sa voix et son chant, rien d'autre. Il était la vedette.

Son père lui avait montré la publicité dans le journal : la plus belle voix soprano de garçon en Islande se produit ce soir. Nul n'était meilleur que lui. Son père ne se tenait plus de joie et se montrait bien plus impatient que le soir arrive qu'il ne l'était lui-même. Il n'avait que cela à la bouche depuis des jours. Si seulement ta mère avait vécu assez longtemps pour te voir chanter au Cinéma municipal, répétait-il. Elle aurait été tellement contente. Elle aurait été tellement heureuse.

Des gens avaient été séduits par sa voix dans un autre pays et ils voulaient qu'il vienne s'y produire. Ils souhaitaient enregistrer un disque de lui. Je le savais, répétait encore et encore son père. Je le savais. Il avait travaillé sans relâche à la préparation du voyage. Le concert au Cinéma municipal était le point d'orgue de ce travail.

Le régisseur lui montra comment il pouvait épier dans la salle et regarder les gens s'installer. Il écoutait le brouhaha et voyait bien des personnes qu'il ne connaissait ni d'Ève ni d'Adam et dont il savait qu'il ne ferait jamais la connaissance. Il vit l'épouse du chef de chœur accompagnée de ses trois enfants s'asseoir au bout de la troisième rangée. Il remarqua quelques-uns de ses camarades d'école accompagnés de leurs parents, et même certains de ceux qui s'étaient moqués de lui, et il vit son père s'installer au milieu du premier rang avec sa sœur aînée qui levait en l'air des yeux écarquillés. La famille de sa mère était également présente : des tantes qu'il connaissait à peine et des bonshommes qui tenaient leurs chapeaux à la main et attendaient qu'on tire le rideau.

Il avait envie que son papa soit fier de lui. Il savait qu'il s'était sacrifié pour qu'il parvienne au meilleur résultat possible dans l'art vocal et maintenant les fruits du sacrifice allaient apparaître au grand jour. Cela lui avait coûté un entraînement intensif. Il était hors de question de renâcler. Il avait essayé de le faire mais cela avait déclenché la colère de son père.

Il faisait entièrement confiance à son père. Il en avait toujours été ainsi. Même quand il avait dû chanter en public alors qu'il ne le voulait pas. Son père l'avait poussé et encouragé jusqu'à ce que sa volonté soit faite. Au début, c'était une torture pour lui de chanter devant des inconnus : le trac avant de monter sur scène, la timidité devant tous ces gens. Mais son père se montrait inflexible, même quand le petit garçon était en butte aux sarcasmes pendant qu'il chantait. Plus il se produisait en public, plus les autres garçons et même certaines filles s'en prenaient à lui, l'affublaient de surnoms, imitaient sa voix, mais son père demeurait aveugle à ce qui se passait.

Il ne voulait pas mettre son papa en colère. Il ne s'était pas complètement remis de la mort de sa mère. Elle avait eu une leucémie qui l'avait menée à la mort en quelques mois. Leur père était resté à son chevet jour et nuit, l'avait accompagnée à l'hôpital où il avait dormi pendant que la vie la quittait. Les derniers mots qu'il avait prononcés ce soir-là avant de partir de la maison étaient : pense à ta maman. Pense combien elle aurait été fière de toi.

La chorale avait fini de se mettre en place sur la scène. Les filles toutes vêtues de jupes identiques, payées par la ville de Hafnarfjördur. Les garçons étaient en chemise blanche et en pantalon noir, tout comme lui. Ils chuchotaient entre eux, tout excités de l'intérêt porté à la chorale et prêts à donner le meilleur d'eux-mêmes. Gabriel, le chef de chœur, discutait avec le régisseur. Le présentateur éteignit sa cigarette par terre. Tout était fin prêt. Bientôt, on allait ouvrir le rideau.

Gabriel l'appela.

– Alors, ça va, non ? demanda-t-il.

– Si, si. La salle est remplie de gens.

– Oui. Ils sont tous venus pour te voir. N'oublie pas cela. Tous ces gens sont venus ici pour te voir et t'entendre chanter, toi et nul autre que toi. Il faut que tu en sois fier, que tu sois content de toi au lieu d'être intimidé. Tu es peut-être un peu nerveux en ce moment mais ça ira mieux dès que tu vas commencer à chanter. Tu le sais bien.

– Oui.

– Alors, on y va ?

Il hocha la tête.

Gabriel le prit par les épaules.

– Il te sera probablement difficile de regarder en face toute cette foule mais il te suffit de chanter et tout ira pour le mieux.

– D'accord.

– Le présentateur n'interviendra qu'après le premier morceau. Nous avons parfaitement répété tout cela. Tu commences à chanter et tout se passera très bien.

Gabriel donna le signal au régisseur. Il fit un signe à la chorale qui se tut sur-le-champ. Tout était fin prêt. Ils étaient prêts.

Les lumières dans la salle diminuèrent. Le brouhaha se dissipa. Le rideau s'ouvrit.

Pense à ta mère.

La dernière chose qui lui traversa l'esprit avant l'ouverture du rideau était l'image de sa mère sur son lit d'hôpital la dernière fois qu'il l'avait vue, ce qui le déconcentra l'espace d'un instant. Il était en compagnie de son père et ils étaient tous les deux assis d'un côté du lit ; elle était si faible qu'elle pouvait à peine garder les yeux ouverts. Elle les referma et on aurait pu croire qu'elle s'était endormie, puis elle les rouvrit lentement, le regarda et essaya de sourire. Ils ne parvenaient plus à parler ensemble. Le moment venu de lui dire au revoir, ils se levèrent et il avait toujours regretté de ne pas l'avoir embrassée pour lui faire ses adieux car c'était la dernière fois qu'ils étaient réunis. Il se contenta de se lever et de sortir de la chambre avec son père, et la porte se referma derrière eux.

On avait ouvert le rideau et il regardait son père dans les yeux. La salle disparut de sa vue et il ne voyait plus que les yeux perçants de son père.

Quelqu'un dans la salle se mit à rire.

Il reprit ses esprits. La chorale avait commencé à chanter et le chef de chœur lui avait donné le signal mais il ne l'avait pas remarqué. Le chef de chœur fit de son mieux pour ne pas se laisser perturber, continua de diriger la chorale jusqu'au second couplet et l'enfant se mit à chanter au moment adéquat quand quelque chose se produisit.

Quand quelque chose arriva à sa voix.

– C'était un loup, expliqua Gabriel, assis dans la chambre d'hôtel glaciale d'Erlendur. Il a eu un loup dans la voix. Dès le premier morceau, et alors, c'en a été fini de tout cela.

14

Gabriel était assis immobile sur le lit et regardait fixement devant lui, happé en pensée sur la scène du Cinéma municipal où la chorale faisait peu à peu silence. Ne comprenant pas ce qui était en train de lui arriver, Gudlaugur se raclait désespérément la gorge et continuait d'essayer de chanter. Son père se leva et sa sœur accourut vers son frère pour l'arrêter. Les gens chuchotaient en se disant que le garçon avait un problème et bientôt, on entendit ici et là dans la salle quelques rires à demi étouffés qui se firent bientôt tonitruants, puis il s'en trouva certains pour siffler. Gabriel s'approcha de Gudlaugur dans l'intention de l'emmener à l'écart mais l'enfant était comme pétrifié. Le régisseur tenta de refermer le rideau. Le présentateur était monté sur la scène avec une cigarette à la main, désemparé. Finalement, Gabriel parvint à faire bouger Gudlaugur en le poussant devant lui. Sa sœur était alors arrivée à ses côtés, elle le tenait par la main et criait au public d'arrêter de rire. Son père n'avait pas bougé d'un pouce au premier rang, complètement abasourdi.

Gabriel revint à la réalité et regarda Erlendur.

– J'en ai encore des frissons quand j'y pense, dit-il.

– Un loup dans la voix ? demanda Erlendur. Je ne suis pas très à l'aise dans le…

– On dit également que la voix se casse, ou encore qu'elle mue. Voilà ce qui arrive : les cordes vocales s'allongent au cours de la puberté et, alors qu'on continue d'utiliser sa voix de la même façon qu'avant, celle-ci perd une octave. Le résultat n'est pas très joli, ça donne une sorte de bêlement. C'est ce phénomène qui sonne le glas de tous les chœurs de petits garçons. Il aurait pu lui rester encore deux ou trois ans mais il a fait une puberté précoce. L'activité hormonale s'est mise en route très tôt et a été à l'origine de la soirée la plus abominable de toute sa vie.

– Vous deviez être bons amis puisqu'il est revenu vous voir pour vous raconter tout cela.

– Oui, on peut le dire, il me considérait comme un confident. Puis nos relations se sont distendues, comme cela arrive souvent. J'ai essayé de faire de mon mieux pour l'aider et il a continué à prendre des cours de chant avec moi. Son père refusait d'abandonner. Il voulait faire de son fils un chanteur. Il parlait de l'envoyer en Allemagne ou en Italie. Voire en Angleterre. Ce sont eux qui ont le plus de pratique dans le domaine des petits garçons sopranos et ils possèdent toute une kyrielle de petits solistes déchus. Rien n'a la vie aussi brève qu'un enfant vedette.

– Mais il n'est jamais devenu chanteur, n'est-ce pas ?

– Non, c'était fini. Il avait une voix adulte acceptable mais elle n'avait rien de spéciale, et son intérêt pour le chant s'était évanoui. Tout le travail qu'il avait consacré au chant, en réalité toute son enfance s'est trouvée réduite à néant au cours de cette soirée. Son père l'a inscrit auprès d'autres professeurs, sans résultat. L'étincelle avait disparu. Il avait cédé un temps pour faire plaisir à son père, puis il avait complètement arrêté. Il m'a confié qu'en fait, il n'avait jamais eu envie de tout ça. Ni d'être chanteur, ni de chanter dans une chorale, ni de chanter et de se produire devant un public. Que tout cela venait de son père.

– Vous m'avez parlé tout à l'heure d'une chose qui est arrivée quelques années plus tard, dit Erlendur. Quelques années après ce concert au Cinéma municipal. Et il m'a semblé que vous établissiez un lien entre cet événement et le fait que son père soit en fauteuil roulant. Je me trompe ?

– Petit à petit, un profond fossé s'est creusé entre eux. Entre Gudlaugur et son père. Vous m'avez décrit leur attitude quand ils sont venus vous parler, lui et sa fille. Mais je ne connais pas toute l'histoire, seulement quelques bribes.

– Pourtant, si j'ai bien compris, il y avait beaucoup de tendresse entre Gudlaugur et sa sœur.

– Sans aucun doute, répondit Gabriel. Elle l'accompagnait souvent aux répétitions de la chorale et était toujours présente quand il chantait dans les animations à l'école ou à l'église. Elle était gentille avec lui mais elle était aussi du côté de son père. Ce dernier avait une très forte personnalité. Il était inflexible et intransigeant quand il voulait quelque chose, même s'il pouvait se montrer plein de douceur de temps à autre. Elle a fini par se ranger complètement dans son camp. Le garçon était en profonde révolte contre son père. Je ne sais pas exactement de quoi il s'agissait mais, finalement, il s'est mis à le haïr et à lui reprocher la façon dont les choses s'étaient passées. Et pas seulement ce qui était arrivé sur la scène mais dans tous les domaines.

Gabriel se tut quelques instants.

– L'une des dernières fois où je lui ai parlé, il m'a dit que son père lui avait volé son enfance, qu'il avait fait de lui une curiosité.

– Une curiosité ?

– C'est le terme qu'il a employé mais je n'ai pas mieux compris que vous ce qu'il entendait par là. C'était peu de temps après l'accident.

– L'accident ?

– Oui.

– Qu'est-ce qui s'est passé ?

– Gudlaugur devait avoir, disons, dans les vingt ans. Il avait arrêté l'école. Il a déménagé de Hafnarfjördur juste après. A cette époque-là, nous n'avions en fait plus aucun contact mais j'imagine facilement que l'accident a été causé par cette révolte qui l'habitait. Par cette colère qui s'était accumulée en lui.

– A-t-il quitté le foyer familial à la suite de cet accident ?

– J'ai l'impression que oui.

– Qu'est-il arrivé ?

– Il y avait chez eux un escalier haut et raide. J'y suis allé une fois. C'était un escalier qui montait de l'entrée jusqu'au premier étage, en bois, avec une ouverture très étroite à l'étage. Probablement qu'une dispute de plus avait commencé entre Gudlaugur et son père dont le bureau était situé à l'étage. Ils se tenaient sur le palier : j'ai cru comprendre que Gudlaugur l'avait bousculé et qu'il avait fait une chute dans l'escalier. Une chute importante. Il n'est jamais parvenu à remarcher par la suite. Fracture de la colonne vertébrale. Paralysie des membres inférieurs.

– Savez-vous si c'était réellement un accident ?

– Cela, seul Gudlaugur le savait. Ainsi que son père. Ils l'ont totalement banni de leur existence après cet événement, lui et sa fille. Ils ont rompu toute forme de relation et ne voulaient plus rien avoir à faire avec lui. Ce qui indiquerait peut-être que Gudlaugur aurait agressé son père et qu'il ne se serait pas agi d'un simple accident.

– Comment avez-vous su ça ? Puisque vous n'étiez plus en contact avec ces gens-là ?

– Tout le monde prétendait en ville qu'il avait poussé son père dans l'escalier. Il y a même eu une enquête de police.

Erlendur regarda l'homme.

– Quand avez-vous vu Gudlaugur pour la dernière fois ?

– C'était ici, dans cet hôtel, par le plus grand des hasards. Je ne savais pas du tout où il avait bien pu atterrir à cette époque-là. J'étais sorti avec des gens pour aller au restaurant quand je l'ai brusquement vu apparaître devant moi en uniforme de portier. Je ne l'ai pas reconnu tout de suite. Il y avait si longtemps. Cela fait cinq ou six ans maintenant. Je suis allé vers lui, je lui ai demandé s'il se souvenait de moi et nous avons parlé un peu tous les deux.

– De quoi ?

– De tout et de rien. Je lui ai demandé comment il allait et des banalités de ce genre. Il n'a pas dit grand-chose sur ses conditions de vie. Il n'avait pas l'air d'être à l'aise de me parler. Comme si je lui rappelais un passé qu'il voulait oublier autant que possible. J'ai eu l'impression qu'il avait honte d'être en uniforme de portier. Mais c'était peut-être autre chose. Enfin, je ne sais pas. Je lui ai demandé des nouvelles de sa famille et il m'a dit qu'ils n'entretenaient plus aucun contact. Ensuite, la discussion s'est tarie et nous nous sommes dit au revoir.

– Vous avez une idée sur l'identité de la personne qui aurait pu assassiner Gudlaugur ? demanda Erlendur.

– Pas la moindre, répondit Gabriel. De quel genre d'agression a-t-il été victime ? Comment a-t-il été assassiné ?

Il posa ces questions avec tact et les yeux emplis de chagrin, pas dans le but d'aller colporter tout ça quand il rentrerait chez lui ou qu'il verrait des amis mais simplement pour savoir comment s'était achevée la vie de ce garçon prometteur dont il avait autrefois été le professeur de chant.

– Je ne peux absolument pas me permettre de vous dire quoi que ce soit à ce sujet, répondit Erlendur. Il s'agit là d'informations que nous nous efforçons de garder confidentielles à cause de l'enquête.

– Oui, bien sûr, répondit Gabriel. Je le comprends parfaitement. L'enquête policière… Vous êtes sur une piste ? Je suppose que vous n'avez pas le droit de dire quoi que ce soit là-dessus non plus, pardonnez-moi. Je n'arrive pas à m'imaginer qui aurait bien pu vouloir le tuer mais il y a évidemment très longtemps que je n'ai plus aucun contact avec lui. Tout ce que je savais, c'était qu'il travaillait dans cet hôtel.

– Il travaillait ici depuis des années comme portier et il faisait aussi office d'homme à tout faire. Par exemple, il faisait le Père Noël.

Gabriel soupira.

– Quel destin !

– La seule chose que nous avons trouvée dans sa chambre excepté ces deux disques était une affiche de cinéma qu'il avait accrochée au mur. Celle d'un film de 1939 avec Shirley Temple. Il a pour titre *The Little Princess*, la Petite Princesse. Vous auriez une idée de la raison qui le poussait à garder un objet de ce genre ou à l'admirer à ce point ? Il n'y avait, pour ainsi dire, rien d'autre dans la chambre.

– Shirley Temple ?

– L'enfant vedette.

– Le lien est parfaitement évident, répondit Gabriel. Gudlaugur se considérait comme un petit prodige et il en allait de même pour son entourage. Je ne vois aucun autre lien à part celui-ci.

Gabriel se leva, remit sa casquette, boutonna son manteau et noua son écharpe autour du cou. Les deux hommes étaient silencieux. Erlendur lui ouvrit la porte et l'accompagna jusqu'au couloir.

– Je vous remercie de m'avoir rendu cette visite, dit-il en lui tendant la main.

– Je vous en prie, répondit Gabriel. C'est le moins que je puisse faire pour vous. Et aussi pour ce pauvre garçon.

Il hésita un instant, il s'apprêtait à ajouter quelque chose mais ne savait pas quels mots employer pour l'exprimer au mieux.

– Il était d'une grande naïveté, expliqua-t-il finalement. C'était un garçon dénué de toute fausseté. On l'avait convaincu qu'il était unique et exceptionnel, qu'il deviendrait célèbre et même qu'il mettrait le monde à ses pieds. Le Chœur de garçons de Vienne. On fait tout un plat de pas grand-chose dans ce pays et c'est encore plus vrai de nos jours. C'est une fâcheuse habitude nationale chez ce peuple qui ne remporte jamais aucune victoire. Il était en butte aux moqueries à l'école parce qu'on le considérait comme différent, ce dont il a dû faire les frais de diverses manières. Ensuite, il est apparu qu'il n'était qu'un garçon ordinaire et son monde s'est écroulé en l'espace d'une soirée. Il lui a fallu avoir les reins solides pour supporter cela.

Ils se saluèrent. Gabriel tourna les talons et sortit dans le couloir. Erlendur le regarda s'en aller en se disant qu'il était fort probable que l'histoire de Gudlaugur Egilsson avait enlevé au vieux chef de chœur l'énergie qu'il lui restait.

Erlendur referma la porte. Il s'assit sur le bord du lit, pensa à ce petit choriste et à la façon dont il l'avait découvert, le pantalon baissé. Il se demanda comment sa route avait pu le mener jusqu'à ce cagibi exigu et jusqu'à la mort, toutes ces années après avoir eu la déception de sa vie. Il pensa au père de Gudlaugur, paralysé dans sa chaise roulante avec ses lunettes aux montures épaisses, il pensa à sa sœur avec son nez aquilin et à l'aversion qu'elle éprouvait pour son frère. Il pensa à l'énorme directeur de l'hôtel qui l'avait mis à la porte et au chef réceptionniste qui prétendait ne le connaître ni d'Ève ni d'Adam. Il pensa au personnel de l'hôtel qui ne savait même pas qui Gudlaugur était réellement. Il pensa à Henry Wapshott qui avait fait un long voyage pour retrouver le petit choriste car l'enfant qu'avait été Gudlaugur, avec sa voix douce et limpide, existait encore, existerait pour l'éternité.

Avant même de s'en rendre compte, il s'était mis à penser à son frère.

Erlendur remit le même disque sur l'électrophone, s'allongea sur le lit, ferma les yeux et rentra mentalement chez lui.

Peut-être ce chant-là était-il aussi le sien.

15

Quand Elinborg rentra de Hafnarfjördur en fin d'après-midi, elle alla directement à l'hôtel faire un compte rendu à Erlendur.

Elle monta jusqu'à son étage, frappa à sa porte mais, n'obtenant aucune réponse, elle frappa une seconde fois, puis une troisième. Elle allait rebrousser chemin quand la porte s'ouvrit et Erlendur la fit entrer. Il s'était assoupi, plongé dans ses pensées, et avait l'esprit ailleurs quand Elinborg se mit à lui raconter ce qu'elle avait découvert à Hafnarfjördur. Elle avait interrogé l'ancien directeur de l'école primaire, un très vieil homme qui se souvenait fort bien de Gudlaugur et qui lui apprit en outre que sa femme, décédée il y avait maintenant une dizaine d'années, avait été très amie avec la mère du petit garçon. Grâce à l'aide du directeur, elle avait retrouvé trois des camarades de classe de Gudlaugur qui vivaient toujours à Hafnarfjördur. L'un d'entre eux avait assisté au concert du Cinéma municipal. Elinborg avait interrogé les anciens voisins de la famille à Hafnarfjördur ainsi que des gens qui les avaient fréquentés dans le temps.

– Nul n'a le droit de se démarquer dans cette nation naine, regretta Elinborg en s'asseyant sur le lit. Personne n'a le droit d'être différent.

Tout le monde savait que Gudlaugur deviendrait quelqu'un de spécial dans la vie. Il n'en parlait jamais lui-même, il ne parlait en réalité jamais de lui et pourtant tout le monde le savait. Il avait suivi des cours de piano et de chant, d'abord auprès de son père, puis avec le chef de chœur qu'on avait embauché pour la chorale de l'école primaire et enfin avec un chanteur connu qui avait vécu en Allemagne et venait de rentrer au pays. Les gens ne tarissaient pas d'éloges sur son compte. Ils l'applaudissaient et il s'inclinait, vêtu de sa chemise blanche et de son pantalon noir, un vrai petit homme tellement bien élevé. Un si bel enfant, ce Gudlaugur, disaient les gens. Et on fit des enregistrements de sa voix sur des disques. Bientôt, il serait célèbre à l'étranger.

Il n'était pas originaire de Hafnarfjördur. Sa famille venait du Nord et avait, un temps, vécu à Reykjavik. On affirmait que son père était le fils d'un organiste et qu'il avait lui-même étudié le chant à l'étranger dans sa jeunesse. La rumeur prétendait qu'il avait acheté la maison de Fjördur avec de l'argent qu'il avait hérité de son père, lequel s'était enrichi grâce à l'armée américaine après la guerre. On disait qu'il avait fait un héritage tel qu'il était à l'abri de tout souci pour le restant de ses jours. Il n'affichait pourtant pas sa richesse. Et ne jouait en rien les messieurs dans la communauté. Quand il se promenait avec sa femme, il enlevait son chapeau et saluait poliment les gens. On disait qu'elle était la fille d'un grand armateur. Cependant, personne ne savait d'où elle venait. Ils ne s'étaient pas fait beaucoup d'amis dans la ville. Leurs amis vivaient principalement à Reykjavik, si tant est qu'ils en aient eu. La famille ne semblait pas recevoir beaucoup de visites.

Quand les garçons du quartier ou les camarades d'école de Gudlaugur demandaient à le voir, on leur répondait généralement qu'il devait rester à la maison pour étudier, que ce soit pour faire ses devoirs, travailler son piano ou encore ses vocalises. Parfois, il avait le droit de les accompagner dehors; ils avaient remarqué qu'il n'était pas aussi rustaud qu'eux et qu'il était étonnamment fragile et douillet. Jamais il ne salissait ses vêtements, jamais il ne sautait dans les flaques d'eau sale, il jouait au football comme une fillette et s'exprimait dans un langage très châtié. Il mentionnait parfois des gens avec des noms étrangers. Un certain Schubert. En outre, quand les autres lui racontaient les derniers films d'aventure qu'ils avaient vus au cinéma ou les dernières histoires qu'ils avaient lues, il leur répondait qu'il lisait de la poésie. Peut-être pas vraiment parce que c'était ce qu'il désirait personnellement mais plutôt parce que son père lui disait qu'il était bon pour lui de lire des poèmes. A la façon dont il l'expliquait, ils avaient compris que son père le forçait à le faire et qu'il se montrait ferme : un poème tous les soirs.

Sa sœur n'était pas comme lui. Elle était plus endurcie et tenait plus de son père, qui ne semblait pas avoir autant d'exigences envers elle qu'envers le petit garçon. Elle étudiait le piano et, tout comme son frère, avait commencé à chanter dans la chorale au moment de sa fondation. Ses amies prétendaient qu'elle était parfois jalouse de son frère à cause de l'intérêt que son père lui portait et, qu'en outre, leur mère semblait préférer le fils à la fille. Les gens trouvaient que Gudlaugur et sa mère avaient bien plus de choses en commun. On aurait dit qu'elle étendait au-dessus de lui une main tutélaire.

Un jour, un des camarades d'école de Gudlaugur avait dû attendre dans le hall d'entrée alors qu'avait lieu une âpre discussion visant à trancher si le garçon pouvait sortir s'amuser. Le père se tenait en haut de l'abrupt escalier avec ses épaisses lunettes, Gudlaugur sur les marches du bas, et sa mère dans l'encadrement de la porte d'entrée avait dit que cela ne changeait pas grand-chose si le garçon allait s'amuser un moment dehors. Qu'il n'avait pas tant d'amis que cela et qu'ils ne venaient pas si souvent demander à le voir. Qu'il pourrait reprendre ses exercices plus tard.

– Reprendre ses exercices ! s'écria le père. Tu t'imagines peut-être que c'est le genre de chose que quelqu'un peut interrompre et reprendre comme bon lui semble ? Tu ne comprends pas ce qui est en jeu, n'est-ce pas ? Et tu ne le comprendras jamais !

– Mais ce n'est qu'un enfant, objecta la mère, et il n'a pas beaucoup d'amis. Tu n'as pas le droit de l'enfermer comme ça toute la journée. Il faut aussi lui laisser le droit d'être un enfant.

– Ce n'est pas grave, déclara Gudlaugur en s'approchant du garçon. Je te rejoindrai peut-être tout à l'heure. Vas-y, moi, je sortirai plus tard.

Le garçon sortit et, avant que la porte ne se referme derrière lui, il entendit le père de Gudlaugur crier du haut de l'escalier : ne me fais plus jamais un tel affront, ne me contredis jamais plus devant un inconnu.

Le temps passant, Gudlaugur se trouva de plus en plus isolé à l'école et les garçons des classes supérieures se mirent à le ridiculiser. Cela commença d'une façon très innocente. Tout le monde se moquait de tout le monde, il y avait des bagarres et des coups dans la cour de récréation, comme dans toutes les écoles. Cependant, au bout de deux hivers, quand Gudlaugur eut atteint l'âge de onze ans, les moqueries et les coups se concentrèrent principalement sur lui. Il n'y avait pas beaucoup d'élèves dans cette école par rapport à aujourd'hui et tout le monde savait que Gudlaugur n'était pas comme les autres enfants. Il étudiait la musique, chantait dans la nouvelle chorale et n'avait jamais le droit de sortir s'amuser. Il était toujours pâle et maladif. Un gamin qui restait enfermé. Les garçons de sa classe et de son quartier cessèrent de passer le chercher chez lui et se mirent à se moquer de lui quand il arrivait à l'école. Son cartable disparaissait ou bien il était vide quand il le reprenait. Il se faisait bousculer dans la rue. On lui déchirait ses vêtements. On le frappait. On lui donnait des surnoms. On ne l'invitait jamais aux fêtes d'anniversaire.

Gudlaugur ne savait pas comment réagir pour se défendre. Il ne comprenait pas ce qui se passait. Son père s'était plaint auprès du directeur de l'école qui lui avait promis que les choses allaient se calmer, cependant cela n'était pas en son pouvoir et Gudlaugur continua de rentrer de l'école couvert d'écorchures et ayant perdu tout le contenu de son cartable. Son père avait envisagé l'éventualité de le changer d'école, voire de quitter la ville, mais il était têtu et ne voulait pas céder ; il avait participé à la fondation de la chorale, il était satisfait du jeune homme qui la dirigeait. Il savait que cette chorale était un espace à l'intérieur duquel Gudlaugur pourrait s'exercer et éveiller l'intérêt des gens au fil du temps. Quant au harcèlement, mot qui n'existait pas à l'époque en islandais, observa Elinborg, ce harcèlement subi par Gudlaugur allait devoir prendre fin.

Il réagit en abandonnant totalement la lutte, il devint secret et solitaire et se réfugia dans le chant et le piano, qui semblaient lui procurer une paix intérieure. Dans ce domaine-là, tout lui réussissait. Là, il constatait à quel point il était compétent. Cependant, presque tous les jours, il se sentait mal et la mort de sa mère sembla finir de l'anéantir.

Quand on l'apercevait, il marchait solitaire et s'efforçait de sourire aux autres enfants de l'école. Il enregistra un disque dont on parla dans les journaux. On aurait dit que son père avait toujours eu raison. Gudlaugur allait devenir quelqu'un de spécial.

L'une de ses camarades d'école était venue avec ses parents au Cinéma municipal et, alors que bien des gens riaient, elle s'était mise à pleurer en voyant la sœur de Gudlaugur et le chef de chœur l'emmener en coulisse.

Et bientôt, pour une raison que bien peu de gens connaissaient, on lui donna un nouveau surnom dans le quartier.

– Comment est-ce qu'on l'appelait ? demanda Erlendur.

– Le directeur de l'école ne le sait pas, expliqua Elinborg. Quant à ses camarades d'école, soit ils font semblant de ne pas s'en souvenir, soit ils ne veulent pas le dire. Toujours est-il que ce surnom a profondément blessé le petit garçon. Ils sont tous d'accord sur ce point.

– Au fait, quelle heure est-il ? fit Erlendur comme dans un sursaut.

– Sept-huit heures, je suppose, répondit Elinborg. Il y a quelque chose qui ne va pas ?

– Nom de Dieu, j'ai passé la journée à roupiller, répondit Erlendur en se levant d'un bond. Il faut que je trouve ce Henry. On devait lui faire un prélèvement de salive vers midi mais il n'était pas là.

Elinborg regarda l'électrophone, les haut-parleurs et les disques.

– Est-ce qu'il présente un intérêt quelconque ? demanda Elinborg.

– Il est absolument incroyable, répondit Erlendur. Tu devrais l'écouter.

– Je vais rentrer, annonça Elinborg qui, elle aussi, s'était mise debout. Tu vas passer le réveillon dans cet hôtel ? Tu ne vas pas rentrer chez toi ?

– Je ne sais pas, répondit Erlendur. Je vais voir.

– Tu es le bienvenu à la maison. Tu le sais. J'ai du jambon de porc froid et puis il y aura aussi de la langue de bœuf.

– Ne t'inquiète donc pas, répondit Erlendur en lui ouvrant la porte. Rentre chez toi. Moi, je vais m'occuper de ce Henry.

– Où est-ce que Sigurdur Oli a passé toute la journée ? demanda Elinborg.

– Il avait l'intention de contacter la police britannique pour voir si elle avait quelque chose sur Henry. Il est probablement rentré chez lui.

– Dis donc, pourquoi est-ce qu'il fait si froid dans ta chambre ?

– Le radiateur ne marche pas, répondit Erlendur en refermant la porte derrière eux.

Une fois dans le hall, il prit congé d'Elinborg et trouva le chef réceptionniste dans son bureau. Personne n'avait aperçu Henry de toute la journée à l'hôtel. Sa clé n'était pas sur le tableau, il n'avait pas rendu sa chambre. Il lui restait encore à régler la facture. Erlendur savait qu'il avait l'intention de rentrer à Londres par l'avion du soir mais il n'avait rien en sa possession qui lui eût permis d'interdire à l'homme de quitter le territoire. Sigurdur Oli n'avait donné aucune nouvelle. Il piétinait dans le hall.

– Vous pouvez m'ouvrir sa chambre ? demanda-t-il au chef réceptionniste.

Celui-ci secoua la tête.

– Il est possible qu'il ait pris la fuite, ajouta Erlendur. Vous savez quand décolle l'avion pour Londres ce soir ? A quelle heure ?

– Le vol de ce soir a pris beaucoup de retard, répondit le réceptionniste. Une partie de son travail consistait à se tenir informé des horaires des avions. Ils pensent qu'il devrait décoller vers neuf heures.

Erlendur passa quelques coups de téléphone. Il découvrit que Henry Wapshott avait réservé une place sur le vol pour Londres. Il ne s'était pas encore présenté à l'enregistrement. Erlendur prit des dispositions pour qu'on l'arrête au contrôle des passeports à l'aéroport et qu'on le ramène à Reykjavik. Il fallait qu'il invoque une raison valable pour que la police de Keflavik l'arrête et il hésita un instant en se demandant s'il devait inventer quelque chose. Il savait que les médias allaient s'en délecter s'il dévoilait la vérité mais aucun mensonge ne lui vint à l'esprit à ce moment-là et il finit par dire la simple vérité : Henry Wapshott était soupçonné dans une affaire de meurtre.

– Vous ne pouvez vraiment pas me donner accès à sa chambre ? demanda de nouveau Erlendur au réceptionniste. Je ne toucherai à rien. Tout ce que je veux, c'est savoir s'il a filé à l'anglaise. Et ça me prendra un temps fou d'obtenir un mandat. J'ai juste besoin d'y jeter un œil.

– Il est bien possible qu'il vienne pour rendre la chambre et quitter l'hôtel, répondit le réceptionniste avec une évidente rigidité. Il reste encore un bon moment avant le décollage et il dispose d'assez de temps pour revenir à l'hôtel, prendre ses affaires, régler sa note, rendre sa clé et prendre le bus vers l'aéroport de Keflavik. Vous ne préférez pas patienter encore un peu?

Erlendur s'accorda un moment de réflexion.

– Vous pourriez peut-être envoyer quelqu'un faire le ménage dans la chambre et moi, je passerais devant la porte ouverte? Ce serait gênant?

– Il faut que vous compreniez ma position, répondit le réceptionniste. Nous pensons en premier lieu aux intérêts de nos clients. Ils ont le droit d'avoir leur vie privée comme s'ils étaient ici chez eux. Si j'enfreins cette règle et que les gens l'apprennent d'une manière ou d'une autre, alors nos clients ne pourront plus nous accorder leur confiance. Cela ne peut pas être plus simple. Et il faut que vous le compreniez.

– Nous sommes en train d'enquêter sur un meurtre qui a été commis dans cet hôtel, observa Erlendur. La renommée de cet établissement n'est-elle pas mise à mal quoi qu'il en soit?

– Présentez-moi un mandat de perquisition et la chose ne posera plus aucun problème.

Erlendur soupira et tourna le dos à la réception. Il attrapa son téléphone et appela Sigurdur Oli. Il laissa sonner un bon moment et, finalement, Sigurdur répondit. Erlendur entendait des voix en bruit de fond.

– Alors, tu en es où dans la vie? demanda Erlendur.

– Au gâteau de Noël, répondit Sigurdur Oli.

– Au gâteau de Noël?

– Oui, je coupe le gâteau de Noël, avec la famille de Bergthora. La même équipe immuable qu'à chaque Noël. Et toi, tu es rentré chez toi?

– Qu'est-ce que les Anglais t'ont appris sur Henry Wapshott?

– J'attends de leurs nouvelles. J'en aurai demain matin. Il nous fait des difficultés?

– J'ai l'impression qu'il tente d'échapper au prélèvement de salive, annonça Erlendur pendant que le réceptionniste s'approchait de lui avec une feuille de papier à la main. Je crois qu'il essaie de quitter le pays sans nous dire au revoir. Je te rappelle demain matin. Attention à ne pas te couper les doigts.

Erlendur replongea son portable dans sa poche. Le chef réceptionniste était tout près de lui.

– J'ai eu l'idée de consulter la fiche de Henry Wapshott, dit-il en tendant la feuille à Erlendur. Juste pour vous aider un petit peu. Je ne devrais absolument pas faire ce genre de chose…

– Qu'est-ce que c'est que ça ? demanda Erlendur en parcourant la feuille. Il y vit le nom de Henry Wapshott accompagné d'une liste de dates.

– Il séjourne dans cet hôtel tous les Noël depuis trois ans, précisa le réceptionniste. Si cela peut vous aider en quoi que ce soit.

Erlendur regardait fixement les dates.

– Il a déclaré qu'il n'était jamais venu en Islande auparavant.

– Je n'en sais rien, répondit le réceptionniste. En tout cas, il est déjà descendu dans cet hôtel.

– Vous ne vous souveniez pas de lui ? Puisque c'est un habitué.

– Je ne me rappelle pas l'avoir enregistré personnellement. Cet hôtel compte plus de deux cents chambres et on a toujours tellement à faire à Noël qu'il se fond facilement dans la foule, d'autant plus qu'il ne reste pas longtemps. Seulement quelques jours. Je ne l'ai pas remarqué cette fois-ci mais je me suis souvenu de lui en regardant sa fiche. Dans une certaine mesure, il est exactement comme vous. Il a formulé les mêmes exigences particulières.

– Comment ça, comme moi ? Quelles exigences particulières ?

Erlendur ne parvenait pas à s'imaginer qu'il avait des points communs avec Henry Wapshott.

– Il semblait s'intéresser à la musique.

– Où voulez-vous en venir ?

– Regardez un peu ça, dit le réceptionniste en montrant la fiche. Nous notons les exigences particulières de nos clients. Dans la plupart des cas.

Erlendur lut la fiche.

– Il voulait de quoi écouter de la musique dans sa chambre, pas un bon lecteur de CD mais ce vieux machin. Exactement comme vous.

– Quel sale menteur! grommela Erlendur en attrapant à nouveau son téléphone.

16

Un mandat d'arrêt fut émis à l'encontre de Henry Wapshott plus tard dans la soirée. On l'appréhenda alors qu'il s'apprêtait à monter dans l'avion pour Londres. On le transféra dans l'une des cellules du commissariat de la rue Hverfisgata et Erlendur obtint un mandat de perquisition pour fouiller sa chambre. Les hommes de la Scientifique arrivèrent à l'hôtel aux alentours de minuit. Ils passèrent la chambre au peigne fin à la recherche de l'arme du crime mais le résultat obtenu fut bien maigre. Tout ce qu'ils trouvèrent consistait en un sac de voyage que Wapshott avait visiblement l'intention de laisser derrière lui, un nécessaire de rasage dans la salle de bain, un vieil électrophone semblable à celui qui se trouvait dans la chambre d'Erlendur, une télévision et un magnétoscope, quelques journaux et magazines britanniques, parmi lesquels un exemplaire du magazine *Record Collector*.

Un spécialiste en relevé d'empreintes digitales se mit en quête d'indices prouvant que Gudlaugur serait venu dans la chambre. Il examina l'arête du bureau et les montants de la porte. Debout dans le couloir, Erlendur suivait le travail des scientifiques. Il avait envie d'une cigarette et d'un verre de Chartreuse parce que c'était Noël et puis, il avait envie de son fauteuil et de ses livres. Il avait l'intention de rentrer chez lui. Il ne savait pas précisément pourquoi il restait dans cet hôtel de la mort. Il ne savait pas précisément ce qu'il devait faire.

De la poudre blanche destinée à relever les empreintes digitales se renversa par terre.

Erlendur vit le directeur de l'hôtel s'avancer en boitillant dans le couloir. Il agitait son mouchoir en l'air tout en soupirant et en soufflant abondamment. Il jeta un œil à l'intérieur de la chambre où s'affairaient les scientifiques et sourit de toutes ses dents.

– On m'a dit que vous l'aviez attrapé, annonça-t-il en se passant le mouchoir dans le cou. Il paraît que c'est un étranger.

– Où avez-vous entendu ça ? demanda Erlendur.

– Enfin, à la radio, répondit le directeur sans parvenir à dissimuler sa joie – il avait du reste bien des raisons de se réjouir. L'homme avait été attrapé, ce n'était pas un Islandais qui avait commis le crime et il ne faisait pas partie du personnel de l'hôtel. Le directeur annonça, tout essoufflé : ils ont dit aux informations qu'il avait été arrêté à l'aéroport de Keflavik alors qu'il était en route vers Londres. Un Britannique, n'est-ce pas ?

Le portable d'Erlendur se mit à sonner.

– Nous ne savons absolument pas s'il s'agit bien de l'homme que nous recherchons, précisa-t-il en attrapant le téléphone.

– Tu n'as pas besoin de descendre, dit Sigurdur Oli quand Erlendur décrocha. Pas pour l'instant.

– Tu ne devrais pas être plongé dans le gâteau de Noël ? demanda Erlendur en s'éloignant du directeur.

– Il est soûl, répondit Sigurdur Oli. Henry Wapshott est soûl. Ça ne sert à rien de l'interroger. Est-ce qu'on ne ferait pas mieux de le laisser cuver pendant la nuit et de l'interroger demain matin ?

– Il a fait des difficultés ?

– Non, pas du tout. Ils m'ont dit qu'il les a suivis sans protester et en silence. Ils l'ont appréhendé dès qu'il a passé le contrôle des passeports, l'ont laissé dans la pièce où ils font les fouilles et quand la police est arrivée, ils l'ont conduit directement à la voiture pour le ramener à Reykjavik. Sans la moindre protestation. Évidemment, il n'était pas en état de dire grand-chose, il s'est même endormi dans la voiture qui le ramenait en ville. Et en ce moment, il roupille dans sa cellule.

– J'ai appris qu'ils ont parlé de l'arrestation aux informations, dit Erlendur en regardant le directeur de l'hôtel. Les gens espèrent bien que nous tenons le vrai coupable.

– Il n'avait qu'un bagage à main. Un grand porte-documents.

– Il contient quelque chose ?

– Des disques. Des vieux disques. Les mêmes vieilles saletés de vinyles que ceux qu'on a trouvés dans la cave.

– Tu veux dire, des disques de Gudlaugur ?

– Oui, je crois que c'était ça. Pas bien nombreux. Et puis, il y en avait aussi d'autres. Tu pourras voir tout ça demain matin.

– Il est à la recherche de disques de Gudlaugur.

– Il a peut-être enrichi sa collection, répondit Sigurdur Oli. On se voit demain matin ici, au commissariat ?

– Il faut qu'on lui fasse un prélèvement de salive, répondit Erlendur.

– Je m'en occupe, fit Sigurdur Oli. Sur quoi, ils raccrochèrent.

Erlendur remit son téléphone dans sa poche.

– Alors, il a avoué ? demanda le directeur. Il s'est mis à table ?

– Vous souvenez-vous d'un précédent séjour qu'il aurait effectué dans cet hôtel ? Henry Wapshott, sujet britannique. Un homme dans la soixantaine. Il m'a déclaré que c'était la première fois qu'il visitait l'Islande mais, ensuite, j'ai découvert qu'il avait déjà séjourné dans cet hôtel.

– Je ne me rappelle personne de ce nom. Avez-vous une photo de lui ?

– Non, il faut que je m'en procure une. Pour savoir si certains membres du personnel le connaissaient. Peut-être qu'ils ont gardé un souvenir de cet individu. Même si ce ne sont que des détails insignifiants.

– Espérons que vous en aurez bientôt terminé avec cette affaire, répondit le directeur avec un profond soupir. Nous avons eu des annulations à cause du meurtre. Surtout de la part d'Islandais. La nouvelle ne s'est pas répandue autant parmi les étrangers. Mais il y a beaucoup moins d'affluence au buffet et les réservations ont également diminué. Je n'aurais jamais dû l'autoriser à loger dans la cave. Voilà ce qui arrive quand on est trop bon. Moi et ma satanée générosité.

– C'est vrai qu'elle transpire de votre personne comme du beurre, commenta Erlendur.

Le directeur de l'hôtel le dévisagea en se demandant si c'était du lard ou du cochon mais Erlendur s'en fichait éperdument. Le chef de la Scientifique sortit dans le couloir et se dirigea vers eux, il salua le directeur et entraîna Erlendur à l'écart.

– Tout ressemble parfaitement à ce qu'on peut trouver dans la chambre d'hôtel de n'importe quel touriste venant à Reykjavik, annonça le chef de la Scientifique. L'arme du crime ne se trouve pas sur sa table de nuit si c'est ce que tu espérais, il n'y a pas de vêtements tachés de sang dans son sac de voyage et pas le moindre indice qui le relierait à l'homme de la cave. Ça fourmille d'empreintes digitales là-dedans. En revanche, il est évident que l'homme a pris la fuite. Il a laissé sa chambre comme s'il avait simplement eu l'intention de descendre au bar. Son rasoir est encore branché. Ses chaussures de rechange sont par terre. Ainsi que les pantoufles qu'il avait apportées avec lui. A ce stade, c'est tout ce qu'on peut dire. L'homme était pressé. C'était un homme en fuite.

Le chef de la Scientifique disparut à nouveau dans la chambre et Erlendur se dirigea vers le directeur de l'hôtel.

– Qui s'occupe du ménage dans ce couloir ? demanda Erlendur. Qui fait les chambres ? Ceux ou celles qui font le ménage, ils font un roulement dans les étages ?

– Je ne sais pas exactement quelles sont les femmes de ménage chargées de ce couloir, répondit le directeur. Aucun homme ne fait ce travail. Pour un tas de raisons.

Il avait dit cela d'un ton ironique, comme si le ménage était de toute évidence un travail de femme.

– Et qui fait le ménage ici ? demanda Erlendur.

– Eh bien, par exemple, la fille à qui vous avez parlé.

– La fille à qui j'ai parlé ?

– Oui, à la cave, précisa le directeur. Celle qui a découvert le cadavre. La fille qui a trouvé le Père Noël mort. C'est son couloir à elle.

Quand Erlendur regagna sa chambre deux étages plus haut, Eva Lind l'attendait dans le couloir. Elle était assise par terre, le dos appuyé contre le mur, les genoux repliés sous le menton et Erlendur eut l'impression qu'elle s'était endormie. Elle leva les yeux à son arrivée et étendit ses jambes.

– Putain, je m'éclate vraiment à venir dans cet hôtel, annonça-t-elle. Tu vas pas finir par rentrer au bercail ?

– J'allais justement le faire, répondit Erlendur. Moi aussi, ce bâtiment commence à m'emmerder.

Il fit glisser la carte dans la fente située sur le montant de la porte et celle-ci s'ouvrit. Eva Lind se releva et le suivit à l'intérieur. Erlendur referma et Eva Lind se jeta de tout son long sur le lit. Quant à lui, il s'installa devant le petit bureau.

– Alors, comment ça avance, ce *case*? demanda Eva, à plat ventre sur le lit, les yeux clos comme si elle essayait de s'endormir.

– A petits pas, répondit Erlendur. Et arrête un peu d'utiliser ces mots d'Amerloques comme le *case*. Tu pourrais dire : est-ce que l'enquête progresse ?

– Mon petit gars, boucle-la, répondit Eva Lind toujours les yeux fermés. Erlendur eut un sourire. Il regardait sa fille étendue sur le lit en se demandant quel genre de père il avait été pour elle. Avait-il eu de grandes exigences à son égard ? L'avait-il inscrite à des cours de danse classique ? Encouragée à étudier le piano ? Espéré qu'elle serait un petit prodige ? Est-ce qu'il l'aurait frappée si elle avait fait tomber sa bouteille de liqueur par terre ?

– Tu es là ? demanda-t-elle, les yeux toujours fermés.

– Oui, je suis là, répondit Erlendur d'un ton fatigué.

– Pourquoi tu ne dis rien ?

– Qu'est-ce qu'il y aurait à dire ? Qu'est-ce que je devrais dire ?

– Ben… par exemple ce que tu fabriques dans cet hôtel. Sérieusement.

– Je ne sais pas. Je n'avais pas envie de rentrer encore une fois dans mon appartement. Ça me fait un peu de changement.

– De changement ? Quelle différence il y a entre traînasser tout seul dans cette chambre et traînasser tout seul chez soi ?

– Tu veux écouter un peu de musique ? demanda Erlendur en essayant d'orienter la conversation vers un autre sujet. Il se mit à exposer point par point l'affaire à sa fille afin d'en avoir lui-même une vision d'ensemble plus nette. Il lui parla de la jeune femme qui avait retrouvé le Père Noël poignardé en lui expliquant que l'homme en question avait autrefois été un petit choriste prometteur qui avait enregistré deux disques aujourd'hui très recherchés par les collectionneurs, sa voix étant exceptionnelle.

Il allongea la main vers celui des deux disques qu'il n'avait pas encore écouté. Il contenait deux psaumes et avait visiblement été produit avant Noël. Sur la pochette, on voyait Gudlaugur avec un bonnet de Père Noël et il affichait un sourire si large que ses incisives dépassaient légèrement de ses lèvres ; Erlendur pensa à l'ironie du sort. Il plaça le disque sur l'électrophone et la voix du choriste emplit la chambre d'un chant plein de beauté et de douleur. Eva Lind ouvrit les yeux et se redressa sur le lit.

– Attends un peu, tu plaisantes ? dit-elle.

– Quoi, tu ne trouves pas ça fantastique ?

– Je n'ai jamais entendu un enfant chanter aussi bien, observa Eva. Je crois bien que je n'ai jamais entendu qui que ce soit chanter aussi bien.

Eva et Erlendur restèrent assis silencieux à écouter le morceau jusqu'à la fin. Erlendur tendit la main vers l'électrophone, retourna le disque et mit le cantique qui figurait sur l'autre face. Ils l'écoutèrent et une fois celui-ci terminé, Eva Lind lui demanda de le remettre.

Erlendur lui parla de la famille de Gudlaugur, du concert au Cinéma municipal, il lui raconta que son père et sa sœur n'avaient eu aucun contact avec lui depuis plus de trente ans, il lui parla de ce collectionneur anglais qui avait essayé de s'enfuir d'Islande et ne s'intéressait qu'aux petits garçons qui chantaient dans les chorales. Il lui expliqua que les disques de Gudlaugur avaient peut-être aujourd'hui beaucoup de valeur.

– Tu crois qu'on l'aurait tué à cause de ça ? demanda Eva Lind. A cause des disques ? Parce qu'ils ont beaucoup de valeur aujourd'hui ?

– Je n'en sais rien.

– Il en existe beaucoup d'exemplaires ?

– Je ne pense pas, répondit Erlendur, et c'est probablement ce qui les rend si sujets à convoitise. Elinborg affirme que les collectionneurs sont en quête de quelque chose d'exceptionnel au monde. Mais cela n'a peut-être aucune importance. Il est possible que ce soit quelqu'un de l'hôtel qui l'ait agressé. Quelqu'un qui ne connaissait rien de son passé de choriste.

Erlendur évita de dévoiler à sa fille dans quelle situation Gudlaugur avait été découvert. Il savait que pendant les périodes où elle se droguait, elle pratiquait la prostitution et qu'elle savait comment ça se passait à Reykjavik. Il évitait cependant d'aborder le sujet avec elle. Elle vivait sa vie et menait sa barque sans qu'il ait quoi que ce soit à y dire, mais il lui laissa entendre qu'il était possible que Gudlaugur ait payé en échange de certains services et il lui demanda si elle savait s'il y avait de la prostitution dans l'hôtel.

Eva Lind dévisagea son père.

– Le pauvre homme, regretta-t-elle sans répondre à sa question. Ses pensées étaient encore fixées sur le petit choriste. Il y avait une gamine comme ça dans mon école. Quand j'étais en primaire. Elle a fait quelques disques. Elle s'appelait Vala Dögg. Tu te souviens d'elle ? Les gens en faisaient tout un plat. Elle interprétait des chants de Noël. C'était une petite fille blonde toute mignonne.

Erlendur secoua la tête.

– C'était une sorte d'enfant vedette. Elle chantait aussi dans les émissions pour enfants et dans des programmes à la télé et elle avait une voix magnifique, une vraie poupée de porcelaine. Son père était une petite pointure dans le monde de la pop mais c'était sa mère qui était cinglée et voulait la transformer en star. Les autres se moquaient constamment de la gamine de la même façon. Elle était adorable et absolument pas hautaine ni chichiteuse, et pourtant elle se faisait toujours emmerder. Faut pas creuser bien loin pour exciter la jalousie et la méchanceté dans ce pays. On l'a harcelée, ensuite elle a arrêté l'école et s'est mise à travailler. Je la croisais souvent quand je me droguais et c'était vraiment devenu une pauvre fille. Encore pire que moi. Bousillée et oubliée. Elle m'a raconté que c'était la pire des choses qui lui soit arrivée dans l'existence.

– D'avoir été enfant vedette ?

– Ça l'a complètement détruite. Elle ne s'en est jamais remise. Elle n'avait jamais le droit d'être simplement elle-même. Sa mère était affreusement dirigiste. Pas une fois, elle ne lui a demandé si c'était ce dont elle avait envie. Ça lui plaisait bien de chanter, d'être sous les projecteurs et tout ça, mais elle ne comprenait rien à tout ce que se passait. Elle n'avait jamais la possibilité d'être autre chose que la poupée en porcelaine des émissions pour enfants. Elle n'avait le droit d'avoir qu'une seule dimension. Elle était la mignonne petite Vala Dögg. Et puis, les autres se moquaient d'elle à cause de ça et elle n'en comprit la cause qu'une fois bien plus âgée, quand elle comprit aussi qu'elle ne serait jamais autre chose que la charmante poupée qui chantait en robe de petite fille. Qu'elle ne serait jamais une chanteuse de pop mondialement célèbre comme sa mère le lui avait toujours dit.

Eva Lind se tut et regarda son père.

– Elle était totalement détruite. Elle m'a expliqué que le pire de tout, c'était le harcèlement, qui faisait de toi une loque humaine. On finit par avoir de soi la même opinion que ceux qui nous tourmentent.

– Gudlaugur a probablement connu quelque chose de comparable, confirma Erlendur. Il a quitté le foyer familial très jeune. Une situation pareille doit générer beaucoup de stress chez un enfant.

Ils se turent.

– Évidemment qu'il y a des putes dans cet hôtel, déclara tout à coup Eva Lind en se jetant à nouveau sur le lit. T'es bête ou quoi ?!

– Que sais-tu là-dessus ? Tu sais des choses qui pourraient m'aider ?

– Des putes, il y en a partout. On peut appeler un numéro et elles t'attendent à l'hôtel. Les putes de luxe. Elles ne s'appellent pas "putes" mais "services d'escorte".

– Tu en connais certaines qui auraient un rapport avec cet hôtel ? Des filles ou des femmes qui pratiquent ce genre d'activité ?

– Pas forcément des Islandaises. Elles peuvent avoir été "importées". Elles restent ici en tant que touristes pendant quelques semaines, alors elles n'ont pas besoin de permis de séjour. Puis, elles peuvent revenir au bout de six mois.

Eva Lind dévisagea son père.

– Tu n'as qu'à aller parler à Stina. C'est une copine à moi. Elle connaît tout ça. Tu crois que c'est une pute qui l'aurait tué ?

– Je n'en sais rien du tout.

Ils se turent. Dehors, dans l'obscurité, luisaient les flocons de neige qui tombaient sur la terre. Erlendur se rappela qu'il était question de neige quelque part dans la Bible, de péchés et de neige, il essayait de se remémorer le passage : bien que vos péchés soient d'un rouge écarlate, ils seront blancs comme neige.

– Je suis en train de péter les plombs, fit Eva Lind. Dans sa voix, aucune tension. Aucun énervement.

– Peut-être que tu n'arriveras pas à te tirer de ce truc-là toute seule, répondit Erlendur qui avait encouragé sa fille à faire appel à une aide extérieure. Peut-être qu'il faut que quelqu'un d'autre que moi essaie de t'aider, dit-il.

– Ne commence pas avec ta psychologie à deux balles, rétorqua Eva.

– Tu ne t'es pas encore remise et visiblement tu es mal en point, bientôt tu vas atténuer ta souffrance en recourant à ta vieille méthode et là, tu replongeras dans le même délire qu'avant.

Erlendur était sur le point de prononcer une phrase qu'il n'avait pas encore osé dire à sa fille à voix haute.

– Ah, revoilà le même prêchi-prêcha, répondit Eva Lind en se levant, saisie d'un énervement subit.

Il se décida à lancer la phrase pour tenter le coup.

– Ce serait une trahison envers cet enfant qui est mort.

Eva Lind fixa son père, les yeux noirs de colère.

– L'autre possibilité qui s'offre à toi est d'accepter cette saloperie de vie, comme tu l'appelles, et de supporter la souffrance qui s'ensuit. De supporter la souffrance que nous devons tous supporter, constamment, afin de la dépasser et de profiter aussi de la joie et du bonheur que le fait d'exister nous procure malgré tout.

– Tu peux parler! T'es même pas foutu de rentrer chez toi pour Noël parce qu'il n'y a rien que du néant là-bas. Qu'il n'y a pas la moindre chose, et tu peux même pas y aller parce que tu sais que ce n'est qu'une tanière où t'as même plus envie de rentrer.

– Je passe tous les Noëls chez moi, objecta Erlendur.

Eva Lind hésita. Elle ne comprenait pas vraiment ce qu'il voulait dire.

– Qu'est-ce que tu racontes?

– Le pire avec les fêtes de Noël, répondit Erlendur, c'est justement que je rentre toujours chez moi.

– Je ne te comprends pas, répondit Eva Lind en ouvrant la porte. Je ne te comprendrai jamais!

Elle claqua la porte derrière elle. Erlendur se leva dans l'intention de la rattraper mais il se ravisa. Il savait qu'elle reviendrait. Il alla jusqu'à la fenêtre et scruta son reflet dans la vitre jusqu'à la traverser du regard pour pénétrer l'obscurité où luisaient les flocons de neige.

Il avait oublié qu'il s'apprêtait à rentrer se terrer dans sa tanière où il n'y avait rien du tout, comme l'avait dit Eva Lind. Il tourna le dos à la fenêtre, mit le disque de psaumes interprétés par Gudlaugur sur l'électrophone, s'allongea à nouveau, écouta ce petit garçon qui, bien plus tard, serait retrouvé assassiné, oublié de tous, au fond d'un cagibi dans la cave d'un hôtel et il se mit à penser aux péchés blancs comme la neige.

QUATRIÈME JOUR

17

Il se réveilla tôt le lendemain matin, encore tout habillé dans le lit, allongé sur la couette. Il lui fallut un bon moment pour sortir complètement de son sommeil. Un rêve qu'il avait fait sur son père l'accompagna dans l'obscurité matinale, il s'efforçait de s'en souvenir mais ne parvenait qu'à en rassembler quelques bribes : son père, en une version plus jeune et plus solide, lui souriait à l'intérieur d'une forêt.

La chambre d'hôtel était sombre et froide. Le soleil ne se lèverait que dans quelques heures. Allongé, il pensait à ce rêve, à son père, à la perte de son frère. A la façon dont cette disparition insupportable avait façonné une cavité à l'intérieur de son univers. Et à la façon dont cette cavité s'agrandissait constamment alors qu'il évitait d'en approcher le bord d'où il pouvait voir l'abîme tout prêt à l'avaler le jour où il finirait par tomber.

Il chassa ses méditations matinales en pensant aux tâches qui l'attendaient dans la journée. Qu'est-ce que ce Henry Wapshott avait à cacher ? Pourquoi avait-il menti et s'était-il lancé dans une fuite condamnée à l'échec, soûl et sans bagages ? Son comportement était une énigme pour Erlendur. Bientôt, ses pensées se fixèrent sur le petit garçon dans le lit d'hôpital et sur son père, l'affaire dont Elinborg était chargée et dont elle lui avait retracé tous les détails.

Elinborg supposait que l'enfant avait déjà été maltraité par le passé et il était fort probable que la chose ait eu lieu dans le cercle familial. Le père était soupçonné. Elle avait exigé qu'il soit placé en garde à vue pendant toute la durée de l'enquête. On prononça une garde à vue d'une semaine en dépit des protestations véhémentes du père comme de son avocat. Quand la décision tomba, Elinborg alla le chercher chez lui, accompagnée de quatre policiers en uniforme, et l'emmena au commissariat de la rue Hverfisgata. Elle le conduisit dans le couloir de la prison et ferma elle-même la porte de la cellule. Elle ouvrit le guichet dans la porte et regarda l'homme qui n'avait pas bougé d'un pouce, le dos collé au mur, abattu et, d'une certaine manière, désemparé comme le sont tous ceux que l'on enlève de la société des hommes pour les enfermer en cage comme des animaux.

Il se tourna lentement, la regarda droit dans les yeux à travers la porte d'acier et elle referma violemment le guichet.

Tôt le lendemain matin, elle commença l'interrogatoire. Erlendur y assistait mais c'était Elinborg qui menait les opérations. Les deux policiers étaient assis face à l'homme dans la salle. Sur la table qui les séparait du suspect, il y avait un cendrier fixé dans le plateau. Le père n'était pas rasé et toujours vêtu de son costume qui s'était froissé et de sa chemise blanche toute chiffonnée, boutonnée jusqu'au col. Il portait néanmoins une cravate qu'il avait nouée impeccablement, comme si elle était le symbole de ce qui lui restait de dignité.

Elinborg mit le magnétophone en route pour enregistrer l'interrogatoire, le nom de ceux qui étaient présents ainsi que le numéro attribué à l'enquête. Elle s'était bien préparée. Elle avait rencontré le professeur principal du petit garçon qui avait fait état de dyslexie, de difficultés de concentration et de mauvais résultats scolaires; elle avait vu une psychologue, une amie à elle, qui lui avait parlé des processus de déception, de stress et de dénégation; elle avait interrogé les camarades du petit garçon, les voisins, les membres de la famille et tous ceux auxquels elle avait songé à demander des renseignements sur l'enfant et son père.

L'homme ne céda pas. Il affirma que les policiers le persécutaient, déclara qu'il allait les attaquer en justice et refusa de répondre à leurs questions. Elinborg lança un regard à Erlendur. Un gardien entra et fit avancer l'homme devant lui pour le ramener dans sa cellule.

Deux jours plus tard, on lui fit à nouveau subir un interrogatoire. Son avocat lui avait fait apporter de chez lui des vêtements plus confortables, il portait des jeans et un T-shirt à manches courtes avec, sur un côté de la poitrine, une marque à la mode qu'il arborait comme une médaille décernée à la suite d'un achat hors de prix. Il faisait une autre tête maintenant. Trois jours de garde à vue lui avaient fait perdre un peu de sa superbe, comme c'était souvent le cas, et il avait compris que c'était à lui de décider s'il voulait rester à mariner dans sa cellule ou pas.

Elinborg s'était arrangée pour qu'on l'amène pieds nus à l'interrogatoire. On lui avait enlevé ses chaussures et ses chaussettes sans explication. Quand il vint s'asseoir face à eux, il tenta de replier ses pieds sous sa chaise.

Elinborg et Erlendur restaient assis face à lui, toujours aussi imperturbables. Le magnétophone chuintait doucement.

– J'ai interrogé le professeur de votre fils, annonça Elinborg. Et bien que ce qui se passe ou se dit entre vous soit confidentiel et qu'elle se soit montrée inflexible sur la question, elle a bien voulu venir en aide à ce garçon et collaborer à l'enquête. Elle m'a affirmé qu'une fois, vous avez battu l'enfant devant elle.

– Que je l'ai battu ! Je lui ai donné une petite gifle. On ne peut pas parler de coups. Il était insolent. Et complètement excité. Il est dur. Vous, le stress, vous ne connaissez pas ça.

– Donc, il était juste de le punir ?

– Nous nous entendons très bien, mon garçon et moi, répondit le père. Et je l'aime énormément. Je m'occupe de lui entièrement seul. Sa mère...

– Je suis au courant pour sa mère, coupa Elinborg. Et je reconnais qu'évidemment, ça peut être difficile d'élever un enfant tout seul. Mais ce que vous lui avez fait et ce que vous lui faites subir est... c'est innommable.

Le père restait assis, silencieux.

– Je ne lui ai rien fait subir du tout, rétorqua-t-il ensuite.

Elinborg portait des chaussures à semelles lourdes et aux bouts pointus et, en déplaçant ses jambes sous la table, elle les fit cogner contre les pieds nus du père qui poussa un cri de douleur.

– Pardon, fit Elinborg.

Il la regarda avec une expression douloureuse en se demandant si elle l'avait fait exprès.

– Le professeur m'a expliqué que vous aviez envers lui des exigences irréalistes, poursuivit-elle, comme si de rien n'était. C'est vrai ?

– Je veux qu'il apprenne à l'école et qu'il devienne quelqu'un. Qu'est-ce que ça a d'irréaliste ?

– C'est compréhensible, convint Elinborg. Mais il n'a que huit ans, il est dyslexique et à deux doigts d'être considéré comme hyperactif. Quant à vous, vous n'avez même pas achevé votre scolarité au lycée.

– Moi, je suis propriétaire de l'entreprise que je dirige.

– Et qui est en faillite. Vous allez perdre votre maison, votre jeep et toutes ces richesses qui vous assuraient une certaine position dans la vie. On vous admire. Quand un vieux copain d'école vous croise, vous êtes LE gars qui a le mieux réussi, quand vous allez jouer au golf avec vos amis. Et voilà que vous êtes en train de perdre tout ça. C'est très cruel, surtout quand on pense que votre femme est internée en psychiatrie et que votre fils est en retard à l'école. Tout cela s'accumule et vous finissez par exploser le jour où votre fils, qui a sûrement passé sa vie à renverser du lait ou à casser des assiettes par terre, finit par faire tomber votre bouteille de Drambuie sur le marbre du salon.

Le père la regardait. Il demeurait impassible.

– Ma femme n'a rien à voir avec tout ça, répondit-il.

Elinborg était allée la voir à l'hôpital psychiatrique de Kleppur. Elle souffrait de schizophrénie et il était parfois nécessaire de l'interner quand les hallucinations se manifestaient et que les voix intérieures se faisaient trop pressantes. Quand Elinborg alla l'interroger, elle avait un traitement tellement fort qu'elle avait à peine réussi à lui parler. Elle se balançait d'avant en arrière, assise sur son fauteuil et avait demandé à Elinborg si elle avait une cigarette. Elle n'avait pas compris la raison de la visite d'Elinborg.

– J'essaie de l'élever comme je peux, résonna la voix du père dans la chambre d'interrogatoire.

– Oui, en lui enfonçant des aiguilles dans la main.

– Taisez-vous !

Elinborg avait également interrogé la sœur de l'homme, qui avait avoué trouver que l'enfant était élevé à la dure. Elle avait donné en exemple un événement qui s'était produit alors qu'elle se trouvait chez eux. Le petit garçon était alors âgé de quatre ans, il se plaignait d'avoir mal, il pleurnichait et elle se demandait s'il n'avait pas attrapé la grippe. Alors que l'enfant lui pleurnichait dans les oreilles depuis un moment, son frère avait perdu patience, il l'avait arraché au sol et l'avait serré entre ses mains.

– Il y a un problème ? avait-il demandé à l'enfant d'un ton brutal.

– Non, répondit le petit garçon d'une voix basse et hésitante comme si le problème s'était évanoui.

– Alors, tu n'as pas besoin de pleurer.

– Non, répondit l'enfant.

– S'il n'y a pas de problème, alors tu t'arrêtes de pleurer.

– Oui.

– Donc, tout va bien ?

– Oui.

– Et il n'y a pas de problème ?

– Non.

– Parfait, on ne pleurniche pas quand tout va bien.

Elinborg raconta cette histoire à l'homme mais il ne manifesta aucune réaction.

– Ma sœur et moi, nous ne nous entendons pas très bien, répondit-il. Je n'ai aucun souvenir de cet événement.

– Avez-vous frappé votre fils au point de l'envoyer à l'hôpital ? demanda Elinborg.

Le père soutint son regard.

Elinborg répéta la question.

– Non, répondit-il. Je n'ai pas fait ça. Vous croyez vraiment qu'un père peut faire une chose pareille ? L'agression a eu lieu à l'école.

Le petit garçon avait quitté l'hôpital. Le service de protection de l'enfance lui avait trouvé une famille d'accueil et Elinborg alla lui rendre visite dès la fin de l'interrogatoire. Elle s'assit à côté de lui et lui demanda comment il allait. Il ne lui avait pas dit un mot depuis la première fois qu'ils s'étaient vus mais, cette fois-ci, il la regardait comme s'il avait envie de dire quelque chose.

Il se racla la gorge, hésitant.

– Je veux mon papa, dit-il avec des sanglots dans la voix.

Erlendur était assis à la table du petit-déjeuner quand il vit arriver Sigurdur Oli, suivi de Henry Wapshott. Derrière eux, deux policiers de la Criminelle prirent place à une table. L'amateur de disques britannique avait moins bonne mine qu'avant, les cheveux ébouriffés et une expression douloureuse sur le visage qui témoignait à la fois de son humiliation, de sa bataille perdue contre la gueule de bois et de son incarcération.

– Qu'est-ce qui se passe ? demanda Erlendur en se levant. Pourquoi tu me l'amènes ici ? Et pourquoi il n'est pas menotté ?

– Menotté ?

– Pourquoi tu ne lui as pas mis des menottes ?

– Tu trouves que c'est nécessaire ?

Erlendur regarda Wapshott.

– J'en avais marre de t'attendre, répondit Sigurdur Oli. Nous ne pouvons le garder que jusqu'à ce soir et tu dois donc prendre une décision au plus vite en ce qui concerne l'inculpation. Et il voulait te voir ici. Il refuse de me parler. Il ne veut parler à personne d'autre qu'à toi. Comme si vous étiez des copains d'enfance. Il n'a pas exigé qu'on lève la garde à vue, n'a pas demandé les services d'un avocat ni l'assistance de son ambassade. Nous lui avons expliqué qu'il pouvait contacter son ambassade mais il a simplement secoué la tête.

– Tu as trouvé quelque chose sur lui en Grande-Bretagne ? demanda Erlendur en regardant Wapshott qui baissait la tête, debout derrière Sigurdur Oli.

– Je m'y attelle dès que tu l'auras pris en main, répondit Sigurdur Oli qui n'avait rien fait en la matière. Je te transmettrai ce qu'ils ont sur lui, s'ils ont quoi que ce soit.

Sigurdur Oli prit congé de Wapshott, fit une brève halte auprès des deux policiers de la Criminelle et disparut. Erlendur invita l'Anglais à s'asseoir. Wapshott s'avança avec un air de chien battu.

– Ce n'est pas moi qui l'ai tué, déclara-t-il à voix basse. Je n'aurais jamais pu l'assassiner. Je n'ai jamais pu tuer quoi que ce soit, pas même une mouche. Et encore moins ce merveilleux petit choriste.

Erlendur dévisagea Wapshott.

– Vous êtes en train de parler de Gudlaugur ?

– Oui, répondit Wapshott. Évidemment.

– Il n'avait plus grand-chose d'un petit choriste, objecta Erlendur. Gudlaugur approchait la cinquantaine et faisait le Père Noël dans les spectacles pour enfants.

– Vous ne comprenez pas, répondit Wapshott.

– En effet, convint Erlendur. Peut-être pouvez-vous éclairer ma lanterne ?

– Je ne me trouvais pas dans l'hôtel au moment où il a été agressé, annonça Wapshott.

– Et où étiez-vous ?

– Je cherchais des disques. (Wapshott leva les yeux et un rictus se dessina sur son visage.) J'examinais tous ces objets que vous jetez à la poubelle. Au grand marché aux puces. J'examinais les objets qui sortent de cette station de recyclage tentaculaire. Ils m'ont dit qu'ils venaient juste de recevoir une succession. Constituée entre autres de disques destinés à être détruits.

– Qui ça ?

– Qui ça quoi ?

– Qui vous a informé pour la succession ?

– Les employés. Je leur donne un petit quelque chose en échange de l'information. Ils ont ma carte. Je vous ai déjà expliqué ça. On va dans les boutiques pour collectionneurs où on rencontre d'autres collectionneurs et puis, on va au marché. Au marché aux puces de Kolaport, c'est bien le nom qu'il porte, n'est-ce pas ? Je fais simplement la même chose que tous les collectionneurs : j'essaie de trouver des objets qui méritent qu'on les possède.

– Vous étiez avec quelqu'un au moment où l'agression de Gudlaugur a eu lieu ? Quelqu'un que nous pourrions interroger ?

– Non, répondit Wapshott.

– Mais ils doivent quand même se souvenir de vous dans les endroits où vous êtes allé ?

– Bien sûr que oui.

– Et vous avez trouvé quelque chose à vous mettre sous la dent ? En terme de petits choristes ?

– Rien, je n'ai rien trouvé au cours de ce voyage-là.

– Pour quelle raison avez-vous pris la fuite ? demanda Erlendur.

– Je voulais rentrer chez moi.

– En laissant toutes vos affaires derrière vous à l'hôtel ?

– Oui.

– A part quelques disques de Gudlaugur.

– C'est exact.

– Pourquoi m'avez-vous affirmé que vous n'étiez jamais venu ici par le passé ?

– Je ne sais pas. Je ne voulais pas éveiller inutilement vos soupçons. Mais je n'ai rien à voir avec le meurtre.

– Il est très facile de prouver le contraire. Vous deviez le savoir dès le moment où vous avez raconté ces mensonges. Vous deviez savoir que j'allais découvrir autre chose. Que j'allais découvrir que vous aviez déjà séjourné dans cet hôtel.

– Ce meurtre n'a aucun lien avec moi.

– Mais maintenant, vous avez réussi à me convaincre que si. Vous n'auriez pas pu éveiller plus ma curiosité.

– Je ne l'ai pas tué.

– Quel genre de relation entreteniez-vous avec Gudlaugur ?

– Je vous ai déjà raconté cette histoire et je n'ai menti sur aucun des points. Je me suis intéressé à sa voix, aux disques anciens des jeunes choristes, et quand j'ai appris qu'il était encore en vie, j'ai pris contact avec lui.

– Pourquoi m'avez-vous menti ? Vous êtes déjà venu en Islande, vous avez séjourné dans cet hôtel et vous y avez très probablement rencontré Gudlaugur.

Wapshott s'accorda un instant de réflexion.

– Cette histoire de meurtre n'a aucun lien avec moi. Quand je l'ai apprise, j'ai eu peur que vous ne découvriez que je le connaissais. Ma frayeur augmentait à chaque minute qui s'écoulait et j'ai dû m'astreindre à une discipline de fer pour ne pas prendre la fuite sur-le-champ, ce qui aurait attiré les soupçons sur moi. Il fallait que je laisse passer quelques jours et puis, je n'ai plus supporté tout ça et j'ai pris la fuite. Mes nerfs étaient sur le point de lâcher. Mais ce n'est pas moi qui l'ai tué.

– Que savez-vous précisément de l'histoire personnelle de Gudlaugur ? demanda Erlendur.

– Pas grand-chose.

– Collectionner des disques ne revient-il pas principalement à faire des recherches pour rassembler des renseignements ? N'est-ce pas ce que vous avez fait ?

– Je ne sais pas grand-chose, répondit Wapshott. Je sais qu'il a perdu la voix pendant un concert et qu'il n'a enregistré que deux disques, que c'était son père qui s'occupait de lui…

– Attendez un peu, comment avez-vous su la façon dont il est mort ?

– Que voulez-vous dire ?

– On a donné aux clients de l'hôtel une version des faits faisant état d'une crise cardiaque ou d'un accident. Comment avez-vous appris qu'il avait été assassiné ?

– Comment je l'ai appris ? C'est vous-même qui me l'avez dit.

– Oui, je vous l'ai dit et je me rappelle à quel point vous étiez étonné, mais, maintenant, vous m'affirmez que quand vous avez appris le meurtre, vous avez eu peur qu'on fasse le lien avec vous. C'était donc bien avant notre première entrevue. Avant même que nous n'établissions une corrélation entre vous et lui.

Wapshott le fixa longuement. Erlendur voyait tout de suite quand quelqu'un essayait de gagner du temps et il laissa Wapshott gagner tout le temps qu'il jugeait nécessaire. Les deux policiers étaient assis tranquillement, à distance respectable. Erlendur était descendu prendre son petit-déjeuner assez tard et il y avait peu de gens dans la salle. Il aperçut la toque du cuisinier qui s'était déchaîné au moment où on avait voulu lui prélever de la salive. Erlendur pensa à Valgerdur, la biologiste. Que pouvait-elle bien faire en ce moment ? Enfoncer des aiguilles à des gamins qui se retenaient de pleurer ou qui essayaient de lui envoyer des coups de pied ?

– Est-ce qu'autre chose que votre passion des disques vous lie à lui ? demanda-t-il.

– Je préférerais éviter ce sujet, répondit Wapshott.

– Qu'est-ce que vous me cachez ? Pourquoi refusez-vous de contacter l'ambassade du Royaume-Uni ? Pourquoi ne prenez-vous pas d'avocat ?

– J'ai entendu des gens en parler, ici dans le hall. Des clients de l'hôtel. Ils disaient qu'il avait été assassiné. C'étaient des Américains. Voilà comment je l'ai appris. J'ai craint que vous n'établissiez un lien entre nous et cela m'a mené droit à la situation dans laquelle je me trouve maintenant. Voilà aussi pourquoi j'ai pris la fuite. C'est aussi simple que ça.

Erlendur se souvint de l'Américain Henry Bartlet et de son épouse. Cindy, avait-elle déclaré à Sigurdur Oli avec un sourire.

– Quelle est la valeur des disques de Gudlaugur ?
– Comment ça ?
– Ils doivent avoir une grande valeur puisque vous venez ici, sous ces lointaines latitudes nordiques dans le froid et la nuit, afin de vous les procurer. Combien valent-ils ? Un disque ? Combien coûte un disque ?
– Si vous voulez le vendre, vous le mettez aux enchères, même sur le Net, mais il est impossible de dire combien vous en tirerez finalement.
– Mais grosso modo ? Combien pensez-vous qu'on pourrait en tirer ?
Wapshott réfléchit.
– Je suis incapable de vous le dire.
– Vous avez rencontré Gudlaugur avant son décès ?
Henry Wapshott hésita.
– Oui, déclara-t-il finalement.
– Le papier que nous avons trouvé indiquait 18h30. C'était l'heure à laquelle vous aviez rendez-vous ?
– C'était la veille de sa mort. Nous nous sommes assis dans sa chambre et notre entrevue a été brève.
– Quel en était le sujet ?
– Ses disques.
– Et alors, ses disques ?
– Je voulais savoir et, depuis longtemps, s'il en possédait d'autres exemplaires. Si le petit nombre d'exemplaires dont j'ai connaissance, car ils sont en ma possession ou en celle d'autres passionnés, sont les seuls exemplaires existant au monde. Il n'a pas voulu me répondre pour des raisons que j'ignore. Je lui ai d'abord posé la question dans une lettre que je lui ai écrite il y a quelques années et c'est la toute première chose que je lui ai demandée quand je l'ai rencontré pour la première fois il y a trois ans.
– Et alors, il avait des disques pour vous ?
– Il ne voulait rien dire à ce sujet.
– Il avait conscience de la valeur de ses disques ?
– Je lui en ai donné une idée plutôt précise.
– Et quelle est-elle exactement ?
Henry ne donna pas immédiatement sa réponse.

– Quand je l'ai rencontré cette fois-ci, il y a, disons, deux ou trois jours, il a fini par céder, déclara-t-il enfin. Il a accepté de me parler de ses disques. Je…

Henry hésitait encore. Il jeta un œil en arrière, en direction des deux policiers chargés de sa surveillance.

– Je lui ai donné un demi-million.

– Un demi-million ?

– De couronnes. En guise d'arrhes ou disons…

– Vous m'avez pourtant dit qu'il ne s'agissait pas de sommes colossales.

Wapshott haussa les épaules et Erlendur crut le voir sourire.

– Vous mentiez donc, observa Erlendur.

– Oui.

– Des arrhes pour quoi donc ?

– Pour les disques qu'il avait en sa possession. Au cas où il en aurait eu…

– Et vous lui avez remis cet argent lors de votre entrevue suivante sans être certain qu'il avait bien les disques en question ?

– Exactement.

– Et ensuite ?

– Ensuite, il a été assassiné.

– Pourtant, nous n'avons pas trouvé d'argent chez lui.

– Je n'en sais pas plus. En tout cas, je lui ai donné cinq cent mille couronnes dans sa chambre la veille de son décès.

Erlendur se souvint qu'il avait demandé à Sigurdur Oli de vérifier la situation bancaire de Gudlaugur. Il ne fallait pas qu'il oublie de voir avec lui ce que ça avait donné.

– Avez-vous vu les disques qui se trouvaient chez lui ?

– Non.

– Quelle raison aurais-je de vous croire ? Vous avez menti sur toute la ligne. Pourquoi devrais-je croire quoi que ce soit à ce que vous me racontez ?

Wapshott haussa les épaules.

– Donc, il avait sur lui un demi-million au moment où il a été agressé ?

– Je ne sais pas. Tout ce que je sais, c'est que je lui ai remis un demi-million et qu'ensuite, quelqu'un l'a tué.

– Pourquoi ne m'avez-vous pas parlé de cet argent dès le début ?

– Je voulais qu'on me laisse tranquille, répondit Wapshott. Je ne voulais pas que vous imaginiez que je l'avais tué à cause de cet argent.

– Et c'est ce que vous avez fait ?

– Non.

Les deux hommes se turent un instant.

– Vous avez l'intention de m'inculper ? demanda Wapshott.

– Je crois que vous nous cachez encore quelque chose, répondit Erlendur. Je vous garde jusqu'à ce soir. Ensuite, nous verrons.

– Je n'aurais jamais pu tuer ce petit choriste. Je le vénérais et je le vénère encore. Jamais je n'ai entendu plus belle voix de garçon.

Erlendur fixa Henry Wapshott.

– C'est bizarre de voir à quel point vous vous retrouvez tout seul dans cette histoire, laissa échapper Erlendur.

– Que voulez-vous dire ?

– Vous êtes, comme qui dirait, tout seul au monde.

– Je ne l'ai pas tué, répondit Wapshott. Je ne l'ai pas tué.

18

Wapshott disparut de l'hôtel escorté par les deux policiers et Erlendur apprit que la jeune femme qui avait découvert le corps, Ösp, était en train de travailler au quatrième étage. Il prit l'ascenseur et, en arrivant, il vit qu'elle poussait devant elle un chariot avec le linge sale d'une des chambres. Elle était absorbée dans son travail et ne lui accorda aucune attention avant qu'il s'avance vers elle et lui adresse la parole. Elle le regarda et le reconnut immédiatement.

– Ah, c'est vous, dit-elle d'un air absent.

Elle avait l'air encore plus fatiguée et déprimée que la fois où il l'avait vue au réfectoire du personnel et Erlendur se fit la réflexion que la période de Noël ne devait pas être un moment de joie dans sa vie non plus. Avant même de s'en rendre compte, il lui avait déjà posé la question.

– Les fêtes de Noël vous dépriment, n'est-ce pas ? demanda-t-il.

Au lieu de lui répondre, elle continua à pousser son chariot jusqu'à la porte suivante, frappa, attendit un bref instant avant de prendre son trousseau de clés, d'ouvrir et d'entrer. Elle appela dans la chambre au cas où quelqu'un s'y serait trouvé et ne l'aurait pas entendue frapper, puis elle commença à faire le ménage, refit le lit, ramassa les serviettes dans la salle de bain, vaporisa du nettoyant sur les miroirs. Erlendur traînassait dans la chambre en la regardant faire son travail puis, au bout d'un certain temps, elle eut l'air de remarquer qu'il était encore là, avec elle.

– Vous n'avez pas le droit d'entrer dans les chambres, observa-t-elle. C'est privé.

– C'est bien vous qui faites la 312, qui se trouve à l'étage d'en dessous ? répondit Erlendur. Elle était occupée par un Anglais bizarre. Henry Wapshott. Avez-vous remarqué quelque chose d'inhabituel dans sa chambre ?

Elle le dévisagea, comme si elle ne comprenait pas tout à fait ce qu'il voulait dire.

– Comme, par exemple, un couteau plein de sang? continua-t-il en essayant de faire un sourire.

– Non, répondit Ösp, rien du tout. Elle réfléchit un instant. Comment ça, un couteau? C'est lui qui a tué le Père Noël? demanda-t-elle.

– Je ne me souviens plus des termes exacts que vous avez utilisés mais, la dernière fois que nous avons parlé ensemble, vous m'avez dit que certains clients vous tripotaient. Il m'a semblé que vous parliez de harcèlement sexuel. Wapshott était comme ça?

– Non, je ne l'ai vu qu'une seule fois.

– Et il n'y avait rien qui…

– Il s'est mis en colère, dit-elle. Quand je suis entrée dans sa chambre.

– En colère?

– Je l'ai dérangé et il m'a jetée dehors. Je suis allée me renseigner et j'ai appris qu'il avait formulé à la réception l'exigence particulière que sa chambre ne soit pas faite. Et personne ne m'avait rien dit. Personne ne vous dit jamais rien ici! C'est pour ça que je suis entrée et tombée sur lui, et quand il m'a vue, ça l'a mis hors de lui. Il m'a violemment prise à partie. Comme si c'était moi le responsable de cet hôtel. Il aurait mieux fait de s'en prendre au directeur.

– Il est un peu étrange, non?

– C'est un malade.

– Je voulais parler de Wapshott.

– Oui, ça vaut pour les deux.

– Donc, vous n'avez rien remarqué de particulier dans sa chambre?

– C'était tout en désordre mais ça n'a rien d'inhabituel.

Ösp laissa un instant son travail de côté, se planta immobile devant Erlendur et le regarda, pensive.

– Alors, vous avancez? Avec cette histoire de Père Noël?

– Très peu, répondit Erlendur. Pourquoi?

– C'est un hôtel surprenant, expliqua Ösp en baissant la voix et en jetant un regard furtif dans le couloir.

– Surprenant ? Erlendur eut l'impression qu'elle avait tout à coup perdu son assurance. Vous avez peur de quelque chose ? De quelque chose qui se trouve ici, dans cet hôtel ?

Ösp ne lui répondit pas.

– Vous craignez de perdre votre emploi ?

Elle regarda Erlendur.

– Ah ça oui, c'est vraiment le genre de boulot qu'on ne veut surtout pas perdre.

– Alors, de quoi s'agit-il ?

Ösp se montrait encore hésitante, puis elle sembla subitement prendre une résolution. Comme si ce qu'elle avait à dévoiler ne méritait pas qu'elle se casse la tête plus longtemps.

– Il y en a qui volent dans les cuisines, annonça-t-elle. Comme ils respirent. Je crois bien que ça fait des années qu'ils n'ont pas eu besoin de faire les courses chez eux.

– Ils volent ?

– Tout ce qui n'est pas fixé au sol.

– Qui sont ces *ils*?

– Ne dites pas que c'est moi qui vous l'ai raconté. Le chef cuistot. En tout cas, il en fait partie.

– Comment vous l'avez su ?

– C'est Gulli qui me l'a dit. Il savait tout ce qui se passait dans l'hôtel.

Erlendur se remémora le moment où il avait dérobé le morceau de langue de bœuf au buffet et où le chef cuisinier l'avait vu et épinglé. Il se rappela l'application qui se décelait dans cette voix.

– Il vous a dit ça quand ?

– Il doit y avoir environ deux mois.

– Et alors ? C'était une chose qui l'inquiétait ? Il avait l'intention d'aller raconter ça ? Je croyais que vous ne le connaissiez pas du tout.

– Je ne le connaissais pas, en effet. Ösp fit une pause. Ils n'arrêtaient pas de me taquiner à la cuisine, expliqua-t-elle. De faire des plaisanteries grivoises. “Alors, c'est comment à l'intérieur ?” et des blagues de ce genre. Tout ce qu'on peut attendre de pire chez des imbéciles de ce genre. Gulli a entendu ça et il est venu me parler. Il m'a dit de ne pas m'inquiéter. Il m'a expliqué que ce n'était qu'un ramassis de voleurs et qu'il pouvait les dénoncer s'il le voulait.

– Il a menacé de les dénoncer?

– Il n'a pas menacé de faire quoi que ce soit, répondit Ösp. Il m'a juste dit ça pour me mettre du baume au cœur.

– Et qu'est-ce qu'ils volent? demanda Erlendur. Il a donné des exemples?

– Il m'a dit que le directeur était au courant mais qu'il ne faisait rien parce qu'il volait lui-même. Il achète de l'alcool de contrebande. Pour approvisionner les bars. Gulli m'a dit ça aussi. Et le chef de rang est dans la combine.

– Gudlaugur vous a dit ça?

– Ensuite, ils empochent la différence.

– Pourquoi vous ne m'avez pas dit tout cela la première fois que je vous ai vue?

– C'est important?

– Ça pourrait l'être, oui.

Ösp haussa les épaules.

– Je ne sais pas, mais je n'étais pas vraiment moi-même après cette découverte. La découverte de Gudlaugur. Avec la capote et puis ces coups de couteau.

– Vous avez vu de l'argent dans sa chambre?

– De l'argent?

– Il venait de recevoir une somme assez importante mais je ne sais pas s'il l'avait sur lui au moment de l'agression.

– Je n'ai pas vu une seule couronne.

– Non, répondit Erlendur. Vous n'avez pas pris cet argent, n'est-ce pas? Quand vous avez trouvé Gudlaugur.

Ösp abandonna son travail et laissa ses bras pendre le long de son corps.

– Vous voulez dire que je l'aurais volé?

– Ça s'est déjà vu.

– Vous croyez que…

– Est-ce que vous l'avez pris?

– Non.

– Vous aviez l'occasion de le faire.

– Comme celui qui l'a tué.

– C'est exact, convint Erlendur.

– Je n'ai pas vu une seule couronne.
– Non, c'est bon.

Ösp se remit au travail. Elle passa du désinfectant sur la cuvette des toilettes et la brossa vigoureusement en faisant comme si Erlendur n'était pas là. Il la regarda faire son travail quelques instants puis la remercia.

– Vous m'avez dit l'avoir dérangé, qu'entendiez-vous par là ? Henry Wapshott. Vous deviez encore être sur le pas de la porte si, comme tout à l'heure, vous avez appelé à l'intérieur.

– Il ne m'a pas entendue.
– Et qu'est-ce qu'il faisait ?
– Je ne sais pas si j'ai le droit de…
– Cela restera entre nous.
– Il regardait la télévision, répondit Ösp.
– Et il ne voudrait pas que les gens l'apprennent, dit Erlendur sur un ton de comploteur.
– Ou plutôt, une vidéo, précisa Ösp. C'était un film porno. Un truc dégoûtant.
– Vous montrez des pornos à l'hôtel ?
– Pas des films de ce genre-là, ils sont interdits partout.
– De quel genre de film s'agissait-il ?
– C'était une cassette pédophile. J'ai prévenu le directeur.
– Une cassette pédophile ? Quel genre de cassette pédophile ?
– Quel genre ? Vous voulez que je vous fasse un dessin ?
– C'était quel jour ?
– C'est un sale pervers !
– Quand était-ce ?
– Le jour où j'ai trouvé Gulli.
– Qu'a fait le directeur de l'hôtel ?
– Rien, répondit Ösp. Il m'a ordonné de la fermer.
– Vous savez qui était Gudlaugur ?
– Que voulez-vous dire, il était portier, non ? Il était portier. Il faisait autre chose ?
– Oui, quand il était enfant. Il était choriste alors et il avait une voix sublime. Je l'ai entendu chanter sur un disque.
– Choriste ?
– En fait, c'était un enfant vedette. Ensuite, tout s'est mis à aller de travers dans sa vie. Il a fait sa puberté et tout a été terminé.

– Je ne savais pas tout ça.

– Non, plus personne ne se rappelle qui était Gudlaugur, regretta Erlendur.

Ils gardèrent tous les deux le silence, plongés dans leurs pensées. Un certain temps s'écoula ainsi.

– Les fêtes de Noël vous dépriment, n'est-ce pas ? demanda à nouveau Erlendur. Il lui semblait qu'il s'était trouvé une âme sœur.

Elle se tourna vers lui.

– Les fêtes de Noël, c'est pour les gens qui sont heureux.

Erlendur fixa Ösp du regard et un sourire ironique imperceptible se dessina sur le visage de l'inspecteur.

– Je suis sûr que vous vous entendriez très bien avec ma fille, lui dit-il en sortant son téléphone.

Sigurdur Oli accueillit avec étonnement les informations qu'Erlendur lui communiqua à propos de l'argent que Gudlaugur détenait probablement dans son cagibi. Ils convinrent qu'il leur fallait vérifier les dires de Wapshott qui prétendait écumer les magasins de disques d'occasion lorsque le meurtre avait été commis. Sigurdur Oli se tenait debout devant la cellule de Wapshott quand Erlendur l'avait appelé et il lui décrivit donc les conditions dans lesquelles on avait effectué le prélèvement de salive sur le sujet de Sa Majesté.

La cellule qu'il occupait avait accueilli plus d'un malheureux, que ce soit de pauvres clochards, des individus violents ou des assassins, et ils avaient dessiné des graffitis sur les murs ou gratté la peinture en notant des remarques sur leur pitoyable séjour en garde à vue. La cellule ne contenait qu'une cuvette de toilettes et un lit vissé au sol sur lequel se trouvaient un méchant matelas et un oreiller dur. La pièce n'avait aucune fenêtre et au plafond, juste au-dessus du prisonnier, il y avait un néon à la lumière crue qu'on n'éteignait jamais afin que le prisonnier ait du mal à distinguer le jour de la nuit.

Henry Wapshott se tenait complètement raide, adossé au mur face à la porte. Deux gardiens le maintenaient. Elinborg et Sigurdur Oli étaient également à l'intérieur de la cellule munis de la décision de justice ordonnant le prélèvement et il y avait aussi Valgerdur, armée de son bâtonnet de coton, prête à prélever la salive.

Wapshott la fixait du regard comme si elle était le diable en personne venu ici pour l'entraîner dans les flammes éternelles de l'enfer. On aurait dit que les yeux allaient lui sortir de la tête et il se contorsionnait pour s'éloigner d'elle autant qu'il le pouvait. Quelle que soit la manière employée par les deux gardiens, il était impossible de lui faire ouvrir la bouche.

Pour finir, ils le plaquèrent au sol en lui bouchant le nez jusqu'à ce qu'il manque d'air et soit obligé d'ouvrir la bouche pour respirer. Valgerdur sauta sur l'occasion et lui enfonça le bâtonnet dans le gosier, l'agita à l'intérieur jusqu'à ce que l'homme soit pris d'un haut-le-cœur, puis elle lui retira le bâtonnet de la bouche avec la rapidité de l'éclair.

19

Quand Erlendur repassa par le hall de l'hôtel alors qu'il descendait vers la cuisine, il vit Marion Briem à la réception, vêtue de son imperméable usé, avec un chapeau sur la tête et ses doigts décharnés en perpétuel mouvement. Erlendur salua Marion et l'invita à s'asseoir dans le restaurant. Il nota que son ancien chef avait mal vieilli pendant les années qui s'étaient écoulées depuis leur dernière rencontre, cependant elle avait toujours l'œil vif et inquisiteur, et elle ne se perdait pas en discussions stériles, à son habitude.

– Tu as très mauvaise mine, déclara Marion en s'asseyant. Qu'est-ce qui te ronge donc à ce point?

Un petit cigarillo sortit d'une poche de l'imperméable, accompagné d'une boîte d'allumettes.

– C'est très certainement interdit de fumer ici, observa Erlendur.

– On n'a plus le droit de fumer nulle part, répondit Marion en allumant le cigarillo. Il y avait une expression douloureuse sur son visage. Sa peau était grise, distendue et ridée. Ses lèvres pâles se pressaient sur le bout du cigarillo. Ses ongles étaient exsangues et ses doigts décharnés se tendaient vers le cigarillo quand les poumons avaient eu leur dose.

Bien que leur relation fût une histoire fort longue et riche en événements, ils ne s'étaient jamais vraiment bien entendus. Marion avait été le chef d'Erlendur pendant des années et elle avait essayé de lui enseigner le métier. Erlendur se montrait rétif et suivait les ordres de mauvaise grâce, il ne supportait pas que quelqu'un soit plus haut placé que lui à cette époque-là, ce qui était toujours le cas aujourd'hui. Ce qui portait considérablement sur les nerfs de Marion et il y avait souvent eu des conflits entre eux. Cependant, Marion savait parfaitement qu'il était difficile de trouver un meilleur employé que lui, ne serait-ce que parce qu'il n'avait pas de famille ni, par conséquent, toutes les obligations mangeuses de temps qui s'ensuivaient. Il ne faisait rien d'autre que travailler. Marion était dans une situation identique : elle avait toujours vécu seule.

– Alors, qu'est-ce que tu racontes ? demanda Marion Briem en aspirant une bouffée.

– Rien du tout, répondit Erlendur.

– Tu passes un mauvais Noël ?

– Je n'ai jamais rien compris à ce truc de Noël, répondit Erlendur d'un air absent en jetant vers la cuisine un regard qu'il détourna au bout de quelques toques.

– Non, convint Marion, je dirais que c'est un trop-plein de joie et de bonheur. Pourquoi tu ne te cherches pas une femme ? Tu n'es pas si vieux. Il y a plein de bonnes femmes toutes disposées à s'occuper d'un bonnet de nuit de ton genre. Tu peux me croire.

– J'ai déjà donné, merci, répondit Erlendur. Alors, qu'as-tu trouvé à propos de…

– Tu veux parler de ta femme ?

Erlendur n'avait pas envie de subir un interrogatoire sur sa vie privée.

– Tu veux bien arrêter ? répondit-il.

– On m'a dit que…

– Je t'ai dit d'arrêter ça, gronda-t-il, furieux.

– D'accord, répondit Marion. Ta façon de vivre ne me regarde pas. Tout ce que je sais, c'est que la solitude tue les gens à petit feu. (Marion marqua une pause.) Mais bon, évidemment, tu as tes enfants. A moins que ?

– On ne pourrait pas tout simplement parler d'autre chose ? plaida Erlendur. Tu es vraiment…

Il ne parvint pas à terminer sa phrase.

– Je suis vraiment quoi ?

– Pourquoi tu viens traîner ici ? Tu ne pouvais pas me passer un coup de fil ?

Marion regarda intensément Erlendur et l'ébauche d'un sourire sembla se dessiner sur son visage usé.

– On m'a dit que tu avais pris une chambre ici, à l'hôtel. Et que tu ne rentrais pas à ton domicile pour les fêtes. Qu'est-ce qui t'arrive ? Pourquoi tu ne rentres pas chez toi ?

Erlendur ne répondit rien.

– Tu en as marre de toi-même à ce point-là ?

– Bon, on pourrait changer de sujet ?

– Je connais bien ce sentiment. L'impression d'en avoir assez de soi. De cette créature que nous sommes et qui nous trotte constamment dans la tête. On arrive à s'en débarrasser pendant un petit moment mais elle revient toujours et recommence à nous servir la même rengaine. On peut essayer d'oublier dans la boisson. En changeant d'environnement. En prenant une chambre d'hôtel quand les choses sont au pire.

– Marion, implora Erlendur, fiche-moi la paix !

– Celui qui possède des disques de Gudlaugur Egilsson, répondit Marion Briem en revenant subitement au sujet qui l'amenait, eh bien, il est assis sur une montagne d'or.

– Qu'est-ce qui te fait dire ça ?

– Aujourd'hui, ce sont de véritables trésors. Évidemment très peu de gens en possèdent ou sont au courant de leur existence mais ceux qui connaissent ces disques sont disposés à offrir des sommes incroyables pour les acquérir. Les disques de Gudlaugur sont d'authentiques raretés dans le monde des collectionneurs et ils sont extrêmement recherchés.

– Des sommes incroyables ? Des dizaines de milliers de couronnes ?

– Cela pourrait même aller jusqu'à des centaines de milliers, répondit Marion Briem. Pour chaque exemplaire.

– Des centaines de milliers ?! Tu plaisantes !

Erlendur se redressa sur son siège. Il pensa à Henry Wapshott. Il savait maintenant pourquoi il avait fait le voyage jusqu'en Islande pour rencontrer Gudlaugur. Il en avait après ses disques. Ce n'était pas seulement sa passion pour les choristes qui était la source de sa motivation, contrairement à ce qu'il voulait faire croire à Erlendur. Erlendur comprenait maintenant pourquoi il avait remis à Gudlaugur un demi-million au petit bonheur la chance, au cas où.

– D'après les renseignements les plus précis que j'ai obtenus, le garçon n'a enregistré que ces deux disques-là, expliqua Marion. Et ce qui fait leur valeur, si on exclut la magnifique voix de l'enfant, c'est qu'on en a fait très peu et qu'ils ne se sont pratiquement pas vendus. Par conséquent, très peu de gens en ont en leur possession.

– La voix elle-même a une importance ?

– J'ai l'impression que oui, mais la qualité de la musique, la qualité de ce qui se trouve sur le disque, est moins importante que son état général. La musique peut bien être mauvaise mais si on a le bon interprète, le bon morceau, la bonne maison de production à la bonne époque, alors la valeur peut être illimitée. La qualité artistique n'est pas le critère prédominant.

– Qu'est devenu le stock invendu ? Tu le sais ?

– On ne l'a pas retrouvé. Il s'est perdu au fil du temps ou alors il a simplement été mis au pilon. Ça arrive. Il n'était sûrement pas bien important, peut-être quelques centaines d'exemplaires. La raison majeure pour laquelle ces disques sont si chers c'est qu'il n'en existe apparemment que très peu d'exemplaires dans le monde. Il y a aussi le fait que la carrière du garçon a été très brève et qu'il n'existe que ces deux disques, édités au cours de la même année. En outre, j'ai appris qu'il a perdu sa voix et n'a plus jamais chanté par la suite.

– Oui, le pauvre gamin, ça lui est arrivé pendant un concert, ajouta Erlendur. Un loup, c'est le nom qu'on donne à ça. La voix se casse.

– Et puis, des dizaines d'années plus tard, on le retrouve assassiné.

– Si la valeur des disques en question se chiffre en centaines de mille... ?

– Oui ?

– N'est-ce pas un mobile suffisant pour le tuer ? Nous avons retrouvé un exemplaire de chacun des deux disques dans son cagibi. En fait, il n'y avait rien d'autre chez lui.

– Ce qui implique que celui qui l'a poignardé n'avait sûrement pas conscience de leur valeur, observa Marion Briem.

– Tu veux dire que sinon, il les aurait volés ?

– Dans quel état se trouvaient ces exemplaires ?

– Ils étaient comme neufs, répondit Erlendur. Pas la moindre tache ni la moindre pliure sur les pochettes et je crois bien qu'ils n'ont jamais été mis sur un électrophone...

Il lança un regard à Marion Briem.

– Serait-il possible que Gudlaugur ait récupéré le stock? demanda-t-il.

– Pourquoi pas? répondit Marion.

– Nous avons trouvé des clés chez lui et nous ne savons pas à quoi elles servaient. Où donc aurait-il pu entreposer le stock?

— Il ne s'agit pas nécessairement de l'ensemble des exemplaires restants, observa Marion. Mais peut-être seulement d'une partie. Qui d'autre que le choriste lui-même aurait pu l'avoir?

– Je ne sais pas, répondit Erlendur. Nous détenons un Anglais qui est venu ici pour rencontrer Gudlaugur. Un drôle d'oiseau qui a essayé de nous échapper mais qui vénère le petit choriste d'autrefois. A ce que je sais, il est la seule personne à avoir une idée de la valeur des disques de Gudlaugur. Il collectionne des chœurs de petits garçons.

– Il serait pas un peu dérangé? demanda Marion Briem.

– Sigurdur Oli s'occupe de vérifier ce point, répondit Erlendur. Gudlaugur était Père Noël dans cet hôtel, ajouta-t-il comme si l'hôtel employait un Père Noël à temps plein.

Marion fit un sourire depuis la grisaille de sa vieillesse.

– Nous avons trouvé un papier chez Gudlaugur, il y était écrit Henry ainsi que l'heure de 18h30, comme s'il avait eu rendez-vous avec quelqu'un à cette heure-là. Henry Wapshott affirme qu'il avait eu une entrevue avec lui à six heures et demie la veille du meurtre.

Erlendur se tut et se plongea dans ses pensées.

– Qu'est-ce qui te turlupine? demanda Marion.

– Wapshott m'a déclaré qu'il avait donné un demi-million à Gudlaugur afin de lui prouver qu'il était sérieux ou quelque chose de ce genre. En ce qui concernait l'acquisition d'éventuels disques. Cet argent aurait très bien pu se trouver dans le cagibi de Gudlaugur au moment de l'agression.

– Tu sous-entends que quelqu'un était au courant de ces transactions entre Gudlaugur et Wapshott?

– Éventuellement.

– Un autre collectionneur?

– Peut-être. Je ne sais pas. Wapshott est un drôle de type. Je sais qu'il nous cache quelque chose. Ce que je ne sais pas, c'est si cette chose concerne Gudlaugur ou Wapshott lui-même.

– Et cet argent avait naturellement disparu quand vous l'avez découvert.

– Exact.

– Il faut que j'y aille, déclara Marion en se levant. Erlendur se mit également debout. Je doute de passer la mi-journée, observa Marion. Je suis morte de fatigue. Et ta fille, comment va-t-elle ?

– Eva ? Je ne sais pas. J'ai l'impression qu'elle n'est pas très bien.

– Tu devrais peut-être passer Noël chez elle.

– Oui, peut-être.

– Et les conquêtes féminines ?

– Arrête donc avec ces conquêtes féminines, répondit Erlendur en pensant à Valgerdur. Il avait envie de lui téléphoner mais n'osait pas. Devait-il lui dire ? En quoi son passé regardait-il cette femme ? En quoi sa vie privée concernait-elle qui que ce soit ? Quelle idée absurde de l'inviter au restaurant. Il ne savait pas ce qui lui avait pris.

– J'ai appris que tu étais assis à une table de cet établissement en galante compagnie, fit Marion. Ça n'était pas arrivé depuis des années, à ce qu'on sait.

– Qui t'a raconté ça ? demanda Erlendur, éberlué.

– Qui était cette femme ? demanda Marion sans lui répondre. On m'a dit qu'elle était belle.

– Il n'y a aucune femme, jeta Erlendur avant de décamper à toute vitesse. Marion le suivit du regard et quitta ensuite l'hôtel d'un pas lent, un sourire sur le visage.

En descendant dans le hall, Erlendur avait réfléchi à une manière courtoise d'aborder le sujet du vol avec le chef cuisinier mais Marion lui avait vraiment fait perdre les pédales. Une fois qu'il eut entraîné l'homme à l'écart dans un coin de la cuisine, il n'y avait plus aucune trace en lui de cette qualité qu'on appelle le tact.

– Alors, comme ça, vous volez ? demanda-t-il de but en blanc. De même que tous ceux qui travaillent dans cette cuisine ? Vous volez tout ce qui n'est pas fixé au sol ?

Le chef cuisinier le dévisagea.

– Que voulez-vous dire ?

– Je veux dire que le Père Noël a peut-être été poignardé parce qu'il était au courant de vols à grande échelle dans cet hôtel. Peut-être qu'il a été poignardé parce qu'il savait qui se trouvait derrière ces vols. Peut-être que c'est vous qui vous êtes introduit dans son cagibi et qui l'avez liquidé à coups de couteau pour qu'il n'aille pas crier ça sur tous les toits. Que dites-vous de cette théorie ? Et, en plus, vous en avez profité pour le dévaliser.

Le chef fixa intensément Erlendur.

– Vous êtes un détraqué ! finit-il par lui jeter.

– Est-ce que, oui ou non, vous commettez des vols à la cuisine ?

– Avec qui est-ce que vous avez parlé ? demanda le cuisinier d'un ton sérieux. Qui est-ce qui vous a abreuvé de mensonges ? Quelqu'un qui travaille ici ?

– On vous a fait un prélèvement de salive ?

– Qui vous a raconté ça ?

– Pourquoi ne vouliez-vous pas qu'on vous fasse de prélèvement ?

– Entre parenthèses, on m'en a fait un. Ce que je crois, c'est que vous êtes un imbécile. Faire des prélèvements à tout le personnel de l'hôtel ! Dans quel but ? Pour tous nous couvrir de ridicule ! Et maintenant, vous venez ici me traiter de voleur. Je n'ai jamais volé quoi que ce soit dans cette cuisine, même pas une tête de chou comme vous. Jamais ! Qui vous a raconté ces bobards ?

– S'il savait des choses pas très reluisantes sur votre compte, ce Père Noël, par exemple que vous êtes un voleur, n'aurait-il pas été possible qu'il vous fasse chanter afin d'obtenir de vous des faveurs ? Comme par exemple, que vous le s…

– Bouclez-la ! hurla le chef. C'est le maquereau qui vous a raconté ces mensonges, non ?

Erlendur crut que l'homme allait lui bondir dessus. Le cuisinier s'était approché si près que les visages des deux hommes se touchaient presque. La toque s'affaissait en avant et Erlendur la regarda de bas en haut.

– C'est cette ordure de maquereau ? grogna le cuisinier.

– Qui est ce maquereau dont vous parlez ?

– Cette vieille saloperie de putain de gros lard de dirlo, répondit le chef sans desserrer les dents.

Le portable d'Erlendur se mit à sonner dans sa poche. Ils se regardaient droit dans les yeux, aucun des deux ne voulait lâcher prise. Enfin, Erlendur attrapa son téléphone. Le cuisinier se détourna, fou de colère.

C'était le chef de la Scientifique à l'autre bout du fil.

– Je vous appelle au sujet de la salive sur la capote, annonça-t-il après s'être présenté.

– Oui, répondit Erlendur, vous avez retrouvé le propriétaire ?

– Non, nous en sommes encore loin, répondit l'homme. En revanche, nous l'avons examinée de plus près, c'est-à-dire la composition de la salive, et nous avons entre autres trouvé des traces de tabac.

– De tabac, vous voulez dire… comme du tabac qu'on fume ?

– Oui, mais ça ressemble plus à ces trucs qu'on mâche, précisa la voix.

– Qu'on mâche ? Je ne vous suis pas.

– D'après la composition chimique. On trouvait ça dans les bureaux de tabac autrefois mais je ne suis pas sûr que ça existe encore. Peut-être dans les drugstores, je ne suis pas sûr que ce soit toujours autorisé à la vente. Il faut que nous vérifiions ce point. Les gens se mettent ça sous la lèvre, soit en vrac soit dans de petits sachets, vous devez savoir ce que c'est.

Le cuisinier donna un coup de pied dans la porte d'un placard et laissa échapper un flot de jurons.

– Vous voulez parler de tabac à chiquer, répondit Erlendur. Vous avez trouvé des traces de tabac à chiquer dans la salive sur le préservatif ?

– C'est ça, convint le chef de la Scientifique.

– Et qu'est-ce que cela signifie ?

– L'individu qui se trouvait avec le Père Noël chique du tabac.

– A quoi cela peut nous être utile ?

– A rien. Pour l'instant. Mais je me suis dit que cette information vous intéresserait. Et puis, il y a autre chose. Vous m'avez demandé de mesurer le taux d'hydrocortisone présente dans la salive.

– C'est exact.

– Il n'y en avait pas beaucoup, en fait le taux était tout à fait normal.

– Et qu'est-ce que ça nous indique ? Que la situation était parfaitement paisible ?

– Si le taux d'hydrocortisone est élevé, cela indique que la pression sanguine a augmenté à cause de la tension ou du stress. La personne qui se trouvait avec le portier était d'un calme olympien, tout le temps. Ni tension, ni stress. Elle considérait qu'elle n'avait rien à redouter.

– Jusqu'au moment où il est arrivé quelque chose, observa Erlendur.

– Oui, répondit le chef de la Scientifique. Jusqu'à ce que quelque chose arrive.

Les deux hommes se saluèrent et Erlendur replaça son téléphone dans sa poche. Le chef cuisinier était toujours debout devant lui et le fixait.

– Vous connaissez quelqu'un qui utilise du tabac à chiquer ? demanda Erlendur.

– La ferme ! hurla le cuisinier.

Erlendur inspira profondément, se cacha le visage dans les mains et le frotta d'un air fatigué ; brusquement se présentèrent à son esprit les dents de Henry Wapshott, toutes jaunies par le tabac.

20

Erlendur demanda à voir le directeur de l'hôtel à la réception et on l'informa qu'il s'était absenté. Le chef cuisinier refusa catégoriquement de fournir des explications sur ce surnom de maquereau dont il avait affublé cette vieille saloperie de putain de gros lard de dirlo. Erlendur avait rarement rencontré un homme aussi prompt à s'emporter et se rendait bien compte que, dans son énervement, il avait laissé échapper une chose qu'il n'avait pas l'intention de dire. Mais Erlendur n'obtint rien de plus pour cette fois. Il ne tirerait de lui que des faux-fuyants et des borborygmes, d'autant plus qu'il était chez lui dans la cuisine. Afin que le combat soit un peu plus égal et surtout pour exciter encore un peu plus la férocité du cuisinier, Erlendur réfléchit à l'idée de demander à ce que quatre policiers en uniforme fassent irruption dans l'hôtel, l'emmènent dans un véhicule de police et le conduisent au commissariat de Hverfisgata pour interrogatoire.

Il caressa cette idée quelques instants puis décida de la remettre à plus tard.

A la place, il monta voir la chambre de Henry Wapshott. Il ouvrit les scellés que la police avait apposés sur la porte. Les scientifiques avaient pris bien garde à ne déplacer aucun objet. Erlendur demeura un long moment immobile en examinant les lieux. Ce qu'il cherchait, c'étaient des emballages qui auraient pu contenir du tabac à chiquer.

Il s'agissait d'une chambre pour deux personnes avec lits jumeaux qui étaient tous les deux défaits, comme si Wapshott avait dormi dans chacun d'eux ou bien qu'il avait eu de la visite pendant la nuit. Sur une table était posé un vieil électrophone relié à un amplificateur et à deux haut-parleurs et sur une autre table se trouvait une télé 14 pouces et un magnétoscope à côté duquel étaient posées deux cassettes vidéo. Erlendur inséra l'une d'elles dans l'appareil, alluma la télévision et l'éteignit dès que l'image apparut. Ösp n'avait pas menti en ce qui concernait le type de porno.

Il ouvrit les tiroirs des tables de nuit et fouilla soigneusement le sac de voyage de Wapshott, regarda à l'intérieur du placard à vêtements et des toilettes mais ne trouva nulle part trace de tabac à chiquer. Il examina la poubelle mais elle était vide.

– Elinborg ne s'était pas trompée, déclara Sigurdur Oli en faisant brusquement son apparition dans la chambre.

Erlendur se retourna.

– Comment ça ? demanda-t-il.

– Les Britanniques nous ont enfin communiqué les renseignements qu'ils possèdent sur son compte, précisa Sigurdur Oli en examinant les lieux.

– Je cherche du tabac à chiquer, expliqua Erlendur, ils ont trouvé un truc de ce genre sur la capote.

– Je crois savoir pourquoi il refuse de contacter son ambassade ou de prendre un avocat : il espère que tout ça va être oublié, dit Sigurdur Oli en commençant à détailler les informations que la police britannique lui avait envoyées à propos du collectionneur.

Henry Wapshott, célibataire sans enfant, est né peu avant la Seconde Guerre mondiale, en 1938, à Londres. La famille de son père possédait quelques biens immobiliers de grande valeur dans le centre de la ville. Certains d'entre eux furent détruits pendant la guerre et reconstruits pour servir de bureaux ou d'appartements de luxe, ce qui assura à la famille une indéniable aisance. Wapshott n'a jamais eu besoin de travailler pour subvenir à ses besoins. Il était fils unique et a fréquenté les meilleures écoles, Eaton et Oxford, cependant il n'a pas achevé ses études universitaires. A la mort de son père, il prit le relais de l'entreprise familiale mais, contrairement au vieil homme, il ne s'intéressait pas beaucoup à l'immobilier et rapidement il n'assista plus qu'aux réunions les plus importantes avant d'arrêter complètement et de confier la totalité de la gestion aux membres du conseil d'administration.

Il continua d'habiter dans le logis familial et les voisins le considéraient comme un homme solitaire et un peu bizarre, avenant et poli, mais étrange, taciturne et ne s'occupant pas des affaires d'autrui. Son unique centre d'intérêt résidait dans sa collection ; il remplissait sa maison de disques qu'il achetait sur les marchés aux puces ou bien dans les successions. Sa passion l'amenait à beaucoup voyager et on affirmait qu'il possédait l'une des plus importantes collections privées en Grande-Bretagne.

Il avait eu par deux fois des démêlés avec la justice et figurait sur une liste de délinquants sexuels que la police britannique surveillait de près. La première fois, il avait été accusé et condamné à une peine de prison pour le viol d'un garçon de douze ans. Le petit était un voisin de Wapshott et tous les deux avaient lié connaissance à cause de leur passion commune pour les disques. L'événement s'était produit dans la maison des parents de Wapshott et sa mère avait fait une attaque en apprenant le comportement de son fils. L'affaire fut ébruitée par les médias, surtout par la presse à scandale qui dépeignit Wapshott, membre de la classe privilégiée, comme un monstre ignoble. L'enquête révéla qu'il avait payé de coquettes sommes à des garçons et à de jeunes hommes en échange de services sexuels de nature diverse.

Une fois qu'il eut purgé sa peine, sa mère étant décédée, il vendit la maison de ses parents pour déménager dans un autre quartier. Quelques années plus tard, il se retrouva à nouveau sous les feux de l'actualité quand deux adolescents racontèrent que Henry Wapshott leur avait offert de l'argent pour faire un strip-tease à son domicile ; en outre, il se trouva à nouveau accusé de viol. Au moment de l'affaire, Wapshott séjournait à Baden-Baden en Allemagne et il fut arrêté à son hôtel, le Brenner's Hôtel and Spa.

L'accusation ne parvint pas à prouver le second viol et Wapshott quitta alors le pays pour aller s'installer en Thaïlande. Cependant, il conserva sa nationalité britannique et sa collection était restée en Grande-Bretagne où il effectuait souvent des expéditions en quête de disques. Il utilisait alors le nom de famille de sa mère, Wapshott, mais son véritable nom est Wilson. Il n'eut pas d'autres démêlés avec la police après avoir quitté la Grande-Bretagne mais on ne sait pratiquement rien de l'existence qu'il mène en Thaïlande.

– Il n'est pas étonnant qu'il ait préféré rester incognito, remarqua Erlendur une fois que Sigurdur Oli eut achevé son exposé.

– On dirait bien qu'on a affaire à un tordu pédophile de la pire sorte, conclut Sigurdur Oli. Tu peux t'imaginer pourquoi il a choisi la Thaïlande.

– Et la police britannique, elle n'a rien en cours contre lui ? demanda Erlendur.

– Non et, évidemment, elle est rudement contente de ne pas l'avoir sur les bras, répondit Sigurdur Oli. Elinborg n'avait donc pas tort.

– Oui, qu'est-ce qu'elle nous a dit déjà ?

– Que l'intérêt que portait Henry à Gudlaugur, c'est-à-dire au petit choriste qu'il avait été et pas au Père Noël, était de nature sexuelle. Elle nous a traités de séminaristes parce que nous n'avions pas les idées aussi mal placées qu'elle.

– Ce qui impliquerait que Henry s'est trouvé avec lui en bas dans le cagibi et que c'est lui qui l'a assassiné ? Qu'il a tué le choriste qu'il vénérait ? C'est vraiment sans queue ni tête, non ?

– Je n'y pige plus rien, fit Sigurdur Oli. Je ne comprends rien aux gars qui font des trucs de ce genre, tout ce que je sais, c'est que c'est le pire détraqué sexuel qu'on puisse imaginer.

– Mais on n'aurait pas dit, comme ça, au premier coup d'œil, répondit Erlendur en avalant une gorgée de Chartreuse verdâtre.

– Non, ce n'est pas écrit sur leur front qu'ils sont des sales pervers, conclut Sigurdur Oli.

Les deux hommes étaient redescendus au rez-de-chaussée et étaient entrés dans le petit bar. Il y avait foule au comptoir. Les clients étrangers affichaient une mine réjouie et se montraient des plus bruyants ; on voyait clairement qu'ils étaient ravis de ce qu'ils avaient vu et vécu, avec le rouge aux joues, vêtus de leurs pull-overs islandais en laine de pays.

– Tu as trouvé des comptes en banque au nom de Gudlaugur ? demanda Erlendur. Il s'alluma une cigarette, regarda autour de lui et nota qu'il était le seul à fumer dans le bar.

– Je suis en train de m'en occuper, répondit Sigurdur Oli en avalant unc gorgée de bière.

Elinborg apparut dans l'embrasure de la porte et Sigurdur Oli lui fit un geste de la main. Elle lui répondit d'un hochement de tête et se fraya un chemin vers le comptoir, commanda une grande bière et s'assit en leur compagnie. Sigurdur Oli expliqua brièvement ce que les informations communiquées par la police britannique leur avaient appris sur Henry et Elinborg se permit un sourire.

– Ça, j'en étais sûre, nom de Dieu ! s'écria-t-elle.

– De quoi ?

– Que sa passion pour les petits choristes était de nature sexuelle. De même que l'intérêt qu'il portait à Gudlaugur.

– Tu suggères que lui et Gudlaugur se seraient amusés tous les deux en bas ? demanda Sigurdur Oli.

– Peut-être bien que Gudlaugur l'a fait sous la contrainte, observa Erlendur. L'une des deux personnes était armée d'un couteau.

– Tu crois vraiment ? Bon sang, dire que c'est Noël et qu'on est là en train de se casser la tête sur des trucs comme ça, soupira Elinborg.

– Pas très appétissant, convint Erlendur en terminant son verre de Chartreuse. Il avait envie d'en prendre un autre. Il regarda l'heure. S'il avait été au bureau, il aurait déjà fini sa journée. Il y avait un peu moins à faire au comptoir et il fit signe au serveur.

– Dans ce cas, ils devaient au minimum être deux là-dedans car on ne menace pas quelqu'un quand on est à genoux devant lui. Sigurdur Oli lança un regard à Elinborg en se disant qu'il avait peut-être dépassé les bornes.

– De mieux en mieux, fit Elinborg.

– Voilà de quoi gâcher quelque peu le goût des petits gâteaux de Noël, observa Erlendur.

– Ok, mais pourquoi est-ce qu'il a poignardé Gudlaugur ? poursuivit Sigurdur Oli. Et pas seulement une fois mais de façon répétée ? On dirait qu'il a perdu son sang-froid. Si Henry s'en est pris à lui de façon violente, c'est qu'il a dû se passer quelque chose ou que des mots ont été dits à l'intérieur de ce cagibi et que ça a fait péter les plombs à ce détraqué d'Anglais.

Erlendur s'apprêtait à passer commande mais les deux autres déclinèrent en regardant leur montre, l'esprit de Noël se déversait sur eux avec de plus en plus de lourdeur.

– Personnellement, je crois qu'il était en compagnie d'une femme là-dedans, observa Sigurdur Oli.

– Ils ont mesuré le taux d'hydrocortisone dans la salive sur la capote, remarqua Erlendur. Il était normal. Celle qui se trouvait avec Gudlaugur était peut-être déjà partie quand il a été assassiné.

– Ça ne m'a pas l'air très probable étant donné la position dans laquelle on l'a trouvé, nota Elinborg.

– Quelle que soit la personne qui était avec lui, elle n'a pas été contrainte à quoi que ce soit, reprit Erlendur. Je pense que c'est tout à fait clair. Un taux important d'hydrocortisone dans l'organisme aurait été le signe d'une tension ou d'une émotion accrue.

– Alors, c'était une pute qui faisait son métier, risqua Sigurdur Oli.

– Serait-il possible de parler d'un sujet un peu plus sympathique ? supplia Elinborg.

– Il y a également une possibilité pour que cet hôtel soit le théâtre de vols dont le Père Noël aurait eu connaissance, poursuivit Erlendur.

– Et ce serait pour ça qu'on l'aurait assassiné ? demanda Sigurdur Oli.

– Je ne sais pas. Il est également possible que le directeur de l'hôtel laisse fleurir un petit trafic de prostitution dans son établissement. Je ne sais pas de quoi il s'agit au juste mais ce sont peut-être des points qu'on devrait examiner de plus près.

– Est-ce que c'est lié à Gudlaugur d'une façon quelconque ? demanda Elinborg.

– Si on se base sur la position dans laquelle il se trouvait quand on l'a découvert, alors évidemment ce ne serait pas étonnant, nota Sigurdur Oli.

– Et ton bonhomme, où en sont les choses ? demanda Erlendur.

– Il est resté totalement silencieux au tribunal, répondit Elinborg en avalant une gorgée de bière.

– Le petit garçon n'a toujours fait aucun témoignage qui accuserait son père, non ? demanda Sigurdur Oli, qui était également au courant de l'affaire.

– Il est muet comme une tombe, le pauvre gamin, répondit Elinborg. Et ce sale bonhomme ne revient pas sur un seul mot de ses déclarations. Il nie complètement s'en être pris au petit. En plus, il a derrière lui d'excellents avocats.

– Donc, on va lui redonner le gosse ?

– Ça se pourrait bien, oui.

– Mais le petit ? demanda Erlendur. Est-ce qu'il a envie de retourner chez son père ? Il a toujours envie d'être avec lui ? C'est comme s'il était convaincu qu'il avait mérité cette correction.

Il y eut un silence.

– Alors, Erlendur, tu vas passer le réveillon de Noël à l'hôtel ? demanda Elinborg d'un ton accusateur.

– Non, je suppose que je vais rentrer chez moi, répondit Erlendur. Pour être auprès d'Eva. Je vais faire du mouton fumé.

– Comment va-t-elle ? demanda Elinborg.

– Comme ci comme ça, répondit Erlendur. Je pense que ça va à peu près.

Il lui sembla que ses deux collègues voyaient qu'il mentait. Ils connaissaient parfaitement les difficultés que traversait la fille d'Erlendur mais abordaient rarement le sujet. Il savaient qu'Erlendur préférait en parler le moins possible et ne demandaient jamais de détails.

– Demain soir, c'est le réveillon, dit Sigurdur Oli. Alors, Elinborg, tout est prêt ?

– Absolument rien, soupira Elinborg.

– Je suis en train de penser à cette manie de la collection, fit Erlendur.

– Oui, et ? s'enquit Elinborg.

– Il ne s'agit pas d'un truc qui débute pendant l'enfance ? demanda Erlendur. Même si je ne parle pas par expérience, je n'ai jamais collectionné quoi que ce soit. Mais ce n'est pas une passion qu'on développe quand on est gamin, en collectionnant les photos d'acteurs, les maquettes d'avions, les timbres, évidemment, et les programmes ou encore les affiches de cinéma ? Ça passe en vieillissant mais certains continuent à empiler les livres et les disques jusqu'à ce qu'ils cassent leur pipe.

– Qu'est-ce que tu essaies de nous dire ?

– La question que je me pose à propos des collectionneurs comme Wapshott, même si, évidemment, ils ne sont pas tous détraqués comme lui, c'est s'il ne s'agit pas d'une obsession de jeunesse qui serait liée au besoin de conserver une chose qui, autrement, disparaîtrait de leur vie et qu'ils veulent retenir le plus longtemps possible. La manie de la collection n'est-elle pas une tentative pour conserver quelque chose de l'enfance? Quelque chose qui serait lié à des souvenirs qu'on refuse de laisser s'enfuir et que l'on cultive sans cesse par le biais de cette manie?

– Donc, le fait que Wapshott collectionne des disques et des petits choristes serait chez lui une sorte d'obsession de jeunesse? demanda Elinborg.

– Et au moment où son obsession lui apparaît en chair et en os dans cet hôtel, il déraille complètement? continua Sigurdur Oli. Le petit garçon s'est transformé en un bonhomme d'âge mûr. C'est un truc de ce genre que tu as en tête?

– Je ne sais pas.

D'un air absent, Erlendur regardait les touristes présents dans le bar quand il remarqua un Asiatique d'âge moyen qui parlait anglais comme un Américain. Celui-ci tenait une caméra vidéo flambant neuve avec laquelle il filmait ses amis. Tout à coup, il vint à l'esprit d'Erlendur que l'hôtel était peut-être équipé de caméras de surveillance. Il n'avait pas pensé à poser la question. Le directeur n'en avait pas mentionné l'existence, pas plus que le chef réceptionniste. Il lança un regard à Sigurdur Oli et à Elinborg.

– Vous avez vérifié si l'hôtel est équipé de caméras de surveillance? demanda-t-il.

Les deux se dévisagèrent.

– Ce n'était pas toi qui devais t'en occuper? demanda Sigurdur Oli.

– J'ai oublié, répondit Elinborg. Avec Noël et tout ça. Ça m'est complètement sorti de la tête.

Le chef réceptionniste regardait Erlendur en secouant la tête. Il expliqua qu'une politique très stricte était appliquée en la matière. Aucune caméra de surveillance à l'intérieur de l'hôtel, que ce soit dans le hall, à la réception, dans les ascenseurs, dans les couloirs ou encore dans les chambres. Surtout pas dans les chambres, ce qui tombait sous le sens.

– Sinon, nous n'aurions pas le moindre client, expliqua le réceptionniste d'un ton professoral.

– Oui, je m'en doutais, répondit Erlendur, déçu. Il avait, un bref instant, caressé l'infime espoir que des caméras de sécurité aient fixé sur la pellicule un détail qui aurait pu les faire avancer parce qu'il n'aurait pas concordé avec les témoignages et déclarations des uns ou des autres, quelque chose qui aurait semblé anormal ou étrange par rapport aux informations que la police détenait.

Il tourna le dos à la réception et s'apprêtait à retourner dans le bar quand le réceptionniste le héla.

– Nous avons une agence bancaire dans l'aile sud, de l'autre côté du bâtiment. Il y a des magasins pour touristes et cette banque par laquelle on peut entrer dans l'hôtel, mais peu de gens utilisent cette entrée-là. Ils ont sûrement des caméras de sécurité. Mais elles ne montreront probablement rien de plus que ses clients.

Erlendur avait bien remarqué la banque et lesdites boutiques et il s'y rendit sur-le-champ pour constater que l'antenne venait de fermer. Il leva les yeux et remarqua la présence presque invisible de l'objectif d'une caméra au-dessus de la porte. Les lieux étaient déserts. Il frappa sur la vitre qui trembla sans que rien de plus ne se produise. Finalement, il attrapa son téléphone et exigea qu'on lui amène le directeur de l'agence.

En attendant, Erlendur regarda les babioles que les boutiques pour touristes vendaient à des prix exorbitants : des assiettes peintes avec la chute d'eau de Gullfoss ou bien le Grand Geysir, des statuettes sculptées représentant le dieu Thor, des porte-clés ornés de poils de renarde, des posters montrant les espèces de baleines présentes dans les eaux islandaises, des vestes en peau de phoque qui coûtaient autant que son salaire mensuel. Il se demanda s'il ne devait pas s'acheter un petit quelque chose en souvenir de cette étonnante Islande pour touristes qui n'existait que dans l'esprit de riches étrangers, mais il ne trouva rien de suffisamment bon marché.

La directrice de l'agence, une femme d'environ quarante ans, était en route vers une fête et pas tout à fait ravie qu'on la dérange : elle crut d'abord qu'un cambriolage avait été commis. Il ne lui avait été fourni aucune explication quand les deux policiers en uniforme avaient frappé à sa porte en lui demandant de les suivre. Elle lança à Erlendur un regard assassin quand il lui expliqua qu'il lui fallait avoir accès aux caméras de sécurité. Elle s'alluma une nouvelle cigarette avec le mégot de la précédente et Erlendur se fit la réflexion qu'il n'avait pas eu d'authentique fumeur face à lui depuis bien longtemps.

– Ça ne pouvait pas attendre demain matin ? demanda-t-elle d'un ton tellement glacial qu'Erlendur entendit les stalactites de glace se fracasser sur le sol et qu'il se dit qu'il préférait ne rien devoir à cette femme.

– Cette chose vous tuera, répondit-il en indiquant la cigarette.

– Pas tout de suite, répondit-elle. Pourquoi est-ce que vous me faites traîner jusqu'ici ?

– A cause du meurtre, répondit Erlendur. Celui qui a été commis à l'hôtel.

– Et alors ? rétorqua-t-elle, sans se montrer en rien affectée.

– Nous essayons d'accélérer l'enquête, il tenta de faire un sourire mais rien n'y changea.

– Qu'est-ce que c'est, ces conneries ! répondit-elle en ordonnant à Erlendur de la suivre. Les deux policiers étaient repartis, visiblement ravis de se débarrasser de la mégère qui les avait abreuvés d'insultes pendant qu'ils étaient en route. Elle le conduisit à l'entrée du personnel de la banque, tapa un code digital et lui ordonna de se grouiller.

L'agence était petite et dans le bureau de la femme se trouvaient quatre écrans reliés aux caméras de sécurité installées devant les deux guichets, dans la salle ainsi qu'au-dessus de la porte d'entrée. Elle alluma les écrans et expliqua à Erlendur que les caméras fonctionnaient vingt-quatre heures sur vingt-quatre et que tout était enregistré sur des cassettes vidéo conservées pendant trois semaines avant d'être réutilisées. Les magnétoscopes se trouvaient dans une petite cave située sous l'agence.

La femme l'y accompagna en fumant sa troisième cigarette et lui indiqua les cassettes, soigneusement étiquetées avec les dates ainsi que l'emplacement des caméras. Les cassettes étaient conservées dans un placard fermé à clé.

– Nous avons tous les jours la visite d'un gardien de sécurité de la banque, dit-elle, c'est lui qui s'occupe de tout ça. Je ne connais rien à ces trucs-là et je vous demanderai de bien vouloir ne rien tripoter qui ne vous concerne pas.

– Je vous remercie beaucoup, répondit Erlendur d'un ton mielleux. J'ai envie de commencer par la journée où le meurtre a été commis.

– Je vous en prie, répondit-elle en laissant tomber à terre la cigarette consumée qu'elle éteignit consciencieusement.

Il trouva la bonne date sur une cassette étiquetée "sas d'entrée" et l'inséra dans un magnétoscope relié à un petit moniteur. Il considérait qu'il pouvait se passer de visionner les bandes concernant les guichets.

La directrice regarda sa montre-bracelet en or.

– Chaque cassette contient une journée entière, soupira-t-elle.

– Comment vous faites ? demanda Erlendur. Quand vous travaillez ?

– Comment ça, comment je fais ?

– Pour la cigarette ? Comment vous vous y prenez ?

– Et en quoi ça vous regarde ?

– En rien, se dépêcha de répondre Erlendur.

– Vous ne pouvez pas tout simplement emporter ces cassettes ? demanda-t-elle. J'ai autre chose à faire que ça. Je devrais être là-bas depuis longtemps et je ne suis pas d'humeur à poireauter ici pendant que vous les visionnez !

– Non, vous avez raison, répondit Erlendur. Il regarda les bandes dans le placard. Je prends les quinze jours d'avant la date du meurtre. Ce qui nous fait quatorze cassettes.

– Vous savez qui est l'assassin ?

– Pas encore, répondit Erlendur.

– Je me souviens bien de ce gars-là, dit-elle. Il était portier. Ça fait sept ans que je suis directrice de cette agence, ajouta-t-elle en guise d'explication. Un bon gars, je dirais.

– Vous lui avez parlé dernièrement ?

– Non, je n'ai jamais discuté avec lui. Pas un seul mot.

– Il était client ici ? demanda Erlendur.

– Non, il n'avait pas de compte chez nous, pas que je sache. Je ne l'ai jamais vu venir à l'agence. Il avait beaucoup d'argent ?

Erlendur emmena les quatorze cassettes dans sa chambre et demanda qu'on y fasse monter un magnétoscope et une télévision. Il avait commencé à regarder la première dans la soirée quand son portable sonna. C'était Sigurdur Oli.

– Soit nous l'inculpons, soit nous le relâchons, annonça-t-il. Et nous n'avons rien du tout contre lui.

– Il s'est plaint ?

– Il n'a pas dit un mot.

– Il a demandé à voir un avocat ?

– Non plus.

– Alors, inculpe-le pour détention de pornographie pédophile.

– De pornographie pédophile ?

– Il y avait des cassettes pédophiles dans sa chambre. Il est interdit de posséder ce genre de choses. Nous avons un témoin qui l'a vu regarder ces horreurs. On l'arrête pour pédophilie et ensuite on verra bien. Je ne veux pas qu'il s'envole pour la Thaïlande dans l'immédiat. Il faut d'abord que nous sachions si son alibi tient quant à ses allées et venues en ville le jour du meurtre de Gudlaugur. Laissons-le mariner encore un peu dans sa cellule et voyons ce que ça donne.

21

Erlendur passa la majeure partie de la nuit à visionner les cassettes.

Il s'en tira en faisant une avance rapide pendant les moments où personne n'apparaissait à la caméra. Comme il fallait s'y attendre, c'était entre neuf heures et seize heures qu'il y avait le plus d'affluence devant la banque et ensuite, cela diminuait considérablement. Après la fermeture des deux boutiques pour touristes, à dix-huit heures, le passage se faisait encore plus rare. L'entrée de l'hôtel était ouverte toute la journée et toute la nuit et il y avait là un petit distributeur de billets où venaient quelques personnes jusque tard dans la nuit.

Il ne remarqua rien qui soit digne d'intérêt le jour où l'on avait retrouvé Gudlaugur assassiné. On distinguait assez clairement le visage des gens qui passaient dans le hall mais Erlendur n'en reconnut aucun. Quand il visionna les passages correspondant à la nuit en avance rapide, les gens entraient par la porte avec la rapidité de l'éclair, s'arrêtaient devant le distributeur avant de repartir à toute vitesse vers l'extérieur. Quelques-uns entraient dans l'hôtel. Il regarda tous ces gens avec attention mais ne put établir aucun lien avec Gudlaugur.

Il nota que les employés de l'hôtel empruntaient cette entrée. Il aperçut le gros directeur, le chef réceptionniste ainsi qu'Ösp, au pas de course, et il se dit qu'elle devait être ravie de rentrer chez elle après sa journée de labeur. A un moment, il vit Gudlaugur traverser le hall et mit la cassette sur pause. C'était trois jours avant le meurtre. Il était seul et passait devant la caméra d'un pas lent, jetait un regard dans la banque, tournait la tête, regardait en direction des boutiques pour touristes avant de disparaître à nouveau à l'intérieur de l'hôtel. Erlendur rembobina et observa à nouveau Gudlaugur, puis encore une fois et une quatrième. Il lui semblait étrange de le voir en vie. Il mit l'image sur pause au moment où Gudlaugur jetait un regard dans la banque et scruta son visage figé sur l'écran. C'était donc là le petit choriste en chair et en os. L'homme qui, autrefois, détenait cette voix de petit garçon emplie à la fois de douceur et de douleur. Ce petit garçon qui était parvenu à replonger Erlendur au creux de ses plus douloureux souvenirs au moment où il l'avait entendu chanter. Quelqu'un frappa à la porte de la chambre, il éteignit les appareils et alla ouvrir à Eva Lind.

– Tu dormais? demanda-t-elle en se faufilant entre lui et le mur. Qu'est-ce que c'est, ces cassettes? S'enquit-elle en voyant les piles de bandes vidéo.

– C'est pour l'enquête, répondit Erlendur.

– Alors, tu avances?

– Non, pas du tout.

– Tu as parlé à Stina?

– Stina?

– La fille que je t'ai indiquée, Stina! Tu me demandais si j'avais des infos sur les putes à l'hôtel.

– Non, je ne lui ai pas parlé. A propos, tu connaîtrais une fille de ton âge qui s'appelle Ösp et qui travaille dans cet hôtel? Vous voyez la vie sous le même angle.

– Comment ça?

Eva Lind offrit une cigarette à son père ainsi que du feu puis elle s'affala sur le lit. Erlendur s'assit au bureau et regarda à la fenêtre la nuit noire de jais. Il restait deux jours avant Noël, pensa-t-il. Ensuite, nous redeviendrons des gens normaux.

– Un angle plutôt négatif, répondit-il.

– Tu me trouves vraiment si affreusement négative que ça? demanda Eva Lind.

Erlendur se taisait et Eva Lind, énervée, rejeta violemment la fumée de sa cigarette par le nez.

– Et toi, tu es peut-être l'image du bonheur tout craché? lança-t-elle.

Erlendur eut un sourire.

– Non, je ne connais aucune Ösp, répondit Eva. Qu'est-ce qu'elle a à voir avec l'enquête?

– Elle n'a rien à y voir, répondit Erlendur. Du moins, je ne pense pas. C'est elle qui a découvert le corps et elle semble savoir un certain nombre de choses à propos de ce qui se traficote dans cet hôtel. Une fille pas bête. Elle sait se débrouiller toute seule et elle a du mordant. Elle me fait un peu penser à toi.

– Je ne la connais pas, conclut Eva. Sur ce, elle se tut et laissa son regard dériver dans le vague devant elle pendant qu'il la regardait en silence ; ainsi le temps avança-t-il dans la nuit. Parfois, ils n'avaient rien à se dire. Parfois, ils se disputaient violemment. Jamais ils ne parlaient de ce qui n'avait pas d'importance pour eux. Ils ne parlaient jamais du temps, ni des prix qui augmentaient dans les magasins, ni de politique, ni de sport, ni de mode ni de toutes ces choses auxquelles les gens consacraient du temps à discuter mais qui n'étaient à leurs yeux que du bavardage insipide. Seuls eux deux, leur passé et leur présent, cette famille qui n'avait jamais vu le jour parce qu'Erlendur l'avait abandonnée, la tragédie d'Eva et de son frère Sindri, la haine que leur mère portait à Erlendur ; seules ces choses-là avaient de l'importance dans leur esprit et donnaient le diapason à toutes leurs relations.

– Qu'est-ce que tu veux comme cadeau de Noël ? demanda finalement Erlendur, rompant ainsi le silence.

– Comme cadeau de Noël ? rétorqua Eva.

– Oui...

– Je n'ai besoin de rien.

– Il doit quand même bien y avoir quelque chose qui te manque.

– Et toi, qu'est-ce que tu avais comme cadeaux à Noël ? Quand tu étais petit ?

Erlendur réfléchit. Il se souvint d'une paire de moufles.

– Des babioles, répondit-il.

– J'ai toujours eu l'impression que maman faisait de plus beaux cadeaux à Sindri qu'à moi, reprit Eva Lind. Et puis, elle a arrêté de m'offrir quoi que ce soit. Elle prétextait que je les revendais pour de la drogue. Un jour, elle m'a offert une bague et je l'ai revendue. Et toi, est-ce que ton frère avait de plus beaux cadeaux que toi ?

Erlendur sentit qu'elle tentait de l'approcher en prenant toutes les précautions. Le plus souvent, elle en venait droit au fait et le désarçonnait par son franc-parler. D'autres fois, bien plus rares, on aurait dit qu'elle se voulait pleine d'égards.

Quand Eva avait été hospitalisée au service des soins intensifs après avoir perdu son enfant et qu'elle était plongée dans un profond coma, le médecin avait conseillé à Erlendur d'essayer de passer autant de temps qu'il le pouvait à ses côtés et de lui parler parce qu'il était possible qu'elle entende sa voix et ressente sa présence même s'il n'était pas certain qu'elle comprenne ce qu'il lui disait. L'une des choses qu'Erlendur avait confiées à Eva était la disparition de son frère et la façon dont il avait été secouru lui-même sur la lande. Quand elle avait repris conscience et qu'elle était venue s'installer chez lui, il lui avait demandé si elle se souvenait de ce qu'il lui avait raconté à l'hôpital mais elle avait tout oublié. En revanche, cela avait éveillé sa curiosité et elle l'avait cuisiné jusqu'à ce qu'il lui répète ce que nul ne savait et qu'il n'avait jamais confié à quiconque auparavant. Il ne lui avait jamais parlé de son passé et Eva, qui était infatigable quand il s'agissait de le placer face à ses responsabilités, eut l'impression que cette confidence la rapprochait de lui, qu'elle connaissait un tout petit peu mieux son père même s'il lui restait encore bien du chemin à parcourir avant de le comprendre complètement. La question qui rongeait Eva depuis toujours demeurait encore sans réponse, cette question expliquait la colère et la méchanceté qu'elle nourrissait à son égard et déterminait leurs rapports plus que quoi que ce soit d'autre. Les divorces étaient une chose fréquente et elle le savait très bien. Il y avait constamment des gens qui divorçaient et certains divorces étaient pires que d'autres dans le sens où, parfois, les deux ex ne s'adressaient plus la parole. Elle le savait parfaitement et n'avait aucune remarque à faire sur ce point. Cependant, de quelque manière qu'elle s'y prenne, elle ne parvenait pas à comprendre pour quelle raison Erlendur s'était également séparé de ses enfants. Pourquoi il ne leur avait témoigné aucun intérêt après son départ. Pourquoi il ne s'était jamais occupé d'eux jusqu'au moment où Eva avait fini par le retrouver, solitaire, dans un appartement sombre. Elle avait discuté de toutes ces choses avec son père qui, jusqu'à présent, n'avait pas donné de réponses à ses questions.

– De plus beaux cadeaux? demanda-t-il. Nous avions tous les deux la même chose. Exactement comme dans ce poème, tu sais. "Pour tout le moins, des bougies et des cartes." Parfois, on aurait bien aimé avoir quelque chose de plus palpitant mais nous vivions dans une famille pauvre. A cette époque-là, tout le monde était pauvre.

– Mais après sa mort ? Après la mort de ton frère ?

Erlendur ne répondait pas.

– Erlendur ? fit Eva.

– Il n'y a plus eu aucun Noël après sa disparition, répondit Erlendur.

Aucune fête n'était plus célébrée en mémoire de la naissance du Sauveur après la mort de son frère. Un bon mois s'était écoulé depuis sa disparition et il ne régnait aucune joie dans la maisonnée, pas de cadeaux, pas d'invités. D'habitude, la famille de la mère d'Erlendur leur rendait visite le soir du réveillon et on chantait des cantiques de Noël. La maison était petite et les gens se blottissaient les uns contre les autres ; il émanait d'eux chaleur et lumière. Sa mère avait refusé toutes les invitations ce Noël-là. Quant à son père, il avait sombré dans une profonde dépression et passait la plupart des journées au lit. Il n'avait pas participé aux recherches, comme s'il avait su que c'était inutile, comme s'il avait su qu'il avait failli et que ni lui ni personne ne pourrait jamais rien changer ni au fait que son fils avait trouvé la mort ni au fait que c'était sa faute à lui et à nul autre.

Sa mère était infatigable. Elle s'arrangeait pour qu'Erlendur reçoive les meilleurs soins. Elle continuait d'encourager les sauveteurs et participait elle-même aux recherches. A bout de forces, elle descendait de la lande au plus noir de la nuit quand il était inutile de poursuivre les recherches, puis, dès qu'il faisait à nouveau clair, elle remontait dans la montagne. Même quand il fut évident que son petit garçon était mort, elle continua à chercher sans faiblir. Ce n'est qu'une fois l'hiver installé pour de bon, quand le manteau neigeux était devenu épais et les déplacements dangereux qu'elle dut se résoudre à abandonner. Il lui fallait regarder la réalité en face : son fils avait péri sur la lande et elle devrait attendre le printemps pour partir à la recherche de sa dépouille. Elle levait les yeux vers la montagne chaque jour et, parfois, elle proférait des malédictions. "Que les trolls vous dévorent, vous qui m'avez enlevé mon garçon."

La pensée de le savoir mort sur la lande était insupportable et Erlendur se mit à le voir dans les cauchemars qui le réveillaient en sursaut, hurlant et en larmes, ces cauchemars où il luttait contre les rafales de neige, enfoncé dans la neige, avec toujours cette neige qui cinglait son petit dos et la mort à ses côtés.

Erlendur ne comprenait pas comment son père pouvait attendre tranquillement à la maison pendant que tous les autres se démenaient. L'événement semblait l'avoir totalement anéanti et fait de lui une loque; Erlendur méditait sur le pouvoir que possédait la tristesse parce que son père était normalement un homme fort et plein d'entrain. La perte de son fils le priva petit à petit de toute énergie vitale et il ne s'en remit jamais complètement.

Plus tard, quand tout fut terminé, ses parents se disputèrent pour la seule et unique fois: la dispute porta sur la manière dont les choses s'étaient déroulées et Erlendur comprit que sa mère avait essayé de dissuader son père d'aller sur la lande mais qu'il ne l'avait pas écoutée. Bon, lui avait-elle dit, puisque tu as l'intention d'y aller de toute façon, tu n'emmènes pas les garçons. Il ne l'avait pas écoutée.

Et Noël ne fut plus jamais pareil. Ses parents parvinrent à se réconcilier au fil du temps. Elle ne mentionnait jamais le fait qu'il ne s'était pas conformé à ses désirs. Il n'avouait jamais qu'il s'était montré buté et têtu quand sa femme lui avait d'abord interdit de partir et ensuite défendu d'emmener les garçons. D'ailleurs, le temps était clair et il trouvait qu'elle s'occupait de ce qui ne la regardait pas. Ils avaient choisi de ne jamais parler des événements antérieurs au malheur qui les avait frappés comme si, en rompant le silence, ils risquaient de couper le dernier lien qui les unissait. Et c'est dans ce même silence qu'Erlendur se débattait contre la culpabilité qui le submergeait parce qu'il était celui qui avait survécu.

– Pourquoi il caille comme ça dans cette piaule? demanda Eva Lind en resserrant sa veste.

– C'est le radiateur, répondit Erlendur. Il ne chauffe pas. Et toi, quoi de neuf?

– Rien. Maman est en train de se mettre en ménage avec un matou quelconque. Elle l'a rencontré dans un bal-musette à

Ölver. C'est un taré de première, tu peux pas savoir. Je crois bien qu'il met encore de la brillantine, qu'il se coiffe en banane, qu'il porte des chemises avec des cols pelles à tarte et qu'il se met à claquer des doigts dès qu'il entend à la radio un truc ringard comme : "C'est un fameux trois-mâts…"

Erlendur sourit. Eva ne se montrait jamais aussi vache qu'avec les "matous" de sa mère, lesquels semblaient empirer chaque année qui passait.

Il y eut un silence.

– J'essaie de me rappeler comment j'étais à huit ans, déclara tout à coup Eva. En fait, je ne me souviens de rien du tout à part du jour de mon anniversaire. Je ne me rappelle même pas la fête mais juste le jour. J'étais sur le parking devant l'immeuble et je savais que c'était mon anniversaire ce jour-là et que j'avais huit ans et c'est comme si ce souvenir m'avait toujours suivie depuis, même s'il n'a aucune importance. Il n'y a rien d'autre : je savais que c'était mon anniversaire et j'avais huit ans.

Elle lança un regard à Erlendur.

– Tu m'as dit qu'il avait huit ans, au moment de sa mort.

– Il les avait fêtés au cours de l'été.

– Pourquoi est-ce qu'on ne l'a jamais retrouvé ?

– Je ne sais pas.

– Mais il est toujours là-haut, quelque part sur la lande.

– Oui.

– Ses ossements.

– Oui.

– Âgé de huit ans.

– Oui.

– Est-ce que c'était ta faute ? Sa mort ?

– J'avais dix ans.

– Oui, mais…

– Ce n'est la faute de personne.

– Mais tu as quand même dû t'imaginer que…

– Où est-ce que tu veux en venir, Eva ? Qu'est-ce que tu veux savoir ?

– Pourquoi tu n'es pas resté en contact avec moi et Sindri après ton départ ? demanda Eva Lind. Pourquoi tu n'as pas essayé de passer du temps avec nous ?

– Eva…

– On n'en valait pas la peine, c'est ça, non ?

Erlendur se taisait et regardait par la fenêtre. Il s'était remis à neiger.

– Tu établis un lien entre ces deux choses ? demanda-t-il enfin.

– Tu ne m'as jamais donné d'explication. Alors, je me suis dit que…

– Que ça avait un rapport avec mon frère ? Avec la façon dont il est mort ? Tu crois que c'est lié ?

– Je ne sais pas, moi, répondit Eva. Je ne connais rien de toi. Je t'ai rencontré il y a quelques années et c'est moi qui suis venue te chercher. Cette histoire avec ton frère est la seule chose que je sache sur toi, excepté le fait que tu es flic. Je n'ai jamais réussi à comprendre pourquoi tu nous avais abandonnés, Sindri et moi, tes enfants.

– J'ai laissé ta mère décider. J'aurais sûrement dû me montrer plus ferme pour obtenir un droit de visite mais…

– Mais ça ne t'intéressait pas, poursuivit Eva.

– Ce n'est pas vrai.

– Bien sûr que si. Pourquoi ? Pourquoi tu ne t'es pas occupé de tes enfants comme tu en avais le devoir ?

Erlendur restait silencieux, les yeux baissés. Eva éteignit sa troisième cigarette. Puis elle se leva, se dirigea vers la porte et l'ouvrit.

– Stina va venir te voir ici à l'hôtel demain, annonça-t-elle. A midi. Tu la remarqueras sans peine avec sa toute nouvelle poitrine.

– Je te remercie de lui avoir demandé.

– De rien, répondit Eva.

Elle hésita, immobile dans l'embrasure de la porte.

– Qu'est-ce que tu veux ? demanda Erlendur.

– Je n'en sais rien.

– Non, je veux dire, comme cadeau de Noël.

Eva regarda intensément son père.

– Je voudrais pouvoir retrouver mon enfant, répondit-elle en refermant doucement la porte derrière elle.

Erlendur poussa un profond soupir et demeura un long moment assis, immobile sur le bord du lit, avant de se remettre à visionner les vidéos. Des gens en train de faire des emplettes juste avant Noël traversaient l'écran comme des flèches, beaucoup portant des sacs ou des paquets provenant du marché de Noël.

Il en était au cinquième jour avant le meurtre de Gudlaugur quand il la remarqua. Elle avait tout d'abord échappé à son attention mais quelque part dans son esprit une étincelle avait jailli et il avait arrêté l'appareil puis rembobiné pour revoir le passage en question. Ce n'était pas son visage qui avait retenu l'attention d'Erlendur mais son attitude, sa démarche et son port hautain. Il appuya à nouveau sur *play* et la vit alors avec une parfaite netteté entrer dans l'hôtel. Il remit en avance rapide. Environ une demi-heure plus tard, elle réapparut à l'écran alors qu'elle quittait l'hôtel en marchant d'un pas pressé devant la banque et les boutiques sans regarder ni à gauche ni à droite.

Il se leva du lit et fixa longuement l'écran.

C'était la sœur de Gudlaugur.

Qui n'avait pas vu son frère depuis des décennies.

CINQUIÈME JOUR

22

Le bruit réveilla Erlendur tard le lendemain matin. Il mit longtemps à sortir de son sommeil après une nuit sans rêves et ne comprit pas immédiatement la nature de ce vacarme assourdissant qui résonnait à l'intérieur de la petite chambre. Il avait veillé toute la nuit et visionné les cassettes les unes après les autres mais n'y avait vu la sœur de Gudlaugur que ce jour-là. Il ne vint même pas à l'esprit d'Erlendur que la présence de la femme dans l'hôtel pût être le fait du hasard et qu'elle vienne y faire autre chose que rendre visite à son frère qu'elle avait déclaré n'avoir pas vu depuis des dizaines d'années.

Erlendur avait repéré un mensonge et il savait que rien n'était plus précieux qu'un mensonge dans une enquête policière.

Le vacarme ne voulait pas s'arrêter et, peu à peu, Erlendur comprit qu'il provenait du téléphone. Il décrocha et entendit la voix du directeur de l'hôtel.

– Il faut que vous descendiez tout de suite à la cuisine, annonça le directeur. Il y a un homme ici que vous devriez interroger.

– Qui est-ce ? demanda Erlendur.

– Un petit gars qui est rentré chez lui parce qu'il était malade le jour où on a trouvé Gudlaugur, précisa le directeur. Il faut que vous veniez.

Erlendur sortit de son lit. Il était encore tout habillé. Il alla à la salle de bain, se regarda dans la glace où il vit une barbe de plusieurs jours ; quand il passa sa main dessus, cela fit le bruit du papier de verre sur un bout de bois grossier. Il avait la même barbe fournie et dure que son père.

Avant de descendre, il appela Sigurdur Oli pour lui demander d'aller avec Elinborg à Hafnarfjördur et d'emmener la sœur de Gudlaugur au commissariat de Hverfisgata pour un interrogatoire. Il les y retrouverait plus tard dans la journée. Il ne précisa pas la raison pour laquelle il désirait l'interroger. Il n'avait pas envie qu'ils la lui dévoilent par inadvertance. Il voulait absolument voir la tête qu'elle ferait quand elle comprendrait qu'il savait qu'elle lui avait menti.

En arrivant dans la cuisine, Erlendur vit le directeur aux côtés d'un jeune homme maigre comme un clou âgé d'environ trente ans. Erlendur se demanda si ses sens étaient abusés par la comparaison qui s'opérait inconsciemment avec le directeur : tous ceux qui étaient à côté de lui semblaient être d'une maigreur famélique.

– Ah, vous voilà, dit le directeur. On dirait bien que c'est moi qui me retrouve à mener votre enquête, je vous procure témoins et tutti quanti.

Il lança un regard à son employé.

– Dites-lui ce que vous savez.

L'homme se mit à raconter. Il se montrait assez précis dans sa narration et expliqua qu'il avait commencé à ressentir des nausées vers midi, le jour où on avait retrouvé Gudlaugur dans son cagibi. Il avait fini par vomir et avait juste eu le temps d'atteindre le sac poubelle de la cuisine.

L'homme regardait le directeur de l'hôtel d'un air honteux.

On l'avait autorisé à rentrer chez lui où il était resté alité, victime d'une méchante grippe avec fièvre et courbatures. Il vivait seul, n'écoutait pas les informations, et voilà pourquoi il n'avait dit à personne ce qu'il savait avant ce matin où il avait repris son travail et appris le décès de Gudlaugur. Et il avait eu un sacré choc en entendant la nouvelle même s'il ne le connaissait pas beaucoup – il ne travaillait à l'hôtel que depuis un an – mais pourtant il lui avait parlé de temps à autre et il lui était même arrivé de l'accompagner dans son cagibi et de…

– Oui, oui, oui, coupa le directeur, impatient. Mon petit Denni, ça, on s'en fiche. Continuez.

– Avant que je rentre chez moi, Gulli est venu dans la cuisine pour me demander si je ne pouvais pas lui prêter un couteau.

– Il vous a demandé de lui prêter un couteau de la cuisine ? demanda Erlendur.

– Oui, d'abord, il voulait des ciseaux mais comme je n'en ai pas trouvé, alors je lui ai passé un couteau.

– Et pourquoi avait-il besoin de ciseaux ou d'un couteau, il vous l'a dit ?

– C'était à cause de son déguisement de Père Noël.

– De son déguisement ?

– Il n'a pas donné de détails, juste une histoire de coutures qu'il devait défaire.

– Et ce couteau, il vous l'a rapporté ?

– Non, pas tant que j'étais là mais je suis rentré chez moi vers midi et je n'en sais pas plus.

– De quel genre de couteau s'agissait-il ?

– Il m'a dit qu'il fallait qu'il soit bien aiguisé, répondit Denni.

– Il était comme celui-ci, interrompit le directeur en tendant le bras vers un tiroir d'où il sortit un petit couteau à viande avec un manche en bois et une lame finement dentelée. Ce sont ceux-là que nous mettons sur la table pour les clients qui commandent nos grandes pièces de bœuf. Au fait, vous les avez goûtées ? Un véritable délice. Quant à ces couteaux, ils s'y enfoncent comme dans du beurre.

Erlendur attrapa le couteau, l'examina en se demandant s'il était possible que Gudlaugur ait lui-même procuré à son meurtrier l'arme qui allait lui ôter la vie. Il se demanda si cette histoire de couture n'était pas qu'un prétexte. Si Gudlaugur avait attendu de la visite dans son cagibi et s'il avait voulu avoir un couteau à portée de main, à moins que celui-ci ne se soit trouvé sur sa table parce qu'il en avait effectivement eu besoin pour son costume de Père Noël et qu'il ait ensuite été la victime d'une agression subite, non préméditée et partie d'un événement qui s'était produit à l'intérieur du cagibi ? Dans ce cas-là, l'agresseur n'était pas armé quand il était venu rendre visite à Gudlaugur, il n'était pas venu le voir dans le but de le tuer.

– Il faut que je garde ce couteau, dit Erlendur. Nous devons vérifier si la taille et la facture de la lame correspondent aux blessures. Ça ne pose pas de problème ?

Le directeur fit un hochement de tête.

– Alors, ce n'est pas l'Anglais ? demanda-t-il. Vous avez un autre suspect ?

– Je souhaiterais m'entretenir avec Denni en privé, dit Erlendur sans répondre à sa question.

Le directeur hocha à nouveau la tête sans bouger d'un centimètre puis, une fois qu'il eut saisi, il lança à Erlendur un regard vexé. Il avait l'habitude d'être au centre de l'attention et n'avait pas immédiatement compris ce qu'Erlendur voulait dire. Quand il eut finalement saisi, il prétexta que le devoir l'appelait à son bureau et disparut. Denni parut soulagé après le départ de son supérieur mais son répit fut de courte durée.

– C'est vous qui êtes descendu à la cave pour le poignarder ? demanda Erlendur.

Denni le dévisagea avec le regard du condamné.

– Non, répondit-il, hésitant, comme s'il n'en était pas tout à fait persuadé. La seconde question augmenta encore son incertitude.

– Vous prenez du tabac à chiquer ? demanda Erlendur.

– Non, répondit-il. Du tabac à chiquer ? Qu'est-ce que… ?

– Vous avez subi un prélèvement ?

– Hein ?

– Et les capotes, vous en utilisez ?

– Les capotes ? demanda Denni qui ne comprenait pas un traître mot à tout ça.

– Pas de petite copine dans les parages ?

– De petite copine ?

– Qu'il faut que vous fassiez attention à ne pas mettre enceinte ?

Denni se taisait.

– Je n'ai pas de petite amie, répondit-il ensuite et Erlendur crut déceler des traces de regret dans sa réponse. Pourquoi me posez-vous toutes ces questions ?

– Ne vous inquiétez pas, le rassura Erlendur. Donc, vous connaissiez Gudlaugur. C'était quel genre d'homme ?

– Il était sympa.

Denni expliqua à Erlendur que Gudlaugur se sentait bien à l'hôtel, qu'il ne voulait pas en partir et que l'idée de quitter les lieux après son licenciement le rendait malheureux. Il profitait de tous les services de l'établissement et était le seul employé à en avoir eu l'autorisation sans que quiconque y trouve quoi que ce soit à redire pendant des années. Il mangeait à l'hôtel pour une somme modique, faisait laver ses vêtements avec le reste du linge et ne payait pas une couronne de loyer pour le cagibi. Son licenciement avait été un véritable choc même s'il affirmait qu'il s'en tirerait financièrement sans avoir besoin de travailler pour subvenir à ses besoins.

– Qu'est-ce qu'il voulait dire ? demanda Erlendur.

Denni haussa les épaules.

– Je ne sais pas. Parfois, il était très étrange. Il disait des choses qu'on ne comprenait pas.

– Comme par exemple ?

– Je ne sais pas, des trucs à propos de musique. Par moments. Quand il avait bu. Mais le plus souvent, il était tout à fait normal.

– Il buvait beaucoup ?

– Non, absolument pas. Ça arrivait, le week-end. Mais il ne manquait jamais une journée de travail. Jamais. Et il en était fier, même si ce n'est pas un boulot génial, portier, enfin, ce genre de truc.

– Qu'est-ce qu'il vous a raconté à propos de la musique ?

– C'était un amateur de grande musique. Je ne me souviens plus exactement de ce qu'il a dit.

– Pourquoi, selon vous, disait-il qu'il n'aurait plus à travailler pour subvenir à ses besoins ?

– Il parlait comme s'il avait eu pas mal d'argent. D'ailleurs, il ne faisait aucune dépense ici et pouvait économiser sans fin. Je crois que c'est ça qu'il voulait dire, qu'il avait suffisamment d'économies.

Erlendur se souvint d'avoir demandé à Sigurdur Oli de vérifier la situation bancaire de Gudlaugur et il avait l'intention d'accélérer la cadence. Il prit congé de Denni, à moitié assommé dans la cuisine, l'esprit trituré par le tabac à chiquer, les capotes et les petites amies. Il longea le hall d'entrée où il remarqua qu'une jeune femme se disputait bruyamment avec le chef réceptionniste. Ce dernier voulait, semblait-il, la mettre à la porte mais elle ne l'entendait pas de cette oreille. Erlendur supposa que c'était la femme qui venait lui réclamer l'argent qu'il lui devait pour l'inoubliable nuit et s'apprêtait à tourner les talons quand la jeune femme l'aperçut et le fixa du regard.

– C'est vous, le flic ? cria-t-elle.

– Voulez-vous bien sortir d'ici ! exigea le réceptionniste excédé.

– Vous correspondez exactement à la description qu'Eva Lind m'a faite de vous, dit-elle en toisant Erlendur. Je m'appelle Stina. Elle m'a demandé de venir vous voir.

Ils s'installèrent dans le bar. Erlendur commanda du café pour deux. Il faisait de son mieux pour faire abstraction de sa poitrine mais avait bien du mal à s'empêcher de la regarder. Il n'avait jamais vu des seins aussi gros sur un corps aussi fin et fluet. Elle était vêtue d'un manteau beige à col fourré qui lui tombait jusqu'aux pieds et, quand elle l'avait retiré pour le poser sur une chaise, était apparu un corsage rouge ultra moulant qui devait avoir peine à lui tenir chaud au ventre ainsi qu'un pantalon noir à pattes d'éléphant qui prenait racine au bas des fesses. Elle était très maquillée, portait un épais rouge à lèvres sombre et souriait, découvrant ainsi des dents magnifiques.

– Trois cent mille, annonça-t-elle en passant précautionneusement sa main sous son sein droit comme s'il la démangeait. Vous étiez en train d'admirer mes seins, non?

– Ça ne vous gêne pas?

– C'est juste les sutures, dit-elle en grimaçant. Il faut pas que je les gratte trop. Il faut que je fasse gaffe.

– Qu'est-ce que… ?

– Du silicone tout neuf, coupa Stina. J'ai subi une intervention il y a trois jours.

Erlendur s'efforçait de ne pas fixer du regard cette poitrine flambant neuve.

– Comment connaissez-vous Eva Lind ? demanda-t-il.

– Elle m'a prévenue que vous me poseriez cette question et elle m'a dit de vous répondre que vous préféreriez ne pas le savoir. Et elle a bien raison, *trust me*, enfin, faites-moi confiance. Elle m'a dit aussi que vous pourriez m'aider pour un petit truc et alors, en échange, moi, je peux vous aider, vous me suivez?

– Non, répondit Erlendur. Je ne vois pas de quoi vous voulez parler.

– Eva m'a dit que vous le feriez.

– Eva vous a menti. De quoi parlez-vous? Un petit truc, quel petit truc?

Stina soupira.

– Un copain à moi s'est fait pincer avec du shit à Keflavik. Pas beaucoup mais quand même assez pour l'expédier à la prison de Hraunid pendant trois ans. Ils jugent ces trucs-là comme si c'étaient des meurtres, cette bande de cons. Un peu de shit. Et quelques malheureuses pilules, hein ! Il m'a dit qu'il risquait trois ans. Trois ans ! Les violeurs d'enfants écopent de trois mois, avec sursis. Putain de *wankers* !

Erlendur ne comprit ni cette dernière expression, ni en quoi il pouvait l'aider. On aurait dit un enfant qui ne saisissait pas à quel point le monde était vaste, complexe et difficile à appréhender.

– Il a été arrêté à l'aéroport Leifur Eiriksson ?

– Oui.

– Je ne peux rien faire, répondit Erlendur. Et je n'en ai pas envie non plus. Vous avez de mauvaises fréquentations. Trafic de drogue et prostitution. Que diriez-vous d'un petit emploi comme secrétaire ?

– S'il vous plaît, vous pourriez essayer ? plaida-t-elle. Essayer de parler à quelqu'un. Il risque trois ans !

– Que les choses soient claires, répondit Erlendur, vous êtes prostituée, n'est-ce pas ?

– Il y a prostitution et prostitution, reprit Stina en sortant une cigarette du petit sac noir qu'elle portait en bandoulière à l'épaule. Je danse dans la boîte de nuit Greifinn. Elle se pencha en avant et chuchota à Erlendur comme s'ils partageaient un secret : mais le reste rapporte bien plus de fric.

– Et vous êtes déjà montée avec des clients de cet hôtel ?

– Oui, un sacré paquet, répondit Stina.

– Donc, vous avez travaillé ici ?

– Non, jamais.

– Je voulais dire : avez-vous racolé vos clients à l'intérieur de cet hôtel ou bien les avez-vous raccompagnés ici depuis le centre-ville ?

– Ben… je faisais comme je voulais. J'avais le droit d'être ici jusqu'à ce que le Gros me foute à la porte.

– Pourquoi ?

Les seins de Stina se mirent de nouveau à la démanger et elle les caressa doucement. Elle grimaça et tenta de sourire à Erlendur mais il était visible qu'elle n'était pas très à son aise.

– Je connais une fille qui a fait ce genre d'opération et ça a raté, dit-elle. Ses seins ressemblent à des sacs de plastique vides.

Erlendur ne put pas s'empêcher de poser la question :

– Vous avez vraiment besoin de toute cette poitrine ?

– Vous ne trouvez pas qu'ils sont beaux ? répondit-elle en les remontant pour les exposer avec toutefois une grimace. Ces coutures me font souffrir le martyre, soupira-t-elle.

– Si, et en plus ils sont… gros, la consola Erlendur.

– Et flambant neufs ! renchérit Stina toute fière.

Erlendur vit le directeur de l'hôtel apparaître, accompagné du réceptionniste, il se dirigeait vers eux tout enflé de son pouvoir. Il inspecta les alentours et, voyant le bar désert, cria en direction de Stina alors qu'il lui restait encore quelques mètres à parcourir :

– Dehors ! Sors d'ici, ma fille ! Immédiatement ! Hors d'ici !

Stina jeta un œil par-dessus son épaule puis regarda Erlendur en roulant des yeux.

– *Christ*, fit-elle, en prononçant à l'américaine.

– Nous ne voulons pas de petites putes comme toi dans cet établissement ! hurla le directeur.

Il l'attrapa, fermement décidé à la jeter dehors.

– Fiche-moi donc la paix, répondit Stina en se levant. Je suis en train de discuter avec ce monsieur.

– Faites attention à ses seins, cria Erlendur qui ne voyait pas ce qu'il aurait pu dire d'autre. Le directeur de l'hôtel le regarda, interloqué. Ils sont tous neufs, ajouta Erlendur en guise d'explication.

Il s'interposa et essaya de faire reculer le directeur sans grand succès. Stina s'efforçait de protéger sa poitrine et le chef réceptionniste suivait le combat à distance. Finalement, il vola au secours d'Erlendur et les deux hommes parvinrent à éloigner de Stina le directeur écumant de colère.

– Tout… ce qu'elle… vous a dit… sur moi… n'est qu'un… ramassis de mensonges ! s'époumona le directeur. L'effort avait presque eu raison de lui, son visage dégoulinait de sueur et le combat l'avait profondément ébranlé.

– Elle ne m'a rien dit sur vous, répondit Erlendur pour le calmer.

– Je veux… qu'elle dégage… d'ici… et tout de suite. Le directeur de l'hôtel se laissa tomber de tout son poids dans un fauteuil, sortit un mouchoir et commença à s'éponger le visage.

– On se calme, mon Gros, fit Stina. C'est lui le *pimp*, vous savez ?

– Le *pimp* ?

Erlendur ne parvint pas à se souvenir du sens de ce mot immédiatement.

– Ouais, il encaisse les *chats* auprès des filles qui bossent ici dans l'hôtel, expliqua Stina.

– Les *chats* ?

– Les *chats*, quoi ! Les pourcentages ! Il relève les compteurs !

– Elle ment ! hurla le directeur. Dehors, espèce de sale petite pute !

– Lui et le chef de rang voulaient plus de la moitié, expliqua Stina en réajustant soigneusement sa poitrine et quand j'ai refusé, alors ils m'ont dit de décamper et de plus jamais remettre les pieds ici.

– C'est un mensonge, répéta le directeur, un peu plus calme. J'ai toujours mis ces filles à la porte et ça s'applique aussi à elle. Nous ne voulons pas de putes dans cet hôtel.

– Le chef de rang ? demanda Erlendur au moment où la moustache fine comme une lame se présenta à son esprit. Si sa mémoire ne le trompait pas, il s'appelait Rosant.

– A la porte ! rétorqua Stina tout en se tournant vers Erlendur. C'est lui qui nous téléphone ! S'il a connaissance de clients susceptibles d'être intéressés et assez friqués, il nous appelle, nous donne l'info et nous plante au bar. Il dit que ça fait le succès de cet hôtel. Ce sont des gens qui viennent pour des congrès et ce genre de trucs. Des étrangers. Des mecs seuls. A chaque fois qu'il y a des congrès importants, il nous appelle.

– Et vous êtes nombreuses ? demanda Erlendur.

– Nous sommes quelques-unes à proposer ce service d'escorte, répondit Stina. C'est la grande classe !

On aurait dit que rien n'emplissait plus Stina de fierté que le fait de faire la pute, excepté, peut-être, sa nouvelle poitrine.

– Il n'y a aucun putain de service d'escorte, lança le directeur qui respirait à nouveau normalement. Elles viennent traîner ici dans l'hôtel, au bar, et essaient de racoler les clients pour monter avec eux dans leur chambre mais elle ment quand elle dit que c'est moi qui leur téléphone. Espèce de sale petite ordure de pute !

Erlendur se dit qu'il n'était pas souhaitable de poursuivre l'entretien avec Stina dans le bar et demanda à emprunter le bureau du chef réceptionniste un moment à moins qu'ils ne préfèrent tous aller directement au commissariat pour continuer. Le directeur soupira profondément et lança à Stina un regard assassin. Erlendur l'accompagna hors du bar et jusque dans le bureau. Le directeur resta tout seul. On aurait dit que tout l'air qui l'emplissait s'était échappé et il repoussa le réceptionniste lorsque celui-ci vint vers lui pour le soutenir.

– Erlendur ! Elle ment ! leur cria-t-il dans leur dos. Elle ment comme elle respire !

Erlendur s'installa au bureau, Stina resta debout et alluma une cigarette comme si l'interdiction de fumer dans l'ensemble de l'hôtel, sauf au bar, ne la concernait en rien.

– Vous connaissiez le portier de l'hôtel ? demanda Erlendur. Un certain Gudlaugur ?

– Il était super gentil. Il encaissait les pourcentages pour le Gros. Et puis, on l'a tué.

– Il était…

– Vous croyez que c'est le Gros qui l'a buté ? coupa Stina. C'est le pire taré que je connais. Vous savez pourquoi il veut plus que je vienne dans son hôtel de merde ?

– Non.

– Il ne voulait pas se contenter de nos pourcentages mais il voulait aussi enfin, vous savez…

– Quoi ?

– Que nous lui rendions des services divers. Personnellement. Vous savez…

– Quoi ?

– J'ai refusé. Catégoriquement. Ce monstre dégoulinant de sueur. Il est dégoûtant. Il pourrait bien avoir tué Gudlaugur. Je l'en crois parfaitement capable. Il s'est sûrement assis sur lui.

– Et quelles relations aviez-vous avec Gudlaugur ? Vous lui rendiez divers services ?

– Pas du tout. Ça ne l'intéressait pas.

– Oh mais si, répondit Erlendur en revoyant en pensée le cadavre de Gudlaugur avec le pantalon baissé. Je crains qu'il n'ait pas tout à fait été indifférent à ce genre de chose.

– En tout cas, il ne m'a jamais témoigné le moindre intérêt, répondit Stina en remontant ses seins avec précaution. Ni à aucune des filles.

– Et, donc, le chef de rang est dans le coup avec le directeur ?

– Rosant ? Oui.

– Et le chef réceptionniste ?

– Il ne veut pas de nous ici. Il ne veut pas de prostitution mais ce sont les deux autres qui décident. Le chef de la réception voulait faire virer Rosant mais il rapporte trop de fric au Gros.

– Encore une question, vous utilisez du tabac à chiquer ? Vous savez, dans de petits emballages en papier, comme des sachets de thé ? Il y a des gens qui se mettent ça sous la lèvre en le collant contre la gencive.

– Beurk ! Non, vous êtes fou ! Je fais bien trop attention à mes dents pour ça.

– Est-ce que vous connaissez quelqu'un qui en prendrait ?

– Non.

Ils se turent jusqu'au moment où Erlendur ne put se retenir de manifester son côté un brin moraliste. Eva Lind était dans son esprit. Il pensait à la façon dont elle avait sombré dans la drogue et probablement dans la prostitution pour pouvoir s'en acheter, même si elle ne s'était sûrement prostituée dans aucun des hôtels chics de la ville. Il méditait sur le sort terrible de ces femmes qui vendent leurs charmes à n'importe quel bonhomme, n'importe où, n'importe quand.

– Pourquoi vous faites ces trucs-là ? demanda-t-il en essayant de ne pas donner un ton trop accusateur à sa voix. Avec votre silicone dans les seins ? Pourquoi vous vous couchez sous des congressistes dans des chambres d'hôtel ? Pourquoi ?

– Eva Lind m'a prévenue que vous me poseriez aussi cette question. N'essayez pas de comprendre ce truc-là, répondit-elle en écrasant sa cigarette par terre. N'essayez même pas.

Elle lança un regard rapide dans le hall par la porte ouverte. A ce moment-là, Ösp passa.

– Tiens, Ösp bosse toujours ici ? remarqua-t-elle.

– Ösp ? Vous la connaissez ?

Le téléphone d'Erlendur sonna à l'intérieur de sa poche.

– Je croyais qu'elle avait arrêté. Ça m'arrivait de discuter avec elle quand j'étais ici.

– Comment est-ce que vous avez fait sa connaissance ?

– Eh bien, nous étions ensemble…

– Elle ne se prostituait quand même pas avec vous ?

Erlendur attrapa son portable pour décrocher.

– Non, répondit Stina. Elle n'est pas du tout comme son petit frère.

– Son petit frère ? demanda Erlendur. Elle a un frère ?

– Oui, et comme pute, il est pire que moi.

23

Erlendur dévisagea Stina tout en s'efforçant de comprendre ce qu'elle venait de dire à propos du frère d'Ösp. Stina piétinait devant lui.

– Alors ? lança-t-elle. Y'a un problème ? Vous allez y répondre, à ce téléphone ?

– Qu'est-ce qui vous faisait croire qu'Ösp avait arrêté ?

– Ben, c'est un boulot chiant.

Erlendur répondit au portable d'un air pensif.

– C'était pas du gâteau ! annonça Elinborg.

Elle et Sigurdur Oli s'étaient rendus à Hafnarfjördur dans l'intention de ramener la sœur de Gudlaugur pour interrogatoire au commissariat de Reykjavik mais elle avait refusé de les suivre. Elle avait exigé des explications qu'ils avaient refusé de lui fournir et finalement elle avait annoncé qu'elle ne pouvait pas abandonner son père tout seul dans son fauteuil roulant. Ils lui avaient proposé de trouver quelqu'un pour s'occuper de lui et lui avaient offert également la possibilité de contacter un avocat qui pourrait se tenir à ses côtés ; mais elle ne semblait pas avoir conscience du sérieux de l'affaire. Elle refusait d'aller au commissariat, alors Elinborg avait proposé un compromis, contre la volonté de Sigurdur Oli. Ils l'emmèneraient à l'hôtel pour voir Erlendur et, une fois qu'il lui aurait parlé, on déciderait de la suite des événements. Elle avait réfléchi à la proposition. Sigurdur Oli était sur le point de perdre patience et avait bien envie de l'emmener de force quand, brusquement, elle avait déclaré qu'elle acceptait le compromis. Elle avait téléphoné à une voisine qui avait débarqué sur-le-champ, visiblement tout à fait habituée à s'occuper du vieil homme quand c'était nécessaire. Mais ensuite, elle opposa à nouveau une résistance et Sigurdur Oli avait perdu son sang-froid.

– Il est en route avec elle pour venir te voir, précisa Elinborg. Il aurait nettement préféré la jeter directement en taule ! Elle nous a demandé à plusieurs reprises pourquoi nous voulions l'interroger et elle ne nous a pas crus quand nous lui avons expliqué que nous ne le savions pas. Mais au fait, pourquoi tu veux l'interroger ?

– Elle s'est rendue à l'hôtel quelques jours avant le meurtre de son frère et nous a affirmé qu'elle ne l'avait pas vu depuis des dizaines d'années. Je veux savoir pourquoi elle ne nous en a pas parlé, pourquoi elle nous ment. Et je veux voir la tête qu'elle fera.

– Elle risque d'être un peu contrariée, observa Elinborg. Sigurdur Oli n'était pas franchement satisfait de sa façon d'agir.

– Qu'est-ce qui s'est passé ?

– Il te racontera.

Erlendur raccrocha.

– Qu'entendez-vous par là quand vous dites que, comme pute, cet homme, c'est-à-dire le frère d'Ösp, est pire que vous ? demanda-t-il à Stina qui avait les yeux plongés dans son sac en se disant qu'elle ferait peut-être bien mieux d'allumer une autre cigarette. A quoi faites-vous référence ?

– Hein ?

– Le frère d'Ösp. Vous avez dit que, comme pute, il était pire que vous.

– Vous n'avez qu'à le demander à Ösp, répondit Stina.

– C'est ce que je vais faire mais… c'est son petit frère, c'est bien ce que vous avez dit, non ?

– Oui, et il est bi.

– Bi ? Vous voulez dire… ?

– Bisexuel, oui.

– Et, donc, il fait commerce de son corps ? demanda Erlendur. Tout comme vous ?

– Un peu, mon neveu ! C'est un junkie. Il a toujours des tas de types à ses trousses pour lui mettre une raclée parce qu'il leur doit des sous.

– Et Ösp ? Comment avez-vous fait sa connaissance ?

– On était ensemble à l'école. Et lui aussi, d'ailleurs. Il a juste un an de moins qu'elle. Elle et moi, nous avons le même âge. On était dans la même classe. Elle est pas bien futée. (Stina montra sa tête du doigt.) Là-haut, c'est du vide, ajouta-t-elle.

Elle a arrêté au brevet. Elle a raté toutes les épreuves. Moi, j'ai tout réussi et j'ai même eu mon bac.

Stina afficha un large sourire. Erlendur la fixa du regard.

– Je sais que vous êtes une des amies de ma fille et vous m'avez bien aidé, commença-t-il, mais vous devriez vous abstenir de vous comparer à Ösp. Parce que, pour sa part, elle n'a pas de sutures qui la démangent.

Stina soutint le regard d'Erlendur, continua de sourire en coin, quitta le bureau sans répondre et sortit dans le hall. En chemin, elle jeta sur ses épaules son manteau à col fourré, cependant toute majesté s'était évanouie de ses mouvements. Elle croisa Sigurdur Oli et la sœur de Gudlaugur pendant qu'ils pénétraient dans le hall et Erlendur vit les yeux de Sigurdur Oli se fixer sur la poitrine de Stina. Il se fit la réflexion qu'en tout cas, elle avait au moins eu un petit quelque chose pour son argent.

Le directeur de l'hôtel se tenait à distance, comme s'il avait attendu que l'entrevue de Stina et d'Erlendur soit terminée. Ösp était debout à côté de l'ascenseur et suivait des yeux Stina pendant qu'elle quittait l'hôtel. On pouvait voir à son attitude qu'elle la connaissait. Quand Stina passa devant le chef réceptionniste assis devant son bureau, il leva les yeux et la regarda disparaître par la porte. Il lança un regard au directeur qui se dirigea en claudiquant vers la cuisine et Ösp disparut dans l'ascenseur dont la porte se referma.

– Ça veut dire quoi, ces idioties, si je peux me permettre ? entendit Erlendur. C'était la sœur de Gudlaugur qui avançait vers lui. Qu'est-ce que cette effronterie et ce manque de respect signifient ?

– Cette effronterie et ce manque de respect ? répondit Erlendur d'un ton inquisiteur. Voilà des choses que je ne pratique pas.

– L'homme que voici, continua la sœur qui visiblement ne connaissait toujours pas le nom de Sigurdur Oli, eh bien, cet homme s'est comporté à mon égard d'une manière inacceptable et j'exige qu'il me présente des excuses !

– C'est hors de question, fit Sigurdur Oli sur un ton cinglant.

– Il m'a fait sortir de chez moi en me bousculant comme une vulgaire criminelle.

– Oui, et je lui ai passé les menottes, précisa Sigurdur Oli. Et je ne lui ferai aucune excuse. Elle peut toujours attendre. Elle m'a traité de tous les noms, elle a aussi insulté Elinborg et a refusé de coopérer. Je veux qu'on la colle au trou ! Elle a fait entrave au travail de la police.

La sœur regardait Erlendur sans dire un mot. Il savait qu'elle portait le prénom de Stefania et se demandait quel diminutif on lui avait attribué quand elle était petite.

– Je n'ai pas l'habitude qu'on me fasse subir de tels traitements, gronda-t-elle finalement.

– Bon, emmène-la au commissariat, ordonna Erlendur à Sigurdur Oli. Tu la mettras dans la cellule à côté de celle de Henry Wapshott. Nous l'interrogerons demain. (Il lança un regard à la sœur.) Ou peut-être après-demain.

– Vous ne pouvez pas faire ça, répondit Stefania. Erlendur nota qu'elle était complètement retournée. Vous n'avez pas le droit de vous conduire ainsi envers moi. En vertu de quoi pensez-vous donc pouvoir me jeter en prison ? Qu'est-ce que j'ai fait ?

– Vous avez menti, répondit Erlendur. Au revoir, madame. A plus tard, fit-il à Sigurdur Oli.

Il leur tourna le dos et emprunta le même chemin que le directeur de l'hôtel l'instant d'avant. Sigurdur Oli attrapa le bras de Stefania et s'apprêtait à repartir avec elle mais la femme demeurait figée et suivait Erlendur du regard.

– D'accord, d'accord, lui cria-t-elle. Elle essaya de se libérer de la poigne de Sigurdur Oli. Il est inutile d'en venir là, plaida-t-elle. Nous pouvons nous asseoir pour discuter de tout cela comme des gens civilisés !

Erlendur s'arrêta et fit volte-face.

– De tout cela, quoi ? demanda-t-il.

– De mon frère, répondit-elle. Nous allons discuter de mon frère, puisque c'est ce que vous voulez. Mais je ne vois pas ce que cela vous apportera.

Ils allèrent s'installer dans le cagibi de Gudlaugur. Ce fut elle qui le suggéra. Quand Erlendur lui demanda si elle y était déjà venue, elle répondit que non. Quand il lui demanda si elle n'avait jamais rencontré son frère pendant toutes ces années, elle lui répéta ce qu'elle lui avait déjà dit, à savoir qu'elle n'avait eu aucun contact avec lui. Erlendur était convaincu qu'elle lui mentait. Que la raison de sa venue à l'hôtel cinq jours avant le meurtre de Gudlaugur avait un lien quelconque avec lui et n'était pas le simple fruit du hasard.

Elle regarda le poster de Shirley Temple dans le rôle de la Petite Princesse avec un visage sans expression et sans dire un mot. Elle ouvrit la penderie et vit l'uniforme de portier. Finalement, elle alla s'asseoir sur l'unique chaise présente dans le cagibi pendant qu'Erlendur restait debout, adossé à la penderie. Sigurdur Oli avait rendez-vous avec d'autres camarades d'école de Gudlaugur à Hafnarfjördur ; il les quitta donc une fois qu'ils furent arrivés à la cave.

– C'est donc là qu'il est mort, observa la sœur d'une voix dénuée de toute trace de compassion et, comme lors de leur première rencontre, Erlendur se fit la réflexion que cette femme semblait n'avoir aucun sentiment pour son frère.

– Poignardé en plein cœur, précisa Erlendur. Probablement avec un couteau provenant de la cuisine, ajouta-t-il. On voyait encore des traces de sang sur le lit.

– Mon Dieu, ce que cela fait pauvre, observa-t-elle en parcourant la pièce du regard. Dire qu'il a vécu là-dedans pendant toutes ces années. Qu'est-ce qu'il avait donc dans la tête, ce gars-là ?

– J'espérais justement que vous pourriez m'aider à ce propos.

Elle le regarda sans rien dire.

– Je ne sais pas, reprit Erlendur. Il considérait sûrement que cela lui suffisait. Il existe d'autres sortes de gens qui ne peuvent pas s'imaginer vivre ailleurs que dans des villas de cinq cents mètres carrés. J'ai appris qu'il tirait profit de différentes manières d'habiter et de travailler dans cet hôtel. Il bénéficiait de certains avantages.

– Vous avez retrouvé l'arme du crime ? demanda-t-elle.

– Non, mais peut-être quelque chose qui lui ressemble, répondit Erlendur. Puis il se tut en attendant qu'elle dise quelque chose et un long moment s'écoula avant qu'elle ne se décide à rompre le silence.

– Pourquoi m'accusez-vous de vous avoir menti ?

– Je ne sais pas dans quelle mesure vous me mentez mais je sais en revanche que vous ne me dites pas tout ce que vous savez. Vous ne me dites pas la vérité. Et du reste, pour commencer, vous ne me dites absolument rien du tout. En outre, je m'étonne de votre réaction, comme de celle de votre père, quand vous avez appris le décès de Gudlaugur. On dirait qu'il ne comptait pas le moins du monde pour vous.

Elle regarda Erlendur pendant un long moment, puis elle parut prendre une décision.

– Nous avions trois ans de différence, commença-t-elle brusquement, et même si j'étais très jeune, je me rappelle encore le jour où ils sont rentrés à la maison avec lui. Je suppose que c'est l'un de mes tout premiers souvenirs. Mon père a tenu à lui comme à la prunelle de ses yeux dès le premier jour. Il s'occupait toujours beaucoup de lui et je crois bien qu'il l'avait destiné à de grandes choses dès le début. Et, comme il fallait s'y attendre plus tard, au fur et à mesure que Gudlaugur grandissait, notre père avait toujours en tête de grands projets pour lui.

– Et qu'en était-il de vous ? demanda Erlendur. Il ne vous trouvait aucun génie ?

– Il se montrait toujours bon avec moi, répondit-elle, mais il vénérait Gudlaugur.

– Et le poussait à bout jusqu'au point de rupture.

– Vous simplifiez les choses, dit-elle. Elles sont très rarement simples et j'aurais cru qu'un inspecteur de police tel que vous en aurait parfaitement conscience.

– Je ne crois pas que cela ait quelque chose à voir avec moi, répondit Erlendur.

– Non, évidemment que non, convint-elle.

– Comment Gudlaugur a-t-il atterri dans ce cagibi, seul et abandonné ? Pourquoi lui avez-vous témoigné une telle haine ? A la rigueur, je comprends la position de votre père, qui a perdu ses jambes par sa faute, mais je ne comprends pas pourquoi vous vous montrez aussi inflexible envers lui.

– Perdu la santé ? reprit-elle en regardant Erlendur, déboussolée.

– Quand il l'a poussé dans l'escalier, précisa Erlendur. J'ai entendu cette histoire.

– De la bouche de qui ?

– Aucune importance. Elle est vraie ? C'est lui qui a fait de votre père un infirme ?

– Je crains que cela ne vous concerne pas.

– En effet, convint Erlendur. A moins que cela n'ait un rapport avec le meurtre. Dans ce cas-là, je crains que cela concerne bien d'autres personnes que vous.

Stefania se tut, regarda le sang sur le lit, et Erlendur se demanda pourquoi elle avait souhaité que l'entretien se déroule dans ce cagibi où l'on avait assassiné son frère. Il pensa lui poser la question mais ne le fit pas.

– Ce n'est pas possible que les choses aient toujours été comme cela, observa-t-il à la place. Vous avez volé au secours de votre frère sur la scène du Cinéma municipal le jour où il a perdu sa voix. Autrefois, vous vous entendiez bien. Autrefois, il était votre frère.

– Comment savez-vous ce qui s'est passé au Cinéma municipal ? Comment avez-vous eu ces informations ? Avec qui avez-vous parlé ?

– Nous sommes en train de reconstituer le puzzle. Les gens de Hafnarfjördur se rappellent très bien tout cela. Vous ne vous montriez pas du tout indifférente à lui à cette époque-là. A l'époque où vous étiez enfants.

Stefania se taisait.

– Tout cela était un cauchemar, dit-elle. Un abominable cauchemar.

Une atmosphère tendue et chargée d'impatience régnait dans leur maison de Hafnarfjördur, depuis le matin du jour où il devait chanter au Cinéma municipal. Elle s'était réveillée tôt, avait préparé le petit-déjeuner en pensant à sa mère ; elle avait l'impression d'avoir endossé son rôle au sein du foyer familial et elle en était fière. Son père l'avait déjà complimentée en soulignant combien elle s'occupait bien de lui et de son fils après le décès de sa mère. Combien elle se montrait adulte et responsable dans tout ce qu'elle entreprenait. A part cela, il ne parlait jamais d'elle. Il ne lui accordait aucune attention et ne l'avait jamais fait.

Sa mère lui manquait. L'une des dernières choses qu'elle lui avait dites sur son lit d'hôpital était que maintenant il faudrait qu'elle s'occupe de son père et de son frère. Il fallait qu'elle soit à la hauteur. Promets-le-moi, avait dit sa mère. Cela ne sera pas toujours facile. Cela n'a pas toujours été facile. Ton père est tellement dur et inflexible que je ne suis pas certaine que Gudlaugur tienne le coup. En cas de nécessité, il faut que tu me promettes d'être à ses côtés, aux côtés de Gudlaugur, jure-le-moi, avait demandé sa mère ; elle avait hoché la tête et donné sa parole. Elles s'étaient tenu la main jusqu'à ce que sa mère s'endorme, alors la petite fille lui avait déposé un baiser sur le front.

Deux jours plus tard, sa mère était morte.

– Laissons Gudlaugur dormir un peu plus longtemps, avait dit son père en descendant à la cuisine, c'est un grand jour pour lui.

Un grand jour pour lui.

Elle ne se souvenait d'aucun jour qui eût été un grand jour pour elle. Il n'y en avait que pour lui. Pour sa façon de chanter. Ses enregistrements. Les deux disques qui étaient sortis. Ce voyage dans les pays nordiques. Le concert à Hafnarfjördur. Le concert de ce soir, au Cinéma municipal. Sa voix. Les exercices de chant pendant lesquels elle ne devait faire aucun bruit dans la maison afin de ne pas les déranger pendant qu'au salon son frère se tenait à côté du piano et que son père jouait en lui prodiguant des indications, des encouragements, se montrant doux et compréhensif quand il trouvait que l'enfant y mettait du sien ou bien têtu et tenace quand il avait l'impression qu'il ne se concentrait pas assez. Parfois, il perdait son sang-froid et réprimandait violemment l'enfant. Parfois, il le prenait dans ses bras en lui disant qu'il était sublime.

Si seulement elle avait pu obtenir une miette de l'intérêt qu'on lui témoignait et des encouragements dont on l'abreuvait quotidiennement parce qu'il possédait cette voix magnifique. Elle se sentait insignifiante, du reste elle n'avait aucune qualité qui éveillât l'intérêt de son père. Il disait parfois qu'il était dommage qu'elle n'ait pas de voix. Il prétendait qu'il était inutile de lui enseigner le chant, mais elle savait que ce n'était pas vrai. Elle savait qu'il ne voulait pas y consacrer son énergie parce que sa voix à elle n'avait rien d'exceptionnel. Elle n'avait pas les dispositions de son frère pour l'art lyrique. Elle pouvait bien chanter dans une chorale et tapoter sur un piano mais son père, tout comme son professeur de musique auquel il l'avait envoyée parce qu'il n'avait pas le temps de s'occuper d'elle, disaient d'elle qu'elle n'avait pas le sens de la musique.

Son frère avait, en revanche, une voix sublime et un sens profond de la musique, et pourtant il était un petit garçon comme les autres, de la même façon qu'elle était une petite fille comme les autres. Elle ne connaissait pas la nature de ce qui les rendait différents l'un de l'autre. Il n'était en rien différent d'elle. Elle s'occupa dans une certaine mesure de son éducation, surtout après la maladie de leur mère. Il lui obéissait et faisait comme elle lui disait, il se montrait respectueux envers elle. De la même façon, elle avait beaucoup de tendresse pour lui, cependant elle éprouvait aussi de la jalousie quand il était le centre de toutes les attentions. Ce sentiment l'effrayait et elle n'en parlait jamais à personne.

Elle entendit Gudlaugur descendre les marches de l'escalier puis il fit son apparition dans la cuisine et vint s'asseoir à côté de son père.

– Exactement comme maman, observa-t-il quand il vit sa sœur verser le café dans la tasse de son père.

Il parlait souvent de sa mère et elle savait bien qu'elle lui manquait terriblement. C'était à elle qu'il se confiait quand quelque chose n'allait pas, quand on se moquait de lui ou bien que son père perdait patience, ou même simplement quand il avait besoin que quelqu'un le prenne dans ses bras sans que ce soit une forme de récompense pour s'être bien comporté.

Toute la journée, une atmosphère tendue et chargée d'impatience avait régné dans la maison jusqu'à devenir presque insupportable pendant la soirée, quand ils avaient enfilé leurs vêtements du dimanche pour se rendre au Cinéma municipal. Ils avaient accompagné Gudlaugur dans les coulisses, leur père avait salué le chef de chœur et ensuite ils s'étaient faufilés dans la salle pendant qu'elle se remplissait de spectateurs. La salle s'obscurcit. On ouvrit le rideau. Gudlaugur, plutôt grand pour son âge, beau comme tout et étonnamment sûr de lui sur la scène, commença enfin à chanter de sa voix de petit garçon, toute chargée d'émotion.

Elle retint son souffle et ferma les yeux.

Elle revint brusquement à elle en sentant son père lui serrer le bras avec une telle force qu'il lui fit mal et en l'entendant soupirer : Dieu tout-puissant !

Elle ouvrit les yeux, aperçut le visage de son père, blanc comme un linge, et regarda vers la scène où elle vit Gudlaugur qui s'efforçait de chanter alors que quelque chose était arrivé à sa voix. On aurait dit qu'il bêlait. Elle se mit debout, se retourna vers la salle où elle vit des gens sourire et d'autres qui riaient. Elle se précipita sur la scène et essaya d'emmener son frère à l'écart. Le chef de chœur vint à son secours et ils parvinrent à l'emmener en coulisse. Elle vit son père immobile qui levait vers elle des yeux fixes, tel un dieu de la foudre.

En s'endormant, plus tard dans la soirée, elle repensa à cet affreux moment et son cœur fit des bonds qui n'étaient en rien dus à la terreur ou à la peur causée par ce qui venait de se passer ou bien parce qu'elle pensait à ce que devait ressentir son frère. Ces bonds prenaient leur source dans une étrange joie à laquelle elle ne trouvait aucune explication et qu'elle essayait de taire à l'intérieur d'elle-même comme un crime honteux.

– Vous aviez mauvaise conscience d'avoir ces pensées? demanda Erlendur.

– Elles me semblaient tout à fait étrangères, répondit Stefania. Je n'avais jamais eu de telles pensées auparavant.

– Je suppose qu'il n'y a rien d'anormal à se réjouir de voir les échecs des autres, observa Erlendur, même quand il s'agit de personnes qui nous sont très proches. Il peut s'agir de réactions qu'on ne contrôle pas, un peu comme une sorte de défense quand nous subissons un choc.

– Je ne devrais peut-être pas vous raconter tout cela en vous donnant autant de détails, nota Stefania. L'image que vous vous ferez de moi ne sera pas des plus sympathiques. Et d'ailleurs, vous aurez peut-être raison. Cela a été un choc pour nous tous. Un terrible choc, comme vous devez l'imaginer.

– Quelles relations Gudlaugur et votre père ont-ils eues à la suite de cet événement? demanda Erlendur.

Stefania ne lui répondit pas.

– Vous savez ce que c'est, de se sentir mal-aimé? demanda-t-elle à la place. Ce que c'est, de n'être que quelqu'un de normal et de ne jamais bénéficier de la moindre attention? C'est exactement comme si on n'existait pas. On vous perçoit comme une évidence sans jamais vous accorder la moindre importance ni vous témoigner de marques d'attention. Et pendant tout ce temps-là, quelqu'un que vous considérez comme votre égal est le centre de tout comme s'il était l'élu, qu'il était venu au monde pour apporter à ses parents et à tout un chacun une joie infinie. Vous assistez à ce spectacle jour après jour, semaine après semaine, année après année sans que jamais les choses se calment et, au contraire, l'admiration grandit avec le temps jusqu'à se transformer quasiment en… en vénération.

Elle leva les yeux vers Erlendur.

– Cela finit par faire naître de la jalousie, reprit-elle. Il serait anormal qu'il en aille autrement. Et, au lieu de l'étouffer, bientôt vous vous rendez compte que vous vous en nourrissez parce que, d'une manière étonnante, elle vous permet de vous sentir mieux.

– Est-ce que cette jalousie explique la joie que vous avez ressentie lors de l'échec de votre frère ?

– Je ne sais pas, répondit Stefania. Je ne contrôlais pas ce sentiment. Il s'est déversé sur moi comme un jet d'eau glacée, il me faisait frémir et trembler de tout mon corps et j'essayais de le repousser mais il refusait de se dissiper. Je ne pensais pas qu'une chose pareille pouvait m'arriver.

Ils marquèrent une pause.

– Donc, vous avez envié votre frère, reprit Erlendur.

– Peut-être pendant une certaine période, mais plus tard je me suis plutôt mise à le plaindre.

– Et à le haïr.

Elle dévisagea Erlendur.

– Que savez-vous donc de la haine ? rétorqua-t-elle.

– Peu de choses, répondit Erlendur. Mais je sais qu'elle peut être dangereuse. Pourquoi nous avez-vous affirmé que vous n'aviez eu aucun contact avec votre frère depuis presque trente ans ?

– Parce que c'est la vérité.

– C'est faux, répondit Erlendur. Vous mentez. Pourquoi me mentez-vous ?

– C'est pour ce mensonge que vous voulez me mettre en prison ?

– Si c'est nécessaire, alors je le ferai, répondit Erlendur. Nous savons que vous êtes venue ici, dans cet hôtel, cinq jours avant le meurtre. Or, vous nous avez dit que vous ne l'aviez pas vu ni eu de contact avec lui depuis des dizaines d'années. Ensuite, nous découvrons que vous êtes venue ici quelques jours avant sa mort.

Pour quelle raison lui avez-vous rendu visite ? Et pourquoi nous avez-vous menti ?

– J'aurais très bien pu venir ici sans avoir l'intention de le voir. C'est un grand hôtel. Cela ne vous a pas traversé l'esprit ?

– J'en doute. Je pense que le fait que vous soyez venue ici peu de temps avant sa mort n'est pas le fait du hasard.

Il remarqua qu'elle hésitait. Elle se torturait l'esprit pour savoir si elle devait franchir le pas suivant. Elle s'était visiblement préparée à faire une déposition plus précise que celle qu'elle avait fournie lors de leur première entrevue et il s'agissait maintenant de reculer ou bien de sauter.

– Il avait une clé, déclara-t-elle d'une voix si faible qu'Erlendur l'entendit à peine. La clé que vous avez montrée à mon père.

Erlendur se souvint du trousseau qu'on avait retrouvé dans la chambre de Gudlaugur ainsi que du petit couteau de poche rose avec l'image du pirate qui y était accrochée. Il s'y trouvait deux clés, l'une qu'il croyait être celle d'une maison et l'autre qui pouvait être celle d'un placard, d'une consigne ou d'un box.

– Oui, et cette clé, demanda Erlendur, vous la connaissez ? Vous savez ce qu'elle ouvre ?

Stefania afficha un sourire froid.

– Je possède une clé parfaitement identique, annonça-t-elle.

– Et qu'est-ce qu'elle ouvre ?

– C'est la clé de notre domicile à Hafnarfjördur.

– Vous voulez dire de votre domicile à vous ?

– Oui, confirma Stefania. De notre maison, à moi et à mon père. Elle ouvre la porte de la cave à l'arrière de la maison. De la cave monte un escalier qui débouche dans l'entrée du premier étage et, de là, on accède au salon et à la cuisine.

– Vous voulez dire que… ? Erlendur essayait de comprendre ce qu'impliquaient les mots qu'elle venait de prononcer. Vous voulez dire qu'il lui arrivait de venir chez vous ?

– C'est exact.

– Et de rentrer dans la maison ?

– Parfaitement.

– Mais je croyais que vous n'aviez aucune relation ? Vous m'avez dit l'autre fois que vous et votre père n'aviez aucun contact avec lui depuis des décennies. Pourquoi m'avez-vous menti ?

– Parce que mon père n'était pas au courant.

– Au courant de quoi ?

– Du fait que Gudlaugur venait à la maison. Nous devions lui manquer. Je ne lui ai pas posé la question mais ça devait être le cas. Puisqu'il en arrivait là.

– Qu'est-ce que votre père ignorait au juste ?

– Il ignorait que, parfois, Gudlaugur venait chez nous pendant la nuit sans que nous remarquions sa présence et qu'il s'asseyait au salon sans faire de bruit puis qu'il disparaissait avant notre réveil. Il l'a fait pendant des années sans que nous le sachions.

Elle regarda la tache de sang sur le lit.

– Jusqu'à ce que, une nuit, je me réveille et que je le voie.

24

Erlendur regardait Stefania tandis que ses paroles atteignaient son esprit. Elle n'était pas aussi hautaine que lors de leur première entrevue, pendant laquelle Erlendur avait ressenti de la colère devant l'absence de sentiments qu'elle affichait pour son frère. Il se fit la réflexion qu'il l'avait peut-être jugée trop vite. Il ne connaissait pas suffisamment cette femme ni son histoire pour se permettre de s'ériger en juge et, tout à coup, il regretta de lui avoir reproché son manque d'humanité. Ce n'était pas son rôle de condamner qui que ce soit même s'il tombait constamment dans ce travers. En réalité, il ne savait rien de cette femme qui se présentait brusquement à lui sous un jour misérable et plongée dans une terrible solitude. Il comprit que sa vie n'avait pas été une partie de plaisir : elle avait d'abord grandi dans l'ombre de son frère avant de perdre sa mère et, une fois devenue femme, elle n'avait pas quitté son père à qui elle avait selon toute probabilité sacrifié son existence.

Un long moment s'écoula, chacun était plongé dans ses pensées. La porte du cagibi était ouverte et Erlendur alla faire un tour dans le couloir. Il voulut tout à coup s'assurer que personne n'avait espionné leur conversation. Il parcourut du regard le couloir mal éclairé et n'y vit personne. Il se retourna et scruta le fond, le noir le plus complet y régnait. Il se dit que pour que quelqu'un soit allé s'y cacher, il aurait fallu qu'il passe devant la porte du cagibi et qu'il l'aurait remarqué. Il n'y avait donc personne dans le couloir. Cependant, il éprouvait le sentiment persistant qu'ils n'étaient pas seuls dans la cave en retournant dans le cagibi. Il y planait la même odeur que la première fois où il y était descendu, comme une odeur de brûlé qu'il ne reconnaissait pas. Il ne se sentait pas à l'aise dans cet endroit. La découverte du cadavre ne quittait pas son esprit et, plus il en apprenait sur l'histoire de l'homme déguisé en Père Noël, plus l'image qu'il avait en tête devenait affreuse, et il savait qu'il ne s'en déferait jamais.

– Il y a quelque chose qui cloche ? demanda Stefania immobile sur sa chaise.

– Non, tout va bien, répondit Erlendur. C'est juste mon imagination. J'avais l'impression de sentir une présence dans le couloir. Peut-être que nous ferions mieux d'aller ailleurs. Prendre un café, par exemple ?

Elle parcourut le cagibi du regard et se leva. Ils sortirent dans le couloir en silence, montèrent l'escalier et traversèrent le hall pour entrer dans le restaurant où Erlendur commanda deux cafés. Ils trouvèrent une place à l'écart afin de ne pas se laisser distraire par les touristes.

– Mon père serait très mécontent de moi en ce moment, observa Stefania. Il m'a toujours défendu de parler de la famille. Il ne tolère pas qu'on s'en prenne à sa vie privée.

– Il est en bonne santé ?

– Il se porte bien pour son âge, mais je ne sais pas si…

Ses mots se tarirent.

– Il n'y a pas de vie privée qui tienne dans le cadre d'une enquête de police, répondit Erlendur. Encore moins quand il s'agit d'une affaire de meurtre.

– Je l'entrevois de plus en plus clairement. Nous voulions nous débarrasser de cette histoire au plus vite, comme si elle ne nous regardait pas, mais j'imagine que personne ne peut rester extérieur dans des circonstances aussi affreuses que celles-ci. Je suppose qu'il est impossible de se tenir en dehors.

– Si je vous suis bien, remarqua Erlendur, bien que vous et votre père ayez cessé toute forme de contact avec lui, Gudlaugur s'introduisait de nuit dans votre domicile sans que vous remarquiez sa présence. Qu'est-ce qu'il avait en tête ? Que venait-il faire chez vous ? Et pourquoi faisait-il ça ?

– Il ne m'a jamais donné d'explication satisfaisante. Il restait simplement assis dans le salon pendant une heure ou deux sans faire de bruit. S'il en avait été autrement, je l'aurais remarqué bien avant. Cela faisait des années qu'il venait de temps en temps. Ce n'est pas comme s'il était venu toutes les nuits. Puis, il y a deux ans environ, j'avais une insomnie pour une raison quelconque et dans mon demi-sommeil, j'ai cru entendre du bruit dans le salon vers quatre heures du matin. Évidemment, j'ai eu peur. La chambre de mon père se trouve en bas et sa porte reste toujours ouverte, j'ai cru qu'il essayait d'attirer mon attention. Puis, j'ai à nouveau entendu du bruit et je me suis demandé si un cambrioleur n'était pas entré dans la maison, alors j'ai descendu l'escalier à pas de loup. J'ai constaté que la porte de mon père était comme je l'avais laissée mais quand je suis arrivée dans le hall d'entrée, j'ai vu quelqu'un descendre l'escalier à toute vitesse et je l'ai appelé. A ma grande frayeur, il s'est arrêté, a fait volte-face puis il est remonté.

Stefania se tut un instant; elle regardait droit devant elle comme si elle avait disparu en d'autres lieux, en d'autres temps.

– Je croyais qu'il allait m'agresser, reprit-elle finalement. Je me tenais debout dans l'embrasure de la porte de la cuisine, j'ai allumé la lumière et c'est alors qu'il m'est apparu. Je ne l'avais pas vu face à face depuis des années, depuis l'époque où il était encore un jeune homme et il m'a fallu un certain temps pour me rendre compte qu'il s'agissait bien de mon frère.

– Comment avez-vous pris la chose? demanda Erlendur.

– J'ai été complètement désarçonnée quand j'ai compris qui c'était. En plus, j'étais morte de frayeur car si ç'avait été un cambrioleur, je n'aurais absolument pas dû agir ainsi mais appeler immédiatement la police. Je tremblais de tous mes membres quand j'ai allumé la lumière et que j'ai vu son visage. Cela devait être plutôt comique de me voir aussi effrayée et nerveuse car il s'est mis à rire.

– Ne réveille pas papa, dit-il en plaçant son index sur sa bouche pour lui indiquer de se taire.

Elle n'en croyait pas ses yeux.

– C'est toi? demanda-t-elle.

Il était si éloigné de l'image qu'elle avait gardée de lui quand il était encore jeune, et elle constatait qu'il avait mal vieilli. Il avait des poches sous les yeux et ses lèvres minces étaient pâles, il avait les cheveux ébouriffés et la regardait avec des yeux d'une infinie tristesse. Elle ne put s'empêcher de lui dire à quel point il avait vieilli. A quel point il lui paraissait plus vieux qu'il n'était en réalité.

– Qu'est-ce que tu fais ici? chuchota-t-elle.

– Rien, répondit-il. Je ne fais rien du tout. C'est juste que j'ai envie de rentrer à la maison de temps en temps.

— Voilà l'unique explication qu'il m'a donnée sur ces visites nocturnes à notre insu dans le salon, reprit Stefania. Il avait parfois envie de rentrer à la maison. Je ne sais pas précisément ce qu'il entendait par là. Si c'était lié à l'enfance, à l'époque où maman était encore de ce monde, ou bien s'il voulait parler des années précédant le moment où il avait poussé papa dans l'escalier. Je ne sais pas. Peut-être la maison elle-même avait-elle de l'importance dans son esprit car il n'avait jamais possédé d'autre lieu qui soit réellement le sien. Tout ce qu'il avait, c'était un cagibi repoussant dans la cave de cet hôtel.

– Tu ferais mieux de t'en aller, lui dit-elle. Il risque de se réveiller.

– Oui, je sais, répondit-il. Comment va-t-il? Il va bien?

– Il se porte plutôt bien. Il a quand même constamment besoin de quelqu'un pour s'occuper de lui. Il faut lui donner à manger, lui faire sa toilette, l'habiller, le sortir et le mettre devant la télé. Il aime beaucoup regarder les dessins animés.

– Tu ne sais pas à quel point cela m'a rendu malheureux, dit-il. Pendant toutes ces années. Je ne voulais pas que cela se passe comme ça. Tout cela n'était qu'une erreur monumentale.

– Oui, c'est vrai, convint-elle.

– Je n'ai jamais eu envie d'être célèbre. C'était juste son rêve à lui. Tout ce que je devais faire, c'était le réaliser.

Ils se turent.

– Est-ce qu'il lui arrive de parler de moi?

– Non, répondit-elle. J'ai essayé mais il ne veut pas entendre un mot sur toi.

– Il continue donc à me détester.

– Je crois que ce sera toujours comme ça.

– Parce que je suis comme je suis. Il ne me supporte pas parce que je suis ce que je suis.

– Il y a quelque chose entre vous qui…

– Je voulais tout faire pour lui, tu le sais bien.

– Oui.

– Toujours.

– Oui.

– Toutes ces exigences qu'il avait. Ces exercices sans fin. Ces concerts. Ces enregistrements. Tout cela, c'était des choses dont il rêvait lui, mais pas moi. Il était content et moi, ça me suffisait.

– Je sais.

– Pourquoi ne peut-il pas me pardonner ? Pourquoi est-ce qu'il ne peut pas faire la paix avec moi ? Il me manque. Tu veux bien le lui dire ? Les moments que nous passions ensemble me manquent. Les moments où je chantais pour lui. Vous êtes ma famille.

– Je vais essayer de lui parler.

– S'il te plaît, tu veux bien lui dire qu'il me manque terriblement ?

– Je le ferai.

– Il ne me supporte pas à cause de ce que je suis.

Stefania se taisait.

– Peut-être que c'était ma façon à moi de me révolter contre lui. Je n'en sais rien. J'ai essayé de dissimuler cette chose mais je ne peux pas être un autre homme que celui que je suis.

– Tu ferais mieux de partir, maintenant.

– Oui.

Il hésita.

– Et toi ? demanda-t-il.

– Comment ça, et moi ?

– Est-ce que, toi aussi, tu me détestes ?

– Tu devrais partir, il risque de se réveiller.

– Parce que tout ça, c'est de ma faute. Cette situation dans laquelle tu te trouves et où tu es contrainte de t'occuper de lui à tout instant, tu dois bien quand même…

– Va-t'en, répondit-elle.

– Pardonne-moi.

– Après son départ de la maison, à la suite de cet accident, comment les choses se sont-elles déroulées ? demanda Erlendur. Vous l'avez simplement effacé de votre mémoire, comme s'il n'avait jamais existé ?

– Plus ou moins, oui. Je sais qu'il arrivait à papa d'écouter ses disques. Il ne voulait pas que je le sache mais je remarquais parfois qu'il l'avait fait quand je rentrais du travail. Il avait oublié de ranger la pochette ou bien de retirer le disque de l'électrophone. Parfois, nous avions indirectement quelques nouvelles de lui et une fois, il y a des années de cela, nous avons lu une interview qu'il avait accordée à un magazine. Il y était question des anciens enfants stars. L'article était intitulé "Que sont-ils devenus aujourd'hui?" ou quelque chose d'aussi malvenu. Le magazine avait retrouvé sa trace et Gudlaugur semblait disposé à parler de son ancienne célébrité. Je ne comprends pas pourquoi il a accepté de se prêter à ce genre d'exercice. Tout ce qu'il disait dans cette interview se résume ainsi : c'était une période formidable et tout le monde s'intéressait à lui.

– Il a sûrement accepté parce qu'il y avait tout de même quelqu'un pour se souvenir de lui. Il n'avait pas totalement sombré dans l'oubli.

– Il y a toujours des gens qui se souviennent.

– Il n'a pas mentionné aux journalistes les moqueries qu'il subissait à l'école ni les exigences de votre père, ni le décès de sa mère ou la façon dont ses espérances qui, j'imagine, avaient été éveillées par votre père, ont été réduites à néant, ni même le fait qu'il se soit enfui du foyer familial.

– Que savez-vous au sujet des moqueries qu'il a subies à l'école ?

– Nous savons que les autres se moquaient de lui parce qu'il était considéré comme différent. Je me trompe ?

– Je ne crois pas que mon père ait éveillé chez lui des espérances. C'est un homme très terre à terre et pétri de réalisme. Je ne vois pas pourquoi vous employez ces termes. A une époque, il semblait que mon frère allait faire une longue carrière dans le domaine du chant, qu'il allait se produire à l'étranger et y susciter l'intérêt du public bien au-delà de ce qui peut arriver dans notre petite société. Voilà tout ce que mon père lui avait laissé entendre. Cependant, je crois qu'il lui avait également expliqué que cela nécessiterait énormément de travail, une discipline de fer ainsi que de grandes dispositions et que, de toute façon, il ne fallait pas qu'il se fasse trop d'espoir. Mon père n'a absolument rien d'un imbécile. N'allez pas vous imaginer une chose pareille.

– Je ne crois rien de tel, répondit Erlendur.

– Bon.

– Gudlaugur a-t-il tenté de prendre contact avec vous ? Ou bien vous avec lui ? Pendant tout ce temps ?

– Non, je crois avoir déjà répondu à cette question. Excepté le fait qu'il venait chez nous pendant la nuit sans que nous nous en rendions compte. Il m'a expliqué que cela durait depuis des années.

– Vous et votre père n'avez pas essayé de le retrouver ?

– Non.

– Il était proche de votre mère ? demanda Erlendur.

– Tellement qu'elle lui cachait même le soleil, répondit Stefania.

– Son décès a été une perte terrible pour lui, n'est-ce pas ?

– C'était une perte terrible pour nous tous.

Stefania soupira profondément.

– Je suppose qu'une chose s'est brisée à l'intérieur de chacun d'entre nous quand elle est partie. C'était un élément qui cimentait notre famille. Je crois que je ne l'ai compris que bien plus tard mais c'était elle qui nous reliait et qui apportait l'équilibre. Papa et elle n'étaient pas d'accord sur la façon d'éduquer Gudlaugur et ils se disputaient souvent à ce sujet, si tant est qu'on puisse appeler cela des disputes. Elle voulait qu'on lui permette d'être lui-même, de faire ce qu'il voulait, et même s'il chantait très bien, il n'était pas nécessaire d'en faire tout un plat.

Elle regarda intensément Erlendur.

– J'ai l'impression que notre père ne l'a jamais perçu comme un enfant mais plutôt comme un devoir dont il fallait qu'il s'acquitte. Comme un objet que lui seul avait le pouvoir de façonner et de polir.

– Mais vous, quelle était votre position ?

– Ma position ? On ne me l'a jamais demandée.

Ils marquèrent une pause, écoutèrent les chuchotements dans le restaurant et regardèrent les touristes étrangers qui parlaient et riaient. Erlendur regarda Stefania qui semblait avoir disparu en elle-même et dans le souvenir de cette vie de famille en miettes.

– Êtes-vous en quelque manière impliquée dans le meurtre de votre frère ? demanda Erlendur avec autant de tact que possible.

On aurait dit qu'elle n'avait pas entendu sa question et Erlendur la répéta. Elle leva les yeux.

– En aucune manière, répondit-elle. Je voudrais tant qu'il soit encore vivant afin de pouvoir…

Stefania ne termina pas sa phrase.

– Afin de pouvoir quoi ? demanda Erlendur.

– Je ne sais pas, peut-être réparer…

Elle fit une nouvelle pause.

– Toute cette histoire est affreuse. Du début à la fin. Cela commence par des détails anodins qui empirent et empirent encore jusqu'à devenir incontrôlables. Je ne suis pas en train de minimiser le fait qu'il ait poussé notre père dans l'escalier. Mais on prend une position et on s'y tient. Parce que c'est ce qu'on veut, je suppose. Et puis, le temps passe et les années passent jusqu'à ce qu'en réalité on ait oublié le sentiment, la raison qui nous a poussés à agir ainsi. De façon volontaire ou involontaire, on laisse aussi passer les occasions qui se présentent de tout remettre dans l'ordre et puis, brusquement, il est trop tard pour envisager d'arranger les choses. Toutes ces années ont passé et…

Elle soupira profondément.

– Qu'est-il arrivé après que vous l'avez trouvé cette nuit-là dans la cuisine ?

– J'ai parlé à mon père. Il ne voulait rien savoir de Gulli, un point c'est tout. Je ne lui ai rien dit de ses visites nocturnes. Il m'est arrivé de lui suggérer de faire la paix. Je lui racontais que j'avais croisé Gulli dans la rue et qu'il voulait voir son père mais il se montrait totalement inflexible.

– Votre frère n'est jamais revenu chez vous par la suite ?

– Pas que je sache.

Elle regarda Erlendur.

– C'était il y a deux ans et c'est la dernière fois que je l'ai vu.

25

Stefania se leva et se prépara à partir. On pouvait penser qu'elle avait dit tout ce qu'elle avait à dire. Erlendur avait l'impression qu'elle avait choisi de ne lui raconter que ce qu'elle désirait dévoiler en gardant le reste pour elle. Il se mit également debout en se demandant s'il allait s'en satisfaire pour l'instant ou bien continuer de cuisiner cette femme. Il résolut de la laisser décider du déroulement des choses. Elle se montrait nettement plus coopérative qu'avant et cela lui suffisait pour l'instant. Il ne parvint toutefois pas à s'empêcher de lui poser une question à propos d'une énigme qu'il n'arrivait pas à résoudre et dont elle n'avait pas fourni la clé.

– Je comprends que votre père lui en ait voulu pendant toute sa vie à cause de l'accident, commença Erlendur. Et qu'il lui ait reproché le handicap qui l'a cloué dans un fauteuil roulant depuis lors. Mais, en ce qui vous concerne, je ne saisis pas très bien. Je ne vois pas pourquoi vous avez réagi ainsi, pourquoi vous vous êtes rangée dans le camp de votre père, pourquoi vous vous êtes détournée de votre frère à ce point et pourquoi vous n'avez jamais essayé de le contacter pendant toutes ces années.

– Je pense vous avoir suffisamment aidé, répondit Stefania. Son décès ne nous concerne en rien, ni mon père ni moi. Il est lié à cette autre vie que menait mon frère et dont nous ne savions rien, ni moi ni mon père. J'espère que vous apprécierez le fait que j'ai essayé d'être honnête et de vous aider et que vous ne viendrez plus troubler notre tranquillité. Que vous ne ferez pas à nouveau irruption à mon domicile pour me passer les menottes.

Elle lui tendit la main comme pour sceller entre eux une manière de pacte selon lequel, désormais, le père et la fille ne seraient plus dérangés. Erlendur lui serra la main en essayant de sourire. Il savait que le pacte serait rompu tôt ou tard. Trop de questions, se dit-il, et trop peu de réponses tangibles. Il n'était pas disposé à la lâcher dans l'immédiat et considérait comme acquis qu'elle mentait encore ou, tout du moins, qu'elle ne faisait qu'effleurer la vérité.

– Ce n'est donc pas pour rencontrer votre frère que vous êtes venue ici quelques jours avant sa mort ? demanda-t-il.

– Non, j'avais rendez-vous avec une amie ici même. Nous avons pris un café. Vous pouvez l'appeler pour lui demander si je vous mens. J'avais même oublié qu'il travaillait dans cet hôtel et je ne l'ai pas croisé lors de ma visite.

– Il se peut que je vérifie ce point, répondit Erlendur en notant le nom de la femme. J'ai encore une question : vous connaissez un homme du nom de Henry Wapshott ? Un Britannique qui était en relation avec votre frère.

– Wapshott ?

– Il est collectionneur de disques et s'intéresse à ceux de votre frère. Le hasard veut qu'il collectionne des disques de chant choral et qu'il se soit spécialisé dans les petits chanteurs.

– Je n'ai jamais entendu parler de cet homme-là, répondit Stefania. Comment ça, il se spécialise dans les petits chanteurs ?

– Il existe des collectionneurs encore plus bizarres que lui, répondit Erlendur sans se risquer à mentionner ceux qui conservaient les sacs à vomi des compagnies aériennes. Il considère que les disques de votre frère ont aujourd'hui une grande valeur, savez-vous quoi que ce soit à ce sujet ?

– Non, je n'en ai aucune idée, répondit Stefania. Qu'entendait-il par là ? Qu'est-ce que cela signifie ?

– Je suis incapable de vous dire combien, répondit Erlendur, en tout cas ils ont assez de valeur pour que Wapshott fasse le voyage jusqu'ici dans le but de rencontrer Gudlaugur. Avait-il en sa possession quelques-uns des disques qu'il avait enregistrés ?

– Non, je ne crois pas.

– Vous savez ce qu'est devenu le stock des invendus ?

– Je pense qu'il a simplement été liquidé, répondit Stefania. Il aurait une quelconque valeur s'il existait encore ?

Erlendur décelait une certaine curiosité dans la voix de la femme et il se demanda si elle était en train de s'amuser avec lui, si elle en savait bien plus que lui sur la question et se faisait un jeu de mesurer ses connaissances.

– Ça se pourrait bien, répondit-il.

– Cet Anglais se trouve en Islande en ce moment ?
– Nous le détenons en garde à vue et il est possible qu'il en sache plus sur la mort de votre frère que ce qu'il veut bien nous dire.
– Vous croyez que c'est lui l'assassin ?
– Vous n'avez pas écouté les informations ?
– Non.
– Il figure sur la liste des suspects, ça s'arrête là.
– Qui est cet homme ?
Erlendur eut un instant l'intention de lui faire un résumé des informations communiquées par la police britannique et de lui parler de la pornographie pédophile qu'on avait retrouvée dans la chambre de Wapshott mais il se ravisa. Il lui répéta ce qu'il lui avait déjà dit : Wapshott s'intéressait aux petits choristes, séjournait dans l'hôtel et avait été en contact avec Gudlaugur, il pesait sur lui suffisamment de soupçons pour qu'on le place en garde à vue.
Ils se quittèrent bons amis et Erlendur l'accompagna du regard pendant qu'elle traversait le restaurant et le hall. Au même moment, son téléphone se mit à sonner dans sa poche. Il l'attrapa et répondit. A sa grande surprise, c'était Valgerdur.
– Est-ce que nous pouvons nous voir ce soir ? demanda-t-elle sans préambule. Vous serez toujours à l'hôtel ?
– Oui, cela se pourrait, répondit Erlendur sans même essayer de dissimuler son étonnement. Je pensais que...
– Alors, disons, vers huit heures ? Au bar ?
– D'accord, répondit Erlendur. C'est convenu. Qu'est-ce que... ?
Il s'apprêtait à lui demander ce qu'elle avait sur le cœur quand elle raccrocha et il n'entendit plus rien que le silence à son oreille. Il raccrocha en s'interrogeant sur ce qu'elle pouvait bien lui vouloir. Il avait écarté toute possibilité de faire plus amplement connaissance avec cette femme et conclu que toute aventure féminine était condamnée à l'échec en ce qui le concernait. Et puis voilà qu'il recevait brusquement ce coup de téléphone auquel il ne voyait pas quel sens donner.
L'après-midi était bien avancé et Erlendur avait une faim de loup, cependant, où lieu d'aller manger au restaurant de l'hôtel, il regagna sa chambre et demanda qu'on lui monte un déjeuner

digne de ce nom. Il lui restait à visionner quelques-unes des cassettes, il en inséra donc une dans l'appareil et la laissa défiler tout en attendant son plateau.

Il perdit bien vite sa concentration, son esprit se détacha de l'écran et il se mit à méditer sur les paroles de Stefania. Pourquoi Gudlaugur s'était-il introduit chez eux pendant la nuit ? Il avait répondu à sa sœur qu'il avait parfois envie de rentrer à la maison. *C'est juste que j'ai parfois envie de rentrer à la maison.* Qu'y avait-il derrière ces mots ? Sa sœur le savait-elle elle-même ? Que recouvrait l'expression "à la maison" dans l'esprit de Gudlaugur ? Qu'est-ce qui lui manquait ? Il ne faisait plus partie de la famille et celle qui avait été le plus proche de lui, sa mère, était morte depuis longtemps. Il ne dérangeait ni son père ni sa sœur lors de ses visites. Il ne venait pas en pleine journée comme toute personne normale l'aurait fait, si tant est qu'il existe des gens normaux, et ne venait pas dans le but de s'attaquer au problème, de solder les discordes, d'apaiser la colère voire la haine qui s'était installée entre lui et sa famille. Il venait à la faveur de la nuit en prenant bien garde à ne réveiller personne et repartait sans bruit sans que quiconque remarque sa présence. Il ne semblait pas avoir été en quête d'une réconciliation ou d'une absolution mais de quelque chose qui avait peut-être plus d'importance dans son esprit, une chose que lui seul comprenait et ne serait jamais totalement éclaircie mais qui tenait en ce mot.

La maison.

De quoi s'agissait-il ?

Peut-être des sensations de l'enfance qu'il avait éprouvées au domicile de ses parents avant que la vie ne s'abatte sur lui sous la forme de ces difficultés et de ce destin incompréhensible qui n'avaient engendré que destruction et souffrance. Peut-être étaient-ce ces moments où il avait gambadé dans cette maison en sentant la présence de son père, de sa mère et de sa sœur, ses compagnons et amis. Il y venait sûrement afin de se remémorer des souvenirs qu'il ne voulait pas oublier et qui le soutenaient lorsque l'existence était un fardeau trop lourd à porter.

Peut-être venait-il dans cette maison afin d'affronter le destin qui l'avait façonné ? Les exigences irréalistes de son père, les railleries parce qu'on le considérait comme différent, l'amour maternel qui lui était plus cher que tout et cette grande sœur qui s'était occupée de lui ; le choc en rentrant du concert au Cinéma municipal et l'anéantissement de son univers et des grandes espérances de son père. Pour un petit garçon comme lui, que pouvait-il y avoir de pire que de ne pas se montrer à la hauteur des attentes de son père ? Après tous les efforts qu'il avait faits, tous ceux de son père, tous ceux de sa famille. Il avait sacrifié son enfance pour devenir quelque chose qu'il ne comprenait pas et sur quoi il n'avait aucun pouvoir – et puis, finalement rien n'arriva. Son père avait joué avec son enfance et la lui avait tout simplement volée.

Erlendur soupira.

Qui donc n'a jamais envie de retourner à la maison ?

Il était allongé sur le lit quand il entendit tout à coup un petit bruit dans la chambre. Il n'arriva pas tout de suite à localiser sa provenance et se dit que l'électrophone s'était peut-être mis en route et que le saphir sautait, ne parvenant pas à s'insérer dans le sillon.

Il se leva, regarda l'appareil et constata qu'il était éteint. Il entendit à nouveau le même bruit et scruta les alentours. Il faisait sombre dans la chambre et il n'y voyait pas grand-chose. Une faible clarté émanait du lampadaire de l'autre côté de la rue. Il allait allumer la lampe de chevet sur la petite table à côté du lit quand il entendit à nouveau le bruit qui avait augmenté en intensité. Il n'osa pas bouger. Il se souvint tout à coup de l'endroit où il avait déjà entendu ce bruit.

Il s'assit sur le lit et regarda la porte. Dans la faible clarté, il distingua un petit être humain qui se blottissait dans le recoin à côté de la porte et le regardait, bleu de froid. Il tremblait comme une feuille en dodelinant de la tête et reniflait.

C'était un bruit bien connu d'Erlendur.

Il regarda le petit être qui lui renvoyait son regard et s'efforçait de sourire sans y parvenir à cause des frissons glacés qui le secouaient.

– C'est toi ? demanda Erlendur.

Le petit être disparut instantanément du recoin, Erlendur se réveilla en sursaut, presque tombé du lit, et fixa longuement la porte.

– C'était toi ? soupira-t-il en voyant clairement devant lui les vestiges de son rêve, les moufles de laine, le bonnet, le manteau et l'écharpe. Les vêtements qu'ils portaient en quittant la maison.

Les vêtements de son frère.

Grelottant de froid dans la chambre glaciale.

26

Il resta un long moment silencieux, debout à côté de la fenêtre, à regarder la neige qui tombait sur la terre.

Finalement, il se remit à visionner les cassettes. La sœur de Gudlaugur ne fit pas de seconde apparition sur l'écran ni aucune autre personne connue d'Erlendur, à part quelques-uns des membres du personnel qu'il connaissait de vue et qui, pressés, arrivaient ou repartaient du travail.

Le téléphone de l'hôtel sonna et il décrocha.

– J'ai l'impression que Wapshott nous dit la vérité, déclara Elinborg. Les gens des magasins pour collectionneurs ou des boutiques d'occasion le connaissent bien.

– Il s'y trouvait bien à l'heure qu'il a mentionnée ?

– Je leur ai montré des photos de lui, je leur ai demandé les horaires et ils se sont montrés plutôt précis. Suffisamment pour que nous excluions sa présence dans l'hôtel au moment de l'agression sur Gudlaugur.

– Il ne m'a pas l'air non plus d'être un meurtrier.

– C'est un pédophile mais probablement pas un meurtrier. Qu'est-ce que tu vas faire de lui ?

– On va sûrement l'envoyer en Grande-Bretagne.

Ils mirent fin à la communication et Erlendur resta assis à réfléchir sur le meurtre de Gudlaugur sans parvenir à la moindre conclusion. Il pensa à Elinborg et bientôt, son esprit dériva vers l'affaire du petit garçon maltraité par son père qu'Elinborg détestait.

– Vous n'êtes pas le seul à vous livrer à ce genre de chose, avait assené Elinborg au père. Mais ses paroles n'avaient pas pour but de le consoler. Le ton de sa voix était accusateur, comme si elle voulait qu'il sache bien qu'il n'était que l'un de ces nombreux sadiques qui s'en prennent à leurs enfants. Elle entendait l'informer du phénomène dont il était partie prenante et lui communiquer des données chiffrées le concernant.

Elle s'était plongée dans les statistiques. Environ quatre cents enfants avaient subi des examens à l'Hôpital national entre 1980 et 1999 car on craignait qu'ils n'aient été victimes de mauvais traitements. Parmi eux se trouvaient deux cent trente-deux cas où pesaient des soupçons d'abus sexuels et quarante-trois concernant des violences physiques ou des agressions. L'empoisonnement par médicaments, Elinborg répéta le mot, l'empoisonnement par médicaments et l'absence de soins sont inclus dans cette rubrique. Elle lut les mots inscrits sur une feuille avec un calme froid : traumatismes crâniens, fractures osseuses, brûlures, déchirures cutanées, morsures. Elle répéta les termes en fixant le père dans les yeux.

– Nous pensons que deux enfants sont décédés à cause de violences physiques au cours des vingt dernières années, poursuivit-elle. Et aucune de ces deux affaires n'a été mise entre les mains de la justice.

Elle lui expliqua que les spécialistes considéraient qu'il s'agissait là de choses taboues, ce qui, en clair, signifiait que les cas étaient nettement plus nombreux.

En Grande-Bretagne, quatre enfants meurent chaque semaine à cause de mauvais traitements. Quatre enfants, répéta-t-elle. Chaque semaine.

– Vous voulez savoir les raisons invoquées ? demanda-t-elle.

Assis dans la chambre d'interrogatoire, Erlendur ne pipait pas mot. Il n'était là que pour assister Elinborg si elle en avait besoin, il lui semblait bien que ce n'était pas le cas.

Le père baissait les yeux. Il regarda le magnétophone. Les policiers ne l'avaient pas mis en marche. Il ne s'agissait donc pas d'un interrogatoire formel. Son avocat n'avait pas été prévenu et le père n'avait pas encore déposé de plainte. Il n'avait pas exigé d'être relâché.

– Je vais vous en donner quelques-unes, continua Elinborg en se mettant à énumérer les causes qui conduisaient les parents à maltraiter leurs enfants. Le stress, commença-t-elle. Les difficultés financières, la maladie, le chômage, l'isolement et le manque de soutien de la part du conjoint, un accès de folie.

Elinborg dévisagea le père.

– Pensez-vous que certains de ces facteurs puissent s'appliquer à vous ? Comme un accès de folie passager ?

Il ne lui répondit pas.

– Certaines personnes ne se contrôlent pas et il existe des cas répertoriés où les parents sont en proie à un tel sentiment de culpabilité qu'ils s'arrangent pour être découverts. Cela vous dit quelque chose ?

Il se taisait.

– Ils emmènent l'enfant consulter un médecin, leur médecin traitant par exemple, parce que l'enfant est constamment enrhumé, mais ce n'est pas le rhume qui les amène, ils veulent en fait que le médecin s'intéresse aux blessures que l'enfant a sur le corps, aux bleus. Ils veulent que quelqu'un les découvre. Et vous savez pourquoi ?

Il continuait de garder le silence.

– Parce qu'ils veulent que cela s'arrête. Que quelqu'un prenne le taureau par les cornes. Que quelqu'un arrête cette chose qu'ils ne contrôlent pas. Ils sont incapables de le faire tout seuls et ils espèrent que le médecin remarquera qu'il y a quelque chose qui ne va pas.

Elle fixait le père. Erlendur observait en silence. Il craignait qu'Elinborg n'aille trop loin. Elle semblait faire appel à tout son professionnalisme afin de montrer que l'affaire ne la touchait en rien. Mais c'était sans espoir et on aurait dit qu'elle en avait parfaitement conscience. Elle se trouvait maintenant dans un état d'émotion trop intense.

– J'ai interrogé votre médecin traitant, reprit Elinborg. Il m'a avoué avoir fait par deux fois un signalement au service de protection de l'enfance à cause des blessures de votre fils. Le service a mené une enquête à chaque fois mais n'est parvenu à rien de concluant. Le fait que votre fils n'ait rien dit et que vous ayez tout nié n'a pas aidé. Il y a une différence entre vouloir parler de la violence et en assumer les conséquences le moment venu. Je me suis plongée dans les rapports. Dans le second, on a questionné votre enfant sur vos relations mais il semble qu'il n'ait pas compris la question. Ensuite, on lui a demandé : à qui est-ce que tu fais le plus confiance ? Et il a répondu : mon papa, c'est à mon papa que je fais le plus confiance.

Elinborg marqua une pause.

– Vous ne trouvez pas cela affreux ? demanda-t-elle.

Elle lança un regard à Erlendur puis un autre au père.

– Vous ne trouvez pas cela abominable ?

Erlendur s'était fait la réflexion qu'à une certaine époque, il aurait donné la même réponse que le petit garçon. C'est son père qu'il aurait nommé.

Quand le printemps arriva et que les neiges fondirent, il partit sur la lande à la recherche de son fils en essayant de s'imaginer le chemin qu'il avait parcouru dans la tempête par rapport au lieu où on avait retrouvé Erlendur. Il semblait s'être remis dans une certaine mesure, pourtant il était torturé par le remords.

Il parcourut la lande et la montagne bien plus loin que son fils n'aurait pu aller et il ne trouva jamais rien. Il campa là-haut, Erlendur l'accompagna, sa mère prit part aux recherches et, parfois, des gens des environs venaient les aider mais on ne retrouva jamais le garçon. Il s'agissait surtout de retrouver le corps. Tant que ce n'était pas le cas, l'enfant ne serait pas mort dans le sens conventionnel du terme mais aurait simplement disparu de leur univers. La blessure demeurait ouverte et laissait sourdre une indicible douleur.

Erlendur luttait contre cette douleur dans la solitude. Il se sentait mal mais ce n'était pas uniquement à cause de la perte de son frère. Il considérait qu'il avait été retrouvé parce qu'il avait eu de la chance et un étrange sentiment de culpabilité l'envahissait car c'était lui et pas son petit frère qui avait été sauvé. Non seulement il avait lâché la main de son frère en pleine tempête mais la pensée que c'était lui qui aurait dû périr l'assaillait également. Il était plus âgé et responsable. Il en avait toujours été ainsi. Il veillait sur lui. Pendant tous leurs jeux. Quand ils étaient seuls tous les deux à la maison. Quand on les envoyait faire une course quelconque. Il avait toujours été responsable de lui et s'en était montré digne. Cette fois-là, il avait failli et peut-être ne méritait-il pas d'avoir été sauvé puisque son petit frère était mort. Il ne savait pas pourquoi il vivait. Mais il lui arrivait de penser qu'il aurait peut-être mieux valu que lui non plus n'ait jamais été retrouvé sur la lande.

Il ne confia jamais ces pensées à ses parents et, dans sa solitude, il avait parfois l'impression qu'ils se faisaient les mêmes réflexions à son sujet. Son père s'était enfermé dans sa culpabilité et ne voulait pas qu'on le dérange. Sa mère était elle aussi accablée par la douleur. Ses parents se sentaient tous les deux partiellement responsables de la façon dont les choses s'étaient passées. Il régnait entre eux un étrange silence qui faisait plus de bruit que tous les cris pendant qu'Erlendur livrait sa bataille solitaire en méditant sur la responsabilité, la faute et la chance.

Et s'ils ne l'avaient pas trouvé, lui, auraient-ils alors retrouvé son frère ?

Debout à côté de la fenêtre, il pensait aux conséquences que la perte de son frère avait eues sur son existence en se demandant si elles n'étaient pas plus importantes qu'il ne l'avait cru. Il avait souvent pensé à ces événements au moment où Eva Lind s'était mise à lui poser des questions. Il ne détenait pas de réponses faciles mais, en son for intérieur, il savait dans quelle direction il devait chercher. Il s'était bien souvent demandé pourquoi Eva Lind avait tant à cœur de le mettre devant ses responsabilités.

Erlendur entendit quelqu'un frapper et se retourna.

– Entrez ! cria-t-il. C'est ouvert.

Sigurdur Oli ouvrit la porte et entra dans la chambre.

Il avait passé toute la journée à Hafnarfjördur et parlé aux gens qui avaient connu Gudlaugur.

– Du nouveau de ton côté ? demanda Erlendur.

– J'ai appris le surnom qu'on lui donnait à l'école. Tu te souviens, le nouveau surnom qu'on lui avait donné une fois que tout s'était cassé la figure.

– Oui, et qui est-ce qui te l'a dit ?

Sigurdur Oli soupira et s'assit sur le bord du lit. Bergthora, son épouse, s'était plainte car il n'était pas assez à la maison alors que les fêtes de Noël approchaient et qu'elle devait s'occuper seule de tous les préparatifs. Il avait prévu de rentrer chez lui et d'aller acheter un arbre de Noël avec elle mais il fallait d'abord qu'il passe voir Erlendur. C'est ce qu'il lui avait dit au téléphone pendant qu'il était en route vers l'hôtel : il allait se dépêcher mais elle avait entendu cela trop souvent pour y croire, avait-elle répondu d'un ton désagréable avant qu'ils ne mettent fin à la conversation.

– Tu as l'intention de passer toutes les fêtes de Noël dans cette chambre d'hôtel ? demanda Sigurdur Oli.

– Non, répondit Erlendur. Alors, qu'as-tu découvert à Hafnarfjördur ?

– Pourquoi il fait ce froid de canard là-dedans ?

– C'est le radiateur, répondit Erlendur. Il ne chauffe pas. Tu voudrais bien en venir au fait ?

Sigurdur Oli fit un sourire.

– Est-ce que tu achètes un arbre de Noël ? Pour Noël ?

– Si j'achetais un arbre de Noël, alors je l'achèterais sûrement pour Noël.

– J'ai retrouvé un homme qui, après beaucoup de banalités hors sujet, a fini par m'avouer avoir bien connu Gudlaugur dans le temps, répondit Sigurdur Oli. Il savait qu'il détenait une information qui pouvait influer sur le cours de l'enquête et prenait plaisir à laisser mariner Erlendur.

Sigurdur Oli et Elinborg s'étaient consacrés à interroger tous les camarades d'école de Gudlaugur ou les gens qui l'avaient connu dans le temps. La plupart d'entre eux avaient quelques souvenirs de lui, de sa carrière prometteuse de chanteur et des moqueries qui s'en étaient suivies. Quelques-uns se souvenaient particulièrement bien de lui et savaient même ce qui s'était passé le jour où il avait fait de son père un tétraplégique. L'un d'eux connaissait Gudlaugur à un point que ne pouvait s'imaginer Sigurdur Oli.

C'était l'une des camarades d'école de Gudlaugur qui avait indiqué le nom de l'homme en question à Sigurdur Oli. Elle vivait dans un pavillon du quartier le plus récent de Hafnarfjördur. Il lui avait téléphoné dans la matinée et elle s'attendait donc à sa visite quand il arriva. Ils se serrèrent la main et elle l'invita au salon. Elle était mariée à un pilote d'avion et travaillait à mi-temps dans une librairie, ses enfants étaient adultes.

Elle lui fit état en long et en large de ce qu'elle savait de Gudlaugur, c'est-à-dire pas grand-chose ; elle se souvenait aussi un peu de sa sœur qu'elle savait légèrement plus âgée. Elle se rappelait qu'il avait perdu la voix au moment où tout allait pour le mieux mais ne savait pas ce qu'il était devenu après qu'ils avaient tous les deux quitté l'école ; elle avait été choquée d'apprendre par la presse qu'il s'agissait de l'homme qu'on avait retrouvé assassiné dans le cagibi de l'hôtel.

Sigurdur Oli écouta toutes ces informations d'une oreille distraite. Il avait déjà entendu la plupart de ces choses dans la bouche d'autres camarades de Gudlaugur. Une fois qu'elle eut achevé son discours, il lui demanda si elle se rappelait un quelconque surnom avec lequel les autres se seraient moqués de Gudlaugur dans son enfance. Elle ne s'en rappelait pas mais, voyant que Sigurdur Oli s'apprêtait à partir, elle ajouta qu'elle avait entendu autrefois sur Gudlaugur un détail qui devrait intéresser la police, si elle n'était pas déjà au courant.

– Et de quoi s'agit-il ? demanda Sigurdur Oli qui s'était mis debout.

Elle le lui raconta et se réjouit en constatant qu'elle était parvenue à éveiller la curiosité du policier.

– Est-ce que cet homme est en vie ? demanda Sigurdur Oli à la femme qui lui précisa qu'elle était certaine que oui en lui communiquant le nom de l'homme en question. Elle se leva, alla chercher l'annuaire et Sigurdur Oli y trouva le nom et l'adresse. Il vivait à Reykjavik et s'appelait Baldur.

– Vous êtes bien sûr que c'est cet homme-là ? s'assura Sigurdur Oli.

– Absolument, répondit la femme en souriant comme si elle espérait lui avoir été d'une aide précieuse. Tout le monde en parlait, conclut-elle.

Sigurdur Oli décida de partir sur-le-champ dans l'espoir que l'homme serait chez lui. La journée était bien avancée. La circulation en direction de Reykjavik était dense et, en route, Sigurdur Oli avait appelé Bergthora qui…

– Tu veux bien en venir au fait ? coupa Erlendur avec impatience, interrompant la narration de Sigurdur Oli.

– Non, attends, cela te concerne directement, répondit Sigurdur Oli avec un sourire moqueur sur les lèvres. Bergthora voulait savoir si je t'avais bien invité à passer le réveillon chez nous. Je lui ai dit que je l'avais fait mais que tu ne m'avais toujours pas répondu.

– Je vais réveillonner chez moi avec Eva Lind, dit Erlendur. Voilà ma réponse. Maintenant, tu pourrais en venir au fait ?

– Ok, répondit Sigurdur Oli.

– Et arrêter de dire ok.

– Ok.

Baldur habitait une coquette petite maison en bois du quartier de Thingholt et il venait de rentrer du travail ; il était architecte. Sigurdur Oli sonna à la porte et se présenta comme policier de la Criminelle, venu enquêter sur le meurtre de Gudlaugur Egilsson. L'homme ne manifesta pas la moindre surprise. Il regarda Sigurdur Oli et le toisa puis lui sourit avant de l'inviter à entrer.

– En fait, je m'attendais à ce que vous ou quelqu'un de la police vienne me voir, dit-il. Je me demandais si je ne devais pas vous contacter mais j'ai constamment repoussé le moment. Ce n'est jamais très agréable de parler à la police.

Il sourit à nouveau et proposa de débarrasser Sigurdur Oli de son manteau et de l'accrocher.

L'intérieur de la maison était parfaitement ordonné. Des bougies étaient allumées dans le salon et l'arbre de Noël était décoré. L'homme offrit une liqueur à Sigurdur Oli qui refusa. C'était un homme maigre et de taille moyenne avec un visage jovial et des cheveux qui avaient commencé à se clairsemer et dont le roux avait visiblement été accentué pour essayer de tirer le meilleur parti de ceux qu'il lui restait. Sigurdur Oli crut reconnaître la voix de Frank Sinatra dans les petits haut-parleurs du salon.

– Pourquoi vous attendiez-vous à recevoir ma visite ou celle d'un policier ? demanda Sigurdur Oli en s'asseyant sur le grand sofa rouge.

– A cause de Gulli, répondit l'homme en prenant place face à lui. Je savais que vous alliez finir par découvrir tout ça.

– Tout ça, quoi ? demanda Sigurdur Oli.

– Que j'étais avec Gulli dans le temps, répondit l'homme.

– Comment ça, qu'il était avec Gudlaugur dans le temps ? s'enquit Erlendur en interrompant à nouveau la narration. Qu'est-ce qu'il entendait par là ?

– C’est l’expression qu’il a utilisée, répondit Sigurdur Oli.

– Qu’il avait été avec Gudlaugur ?

– Oui.

– Qu’est-ce que ça veut dire ?

– Qu’ils étaient ensemble.

– Tu veux dire que Gudlaugur était… ?

Une foule de pensées traversa l’esprit d’Erlendur comme autant de flashs et elles s’arrêtèrent toutes devant l’expression dure sur les visages de la sœur de Gudlaugur et de son père dans le fauteuil roulant.

– C’est ce que dit ce Baldur, poursuivit Sigurdur Oli. Et Gudlaugur ne voulait pas que ça se sache.

– Il ne voulait pas que les gens connaissent l’existence de leur couple ?

– Il voulait garder le secret de son homosexualité.

27

L'homme de Thingholt expliqua à Sigurdur Oli que sa relation avec Gudlaugur avait débuté à l'époque où ils avaient vingt-cinq ans. C'était la mode du disco et l'homme louait un appartement en sous-sol dans le quartier des Vogar. Aucun des deux n'avait fait son *coming out*. Dans ce temps-là, on voyait l'homosexualité sous un autre angle que maintenant, précisa-t-il avec un sourire. Même si les choses avaient commencé à changer.

– Et on ne peut pas dire que nous vivions ensemble, ajouta Baldur. Dans ce temps-là, deux hommes ne pouvaient pas habiter ensemble sans que cela fasse l'objet de commentaires. L'Islande était presque invivable pour les homosexuels, à cette époque. La plupart quittaient le pays, comme vous le savez peut-être. Disons simplement qu'il venait souvent me rendre visite. Et qu'il passait la nuit chez moi. De son côté, il louait une chambre dans le quartier ouest et j'y suis allé quelques fois, mais il n'était pas assez soigneux à mon goût et j'ai cessé mes visites. La plupart du temps, nous étions chez moi.

– Comment avez-vous fait connaissance ? demanda Sigurdur Oli.

– Il existait des endroits où les homosexuels se retrouvaient. Il y en avait un juste à côté du centre-ville, en fait pas très loin du quartier de Thingholt. Ce n'était pas un bar ou une discothèque mais plutôt un genre de lieu de rencontre dans une habitation privée. Il fallait s'attendre à n'importe quoi dans les discothèques et cela arrivait qu'on se fasse jeter dehors pour avoir dansé avec d'autres hommes. Cette maison faisait office de toutes sortes de choses : c'était à la fois un bar, une auberge, une boîte de nuit, un refuge et même un bureau où on allait chercher des conseils. Il y est venu un soir avec une connaissance à lui. C'est là que je l'ai vu la première fois. Mais pardonnez-moi, où ai-je donc la tête ? Vous prendrez bien un petit café ?

Sigurdur Oli regarda la pendule.

– Vous êtes peut-être pressé, observa l'homme en replaçant soigneusement sa fine mèche de cheveux teints.

– Non, cela n'a rien à voir, mais je prendrais volontiers du thé si vous en avez, répondit Sigurdur Oli en pensant à Bergthora. Elle était capable de se mettre en colère quand les horaires n'étaient pas respectés. Elle se montrait très sourcilleuse sur la ponctualité et était susceptible de lui faire payer son retard par une dispute interminable.

– Il était affreusement refoulé, continua l'homme depuis la cuisine en haussant la voix afin que Sigurdur Oli l'entende mieux. J'avais parfois l'impression qu'il se détestait à cause de son homosexualité. Comme s'il ne l'avait pas encore complètement acceptée. Je crois même qu'en fait, il s'est servi de notre relation pour s'affirmer. Il était encore en train de se chercher malgré son âge. Mais, bon, il n'y a rien de neuf là-dedans. Il y a des gens qui font leur *coming out* à cinquante ans passés après avoir peut-être vécu mariés tout ce temps et élevé quatre enfants.

– Oui, on rencontre tous les cas de figure, répondit Sigurdur Oli qui ne savait absolument pas de quoi il parlait.

– Dites-moi, mon petit, vous le préférez fort, n'est-ce pas?

– Vous êtes restés longtemps ensemble? demanda Sigurdur Oli en confirmant qu'effectivement il préférait le thé fort.

– Environ trois ans, mais nous ne nous voyions plus que de façon très irrégulière les derniers temps.

– Et vous n'avez pas gardé de contact avec lui depuis?

– Non. Disons que je savais où il en était, répondit l'homme en revenant au salon. La communauté homosexuelle n'est pas bien grande en Islande.

– Comment ça, il était refoulé? demanda Sigurdur Oli pendant que l'homme disposait les tasses sur la table. Il avait également apporté un petit saladier rempli d'une variété de petits gâteaux secs qu'il connaissait bien car Bergthora faisait les mêmes à chaque Noël. Il essaya de s'en rappeler le nom mais n'y parvint pas.

– Il était très secret et ne se confiait que rarement, sauf quand nous buvions, mais le problème était en rapport avec son père. Il n'avait pas le moindre contact avec lui mais il lui manquait affreusement, de même que sa sœur aînée, qui lui avait elle aussi tourné le dos. Sa mère était décédée bien des années avant que je ne le connaisse et c'était surtout d'elle qu'il me parlait. Il pouvait disserter sur elle pendant des heures et, pour vous dire la vérité, c'était très fatigant.

– Comment sa sœur lui avait-elle tourné le dos ?

– Ça fait rudement longtemps, maintenant, et il ne m'a jamais donné de détails là-dessus. Tout ce que je sais, c'est qu'il tentait de lutter contre sa nature. Vous voyez ce que je veux dire ? Comme s'il aurait dû être quelqu'un d'autre que celui qu'il était vraiment.

Sigurdur Oli secoua la tête.

– Il trouvait que c'était dégoûtant, qu'il y avait quelque chose qui n'était pas naturel dans le fait d'être pédé.

– Et il luttait contre ?

– Oui et, en même temps, non. Il était plein de contradictions dans ce domaine. Je pense qu'il ne savait simplement pas sur quel pied danser. Le pauvre garçon. Il n'avait pas une très bonne image de lui-même. Parfois, je me dis qu'il se détestait.

– Vous étiez au courant de son passé ? De son passé d'enfant vedette ?

– Oui, répondit l'homme en se levant ; il alla jusqu'à la cuisine et revint avec une théière fumante puis versa le thé dans les tasses. Il rapporta la théière à la cuisine et les deux hommes burent leur thé.

– Tu pourrais me cracher le morceau un peu plus vite ? demanda Erlendur sans essayer de dissimuler son impatience alors qu'il écoutait le discours de Sigurdur Oli, assis devant le bureau de sa chambre d'hôtel.

– Je m'efforce d'être le plus précis possible, plaida Sigurdur Oli en regardant à nouveau sa montre. Il avait déjà trois quarts d'heure de retard pour retrouver Bergthora.

– Oui, oui, bon, continue…

– Il lui arrivait de vous en parler ? demanda Sigurdur Oli en reposant sa tasse et en tendant la main vers un petit gâteau. De vous parler de cette époque où il était enfant vedette ?

– Il m'a raconté qu'il avait perdu sa voix, répondit Baldur.

– Et ça l'a rendu malheureux ?

– Oui, terriblement. C'est arrivé au pire moment mais il n'a pas voulu m'en dire plus. Il m'a raconté que les autres se moquaient de lui à l'école car il était célèbre et ça le rendait malheureux. Il n'utilisait cependant pas le mot "célèbre". Il ne considérait pas l'avoir été. C'était en revanche ce que voulait son père et il s'en est fallu de très peu. Mais bon, il était malheureux et puis ces désirs ont commencé à se manifester, son homosexualité à apparaître. Pourtant, il était peu enclin à aborder ce sujet. Il voulait parler le moins possible de sa famille. Reprenez donc un petit gâteau !

– Non merci, répondit Sigurdur Oli. Connaîtriez-vous quelqu'un qui aurait voulu le tuer ? Quelqu'un qui lui aurait voulu du mal ?

– Seigneur Dieu, non ! Il était la gentillesse faite homme et n'aurait jamais fait de mal à une mouche, autant que je sache. Je me demande qui a bien pu faire une telle horreur. Le pauvre gars, finir comme ça ! Vous êtes sur une piste ?

– Non, répondit Sigurdur Oli. Vous avez écouté ses disques ? Vous en avez en votre possession ?

– Ah ça oui, répondit l'homme. Il est absolument fantastique. Il a une voix divine. Je crois que je n'ai jamais entendu un enfant chanter aussi bien.

– Tirait-il une fierté de sa voix maintenant qu'il était adulte ? A l'époque où vous l'avez connu ?

– Il ne s'écoutait pas chanter. Il refusait d'écouter ses propres disques. Toujours. Malgré mes nombreuses tentatives.

– Et pourquoi donc ?

– Il était simplement hors de question de l'amener à le faire. Il ne donnait aucune explication, il ne voulait tout bonnement pas écouter ses disques.

Baldur se leva et se dirigea vers un placard du salon, il en sortit les deux disques de Gudlaugur qu'il posa sur la table à côté de Sigurdur Oli.

– Il m'en a fait cadeau quand je l'ai aidé pour son déménagement.

– Son déménagement ?

– Il a perdu la chambre qu'il louait dans le quartier ouest et m'a demandé de l'aider à déménager. Il avait trouvé une autre chambre où il a mis tout son fourbi. En réalité, il ne possédait rien à part ces disques.

– Donc, il en avait beaucoup ?

– Oui, tout un tas.

– Est-ce qu'il y avait des choses qu'il écoutait plus particulièrement ? demanda Sigurdur Oli par simple curiosité.

– Non, vous comprenez, répondit Baldur, il s'agissait des deux mêmes disques en grande quantité. Ces deux-là, précisa-t-il en indiquant les deux vinyles posés sur la table, il avait tout un tas de ces disques-là. Il affirmait qu'on lui avait donné tous les invendus.

– Des caisses entières remplies de ces disques ? demanda Sigurdur Oli sans dissimuler son excitation.

– Au moins deux.

– Vous savez où elles pourraient se trouver ?

– Moi ? Non, je n'en ai aucune idée. Ils ont un intérêt aujourd'hui ?

– Je connais un Anglais qui serait prêt à tuer pour eux, répondit Sigurdur Oli qui vit alors le visage de Baldur se transformer en point d'interrogation.

– Que voulez-vous dire ?

– Rien du tout, répondit Sigurdur Oli en regardant sa montre. Il faut que j'y aille, annonça-t-il. Il faudra peut-être que je vous contacte à nouveau, s'il me manque quelques éclaircissements. Ce serait gentil de votre part de m'appeler si certains détails vous revenaient, même s'ils vous semblent sans importance.

– Vous savez, nous n'avions pas beaucoup de choix dans les partenaires à cette époque-là, observa l'homme. C'est différent aujourd'hui, maintenant qu'un homme sur deux est homo ou qu'il aurait bien envie de l'être.

Il fit un sourire à Sigurdur Oli en voyant qu'il avalait son thé de travers.

– Excusez-moi, dit Sigurdur Oli.

– Il est peut-être un peu fort.

Sigurdur Oli se leva, Baldur l'imita puis le raccompagna à la porte.

– Nous savons que Gudlaugur était victime de moqueries à l'école, reprit Sigurdur Oli au moment de prendre congé, et aussi qu'on lui donnait des surnoms. Vous vous souvenez s'il vous a parlé de ça ?

– Il était parfaitement clair qu'il subissait un véritable harcèlement, parce qu'il était dans une chorale, qu'il avait une belle voix, ne jouait pas au foot et qu'évidemment, il ressemblait beaucoup à une petite fille. J'ai compris qu'il manquait d'assurance dans ses relations avec les autres. A la façon dont il m'en a parlé, il m'a semblé qu'il trouvait cela compréhensible. Qu'il comprenait pourquoi les autres se moquaient de lui. Mais je ne me souviens d'aucun surnom…

Baldur hésita.

– Oui ? dit Sigurdur Oli.

– Quand nous étions ensemble, enfin, bon, vous savez…

Sigurdur Oli secoua la tête, sans comprendre.

– Quand nous étions au lit…

– Oui ?

– Alors, il voulait parfois que je l'appelle "ma petite princesse", dit Baldur pendant qu'un léger sourire se dessinait sur ses lèvres.

Erlendur dévisagea Sigurdur Oli.

– Ma petite princesse ?

– C'est ce qu'il a dit. Sigurdur Oli se leva du lit d'Erlendur. Et maintenant, il faut que j'y aille. Bergthora va être furieuse. Donc, tu vas passer Noël chez toi ?

– Et ces disques dans les caisses ? demanda Erlendur. Où donc peuvent-ils bien se trouver aujourd'hui ?

– Il n'en avait aucune idée.

– La petite princesse, comme le film avec Shirley Temple ? Il y a une relation entre les deux ? Est-ce que le gars t'a donné des explications ?

– Non, il ne voyait pas lui-même ce que ça voulait dire.

– Cela ne veut pas nécessairement dire quelque chose, répondit Erlendur comme pour lui-même. C'est sûrement un code secret entre homos que personne ne comprend. Il n'y a peut-être rien de bizarre là-dedans, pas plus que dans tout le reste. Et donc, il se détestait ?

– Il avait une mauvaise image de lui-même, selon cet ami. Il était pétri de contradictions.

– A cause de ses attirances homosexuelles ou pour d'autres raisons ?

– Je n'en sais rien.

– Tu ne lui as pas posé la question ?

– Nous pouvons toujours retourner l'interroger mais il n'a pas l'air d'en savoir beaucoup sur Gudlaugur.

– Tout comme nous, d'ailleurs, remarqua Erlendur d'un ton fatigué. S'il voulait cacher ça il y a vingt ou trente ans, est-ce qu'il n'a pas continué à le cacher plus tard ?

– Bonne question.

– Je n'ai encore jamais rencontré personne qui m'ait avoué être homosexuel.

– Oui, bon, en tout cas moi, je te dis à bientôt, répondit Sigurdur Oli en se levant. Il y avait autre chose à voir aujourd'hui ?

– Non, c'est bon. Merci pour ton invitation, passe le bonjour à Bergthora de ma part et essaie d'être gentil avec elle.

– Je le suis toujours, répondit Sigurdur Oli en se dépêchant de partir. Erlendur regarda sa montre et constata que l'heure de son rendez-vous avec Valgerdur était arrivée. Il enleva la dernière cassette du magnétoscope et la posa sur le haut de la pile. Son portable sonna au même moment.

C'était Elinborg. Elle dit qu'elle avait parlé avec le procureur pour l'affaire du père qui battait son fils.

– Ils pensent qu'il s'en tirera avec combien ? demanda Erlendur.

– Ils croient qu'il pourrait même s'en sortir, répondit Elinborg. Il n'aura aucune condamnation s'il continue à s'en tenir à sa version. S'il continue de nier. Il ne fera pas une minute de prison.

– Mais les preuves ? Les traces de pas dans l'escalier ? La bouteille de Drambuie ? Toutes ces choses confirment que…

– Je ne sais même pas pourquoi on se casse la tête avec ça. Hier, une affaire de coups et blessures a été jugée. Un gars a été poignardé avec un couteau à plusieurs reprises. Son agresseur a écopé de huit mois, dont quatre avec sursis, ce qui signifie qu'il passera en réalité deux mois à l'ombre. Qui peut comprendre un truc pareil ?

– Alors, on va lui redonner le petit ?

– Très probablement. La seule chose positive dans tout ça, si l'on peut dire, c'est que le gamin semble vraiment avoir envie de voir son père. C'est ça que je n'arrive pas à comprendre. Comment est-il possible qu'il soit à ce point attaché à son père si cet homme le bat comme ça ? Je ne comprends rien à toute cette histoire. Il doit nous manquer des éléments. Il y a un détail qui nous a échappé. Tout ça n'a aucun sens.

– Bon, on en reparle, dit Erlendur en regardant sa montre. Il était en retard à son rendez-vous avec Valgerdur. Tu pourrais me rendre un petit service ? Stefania m'a dit qu'elle était venue à l'hôtel, l'autre jour, avec une de ses amies. Tu peux interroger cette femme pour avoir confirmation ?

Erlendur lui donna le nom.

– Au fait, est-ce que tu vas finir par quitter cet hôtel et rentrer chez toi ? demanda Elinborg.

– Arrête donc de me bassiner avec ça, répondit Erlendur, sur quoi il raccrocha.

28

Quand Erlendur descendit dans le hall, il croisa Rosant, le chef de rang. Il hésita et se demanda s'il ne valait pas mieux en finir. Valgerdur était probablement déjà arrivée à l'hôtel. Erlendur regarda sa montre, fit une grimace et se dirigea vers le chef de rang. Cela n'allait pas lui prendre bien longtemps.

– Parlez-moi donc un peu des putes, déclara-t-il sans ambages alors que Rosant discutait sur un ton obséquieux avec deux clients de l'hôtel. Ceux-ci étaient de toute évidence islandais car ils lancèrent à Erlendur un regard atterré avant de dévisager Rosant dans l'attente visible de sa réponse.

Rosant fit un sourire et sa petite moustache se releva. Il présenta des excuses polies aux clients, s'inclina et emmena Erlendur à l'écart.

– Ce qui fait un hôtel, ce sont les gens et nous devons nous arranger pour qu'ils se sentent bien, n'est-ce pas ce genre de balivernes que vous m'avez débitées l'autre jour ? demanda Erlendur.

– Ce ne sont pas des balivernes. C'est ce qu'on nous apprend à l'école hôtelière.

– Donc, ils enseignent aux serveurs comment se transformer en maquereaux ?

– Je ne vois pas du tout de quoi vous voulez parler.

– Non, bon, alors je vais vous le dire. Vous dirigez une petite antenne à putes à l'intérieur de cet hôtel.

Rosant sourit.

– Une antenne à putes ? demanda-t-il.

– Est-ce que cette histoire de prostitution a quelque chose à voir avec le meurtre de Gudlaugur ?

Rosant secoua la tête.

– Qui se trouvait chez Gudlaugur quand il a été assassiné ?

Ils se fixèrent du regard jusqu'à ce que Rosant baisse les yeux à terre.

– Personne que je connaisse, répondit finalement Rosant.

– Ce n'était pas vous ?

– J'ai déjà fait une déposition auprès de l'un de vos collègues. Et j'ai un alibi.

– Est-ce que Gudlaugur fricotait avec les putes ?

– Non, et je n'ai pas de putes à ma disposition. Je me demande de qui vous tenez ces histoires de vols en cuisine et de putes. C'est n'importe quoi. Je ne suis pas un maquereau.

– Cependant…

– Cependant, nous tenons des informations d'un certain type à la disposition de notre clientèle masculine. Des étrangers qui viennent assister à des colloques, ainsi que des Islandais. Ils nous demandent de la compagnie et nous leur prêtons assistance. S'il se trouve qu'ils rencontrent de jolies femmes ici, au bar, et que cela ne leur pose pas de problème, alors…

– Alors tout le monde est content, n'est-ce pas ? Est-ce que ces clients-là se montrent reconnaissants ?

– Extrêmement.

– Par conséquent, vous êtes une sorte de fournisseur de putes, observa Erlendur.

– Je…

– C'est incroyable à quel point vous parvenez à rendre tout ça romantique. Le directeur de l'hôtel est de mèche avec vous, et le chef réceptionniste ?

Rosant hésita.

– Et le chef réceptionniste ? répéta Erlendur.

– Il ne partage pas notre désir de servir au mieux les divers besoins de notre clientèle.

– Les divers besoins de notre clientèle, reprit Erlendur en l'imitant. Où donc est-ce qu'on vous apprend à vous exprimer comme ça ?

– A l'école hôtelière.

Erlendur regarda sa montre.

– Et comment les vues du chef réceptionniste s'accordent-elles avec les vôtres ?

– Il arrive qu'il y ait des conflits.

Erlendur se souvint que le réceptionniste avait nié la présence de prostituées dans l'hôtel et se fit la réflexion qu'il était probablement le seul parmi les dirigeants à essayer de préserver la réputation de l'établissement.

– Mais vous vous efforcez de les résoudre, n'est-ce pas ?

– Je ne vois pas de quoi vous parlez.

– Il vous donne beaucoup de fil à retordre ?

Rosant ne répondait pas.

– C'est vous qui lui avez envoyé la pute, n'est-ce pas ? En guise de petit avertissement au cas où il aurait eu l'intention d'ouvrir sa gueule. Vous étiez en ville en train de vous amuser, vous l'avez vu et vous lui avez collé une de vos filles dans les bras.

Rosant hésita.

– Je ne vois absolument pas de quoi vous parlez, répéta-t-il.

– Non, je suppose que non.

– Il est d'une honnêteté absolument confondante, observa Rosant, et sa petite moustache se releva en un sourire moqueur presque imperceptible. Il ne veut pas comprendre qu'il vaut mieux que nous nous occupions de tout ça nous-mêmes.

Valgerdur attendait Erlendur au bar. Comme à leur précédent rendez-vous, elle était légèrement maquillée, de façon à souligner les traits de son visage, vêtue d'un chemisier de soie blanche sous sa veste en cuir. Ils se serrèrent la main et elle lui adressa un sourire hésitant. Il se demanda si ce second rendez-vous était une façon de faire à nouveau connaissance. Il ne comprenait pas ce qu'elle lui voulait, il avait l'impression qu'elle avait dit son dernier mot sur leur relation la fois où ils s'étaient croisés dans le hall de l'hôtel. Elle sourit et lui demanda si elle pouvait lui offrir un verre, à moins qu'il ne soit en service.

– Dans les films, les flics n'ont jamais le droit de boire quand ils sont en service, remarqua-t-elle.

– Je ne regarde pas de films, précisa Erlendur avec un sourire.

– Exact, répondit-elle, vous lisez des livres sur la souffrance et la mort.

Ils s'installèrent dans un coin du bar et gardèrent le silence tout en observant les allées et venues des uns et des autres. Erlendur avait l'impression que l'approche de Noël rendait les clients plus bruyants, les chants de Noël passaient sans relâche dans les haut-parleurs, les étrangers entraient avec de drôles de paquets-cadeaux et buvaient de la bière comme s'ils ignoraient qu'elle était la plus chère d'Europe, voire du monde.

– Vous avez finalement réussi à faire un prélèvement à ce Wapshott, dit Erlendur.

– C'était quoi, ce bonhomme ? Il a fallu le plaquer par terre et le forcer à ouvrir la bouche. Sa façon de se comporter était franchement pénible, il se débattait comme un fauve à l'intérieur de sa cellule.

– Je ne sais pas au juste, répondit Erlendur. Je ne sais pas exactement pourquoi il est en Islande ni ce qu'il nous cache.

Il n'avait pas envie d'entrer dans les détails, pas envie de mentionner le porno pédophile ni les condamnations pour crimes sexuels dont Wapshott avait écopé en Grande-Bretagne. Il lui paraissait déplacé d'aborder ces sujets avec Valgerdur et, qui plus est, Wapshott avait tout de même le droit à ce qu'Erlendur ne dévoile pas sa vie privée au premier venu.

– Je suppose que vous êtes nettement plus habitué à ce genre de choses que moi, répondit Valgerdur.

– Pour ma part, je n'ai jamais effectué de prélèvement de salive sur un homme qu'on a plaqué par terre et qui se tortille en gueulant tout ce qu'il sait.

Valgerdur éclata de rire.

– Je ne voulais pas parler de ça, répondit-elle. Je crois qu'il y a bien trente ans que je ne me suis pas retrouvée ainsi, assise face à un homme qui n'est pas mon mari. Alors, vous voudrez bien m'excusez si je vous semble un peu… gauche.

– Dans ce cas-là, nous sommes aussi maladroits l'un que l'autre, la rassura Erlendur. Je n'ai pas beaucoup d'expérience non plus. Il y a bientôt un quart de siècle que j'ai divorcé de mon épouse et les femmes de ma vie se comptent sur trois doigts.

– Je crois bien que je vais le quitter, reprit tristement Valgerdur et Erlendur la dévisagea.

– Que voulez-vous dire ? demanda-t-il. Vous allez divorcer ?

– J'ai l'impression que c'est fini entre nous et je voulais vous présenter mes excuses.

– A moi ?

– Oui, à vous, confirma Valgerdur. Je me comporte comme une idiote, soupira-t-elle. J'avais l'intention de vous utiliser pour me venger de lui.

– Je ne vois pas où vous voulez en venir, répondit Erlendur.

– Je le vois à peine moi-même. Cela m'a fait un sacré coup quand je m'en suis rendu compte.

– De quoi donc?

– Il me trompe.

Elle prononça ces mots comme s'il s'agissait d'une chose avec laquelle elle s'était habituée à vivre et Erlendur ne parvenait pas à déceler ce qu'elle éprouvait, il ne distinguait rien d'autre que le vide dans ses paroles.

– Je ne sais ni pourquoi ni quand cela a commencé, précisa-t-elle.

Elle se tut et Erlendur ne savait pas quoi lui dire, alors il garda également le silence.

– Est-ce que vous trompiez votre femme? demanda-t-elle tout à coup.

– Non, répondit Erlendur. Ça n'avait rien à voir avec ça. Nous étions jeunes et pas faits l'un pour l'autre.

– Pas faits l'un pour l'autre, répéta Valgerdur d'un air absent. Qu'est-ce que ça veut dire, en vérité?

– Et vous avez l'intention de demander le divorce?

– J'essaie de comprendre quelque chose à tout ça, répondit-elle. Cela dépendra peut-être aussi de ce qu'il fera de son côté.

– De quelle sorte d'infidélité s'agit-il?

– Quelle sorte? Il y a des différences dans ce domaine?

– Cela dure depuis des années ou il vient juste de commencer? Il vous a peut-être trompée avec plusieurs femmes?

– Il m'a avoué qu'il est avec la même femme depuis deux ans. Je n'ai pas eu le courage de lui poser des questions sur le passé et de lui demander s'il y en a eu d'autres. D'autres pour lesquelles je n'ai jamais su. On n'est jamais sûr de rien. On fait confiance à sa famille, à son mari, jusqu'au jour où il aborde le sujet du couple et où il avoue fréquenter cette femme qu'il a rencontrée il y a deux ans et alors on se sent comme une idiote. On ne sait absolument pas de quoi il parle. Et puis, on découvre qu'ils se voyaient dans des hôtels comme celui-ci…

Valgerdur fit une pause.

– Et cette femme, elle est mariée ? demanda Erlendur.

– Divorcée, elle a cinq ans de moins que lui.

– Il vous a expliqué la raison de son infidélité ? Pourquoi il…

– Vous voulez dire que ce serait ma faute ? interrompit Valgerdur.

– Non, je ne voulais pas…

– En fait, c'est peut-être ma faute, reprit-elle. Je n'en sais rien. Pour l'instant, je n'ai obtenu aucune explication. Je crois qu'il est juste en colère et qu'il ne me comprend pas.

– Et vos deux fils ?

– Nous ne leur avons rien dit. Ils sont tous les deux partis de la maison. C'est peut-être l'explication. Nous manquions de temps pour nous deux quand ils habitaient encore à la maison et maintenant qu'ils n'y habitent plus, nous en avons trop. Peut-être que nous avons fini par devenir des étrangers l'un pour l'autre. Au bout de toutes ces années, nous étions deux étrangers.

Il y eut un silence.

– Vous n'avez pas besoin de me présenter la moindre excuse, dit finalement Erlendur en la regardant. Loin de là. C'est plutôt moi qui devrais vous en présenter pour ne pas m'être montré honnête avec vous. Pour vous avoir menti.

– Pour m'avoir menti ? A moi ?

– Vous m'avez demandé pourquoi je m'intéressais aux gens qui trouvaient la mort dans les montagnes, qui se perdaient sur les chemins des hautes terres et je ne vous ai pas dit la vérité. C'est parce que je n'en ai presque jamais parlé et que c'est difficile pour moi, je suppose. J'ai l'impression que ça ne regarde personne. Même pas mes propres enfants. Ma fille s'est trouvée en danger de mort et j'ai cru qu'elle allait mourir, ce n'est qu'à ce moment-là que j'ai ressenti le besoin de lui en parler. De lui raconter tout ça.

– De lui parler de quoi ? demanda Valgerdur avec prudence. Il s'agit d'un événement qui s'est réellement produit ?

– Mon frère s'est perdu dans la montagne, déclara Erlendur. Il avait huit ans. Il n'a jamais été retrouvé.

Il venait de dire à haute voix à une femme inconnue dans le bar d'un hôtel cette chose qu'il avait sur le cœur du plus loin qu'il s'en souvienne. Peut-être s'agissait-il de l'accomplissement d'un vieux rêve. Peut-être en avait-il assez de se débattre seul dans cette tempête de neige.

– On parle de nous dans l'un de ces livres sur les disparitions que je passe mon temps à lire, reprit-il. On raconte ce qui s'est passé quand mon frère s'est perdu, on mentionne les recherches et le terrible malheur qui s'est abattu sur notre foyer. C'est une description étonnamment précise de la bouche de l'un des personnages importants de la région et elle a été consignée par un des amis de mon père. Nos noms y apparaissent, nos conditions de vie sont décrites, de même que la réaction de mon père que les gens ont jugée étrange parce qu'il était accablé par un désespoir total, tenaillé par la mauvaise conscience et qu'il restait reclus, immobile dans sa chambre, les yeux fixes, pendant que tout le monde s'acharnait dans les recherches. On ne nous a pas demandé notre autorisation quand ce texte a été publié et il a profondément blessé mes parents. Je pourrai vous le montrer un jour, si vous voulez.

Valgerdur fit un hochement de tête.

Erlendur se mit à raconter ; elle resta assise, silencieuse, et, quand il eut fini son récit, elle se pencha en arrière sur son siège et soupira.

– Donc, vous ne l'avez jamais retrouvé ? demanda-t-elle.

Erlendur secoua la tête.

– Longtemps après et même encore parfois aujourd'hui, il m'arrive de m'imaginer qu'il n'est pas mort. Qu'il est descendu de la montagne, tout écorché et amnésique, et qu'un jour je vais le rencontrer. Il m'arrive de le chercher dans la foule et j'essaie de m'imaginer à quoi il ressemblerait. Ce sont des réactions qui n'ont rien d'exceptionnel quand on ne retrouve pas le corps. J'ai déjà vu ça dans mon travail de policier. L'espoir est fort chez les gens à qui il ne reste plus rien.

– Vous vous entendiez très bien, votre frère et vous, observa Valgerdur.

– Nous étions de grands copains, répondit Erlendur.

Ils restèrent assis dans un silence profond, plongés chacun dans leur monde intérieur, tout en observant la vie du bar. Les verres étaient vides et aucun d'eux n'avait l'idée d'aller en commander un autre. Un long moment s'écoula ainsi jusqu'à ce qu'Erlendur toussote, se penche vers Valgerdur et pose d'un ton hésitant la question qui lui avait brûlé les lèvres dès qu'elle s'était mise à parler de l'infidélité de son mari.

– Et vous avez toujours envie de vous venger de lui ?

Valgerdur lui lança un regard et hocha la tête.

– Oui, mais pas dans l'immédiat, répondit-elle. Je ne peux pas…

– Non, convint Erlendur. Vous avez raison. Évidemment.

– Parlez-moi plutôt de l'une de ces disparitions auxquelles vous vous intéressez tant et qui occupent toutes vos lectures.

Erlendur eut un sourire, s'accorda un instant de réflexion et entreprit de lui raconter une disparition qui avait eu lieu sous les yeux de tous : c'était celle de Jon Bergthorsson, un voleur dans le Skagafjördur.

Il s'était aventuré sur la banquise du fjord de Skagafjördur pour récupérer un requin qu'on avait remonté plus tôt dans la journée par un trou dans la glace. Brusquement, le vent du sud s'était mis à forcir, la pluie à tomber, la glace à se disloquer et à se diriger vers la haute mer. On jugea impossible d'aller secourir Jon en bateau à cause du temps déchaîné et du vent violent venu du sud qui poussait la banquise vers l'embouchure du fjord.

La dernière fois qu'on avait aperçu Jon, c'était à la longue-vue : il parcourait de long en large un iceberg dérivant à l'horizon, loin vers le nord.

29

La musique douce du bar avait sur eux un effet apaisant et ils gardèrent le silence jusqu'à ce que Valgerdur se penche vers lui et lui prenne la main.

– Il vaut mieux que je parte maintenant, dit-elle.

Erlendur hocha la tête et ils se levèrent tous les deux. Elle l'embrassa sur la joue et se blottit contre lui un bref instant.

Aucun d'eux ne remarqua qu'Eva Lind était entrée dans le bar et qu'elle les observait de loin. Elle les avait vus se lever, avait vu la femme embrasser Erlendur et même apparemment se blottir contre lui. Eva Lind sursauta et se dirigea vers eux d'un pas décidé.

– Qu'est-ce que c'est, cette mégère? demanda Eva en les toisant tous les deux.

– Eva, répondit Erlendur d'un ton sec, surpris de voir sa fille surgir dans le bar. Je te prie de rester polie!

Valgerdur lui tendit la main. Eva Lind regarda la main, dévisagea la femme puis regarda à nouveau la main tendue. Erlendur les observait à tour de rôle et finit par adresser à Eva un froncement de sourcils.

– Elle s'appelle Valgerdur et c'est une excellente amie, expliqua-t-il.

Eva Lind regarda son père puis à nouveau Valgerdur sans lui serrer la main. Valgerdur eut un sourire gêné et tourna les talons. Erlendur l'accompagna hors du bar et la suivit des yeux pendant qu'elle traversait le hall. Eva Lind le rejoignit.

– Qu'est-ce que c'était que ça? demanda-t-elle. Tu en es réduit à t'acheter les services des bonnes femmes qui traînent au bar?

– Quelle sale petite effrontée tu fais! éclata Erlendur. Qu'est-ce qui te prend de te conduire comme ça? Ce ne sont pas tes affaires. Bordel de merde, fiche-moi la paix!

– Tiens donc! Alors toi, t'as le droit de t'occuper de mes affaires toute la putain de journée et moi, je n'ai même pas le droit de savoir qui tu sautes dans cet hôtel!

– Arrête un peu cette vulgarité! Qu'est-ce qui te permet de t'imaginer que tu peux me parler comme ça?

Eva Lind se tut et lança à son père un regard furieux. Il lui renvoya la pareille.

– Enfin, bon Dieu, qu'est-ce que tu me veux, ma fille?! lui hurla-t-il au visage avant de partir au pas de course pour rattraper Valgerdur. Elle était déjà sortie de l'hôtel et, à travers la porte tournante, il la vit prendre place dans un taxi. Au moment où il arriva sur le trottoir devant l'hôtel il vit les feux arrière rouges du taxi s'éloigner avant de disparaître au coin du bâtiment.

Erlendur suivit le taxi du regard et pesta en silence. Il n'avait pas envie de retourner dans le bar où Eva Lind l'attendait et il rentra dans l'hôtel l'esprit ailleurs puis descendit l'escalier menant à la cave et, avant même de s'en rendre compte, il était arrivé dans le couloir où se trouvait le cagibi de Gudlaugur. Il trouva un interrupteur qu'il alluma et les quelques ampoules encore en état jetèrent une clarté inquiétante dans le couloir. Il s'avança jusqu'au cagibi; il ouvrit la porte et alluma la lumière. L'affiche de Shirley Temple se présenta à lui.

La Petite Princesse.

Il entendit des pas légers avancer dans le couloir et savait qui se trouvait là avant même qu'Eva Lind n'apparaisse à la porte.

– La fille d'en haut m'a dit qu'elle t'avait vu descendre à la cave, dit Eva en jetant un œil dans la chambre. Son regard s'arrêta sur les taches de sang sur le lit. Est-ce que c'est ici que le meurtre a été commis? demanda-t-elle.

– Oui, répondit Erlendur.

– Qu'est-ce que c'est que cette affiche?

– Je ne sais pas, répondit Erlendur. Je ne comprends pas tes façons d'agir. Tu n'avais aucune raison de la traiter de mégère et de refuser de lui serrer la main. Elle ne t'a rien fait.

Eva Lind se taisait.

– Tu devrais avoir honte de toi, gronda Erlendur.

– Pardonne-moi, dit Eva Lind.

Erlendur ne lui répondit pas. Il restait debout à fixer l'affiche. Shirley Temple vêtue d'une jolie robe d'été, un ruban dans les cheveux et un sourire en technicolor. *The Little Princess.* Tourné en 1939 d'après l'histoire de Frances Hodgson Burnett. Shirley Temple y jouait le rôle d'une petite fille espiègle qu'on envoyait dans un pensionnat à Londres parce que son père quittait le pays, l'abandonnant aux mains d'un directeur à la discipline de fer.

Sigurdur Oli avait cherché des renseignements à propos du film sur le Net. Cependant, ces informations ne leur dévoilaient rien de la raison pour laquelle Gudlaugur avait accroché cette affiche chez lui.

La Petite Princesse, pensa Erlendur en lui-même.

– J'ai tout de suite pensé à maman, dit Eva Lind derrière son dos. Dès que j'ai vu cette femme avec toi dans le bar. Et aussi à Sindri et à moi, pour qui tu n'as jamais manifesté le moindre intérêt. J'ai pensé à nous tous. A nous tous en tant que famille parce que, quelle que soit la façon dont on retourne les choses, nous formons toujours une famille. En tout cas, dans mon esprit.

Elle fit une pause.

Erlendur se tourna vers elle.

– Je ne comprends pas ce manque d'intérêt, reprit-elle. Surtout envers Sindri et moi. Je ne le comprends pas. Et tu n'es pas très coopératif. Tu ne veux jamais parler de rien de ce qui te touche de près. Tu ne parles jamais de rien. Tu ne dis jamais rien. Autant s'adresser à un mur.

– Pourquoi as-tu donc besoin de tout expliquer? demanda Erlendur. Il y a des choses qui ne s'expliquent pas. Et des choses qui n'ont pas besoin d'être expliquées.

– Et c'est un flic qui dit ça!!

– Les gens parlent trop, répondit Erlendur. Ils feraient mieux de se taire un peu plus. Comme ça, ils ne dévoileraient pas leurs forfaits.

– Là, tu parles des criminels. Tu passes ton temps à penser aux voyous. Mais nous, nous sommes ta famille!

Il y eut un silence.

– J'ai sûrement commis des erreurs, déclara enfin Erlendur. Pas avec votre mère, je ne pense pas. Mais bon, il se pourrait que ce soit le cas. Je ne sais pas. Il y a constamment des gens qui divorcent et la vie avec elle m'était insupportable. Mais je vous ai blessés, toi et Sindri. Et je n'en ai pas eu conscience avant que tu me retrouves et que tu te mettes à venir me voir en amenant parfois ton frère avec toi. Je ne me suis pas rendu compte que j'avais deux enfants et que je n'avais pas eu de contacts avec eux pendant toute leur enfance ; si jeunes, ils étaient déjà plongés dans une vie chaotique et je me suis demandé si mon manque d'implication n'était pas l'une des causes du dérèglement dans leur vie. Je me suis beaucoup demandé pourquoi les choses se sont passées ainsi. Tout autant que toi. Pourquoi je ne suis pas allé au tribunal pour obtenir un droit de visite, pourquoi je ne me suis pas battu comme un lion afin de vous avoir à mes côtés. Et aussi pourquoi je n'ai pas essayé de discuter avec votre mère pour parvenir à un accord. Ou encore pourquoi je ne suis pas allé vous attendre à la sortie de l'école pour vous enlever.

– Parce que nous ne présentions aucun intérêt à tes yeux, répondit Eva Lind. N'est-ce pas là le problème ?

Erlendur restait silencieux.

– N'est-ce pas là le problème ? répéta Eva Lind.

Erlendur secoua la tête.

– Non, répondit-il. J'aimerais bien que ce soit aussi simple que ça.

– Simple ? Qu'est-ce que tu veux dire ?

– Je crois…

– Quoi ?

– Je ne sais pas trop comment exprimer ça mais… je crois que…

– Oui ?

– J'ai l'impression que, moi aussi, j'ai péri dans la montagne.

– Au moment où ton frère est mort ?

– C'est difficile à expliquer et peut-être même impossible. Peut-être qu'il n'est pas possible de tout rationaliser et peut-être qu'il est préférable de laisser certaines choses inexpliquées.

– Qu'entends-tu par là quand tu dis que tu as péri, toi aussi ?

– Je ne suis pas… il y a quelque chose en moi qui est mort.

– Tu veux…

– On m'a retrouvé et on m'a sauvé, mais en même temps je suis mort. Il y a une partie de moi qui a péri. Quelque chose que je possédais avant. Je ne sais pas exactement ce que c'était. Mon frère est mort et je crois qu'une partie de moi est morte également. J'avais toujours l'impression d'être responsable de lui et je ne m'étais pas montré à la hauteur. Je vis toujours avec ce sentiment-là depuis cette époque. J'ai développé un sentiment de culpabilité parce que c'est moi qui ai survécu. Et j'ai évité de prendre une quelconque responsabilité depuis lors. Et, bien que je ne puisse pas dire qu'on ne s'est pas occupé de moi, contrairement à la façon dont je me suis comporté avec toi et Sindri, j'avais l'impression que je n'avais plus aucune importance. Je ne sais pas si j'ai raison ou tort et je ne le saurai jamais, mais j'ai eu cette impression dès qu'on m'a redescendu de la montagne et elle ne m'a jamais quitté depuis.

– Depuis toutes ces années ?

– Dans le domaine des sentiments, le temps n'existe pas.

– Parce que c'est toi qui as survécu et pas lui ?

– Au lieu d'essayer de construire quelque chose à partir de ce néant, comme je crois avoir essayé de le faire avec votre mère quand je l'ai rencontrée, je me suis enfoncé toujours plus profondément parce que c'est plus confortable et qu'on a l'impression que ça nous procure un abri. Comme toi quand tu prends de la drogue. C'est plus rassurant. C'est ton havre à toi. Et comme tu le sais, même si on a conscience de faire du mal aux autres, c'est quand même sa propre personne qui importe le plus. Voilà la raison pour laquelle tu continues à te droguer. Voilà pourquoi je continue à m'enfouir toujours plus profond dans la neige de la montagne.

Eva Lind fixait son père et, même si elle ne comprenait pas complètement le sens de ses paroles, elle constatait qu'il essayait en toute honnêteté de lui expliquer ce qui avait toujours été pour elle l'énigme qui l'avait poussée à le retrouver. Elle comprenait qu'elle était parvenue en un lieu que nul n'avait jamais atteint auparavant, pas même lui, sauf quand il voulait s'assurer que personne ne l'atteindrait.

– Et cette femme ? Qu'est-ce qu'elle vient faire là-dedans ?

Erlendur haussa les épaules, commençant ainsi à refermer la percée qui s'était ouverte en lui.

– Je ne sais pas, répondit-il.

Ils se turent un long moment jusqu'à ce qu'Eva Lind déclare qu'elle devait partir et s'avance vers la porte. Elle semblait incertaine de la direction qu'elle devait emprunter, scruta l'obscurité au bout du couloir et soudain Erlendur remarqua qu'elle s'était mise à flairer tel un chien.

– Tu sens cette odeur? demanda-t-elle en levant le nez en l'air.

– Quelle odeur? demanda Erlendur sans comprendre.

– On dirait une odeur de hasch, précisa-t-elle.

– Une odeur de hasch? demanda Erlendur. De quoi est-ce que tu parles?

– De hasch, répondit Eva Lind. Je parle de hasch. Tu ne vas quand même pas me dire que tu n'as jamais senti l'odeur du hasch?

– L'odeur du hasch?

– Tu ne sens pas l'odeur?

Erlendur sortit dans le couloir et commença lui aussi à flairer.

– Donc, c'est du hasch? demanda-t-il.

– Je suis bien placée pour le savoir, répondit Eva Lind.

Elle continuait à renifler.

– Quelqu'un a fumé du hasch ici et il n'y a pas bien longtemps de ça, dit-elle.

Erlendur savait qu'on avait éclairé le fond du couloir quand on avait examiné les lieux du crime mais il n'était pas certain qu'il ait été passé au peigne fin.

Il lança un regard à Eva Lind.

– Du hasch?

– Même odeur, confirma-t-elle.

Il retourna dans la chambre, prit une chaise qu'il plaça sous l'une des ampoules en état de marche et l'enleva. Elle était brûlante et il dut se servir de la manche de son manteau pour l'attraper. Il trouva celle qui était grillée dans l'obscurité au fond du couloir et la remplaça. Tout à coup, la lumière se fit et, d'un bond, Erlendur descendit de la chaise.

Tout d'abord, ils ne virent rien qui éveillât leur attention mais Eva Lind fit remarquer à son père comme cet endroit du couloir était propre par rapport au reste. Erlendur hocha la tête. On aurait dit que quelqu'un avait nettoyé toutes les taches sur le sol et lessivé les murs.

Erlendur s'agenouilla et parcourut le sol du regard. Des tuyaux d'eau chaude se trouvaient en bas du mur et il se mit à quatre pattes pour examiner ce qui se trouvait en dessous en rampant.

Eva Lind le vit s'arrêter et passer sa main sous le tuyau afin d'attraper un objet qui avait attiré son attention. Il se remit debout, se dirigea vers elle et lui montra ce qu'il avait trouvé.

– J'ai d'abord cru que c'était une grosse crotte de rat, déclara-t-il en tenant un petit objet brun entre ses doigts.

– Qu'est-ce que c'est ? demanda Eva Lind.

– Un petit sachet, répondit Erlendur.

– Un sachet ?

– Oui, avec du tabac à chiquer. Quelqu'un a jeté ou bien craché son tabac à chiquer dans ce couloir.

— Qui ? Qui est venu ici ?

Erlendur lança un regard à Eva Lind.

– "Quelqu'un qui, comme pute, est encore pire que moi", répondit-il.

24 DÉCEMBRE

30

On l'informa qu'Ösp travaillait à l'étage au-dessus de sa chambre et il y monta en empruntant l'escalier après avoir pris un café et une tartine beurrée au buffet du petit-déjeuner.

Il avait contacté Sigurdur Oli à propos des renseignements qu'il devait lui procurer et téléphona à Elinborg pour lui demander si elle n'avait pas oublié d'appeler la femme avec laquelle Stefania prétendait avoir eu rendez-vous à l'hôtel le jour où sa présence avait été enregistrée sur les caméras de surveillance. Elinborg avait quitté son domicile et ne répondait pas sur son portable.

Erlendur avait passé une nuit blanche dans son lit, plongé dans l'obscurité noire comme du charbon. Quand finalement il se leva, il regarda par la fenêtre de l'hôtel. Ce serait un Noël blanc. La neige s'était mise à tomber pour de bon. Il pouvait le voir à la clarté des réverbères. Les gros flocons serrés tombaient dans le champ de lumière des lampadaires, créant ainsi une sorte de décor choisi pour la veille de Noël.

Eva Lind lui avait dit au revoir dans le couloir de la cave. Elle passerait le voir chez lui dans la soirée, pour le réveillon. Ils cuisineraient le traditionnel mouton fumé et, en se levant, Erlendur réfléchissait au cadeau qu'il pourrait bien lui donner pour Noël. Il lui avait offert diverses babioles depuis qu'elle avait pris l'habitude de passer Noël avec lui ; de son côté, elle lui avait apporté des chaussettes, qu'elle avait avoué avoir volées, et une autre fois, c'était des gants qu'elle avait réellement achetés mais qu'il avait rapidement perdus. Elle ne posait jamais de questions à leur sujet. C'était peut-être le trait de caractère qui lui plaisait le plus chez sa fille : elle ne posait jamais de questions sur ce qui n'avait pas d'importance.

Sigurdur Oli le rappela pour lui communiquer les renseignements. Ceux-ci étaient bien maigres mais ils lui suffirent. Erlendur ne savait pas précisément ce qu'il recherchait mais il se dit qua ça valait le coup de vérifier l'hypothèse.

Il la regarda faire son travail comme la fois d'avant jusqu'à ce qu'elle remarque sa présence. Il ne constata pas chez elle la moindre trace de surprise à sa vue.

– Vous êtes déjà levé ? demanda-t-elle comme s'il avait été le client le plus paresseux de tout l'hôtel.

– Je n'ai pas pu dormir, répondit-il. En réalité, j'ai passé ma nuit à penser à vous.

– A moi ? répondit Ösp en mettant un tas de serviettes dans le panier à linge sale. Rien de cochon, j'espère. J'en ai mon compte de toutes les saletés de cet hôtel.

– Non, répondit Erlendur, ça n'avait rien de cochon.

– Le Gros m'a demandé si je vous avais mis des absurdités dans la tête. Et le chef cuistot m'a engueulée comme si j'avais volé des trucs sur son buffet. Ils ont su que nous avions parlé ensemble.

– Tout le monde sait plus ou moins tout sur tout le monde dans cet hôtel, répondit Erlendur. Mais, en réalité, on ne trouve personne pour dire quoi que ce soit sur qui que ce soit. C'est très difficile d'avoir affaire à des gens de cette sorte. Tout comme vous par exemple.

– Comme moi ?

Ösp entra dans la chambre qu'elle était en train de faire et Erlendur la suivit comme la fois précédente.

– Vous dites tout ce que vous savez et on croit toutes vos paroles parce que vous paraissez honnête et semblez dire la vérité mais, en réalité, vous ne dévoilez que certains fragments de ce que vous savez et il s'agit là aussi d'une forme de mensonge. C'est un mensonge très grave pour nous qui sommes dans la police. Ce genre de mensonge. Vous voyez ce que je veux dire ?

Ösp ne lui répondit pas. Elle était trop occupée à changer les draps. Erlendur la regardait faire. Il ne parvenait pas à deviner ses pensées. Elle faisait comme s'il n'était pas dans la chambre. Comme si elle pouvait se débarrasser de lui simplement en faisant semblant d'ignorer son existence.

– Par exemple, vous ne m'avez pas dit que vous aviez un frère, reprit Erlendur.

– Et pourquoi est-ce que j'aurais dû vous raconter ça ?

– Parce qu'il a de gros problèmes.

– Il n'a aucun problème.

– Pas à cause de moi en tout cas, répondit Erlendur. Mais je pourrais lui en occasionner. Toujours est-il qu'il a de gros problèmes et il se tourne parfois vers sa sœur en cas de besoin.

– Je ne vois pas du tout où vous voulez en venir, répondit Ösp.

– Alors, je vais vous le dire. Il a déjà fait de la prison à deux reprises, des peines courtes pour cambriolage et pour vol. Nous savons certaines choses, d'autres pas, comme toujours. En vérité, ces vols sont typiques des criminels à la petite semaine. Typiques des drogués qui doivent du fric. Il se drogue avec les substances les plus coûteuses et il n'a jamais assez d'argent. Quant aux dealers, ils ne sont pas du genre à hésiter. Ils lui sont tombés dessus plus d'une fois et lui ont mis quelques raclées. Un jour, ils ont même menacé de lui arranger le genou à coups de masse. Par conséquent, à part le vol, il est forcé de se livrer à diverses activités pour avoir le fric. Pour pouvoir payer ses dettes.

Ösp reposa le linge de lit.

– Il a recours à divers moyens pour financer sa consommation, poursuivit Erlendur. Vous devez être au courant. Il fait comme ces gamins. Ces gamins qui sont des drogués invétérés.

Ösp ne répondait rien.

– Vous comprenez ce que je vous dis ?

– C'est Stina qui vous a raconté ça ? demanda Ösp. Je l'ai vue dans l'hôtel hier. Je l'ai souvent vue traîner ici et, s'il y a une pute dans l'histoire, alors c'est bien elle.

– Elle ne m'a rien raconté de tout ça, répondit Erlendur sans laisser à Ösp l'occasion de changer de conversation. Votre frère est allé faire un tour dans le couloir où Gudlaugur habitait il n'y a pas longtemps. Il se peut même qu'il y soit revenu après le meurtre. Tout au fond du couloir, il y a un coin sombre où personne ne met les pieds. Il se peut qu'il s'y soit trouvé très récemment. Il a laissé derrière lui son odeur, identifiable par les connaisseurs. Par ces gens qui fument du hasch, prennent du speed et se piquent à l'héroïne.

Ösp le fixait. Erlendur n'avait pas beaucoup d'éléments en main en venant la voir. Seulement le fait que le bout du couloir avait été consciencieusement nettoyé. Cependant, il vit à sa façon de réagir qu'il ne faisait pas complètement fausse route. Il se demanda s'il devait prendre encore un peu plus de risques. Il hésita quelques instants avant de se décider.

– Nous avons aussi trouvé du tabac à chiquer qu'il a laissé, risqua Erlendur. Il y a longtemps qu'il en prend ?

Ösp continuait à le regarder sans dire un mot. Finalement, elle baissa les yeux sur le lit et sur le drap qu'elle tenait dans la main. Elle regarda longtemps le drap, puis sembla abandonner la lutte, et elle le laissa tomber sur le matelas.

– Depuis qu'il a quinze ans, répondit-elle d'une voix si basse qu'Erlendur l'entendit à peine.

Il attendit qu'elle continue mais elle ne dit rien d'autre. Ils se tenaient face à face dans la chambre et Erlendur laissa le silence régner quelques instants. Enfin, Ösp soupira profondément et s'assit sur le lit.

– Il n'a jamais d'argent, dit-elle tout bas. Il en doit à tout le monde. Tout le temps. Alors, ils le menacent et lui tapent dessus, et malgré tout, il continue d'accumuler les dettes. Parfois, il a un peu d'argent et il arrive à en payer une partie. Maman et papa en ont leur claque depuis bien longtemps. Ils l'ont mis à la porte à dix-sept ans. Ils lui ont fait faire des cures mais il s'échappait. Parfois, il ne rentrait pas à la maison pendant une semaine et ils lançaient des avis de recherche dans les journaux. Il en avait rien à foutre. Depuis, il traînasse à droite à gauche. Je suis la seule de la famille à avoir gardé contact avec lui. Parfois, je le fais rentrer dans la cave pendant l'hiver. Il dort parfois dans ce recoin, en bas, quand il a besoin de se cacher. Je lui ai interdit d'apporter de la drogue mais, moi non plus, je n'arrive pas à avoir le dessus sur lui.

– Vous lui avez donné de l'argent pour qu'il puisse payer ces hommes ?

– Quelquefois, mais ça ne suffit jamais. Ils sont même venus chez papa et maman et ils les ont menacés, ils ont cassé la voiture de mon père, alors mes parents essaient de payer pour se débarrasser d'eux mais ce sont des sommes tellement importantes ! En plus, ils ajoutent des intérêts incroyables sur les sommes dues et quand mes parents vont voir la police, des gars comme vous, alors on leur dit que ce n'est pas possible de faire quoi que ce soit car ce ne sont que des menaces, comme si le fait de menacer les gens ne posait aucun problème.

Elle lança un regard à Erlendur.

– Qui sait ! S'ils tuaient mon père, cela déclencherait peut-être une enquête.

– Il connaissait Gudlaugur ? Votre frère ? Chacun devait être au courant de la présence de l'autre, dans ce couloir.

– Oui, ils se connaissaient, soupira profondément Ösp.

– A quel point ?

– Gulli le payait en échange de…

Ösp ne termina pas sa phrase.

– En échange de quoi ?

– De divers services.

– De nature sexuelle ?

– Oui, de nature sexuelle.

– Comment vous savez cela ?

– C'est mon frère qui me l'a dit.

– Il était avec Gudlaugur cet après-midi-là ?

– Je ne sais pas. Il y a des jours que je ne l'ai pas vu, et pas depuis que… (Elle fit une pause.) Pas depuis que Gudlaugur a été poignardé, reprit-elle. Nous n'avons eu aucun contact depuis.

– Je crois qu'il est possible qu'il se soit trouvé dans le couloir il n'y a pas bien longtemps. Après le meurtre de Gudlaugur.

– En tout cas, je ne l'ai pas vu.

– Vous croyez qu'il aurait agressé Gudlaugur ?

– Je ne sais pas, répondit Ösp. Tout ce que je sais, c'est qu'il n'a jamais agressé personne. Il est constamment en fuite et, maintenant, il est sûrement en cavale à cause de ça, même s'il n'y est pour rien.

– Et vous ne savez pas où il se trouve en ce moment ?

– Non, je n'ai aucune nouvelle de lui.

– Vous savez s'il connaissait cet Anglais dont je vous ai parlé ? Ce Henry Wapshott. Celui qui regardait des vidéos pédophiles.

– Non, il ne le connaissait pas. Enfin, je ne crois pas. Pourquoi me posez-vous cette question ?

– Il est homosexuel, votre frère ?

Ösp lui lança un regard.

– Je sais qu'il est capable de tout pour de l'argent, répondit-elle. Mais je ne pense pas qu'il soit homo.

– Vous voulez bien lui transmettre que je souhaiterais lui poser des questions ? S'il a remarqué quelque chose dans la cave, alors je dois l'interroger sur ce point. Il faut aussi que je lui demande la nature de ses relations avec Gudlaugur. Il faut que je sache s'il l'a vu le jour du meurtre. Vous voulez bien me rendre ce service et lui dire qu'il faut que je lui parle ?

– Vous croyez que c'est lui qui a fait ça ? Que c'est lui qui a tué Gudlaugur ?

– Je ne sais pas, répondit Erlendur. Si je n'ai pas de ses nouvelles au plus vite, il faudra que je lance un avis de recherche.

Ösp restait impassible.

– Vous saviez que Gudlaugur était homo ?

Ösp leva les yeux.

– Vu ce que mon frère m'avait dit, il semblait que c'était le cas. Étant donné qu'il donnait de l'argent à mon frère pour coucher avec lui…

Ösp s'arrêta.

– Vous saviez que Gudlaugur était mort quand on vous a demandé d'aller le chercher ? demanda Erlendur.

Elle le dévisagea.

– Non, je ne le savais pas. N'essayez pas de me mettre ça sur le dos. C'est ce que vous essayez de faire ? Vous croyez que c'est moi qui l'ai tué ?

– Vous ne m'avez rien dit sur la présence de votre frère dans la cave.

– Il a toujours beaucoup de problèmes mais je sais qu'il n'a pas fait ça. Je sais qu'il ne pourrait jamais faire une chose pareille. Jamais.

– Je suppose que vous vous entendez très bien puisque vous vous occupez aussi bien de lui.

– Nous avons toujours été bons amis, répondit Ösp en se relevant. Je lui parlerai de tout ça s'il m'appelle. Je lui dirai que vous voulez le voir au cas où il aurait des informations sur ce qui s'est passé.

Erlendur hocha la tête en précisant qu'il se trouverait dans l'hôtel jusque tard dans la journée et qu'elle pouvait le contacter à tout moment.

– Ösp, il faut que je le voie au plus vite, conclut-il.

31

En redescendant dans le hall, Erlendur remarqua qu'Elinborg était au comptoir de la réception ; il vit le chef réceptionniste pointer un doigt vers lui et Elinborg se retourner. Elle était à sa recherche et se dirigea vers lui d'un pas rapide avec une expression soucieuse qu'Erlendur n'avait pas l'habitude de voir sur son visage.

– Il y a quelque chose qui ne va pas ? demanda-t-il quand elle arriva à lui.

– On pourrait s'asseoir quelque part ? répondit-elle. Le bar est ouvert ? Nom de Dieu, quel boulot de merde ! Je ne sais même pas pourquoi on s'embête avec tout ça.

– Qu'est-ce qui se passe ? demanda Erlendur en la prenant par le bras et en l'emmenant jusqu'au bar. La porte était fermée mais pas à clé et ils entrèrent à l'intérieur. Le bar lui-même semblait ne pas encore avoir ouvert. Erlendur vit sur un panneau qu'il n'ouvrirait qu'une heure plus tard. Ils allèrent s'asseoir dans un coin.

– En plus, Noël est en train de se transformer en catastrophe, observa Elinborg. Je n'ai jamais aussi peu cuisiné. Et toute ma belle-famille vient ce soir et…

– Dis-moi ce qui s'est passé, demanda Erlendur.

– Quelle embrouille ! fit-elle. Je ne le comprends pas, je ne parviens simplement pas à le comprendre.

– Qui ça ?

– Le gamin ! répondit Elinborg. Je ne comprends pas son comportement.

Elle raconta à Erlendur qu'au lieu de rentrer chez elle pour cuisiner la veille au soir, elle s'était rendue à l'hôpital psychiatrique de Kleppur. Elle ne savait pas précisément pourquoi mais elle n'arrivait pas à chasser de ses pensées cette histoire du gamin et de son père. Quand Erlendur lui fit la remarque qu'elle en avait peut-être tout simplement assez de faire la cuisine pour sa belle-famille, elle ne le gratifia même pas d'un sourire.

Elle s'était déjà rendue à l'hôpital psychiatrique pour y interroger la mère du petit garçon mais, à ce moment-là, la femme était tellement malade qu'elle n'était pas parvenue à en tirer quoi que ce soit d'intéressant. Il en était allé de même la veille. La mère était assise et se balançait d'avant en arrière complètement coupée de la réalité. Elinborg ne savait pas exactement ce qu'elle voulait entendre de sa bouche mais considérait que cette femme pouvait savoir des choses que la police ignorait sur les relations entre le père et le fils.

Elle savait que la mère n'était internée en psychiatrie que pour une courte période. Elle y séjournait durant les périodes où elle se mettait à jeter ses psychotropes dans les toilettes. Quand elle les prenait, elle était la plupart du temps tout à fait normale. Elle assumait correctement son rôle de mère au foyer. Quand Elinborg avait parlé d'elle aux enseignants du petit garçon, il était apparu qu'elle s'occupait également bien de lui.

Elinborg était assise dans la salle commune du service de psychiatrie où une infirmière amena la mère de l'enfant : elle la regarda s'entortiller constamment les cheveux avec un doigt et vit qu'elle répétait sans cesse quelque chose qu'Elinborg n'entendit pas. Elle essaya de lui parler mais il semblait qu'elle était ailleurs. La femme ne réagissait pas à ses questions. On aurait dit une somnambule.

Elinborg resta assise avec elle un long moment jusqu'à ce que lui reviennent à l'esprit tous les petits gâteaux qu'il lui restait à confectionner. Elle se leva afin de chercher quelqu'un pour ramener la femme dans le service et tomba sur un gardien dans le couloir. Il avait la trentaine et semblait pratiquer le culturisme. Il portait un pantalon blanc, un T-shirt à manches courtes de la même couleur et les muscles imposants de ses avant-bras se bandaient à chaque mouvement. Il avait les cheveux presque rasés, un visage rond et grassouillet et de petits yeux enfoncés dans la tête. Elinborg ne lui demanda pas son nom.

Il l'accompagna jusqu'à la salle commune.

– Alors, c'est cette bonne vieille Dora, dit le gardien en s'avançant vers la femme et en l'attrapant sous les bras. Dis donc, tu es drôlement calme ce soir.

La femme se leva, toujours aussi coupée de la réalité.

– Est-ce que les médocs t'abrutissent à ce point, ma pauvre, remarqua le gardien et Elinborg n'appréciait guère le ton qu'il prenait. On aurait dit qu'il s'adressait à une enfant de cinq ans. Et qu'entendait-il en disant qu'elle était drôlement calme ce soir ? Elinborg avait du mal à se contenir.

– Ça vous gênerait de ne pas lui parler comme si elle avait cinq ans ? dit-elle d'un ton plus sec qu'elle n'en avait eu l'intention.

Le gardien la dévisagea.

– En quoi est-ce que ça vous concerne ? demanda-t-il.

– Elle a le droit d'être traitée avec respect comme tout le monde, répondit Elinborg en se retenant de dire qu'elle était de la police.

– C'est bien possible, fit le gardien. Je n'ai pourtant pas l'impression de lui manquer de respect. Allons, ma petite Dora, dit-il en emmenant la femme vers le couloir.

Elinborg les suivit.

– Qu'entendez-vous quand vous dites qu'elle est calme ce soir ?

– Qu'elle est calme ce soir ? répéta le gardien comme un perroquet en tournant la tête vers Elinborg.

– Vous avez dit qu'elle était drôlement calme ce soir, précisa Elinborg. Devrait-il en être autrement ?

– Je la surnomme parfois Dora la Fugitive, répondit le gardien. Elle passe son temps à fuguer.

Elinborg ne comprenait pas.

– Qu'est-ce que vous voulez dire ?

– Vous n'avez pas vu le film ? s'enquit le gardien.

– Elle s'évade ? demanda Elinborg. Vous voulez dire d'ici, de l'hôpital ?

– Ou même quand nous allons faire un tour en ville, répondit le gardien. La dernière fois, c'était pendant un tour en ville qu'elle s'est fait la belle. Nous allions devenir fous quand vous avez fini par la retrouver à la station de bus de Hlemmur et que vous nous l'avez ramenée ici, dans le service. Et vous ne l'avez pas traitée avec beaucoup de respect !

– Nous ?

– Je sais que vous êtes de la police. Vous nous l'avez balancée comme un paquet de linge sale.

– C'était quel jour ?

L'homme réfléchit. Il se trouvait avec elle et deux autres patients quand elle avait filé. Ils étaient sur la place Lækjartorg. Il s'en rappelait très bien puisque c'était le jour où il avait battu son record aux haltères.

La date concordait avec celle de l'agression sur le petit garçon.

– Et vous n'avez pas informé son époux de sa fugue ? demanda Elinborg.

– Nous allions lui téléphoner quand vous l'avez retrouvée. Nous laissons toujours un petit laps de temps aux patients pour rentrer au bercail. Sinon, nous passerions notre temps au téléphone.

– Son mari sait qu'elle est surnommée comme ça, ici ?

– Elle n'est pas surnommée comme ça, ici. C'est juste un truc à moi. Et il n'en sait rien.

– Il sait qu'elle fait des fugues ?

– Non, je ne lui ai rien dit. Elle finit toujours par revenir.

– Je n'arrive pas à y croire ! soupira Elinborg.

– Il faut vraiment l'assommer de médicaments pour qu'elle ne s'échappe pas, précisa le gardien.

– Mais ça change tout !

– Allez, allons-y, ma petite Dora, dit le gardien et la porte du service se referma derrière lui.

Elinborg fixait Erlendur.

– J'étais tellement convaincue que c'était lui. Que c'était l'œuvre du père. Et maintenant, voilà qu'il y a une possibilité qu'elle soit allée chez elle, qu'elle ait frappé le petit et qu'elle soit repartie. Si seulement cet idiot de gamin voulait bien parler !

– Et pourquoi elle irait s'en prendre à son fils ?

– Je n'en ai aucune idée, répondit Elinborg. Peut-être bien qu'elle entend des voix.

– Et alors, ces doigts fracturés, ces bleus, depuis des années ? C'était elle depuis le début ?

– Je ne sais pas.

– Tu as parlé au père ?

– Je viens de le quitter.

– Et alors ?

– Naturellement, il n'est pas mon meilleur copain. Il n'a pas pu voir son fils depuis que nous nous sommes pointés chez lui et que nous y avons tout mis sens dessus dessous. Il m'a traitée de tous les noms et…

— Qu'a-t-il dit à propos de sa femme, de la mère ? coupa Erlendur, impatient. Il a quand même dû avoir des soupçons.

– Le gamin n'a rien dit du tout.

– A part le fait que son père lui manque, corrigea Erlendur.

– Oui, à part ça. Quant à son père, il l'a trouvé dans sa chambre et a pensé qu'il était rentré de l'école dans cet état.

– Mais tu es allée à l'hôpital voir le gosse, tu lui as demandé si c'était son père qui lui avait fait du mal et tu as obtenu de sa part une réaction qui t'a convaincue que c'était bien le père.

– J'ai dû mal comprendre le petit, répondit Elinborg d'un air abattu. J'ai lu des choses dans son comportement…

– Pourtant, nous n'avons rien qui permet d'accuser la mère. Et nous n'avons rien qui permette de disculper le père.

– J'ai expliqué au père que je suis allée à l'hôpital pour interroger sa femme et qu'on ne sait pas où elle se trouvait le jour où leur fils a été agressé. Il s'est montré très surpris. Comme s'il n'avait même pas envisagé l'éventualité que son épouse puisse s'échapper de l'hôpital. Il est encore persuadé que c'est l'œuvre des gamins de l'école. Il m'a dit que l'enfant nous le dirait si c'était sa mère qui avait fait ça. Il en est convaincu.

– Et pourquoi est-ce que le gamin ne la dénonce pas ?

– Naturellement, il est sous le choc, pauvre gosse. Je ne sais pas.

– Peut-être par amour pour elle ? dit Erlendur. Malgré tout ce qu'elle lui a fait subir.

– Ou bien parce qu'il en a peur, rectifia Elinborg. Peut-être qu'il a une peur bleue qu'elle recommence. Ou peut-être qu'il protège sa mère en gardant le silence. C'est impossible à dire.

– Que veux-tu faire ? Est-ce que nous devons abandonner les poursuites contre le père ?

– Je vais aller voir le bureau du procureur pour savoir ce qu'ils en disent.

– Commence par ça. Bon, autre chose. Tu as appelé la femme qui était ici avec Stefania quelques jours avant que Gudlaugur soit poignardé ?

– Oui, répondit Elinborg d'un air absent. Elle lui avait demandé de mentir mais elle n'a pas tenu le coup le moment venu.

– Elle devait mentir pour Stefania ?

– Elle a commencé par me dire qu'elles étaient restées assises ici mais elle avait l'air très hésitante dans ses propos et elle mentait tellement mal qu'elle s'est mise à pleurer au téléphone dès que je lui ai annoncé que j'allais la convoquer au commissariat pour faire une déposition. Elle m'a avoué que Stefania l'avait appelée – ce sont de vieilles copines de club de musique ou je ne sais quoi – et elle lui a demandé de dire qu'elle était venue ici en sa compagnie si on lui posait la question. Elle m'a dit qu'elle avait d'abord refusé mais que Stefania savait des choses sur elle ; elle n'a pas voulu m'en dire plus.

– C'est un tissu de mensonges maladroits depuis le début, nota Erlendur. Nous le savons, elle autant que moi, depuis le moment où elle m'a raconté ça. Je ne vois pas pourquoi elle fait tellement traîner les choses en longueur, à moins qu'elle ne se sache coupable.

– Tu veux dire qu'elle aurait tué son frère ?

– Ou bien qu'elle connaît l'auteur du meurtre.

Ils passèrent encore un moment assis à parler du petit garçon, de son père, de sa mère et des difficultés que connaissait la famille et Elinborg en vint naturellement à demander à Erlendur ce qu'il avait l'intention de faire pour le réveillon. Il lui répondit qu'il allait le passer en compagnie d'Eva Lind.

Il relata à Elinborg la découverte qu'il avait faite dans le couloir de la cave et précisa qu'il soupçonnait le frère d'Ösp d'avoir quelque chose à voir avec le meurtre, ce dernier étant constamment en proie à des problèmes d'argent. Il remercia Elinborg de l'avoir invité pour le réveillon et lui dit de prendre des vacances avant la Noël.

– Tiens, justement, nous sommes le 24 décembre, répondit-elle avec un sourire et un haussement d'épaules, comme si les fêtes de Noël, le ménage, les petits gâteaux et la belle-famille n'avaient plus d'importance à ses yeux.

– Tu vas avoir des cadeaux ? demanda-t-elle.

– Peut-être des chaussettes, répondit Erlendur. Enfin, j'espère.

Il hésita.

– Ne prends pas cette histoire trop à cœur, avec le père, dit-il ensuite. Ce sont des choses qui peuvent toujours arriver. Nous nous persuadons que nous avons raison et puis le doute s'installe avec l'apparition d'éléments nouveaux.

Elinborg hocha la tête.

Erlendur la raccompagna dans le hall et ils se dirent au revoir. Il avait prévu de remonter à sa chambre et de rassembler ses affaires. Il en avait assez d'être loin de chez lui. Sa tanière vide de tout commençait à lui manquer cruellement : ses livres, son fauteuil et jusqu'à la présence d'Eva Lind sur le sofa lui manquaient.

Il attendait devant l'ascenseur quand Ösp arriva brusquement tout près de lui, sans qu'il l'ait vue venir.

– Je l'ai trouvé, déclara-t-elle.

– Qui donc ? demanda Erlendur. Votre frère ?

– Suivez-moi, dit Ösp en se dirigeant vers l'escalier de la cave. Erlendur hésita. La porte de l'ascenseur s'ouvrit, il regarda à l'intérieur. Il était maintenant sur la piste du meurtrier. Peut-être le frère, le garçon qui chiquait du tabac, était-il venu se rendre sur les conseils de sa sœur. Mais Erlendur n'avait en lui ni la tension, ni l'impatience, ni le sentiment de victoire que la résolution imminente de l'enquête aurait dû lui procurer. Il ne ressentait rien d'autre que de la fatigue et de la lassitude parce que cette histoire avait réveillé en lui toutes sortes de sentiments liés à sa propre jeunesse et il savait qu'il lui restait tellement de choses à régler dans sa propre vie qu'il ne voyait même pas par où commencer. Il souhaitait plus que tout au monde pouvoir oublier son travail et rentrer chez lui. Être auprès d'Eva Lind, l'aider à surmonter les difficultés contre lesquelles elle luttait. Il voulait arrêter de penser aux autres pour s'occuper de lui et de sa famille.

– Alors, vous venez ? demanda Ösp à voix basse alors qu'elle l'attendait en haut de l'escalier.

– J'arrive, répondit Erlendur.

Il la suivit en bas de l'escalier et jusqu'à la cafétéria du personnel où il l'avait interrogée la première fois. La même saleté régnait à l'intérieur. Elle referma à clé derrière eux. Son frère était assis à l'une des tables et se leva d'un bond quand Erlendur entra.

– Je ne lui ai rien fait, dit-il d'une voix grêle. Ösp m'a raconté que vous croyez que c'est moi, mais je n'ai rien fait. Je ne lui ai rien fait !

Il portait une doudoune bleue et sale : une déchirure à l'épaule laissait entrevoir le rembourrage blanc. Ses jeans étaient noirs de crasse et il avait aux pieds des chaussures montantes qu'on pouvait lacer jusqu'au mollet, mais Erlendur remarqua qu'elles n'avaient plus de lacets. Ses longs doigts noirs tenaient une cigarette. Il tira une bouffée qu'il exhala aussitôt. Sa voix trahissait l'énervement et il arpentait la cafétéria comme un animal en cage, encerclé par un flic tout prêt à l'arrêter.

Erlendur tourna la tête vers Ösp qui se tenait toujours à côté de la porte puis regarda à nouveau le frère.

– Vous devez faire entièrement confiance à votre sœur puisque vous êtes venu jusqu'ici.

– Je n'ai rien fait, répéta-t-il. Elle m'a dit que vous étiez ok et que vous vouliez juste des renseignements.

– Je veux savoir quel genre de relation vous entreteniez avec Gudlaugur, demanda Erlendur. Je ne sais pas si c'est vous qui l'avez poignardé.

– Je ne l'ai pas poignardé.

Erlendur le toisait. Il se situait quelque part entre l'adolescent et l'homme adulte, un visage étrangement enfantin mais en même temps empreint d'une certaine dureté, d'une colère et d'une amertume envers quelque chose dont Erlendur n'avait aucune idée.

– Personne ne dit que vous avez fait ça, répondit Erlendur d'un ton rassurant afin d'essayer de l'apaiser. Comment connaissiez-vous Gudlaugur ? Quelle était la nature de vos relations ?

Le jeune homme lança un regard à sa sœur mais Ösp, toujours debout à côté de la porte, ne disait pas un mot ; il regarda à nouveau Erlendur.

– Je lui rendais parfois des services pour lesquels il me payait, répondit-il.

– Et comment avez-vous fait connaissance ? Depuis combien de temps le connaissiez-vous ?

– Il savait que j'étais le frère d'Ösp et, comme tout le monde, il trouvait rigolo que nous soyons frère et sœur.

– Ah bon, pourquoi ?

– Parce que je m'appelle Reynir, ce qui signifie *Sorbier.*

– Et qu'y a-t-il de drôle là-dedans ?

– Ösp signifie *Saule* et Reynir *Sorbier.* Une blague de papa et de maman. Comme s'ils étaient passionnés d'horticulture.

– Bon, revenons à Gudlaugur.

– La première fois que je l'ai rencontré, c'était dans cet hôtel, j'étais venu voir Ösp. Il y a environ six mois.

– Et ?

– Il savait qui j'étais. Ösp lui avait déjà parlé de moi. Elle me laissait parfois dormir ici, dans le couloir de Gudlaugur.

Erlendur se tourna vers Ösp.

– Vous avez drôlement bien nettoyé ce petit recoin là-bas, remarqua-t-il.

Ösp le regarda comme si elle ne comprenait pas ce qu'il voulait dire et ne lui répondit rien. Il se tourna à nouveau vers Reynir.

– Bon, il savait qui vous étiez. Vous dormiez dans son couloir. Et puis ?

– Il me devait du fric. Il disait qu'il allait me payer.

– Pourquoi vous devait-il de l'argent ?

– Parfois, je le suçais et…

– Et…

– Parfois c'était lui qui me suçait.

– Et vous saviez qu'il était homosexuel ?

– C'était évident, non ?

– Et la capote ?

– Nous mettions toujours des capotes. A cause de sa paranoïa. Il disait qu'il ne voulait pas prendre de risques. Il disait qu'il ne savait pas si j'étais contaminé ou pas. Je suis pas séropo, martela-t-il en regardant sa sœur.

– Et vous prenez du tabac à chiquer.

Il regarda Erlendur, désarçonné.

– Quel est le rapport ? demanda-t-il.

– Aucune importance. Vous utilisez du tabac à chiquer ?

– Oui.

– Vous l'avez vu le jour où il a été poignardé ?

– Oui. Il m'a demandé de venir le voir. Il voulait me payer.

– Par quel moyen vous a-t-il contacté ?

Reynir sortit un téléphone portable de sa poche et le montra à Erlendur.

– Quand je suis arrivé, il était en train de passer son déguisement de Père Noël, répondit-il. Il m'a expliqué qu'il devait se dépêcher d'aller à l'arbre de Noël, m'a payé ce qu'il me devait, a regardé sa montre et m'a dit qu'il lui restait encore un peu de temps pour s'amuser un peu.

– Est-ce qu'il gardait une grosse somme d'argent dans son cagibi ?

– Non, pas que je sache. Je n'ai vu que l'argent avec lequel il m'a payé. Mais il m'a dit qu'il attendait un sacré paquet de fric.

– De quelle provenance ?

– Je ne sais pas. Il m'a juste dit qu'il était assis sur une mine d'or.

– Qu'est-ce qu'il voulait dire ?

– Un truc qu'il avait l'intention de vendre. Je ne sais pas de quoi il s'agissait. Il ne me l'a pas dit. Il m'a juste dit qu'il attendait un sacré paquet, ou plutôt une grosse somme, il n'employait jamais l'expression "un paquet de fric". Il ne parlait pas comme ça. Il utilisait toujours des mots chics. Il était extrêmement poli. C'était un bon gars. Il ne m'a jamais rien fait de mal, m'a toujours payé. Parfois, il avait juste envie de discuter avec moi. Il se sentait très seul, en tout cas, c'est ce qu'il disait. Il me disait qu'il n'avait pas d'autre ami que moi.

– Il vous a parlé de son passé ?

– Non.

– Il ne vous a pas dit qu'autrefois il avait été enfant vedette ?

– Non, enfant vedette ? Dans quoi ?

– Avez-vous remarqué chez lui la présence d'un couteau qui aurait pu provenir de la cuisine ?

– Oui, j'ai bien vu un couteau mais je ne savais pas d'où il venait. Quand je suis arrivé, il était en train de couper un truc dans son déguisement de Père Noël. Il m'a dit qu'il allait devoir en acheter un nouveau pour Noël prochain.

– Et il n'avait pas d'argent chez lui, autre que celui qu'il vous a remis ?

– Non, je ne crois pas.
– Et vous ne l'avez pas dévalisé ?
– Non.
– Vous ne lui avez pas volé le demi-million de couronnes qui se trouvait dans sa chambre ?
– Le demi-million ? Il avait un demi-million ?
– Je sais que vous manquez constamment d'argent. La manière dont vous vous le procurez me semble claire. Vous avez des débiteurs à vos trousses. Ils ont même menacé votre famille…
Reynir lança un regard fortement réprobateur à sa sœur.
– Ce n'est pas elle mais moi que vous devriez regarder. Gudlaugur avait de l'argent dans son cagibi. Bien plus que la somme qu'il vous devait. Il avait peut-être bien déjà vendu sa mine d'or. Vous avez vu cet argent. Vous avez demandé plus. Vous faisiez des choses pour lui et vous considériez qu'il devait vous payer plus grassement. Il a refusé, vous vous êtes disputés. Vous avez saisi le couteau et essayé de le poignarder mais il s'est défendu jusqu'à ce que vous parveniez finalement à lui enfoncer profondément le couteau dans la poitrine pour le tuer. Puis, vous avez pris l'argent…
– Espèce de connard ! grogna Reynir. C'est quoi, ces conneries !
– … puis, après ça, vous avez continué à fumer du hasch et à vous piquer ou que sais-je encore…
– Espèce de gros con ! hurla Reynir.
– Continue à lui raconter l'histoire, cria Ösp. Dis-lui tout ce que tu m'as dit ! Dis-lui tout !
– Tout quoi ? demanda Erlendur.
– Il m'a demandé si je voulais lui faire une petite faveur avant qu'il aille à l'arbre de Noël, reprit Reynir. Il m'a dit qu'il lui restait un peu de temps et m'a promis de bien me payer. Et puis, une fois qu'on avait commencé, la vieille s'est pointée et elle nous est tombée dessus.
– La vieille ?
– Oui.
– Quelle vieille ?
– Celle qui nous a dérangés.
– Dis-lui, fit Ösp dans le dos d'Erlendur. Dis-lui qui c'était !

– De quelle vieille est-ce que vous me parlez ?

– Nous avions oublié de fermer la porte à clé parce que nous étions pressés et, tout à coup, la porte s'est ouverte et cette bonne femme nous est tombée dessus.

– Qui ?

– Je ne sais pas du tout qui c'était. Juste une vieille.

– Et que s'est-il passé ?

– J'en sais rien, j'ai pris la tangente. Elle lui a hurlé un truc et moi, j'ai décampé.

– Pour quelle raison n'êtes-vous pas immédiatement venu nous donner ces renseignements ?

– Je fais de mon mieux pour éviter la police. Il y a toute une bande de gens à mes trousses et s'ils apprennent que je parle aux flics, alors ils vont croire que je refile des tuyaux et je le sentirai passer.

– Qui était cette femme qui vous a dérangés ? Comment était-elle physiquement ?

– Je ne l'ai pas bien vue. Je me suis taillé vite fait. Il avait l'air complètement désespéré. Il m'a repoussé violemment et a pété les plombs. On aurait dit qu'il avait une peur bleue de cette bonne femme. Une peur bleue.

– Et lui, qu'est-ce qu'il a crié ? demanda Erlendur.

– Steffi.

– Quoi ?

– Steffi. C'est la seule chose que j'ai entendue. Il l'a appelée Steffi et il était terrorisé en la voyant.

32

Debout à côté de la porte de sa chambre, elle lui tournait le dos. Erlendur s'arrêta pour la regarder un moment ; il constata à quel point elle avait changé depuis la première fois où il l'avait vue entrer à toute vitesse dans l'hôtel accompagnée de son père. Maintenant, elle n'était plus qu'une femme entre deux âges, fatiguée et abattue, qui avait toujours vécu seule avec son père handicapé dans la même maison. Pour des raisons qu'il ignorait, cette femme s'était rendue à l'hôtel afin d'y assassiner son frère.

On aurait dit qu'elle avait senti la présence d'Erlendur dans le couloir car, brusquement, elle se retourna et le regarda. Il ne parvenait pas à lire ses pensées sur son visage. Il savait seulement qu'elle était la femme qu'il avait cherchée dès qu'il était arrivé dans cet hôtel où il avait vu le Père Noël baignant dans son sang.

Elle demeura immobile à côté de la porte sans dire un mot en attendant qu'Erlendur arrive jusqu'à elle.

– Il y a encore une petite chose que je dois vous dire, annonça-t-elle. Au cas où cela aurait de l'importance.

Erlendur crut qu'elle était venue le voir à cause du mensonge qu'elle lui avait raconté à propos de son amie et qu'elle trouvait maintenant le moment venu de lui raconter la vérité. Il ouvrit la porte, elle le précéda et se dirigea vers la fenêtre où elle regarda la neige tomber.

– Ils avaient pourtant annoncé qu'il n'y aurait pas de neige à Noël, observa-t-elle.

– Arrive-t-il qu'on vous appelle Steffi ? demanda-t-il.

– C'était mon diminutif quand j'étais petite, répondit-elle en continuant à regarder par la fenêtre.

– C'est comme cela que votre frère vous appelait ?

– Oui, répondit-elle. Il m'appelait toujours comme ça. Quant à moi, je l'appelais toujours Gulli. Pourquoi cette question ?

– Pour quelle raison êtes-vous venue dans cet hôtel cinq jours avant la mort de votre frère ?

Stefania soupira profondément.

– Je sais que je n'aurais pas dû vous mentir.

– Pourquoi êtes-vous venue ici ?

– C'était en rapport avec ses disques. Nous considérions que nous avions le droit d'en hériter de quelques-uns. Nous savions qu'il en possédait une grande quantité, probablement tout ce qui restait du stock invendu à cette époque-là et nous voulions qu'il nous donne un pourcentage s'il voulait en vendre.

– Comment le stock est-il arrivé entre ses mains ?

– C'est d'abord papa qui l'avait récupéré, il l'a gardé chez nous à Hafnarfjördur puis, quand Gudlaugur a déménagé, il a emmené les caisses avec lui en disant que les disques lui appartenaient, qu'ils étaient à lui et à personne d'autre.

– Comment avez-vous appris qu'il avait l'intention de les vendre ?

Stefania hésita.

– J'ai aussi menti à propos de Henry Wapshott : je le connaissais un peu, reprit-elle. Pas beaucoup certes, mais j'aurais dû vous en parler. Il vous a dit qu'il nous avait rencontrés ?

– Non, répondit Erlendur. Il a bien des difficultés, cet homme. Dites-moi, y a-t-il quoi que ce soit de vrai dans tout ce que vous m'avez raconté jusqu'à maintenant ?

Elle ne répondit pas à sa question.

– Pourquoi devrais-je croire ce que vous me dites maintenant ?

Stefania se taisait et regardait la neige tomber à terre, elle était distante, comme plongée dans une existence qui avait été sienne il y avait bien longtemps, une existence dont le mensonge était absent et où tout n'était que vérité pure et nue.

– Stefania ? dit Erlendur.

– Ce n'était pas à cause du chant qu'ils se sont disputés le jour où papa a fait sa chute dans l'escalier, déclara-t-elle tout à coup. Cela n'avait rien à voir avec le chant. Voilà le dernier et le plus gros de mes mensonges.

– Vous voulez dire, quand ils se sont battus en haut de l'escalier ?

– Vous savez comment les gamins de l'école l'appelaient ? Le surnom qu'ils lui donnaient ?

– Je crois que j'ai une petite idée là-dessus, répondit Erlendur.

– Ils le surnommaient la Petite Princesse.

– Parce qu'il chantait dans la chorale et qu'il était efféminé et…

– Non, parce qu'ils l'avaient vu porter la robe de ma mère, interrompit Stefania.

Elle se détourna de la fenêtre.

– C'était après son décès. Elle lui manquait affreusement, et encore plus à partir du moment où il avait cessé de chanter dans la chorale et qu'il n'était plus qu'un garçon normal avec une voix normale. Papa n'en savait rien mais moi si. Quand papa n'était pas à la maison, il mettait parfois les bijoux de maman et il enfilait même ses robes, se regardait dans la glace, et il lui arrivait de se maquiller. Et puis un jour, en été, des garçons qui passaient devant la maison l'ont vu. Certains étaient de sa classe. Ils l'ont espionné par la fenêtre du salon. Cela se produisait parfois parce qu'on nous considérait comme des gens étranges. Ils se sont mis à rire et à glousser, sans la moindre pitié. Par la suite, il a été considéré à l'école comme un phénomène de foire. Les gamins se sont mis à l'appeler la Petite Princesse.

Stefania se tut.

– Je croyais qu'en fait, c'était juste parce que maman lui manquait, reprit-elle. Que c'était le moyen qu'il avait trouvé pour se rapprocher d'elle, qu'il mettait ses vêtements et ses bijoux pour cette raison. Je ne pensais pas qu'il avait des désirs inavouables. Puis, un jour, la vérité s'est avérée tout autre.

– Des désirs inavouables ? demanda Erlendur. C'est ainsi que vous voyez la chose ? Votre frère était homosexuel. Vous ne le lui avez donc jamais pardonné ? C'est pour cette raison que vous n'avez eu aucune relation avec lui toutes ces années ?

– Il était très jeune quand notre père l'a surpris en compagnie d'un camarade de son âge en train de se livrer à des choses indescriptibles. Je savais qu'il était dans sa chambre avec un de ses amis et je croyais qu'ils faisaient leurs devoirs ensemble. Papa est rentré à la maison à l'improviste, il cherchait quelque chose, alors il a ouvert sa porte et est tombé sur cette ignominie. Il n'a pas voulu me dire ce qu'il a vu. Quand je suis arrivée, le garçon était en train de se dépêcher de descendre l'escalier avec son pantalon sur les talons alors que papa et Gulli étaient sur le palier et se hurlaient dessus. Alors, j'ai vu Gulli pousser papa violemment, il a perdu l'équilibre, il est tombé dans l'escalier et ne s'est jamais relevé depuis.

Stefania se retourna vers la fenêtre et regarda la neige de Noël virevolter jusqu'à terre. Erlendur se taisait tout en se demandant ce qui pouvait bien occuper les pensées de cette femme quand elle disparaissait ainsi dans son monde à elle mais, à ce moment précis, il ne parvenait pas à se l'imaginer. Il se dit qu'il allait obtenir une réponse quand elle rompit à nouveau le silence.

– Je n'ai jamais eu aucune importance, reprit-elle. Tout ce que je faisais, c'était considéré comme négligeable. Je ne vous dis pas cela pour me plaindre parce que je crois qu'il y a bien longtemps que j'ai cessé de le faire. Si je vous raconte ça, c'est plutôt pour essayer de comprendre et d'expliquer la raison pour laquelle je n'ai jamais eu de relations avec lui après ce jour-là. Parfois, j'ai l'impression d'avoir désiré que les choses se passent comme elles se sont passées. Vous pouvez vous imaginer ça?

Erlendur secoua la tête.

– Après son départ, c'était moi qui comptais. Plus lui. Et ce ne serait plus jamais lui. Et d'une manière tout à fait étonnante, j'en étais satisfaite, satisfaite du fait qu'il ne deviendrait jamais l'enfant vedette qu'il était destiné à devenir. Je suppose que je l'enviais depuis toujours et ce, bien plus que j'en avais conscience, j'enviais tout l'intérêt qu'on lui portait à cause de cette voix qu'il avait quand il était enfant. C'était une voix divine. C'était comme s'il avait été béni de tous ces dons alors que je n'en avais aucun. Je tapais maladroitement sur le piano comme un âne. C'était ce que papa me disait quand il me donnait des cours. Il disait que je n'avais pas le moindre talent. Et pourtant, je l'admirais parce que je pensais qu'il avait toujours raison. Il était souvent gentil avec moi et puis, après qu'il est devenu dépendant, je possédais au moins le talent de m'occuper de lui et je comptais pour lui plus que tout au monde. Les années se sont écoulées ainsi sans que rien ne change. Gulli a quitté la maison, papa était handicapé et je m'occupais de lui. Je ne me souciais jamais de moi-même, je ne pensais jamais à ce qui m'aurait fait plaisir. Les années peuvent s'écouler ainsi sans qu'on fasse quoi que ce soit d'autre que de vivre dans les obligations qu'on s'assigne. Année après année après année.

Elle fit une pause et regarda la neige.

– Quand on commence à comprendre que c'est tout ce qu'on possède, on se met à le détester, on essaie de trouver un bouc émissaire et j'avais l'impression que tout était la faute de mon frère. Avec le temps, je me suis mise à le haïr, lui tout autant que sa perversion qui a détruit notre vie.

Erlendur s'apprêtait à dire quelque chose mais elle poursuivit.

– Je ne vois pas comment je pourrais mieux expliquer tout cela. Cette façon dont on s'enferme dans son propre monde à cause d'une chose qui, des années plus tard, ne pose plus aucun problème. D'une chose qui, en réalité, ne pose pas le moindre problème.

– Nous avons appris qu'il pensait même qu'on lui avait volé son enfance, répondit Erlendur. Qu'on ne l'avait pas autorisé à être celui qu'il était mais qu'on l'avait au contraire forcé à être quelqu'un d'autre : un chanteur, un enfant vedette, et il en a fait les frais quand les autres se sont mis à se moquer de lui à l'école. Et puis, tous les espoirs ont été déçus et par-dessus le marché sont arrivés ce que vous appelez ses "désirs inavouables". Je crois qu'il était impossible qu'il se sente très bien. Peut-être n'avait-il pas envie de toute cette attention qu'on lui témoignait et dont vous auriez aimé bénéficier.

– On lui aurait volé son enfance ? répondit Stefania. C'est bien possible.

– Votre frère a-t-il essayé d'aborder le sujet de son homosexualité avec votre père ou avec vous ?

– Non, mais on aurait peut-être dû se douter de la manière dont cela allait tourner. Je ne sais pas non plus s'il avait conscience de ce qui s'opérait en lui. Je n'en ai aucune idée. Je pense qu'il ne savait pas pour quelle raison il mettait les robes de ma mère. Je ne sais pas à quel moment ni comment ces gens-là découvrent qu'ils sont différents.

– D'une certaine manière, le surnom dont on l'avait affublé lui plaisait, nota Erlendur. Il a accroché cette affiche ici et nous savons que…

Erlendur s'arrêta au milieu de sa phrase. Il ne savait pas s'il devait raconter à Stefania que Gudlaugur avait demandé à l'un de ses amants de l'appeler ma Petite Princesse.

– Ça, je n'en sais rien, répondit-elle. Enfin, c'est vrai qu'il a tout de même cette affiche sur son mur. Peut-être qu'il se torturait avec ses souvenirs. Peut-être qu'il y avait dans ses souvenirs des choses que nous ne parviendrons jamais à comprendre.

– Comment avez-vous fait la connaissance de Henry Wapshott ?

– Il est venu nous voir un jour pour nous parler des disques de Gudlaugur. Il souhaitait savoir si nous en possédions des exemplaires. C'était à Noël dernier. Il avait obtenu des informations sur Gudlaugur et sur sa famille par le biais de collectionneurs et il nous a expliqué que ses disques avaient beaucoup de valeur à l'étranger. Il avait discuté avec mon frère mais celui-ci avait dit qu'il ne voulait pas les lui vendre, puis il avait changé d'avis et était disposé à accepter la proposition du Britannique.

– Et vous vouliez votre part des bénéfices, c'est ça ?

– Nous trouvions que cela n'avait rien d'anormal. Il n'en était pas plus propriétaire que mon père si on envisage les choses sous un certain angle. C'était mon père qui avait payé l'édition avec son propre argent.

– Est-ce que les sommes en jeu étaient importantes ? Les sommes que Wapshott proposait ?

Stefania hocha la tête d'un air rêveur.

– Des millions.

– Cela concorde avec les renseignements que nous détenons.

– Cet homme-là, ce Wapshott, ne manque pas d'argent. A ce qu'il affirmait, il voulait éviter que les disques parviennent sur le marché des collectionneurs. Si j'ai bien compris, il désirait acquérir la totalité des exemplaires existants et éviter qu'un trop grand nombre d'entre eux n'arrive sur le marché. Il était très clair sur la question et prêt à payer des sommes incroyables pour obtenir la totalité du stock. Je crois bien qu'il était parvenu à convaincre Gudlaugur avant Noël. Et puis, il a dû se passer quelque chose, étant donné la manière dont il s'en est pris à lui.

– Dont il s'en est pris à lui ? Comment ça ?

– Enfin, vous l'avez incarcéré, n'est-ce pas ?

– Oui, répondit Erlendur. Mais nous n'avons aucun élément prouvant que c'est lui qui a agressé votre frère. Que voulez-vous dire quand vous affirmez qu'il a dû se passer quelque chose ?

– Wapshott est revenu nous voir à Hafnarfjördur en nous disant qu'il avait obtenu de Gudlaugur qu'il lui vende le stock et il s'assurait, ou plutôt, je suppose qu'il s'assurait qu'il n'en existait pas d'autres exemplaires. Nous lui avons certifié que non et que Gudlaugur avait emporté tout le stock avec lui en quittant la maison.

– Voilà pourquoi vous êtes venue le voir ici, dit Erlendur. Pour qu'il vous remette votre part du produit de la vente.

– Il portait son uniforme de portier, reprit Stefania. Il était dans le hall occupé à porter les valises dans une voiture pour des touristes étrangers. Je l'ai observé un bon moment et puis il m'a vue. Je lui ai dit qu'il fallait que je lui parle des disques. Il m'a demandé des nouvelles de papa…

– C'est votre père qui vous a envoyée voir Gudlaugur ?

– Non, il n'aurait jamais fait cela. Il ne voulait pas entendre prononcer son nom depuis l'accident.

– Pourtant, la première chose que Gudlaugur a demandée en vous voyant à l'hôtel, c'était des nouvelles de son père.

– Oui. Nous sommes descendus dans son cagibi et je lui ai demandé où se trouvaient ses disques.

– Ils sont en lieu sûr, répondit Gudlaugur en faisant un sourire à sa sœur. Henry m'a dit qu'il t'avait parlé.

– Il nous a dit que tu avais l'intention de lui vendre les disques. Papa affirme que la moitié lui appartient et nous voulons que tu nous donnes la moitié du prix que tu en tireras.

– J'ai changé d'avis, répondit Gudlaugur. Je ne vendrai rien à personne.

– Et qu'en a dit Wapshott ?

– Il n'était pas très content.

– Il offre une somme très coquette pour les avoir.

– Je pourrais en tirer bien plus en les vendant moi-même, un par un. Ils intéressent énormément les collectionneurs. Je crois bien que Wapshott a l'intention de faire la même chose que moi, même s'il me dit qu'il veut les acheter pour éviter qu'ils inondent le marché. Je

suppose qu'il ment. Il va les vendre pour s'engraisser sur mon dos. Tout le monde voulait s'engraisser sur mon dos dans le temps, papa n'était pas le dernier, et rien n'a changé depuis. Rien du tout.

Ils se fixèrent du regard un long moment.

– Viens à la maison pour discuter avec papa, dit-elle. Il n'en a plus pour longtemps.

– Est-ce que Wapshott lui a parlé ?

– Non, il n'était pas à la maison quand Wapshott est venu. C'est moi qui lui ai parlé de lui.

– Et qu'est-ce qu'il a dit ?

– Rien. Sauf qu'il voulait sa part.

– Et toi ?

– Quoi, et moi ?

– Pourquoi est-ce que tu ne l'as jamais laissé ? Pourquoi est-ce que tu ne t'es pas mariée et que tu n'as pas fondé ta famille à toi ? Ce que tu vis n'est pas ta vie à toi mais la sienne. Ta vie à toi, où elle est ?

– Elle est peut-être bien dans la chaise roulante dans laquelle tu l'as cloué ! fit sourdement Stefania. Et je t'interdis de me parler de ma vie à moi !

– Il a réussi à avoir sur toi la même emprise que celle qu'il avait sur moi dans le temps.

Stefania bouillait de colère.

– Il fallait bien que quelqu'un s'occupe de lui. Son préféré, sa petite vedette à lui, s'était transformé en pédé sans voix qui l'avait poussé dans l'escalier et qui n'osait même plus lui adresser la parole. Un gars qui préférait venir en cachette chez lui pendant la nuit et filer en douce avant qu'il se réveille. Quelle emprise est-ce qu'il a donc sur toi ? Tu t'imagines que tu t'es complètement libéré de lui, mais regarde-toi donc un peu ! Regarde-toi ! Qu'est-ce que tu es ? Dis-moi donc ! Tu n'es rien du tout, tu n'es rien qu'un pauvre type !

Elle se tut.

– Pardonne-moi, répondit-il. Je n'aurais pas dû aborder ce sujet.

Elle ne lui répondait pas.

– Il demande de mes nouvelles ?

– Non.

– Il parle de moi ?

– Non, jamais.

– *Il ne supporte pas la vie que je mène. Il ne supporte pas ce que je suis. Il ne me supporte pas. Après toutes ces années.*

– Pourquoi ne pas m'avoir dit tout cela dès le début? demanda Erlendur. Pourquoi ce jeu du chat et de la souris?

– Du chat et de la souris? Eh bien, vous devez bien avoir une idée là-dessus. Je ne voulais pas remuer des histoires de famille. Je croyais pouvoir nous protéger, ainsi que notre vie privée.

– C'était la dernière fois que vous avez vu votre frère?

– Oui.

– Vous en êtes absolument certaine?

– Oui. (Stefania lui lança un regard.) Qu'est-ce que vous insinuez?

– Vous ne l'auriez pas surpris en compagnie d'un jeune homme, plongé dans la même activité que celle où l'avait autrefois surpris votre père quand il est devenu fou de colère? C'était cela qui avait signifié l'arrivée du malheur dans votre vie et vous avez voulu y mettre fin de façon définitive.

– Non mais, qu'est-ce que...?

– Nous avons un témoin.

– Un témoin?

– Le garçon qui se trouvait avec lui. Un jeune homme qui rendait à votre frère divers services moyennant de l'argent. Vous les avez surpris dans la cave, le jeune homme s'est enfui en courant et vous avez agressé votre frère. Vous avez vu un couteau sur son bureau et vous l'avez frappé.

– C'est totalement faux! protesta Stefania, comprenant qu'Erlendur pensait ce qu'il disait et sentant les mailles du filet se resserrer autour d'elle. Elle fixait Erlendur comme si elle n'en croyait pas ses oreilles.

– Il y a un témoin... commença Erlendur, mais il ne parvint pas à achever sa phrase.

– Quel témoin? De quel témoin est-ce que vous parlez?

– Vous niez avoir causé la mort de votre frère?

Le téléphone de la chambre retentit et avant même qu'Erlendur ait eu le temps de décrocher, son portable s'était également mis à sonner dans la poche de son imperméable. Il lança un regard confus à Stefania qui lui renvoya un regard inflexible.

– Il faut absolument que je réponde, s'excusa-t-il.

Stefania se mit un peu à l'écart et il la vit sortir l'un des disques de Gudlaugur de sa pochette. Quand Erlendur répondit au téléphone de la chambre, il vit qu'elle examinait attentivement le disque. C'était Sigurdur Oli qui appelait. Erlendur décrocha le portable et demanda à son interlocuteur de patienter un moment.

– Un homme m'a contacté tout à l'heure à propos du meurtre à l'hôtel et je lui ai donné ton numéro de portable, annonça Sigurdur Oli. Il t'a appelé ?

– J'ai quelqu'un en attente sur mon portable, répondit Erlendur.

– J'ai bien l'impression que notre enquête est résolue. Interroge cet homme-là et appelle-moi. J'envoie trois voitures. Elinborg est avec eux.

Erlendur raccrocha et reprit son portable. Il ne reconnut pas la voix mais l'homme se présenta et se mit à raconter ; il avait à peine commencé que les soupçons d'Erlendur obtinrent confirmation et qu'il comprit tous les tenants de l'affaire. Ils discutèrent un long moment et Erlendur demanda à l'homme d'aller au commissariat pour faire une déposition auprès de Sigurdur Oli. Il appela Elinborg pour lui donner des ordres. Puis il raccrocha et se tourna à nouveau vers Stefania qui avait placé le disque de Gudlaugur sur l'électrophone qu'elle avait allumé.

– Parfois, dans le temps, dit-elle, quand on enregistrait ces disques, divers bruits se greffaient sur l'enregistrement, peut-être parce que les gens ne faisaient pas assez attention et que les techniques ou les conditions de l'enregistrement n'étaient pas optimales. On entend parfois le bruit de la circulation, vous saviez ça ?

– Non, répondit Erlendur qui ne voyait pas où elle voulait en venir.

– Par exemple, dans cette chanson, on entend quelque chose si on prête l'oreille. Je crois bien que personne ne le remarque, à part ceux qui le savent.

Elle augmenta le volume. Erlendur tendit l'oreille et nota la présence d'un bruit parasite lointain au milieu de la chanson.

– Qu'est-ce que c'est ? demanda-t-il.
– C'est mon père, répondit Stefania.
Elle remit le passage et Erlendur entendit le bruit plus clairement, même s'il ne parvenait pas à distinguer les paroles prononcées.
– C'est la voix de votre père ? demanda Erlendur.
– Oui, il est en train de lui dire qu'il est merveilleux, répondit Stefania d'un air rêveur. Il n'était pas loin du micro et ne se tenait plus de joie.
Elle lança un regard à Erlendur.
– Mon père est décédé hier soir, annonça-t-elle. Il s'est allongé sur le canapé après le repas et il s'est assoupi comme il le faisait parfois mais ne s'est pas réveillé. Quand je suis entrée dans le salon, j'ai tout de suite compris qu'il était parti. Je l'ai su avant même de le toucher. Le médecin m'a dit qu'il avait eu une crise cardiaque. Voilà pourquoi je suis venue vous voir ici, pour balayer devant ma porte. Tout cela n'a plus aucune importance. Ni pour lui, ni pour moi. Plus rien de tout cela n'a d'importance.
Elle remit le passage de la chanson une troisième fois et, cette fois-là, Erlendur eut l'impression de distinguer les paroles prononcées. Rien de plus qu'un mot qui restait accroché à la chanson, telle une note de bas de page.
Merveilleux.
– Je suis descendue dans le cagibi de Gudlaugur le jour où il a été assassiné pour lui annoncer que mon père acceptait de le voir afin de se réconcilier avec lui. Je lui avais dit que Gudlaugur avait gardé une clé de notre maison et qu'il s'était introduit chez nous où il restait assis dans le salon avant de repartir en silence sans que nous le remarquions. Je n'avais aucune idée de la manière dont Gudlaugur allait réagir, s'il allait vouloir revoir papa ou bien s'il était inutile de tenter de les réconcilier mais en tout cas, je voulais essayer. Sa porte était ouverte…
La voix de Stefania se mit à trembler.
– … et il gisait là, dans son sang…
Elle fit une pause.
– … dans ce déguisement… avec son pantalon baissé… couvert de sang…

Erlendur s'approcha d'elle.

– Dieu tout-puissant, soupira-t-elle. Jamais de ma vie, je n'ai… c'était pire que tout ce que les mots peuvent exprimer. Je ne sais pas ce qui m'est passé par la tête. J'ai eu si peur. Je crois que je n'ai pensé à rien d'autre qu'à m'enfuir de là et oublier ça. Comme tout le reste. Je considérais que cela ne me concernait pas. Et que cela ne changeait rien que je me trouve là ou pas, que c'en était fini, qu'il était trop tard et que ça ne me regardait pas. J'ai éloigné cette chose de mon esprit comme une gamine. Je refusais de me sentir concernée et je n'ai pas dit à mon père ce que j'avais vu. Je n'ai rien dit à personne.

Elle regarda Erlendur.

– J'aurais dû appeler à l'aide. Bien sûr, j'aurais dû appeler la police mais… c'était… c'était tellement dégoûtant, tellement contre nature que je me suis enfuie en voyant ça. C'était tout ce à quoi je pensais : m'enfuir. M'enfuir de cet endroit affreux sans que personne ne me voie.

Elle se tut.

– Je crois que je l'ai toujours fui, mon frère. D'une certaine façon, je passais mon temps à le fuir. Tout le temps, et puis là…

Elle pleurait à chaudes larmes.

– Nous aurions pu essayer d'arranger tout cela bien plus tôt. Il y a longtemps que j'aurais dû régler ça. Voilà mon crime. Même papa était d'accord à la fin. Juste avant sa mort.

Il y eut un silence et Erlendur regarda par la fenêtre. Il remarqua que la neige tombait moins dru.

– Le pire de tout, c'est…

Elle se tut comme si la pensée lui était insupportable.

– C'est qu'il n'était pas mort, n'est-ce pas ?

Elle secoua la tête.

– Il a prononcé un mot et ensuite il est mort. Il m'a vue dans l'embrasure de la porte et a prononcé mon nom dans un soupir. Il a dit le nom qu'il me donnait, quand nous étions enfants. Il m'appelait toujours Steffi.

– Quant à eux, ils l'ont entendu prononcer votre nom avant de mourir. Steffi.

Elle regarda Erlendur, interloquée.

– Qui ça, eux ?

La porte de la chambre s'ouvrit violemment et Eva Lind apparut. Elle fixa Stefania, puis Erlendur puis à nouveau Stefania et secoua la tête.

– Dis donc, t'en as combien en rayon ? demanda-t-elle en adressant à son père un regard accusateur.

33

Il ne remarqua pas le moindre changement d'attitude chez Ösp. Erlendur resta debout à la regarder faire son travail en se demandant si elle allait, ne serait-ce qu'un instant, manifester des remords ou des signes de regret pour ce qu'elle avait fait.

– Alors, vous l'avez trouvée, cette Steffi ? demanda-t-elle en l'apercevant dans le couloir. Elle mit un paquet de serviettes dans le bac à linge sale, en prit des propres et les emmena dans la chambre. Erlendur s'approcha et se posta d'un air absent à côté de la porte.

Il pensait à sa fille. Il était parvenu à lui faire comprendre qui était Stefania et quand cette dernière était partie, il avait demandé à Eva Lind de l'attendre. Il n'en aurait pas pour bien longtemps et ensuite ils rentreraient à la maison. Eva s'assit sur le lit et il remarqua tout de suite que quelque chose chez elle avait changé, elle avait repris ses anciennes attitudes. Elle était irritable et se mit à l'accuser de tout ce qui était allé de travers dans sa vie et lui, il restait debout à écouter sans rien dire, sans protester pour ne pas exciter encore plus sa colère. Il savait bien pourquoi elle était en colère. Ce n'était pas contre lui mais contre elle-même car elle était retombée dans la drogue. Elle n'était pas parvenue à se retenir plus longtemps.

Il ne savait pas ce qu'elle prenait. Il regarda sa montre.

– Alors comme ça, tu es pressé ? demanda-t-elle. Pressé de sauver le monde !

– Tu peux m'attendre ici ? demanda-t-il.

– Allez, tire-toi ! dit-elle d'une voix rauque et désagréable.

– Pourquoi tu te fais tout ce mal ?

– Boucle-la !

– Tu veux bien m'attendre ici ? Je n'en ai pas pour longtemps et ensuite on ira à la maison. Tu es d'accord ?

Elle ne lui répondit pas. Elle restait assise, la tête pendante, et regardait par la fenêtre, les yeux dans le vague.

– J'en ai juste pour un instant, répéta-t-il.
– Ne t'en va pas, demanda-t-elle et sa voix se fit moins dure. Où est-ce que tu t'en vas toujours comme ça ?
– Qu'est-ce qu'il y a ? demanda-t-il.
– Qu'est-ce qu'il y a ? s'écria-t-elle. Il y a tout ! Tout ! Cette putain de saloperie de vie ! Voilà ce qu'il y a, cette vie. Y'a rien qui va dans cette vie de merde ! Je sais pas à quoi elle sert ! Je sais même pas si ça vaut la peine de la vivre ! Pourquoi ? A quoi bon…
– Eva, tout va…
– Mon Dieu, ce qu'elle me manque, soupira-t-elle.
Il la serra dans ses bras.
– Chaque jour, quand je me réveille le matin et quand je m'endors le soir. Je pense à elle, chaque jour ; à elle et au mal que je lui ai fait.
– C'est une bonne chose, répondit Erlendur. Tu dois penser à elle chaque jour.
– Mais ça fait tellement mal et on n'arrive jamais à s'en sortir. Jamais. Qu'est-ce qu'on peut donc faire ? Qu'est-ce qu'on peut y faire ?
– Il ne faut pas l'oublier. Pense à elle. Toujours. C'est sa façon à elle de t'aider.
– Mon Dieu, ce qu'elle me manque. Quel genre de personne est-ce que je suis donc ? Quel genre de personne faut-il être pour faire des choses pareilles ? A son propre enfant.
– Eva.
Il la prit dans ses bras et elle s'appuya contre lui ; ils restèrent ainsi pendant que la neige recouvrait la ville en silence.
Au bout d'un bon moment, Erlendur lui murmura de l'attendre dans la chambre. Il avait bien l'intention de rentrer chez lui et d'y réveillonner avec elle. Elle avait retrouvé son calme et lui adressa un hochement de tête.

Cependant, maintenant, il était debout à la porte d'une chambre de l'étage d'en dessous et regardait Ösp faire son travail sans parvenir à cesser de penser à Eva Lind. Il savait qu'il devait la rejoindre rapidement pour partir chez lui avec elle et y fêter Noël en sa compagnie.

– Nous avons interrogé Steffi, lança-t-il à l'intérieur de la chambre. Elle s'appelle Stefania et c'était la sœur de Gudlaugur.

Ösp sortit de la salle de bain.

– Et elle nie tout en bloc ou quoi… ?

– Non, elle ne nie rien du tout, répondit Erlendur. Elle se sait coupable, elle s'interroge sur ce qui a bien pu dérailler, à quel moment et pourquoi. Elle ne se sent pas bien du tout mais elle a commencé à régler ses comptes avec elle-même. Ce n'est pas une tâche facile dans son cas, étant donné qu'il est trop tard maintenant pour réparer quoi que ce soit.

– Donc, elle a avoué ?

– Oui, répondit Erlendur. Pour la majeure partie. Elle n'avoue qu'à mots couverts mais elle sait le rôle qu'elle a joué dans cette affaire.

– Pour la majeure partie ? Comment ça ?

Ösp passa devant lui pour aller chercher du nettoyant et des chiffons puis retourna dans la salle de bain. Erlendur entra dans la chambre et la regarda faire le ménage comme il l'avait fait auparavant, quand la vérité n'était pas encore apparue et que la jeune femme était un peu comme l'une de ses amies.

– En réalité, elle a tout avoué, répondit-il. Sauf pour le meurtre. C'est la seule chose dont elle ne s'accuse pas.

Ösp passa du nettoyant sur la glace de la salle de bain et ne laissa rien paraître.

– Pourtant mon frère l'a vue, objecta-t-elle. Il l'a vue poignarder son frère. Elle ne peut pas le nier. Elle ne peut pas nier le fait qu'elle se trouvait là.

– En effet, répondit Erlendur. Elle se trouvait bien à la cave quand il est mort. Mais ce n'est pas elle qui l'a poignardé.

– Si, Reynir l'a vue, répondit-elle. Elle ne peut pas le nier.

– Combien vous leur devez ?

– Que je leur dois ?

– Oui, ça fait combien ?

– Que je dois à qui ? De quoi vous parlez ?

Ösp frottait le miroir comme s'il s'agissait d'une question de vie ou de mort, comme si, dès le moment où elle s'arrêterait, tout serait fini : le masque tomberait et alors elle devrait abandonner la partie. Elle continua donc de pulvériser et d'épousseter en évitant de croiser son propre regard dans le miroir.

Erlendur l'observa et il lui vint à l'esprit une phrase tirée d'un livre qu'il avait lu autrefois à propos de pauvres indigents qui vivaient il y a très longtemps : *elle était l'enfant illégitime du monde.*

– Elinborg, c'est le nom de la femme qui fait équipe avec moi, est allée consulter votre dossier au service des urgences, annonça-t-il. Plus précisément au service d'aide d'urgence aux victimes de viol. L'événement s'est produit il y a environ six mois. Ils étaient trois. Cela s'est passé dans un chalet à côté du lac de Raudavatn. Vous n'en avez pas dit plus. Vous avez déclaré ne pas connaître leur identité. Ils vous ont enlevée le vendredi soir alors que vous vous promeniez dans le centre-ville, ils vont ont emmenée jusqu'à ce chalet où ils vous ont violée l'un après l'autre.

Ösp continua à nettoyer le miroir et Erlendur voyait que ses paroles ne produisaient aucun effet sur elle.

– Finalement, vous avez refusé de dévoiler leur identité et vous n'avez pas non plus voulu porter plainte.

Ösp ne disait pas un mot.

– Certes, vous avez bien ce travail à l'hôtel mais votre salaire ne suffit à couvrir ni vos dettes ni votre consommation. Vous êtes parvenue à les tenir à distance en leur versant de petites sommes, alors ils continuent à vous en vendre tout en vous menaçant et vous savez que ce ne sont pas des paroles en l'air.

Ösp ne le regardait pas.

– Il n'y a personne qui vole quoi que ce soit dans cet hôtel, n'est-ce pas ? demanda Erlendur. Vous avez raconté ça pour nous induire en erreur et nous mettre sur une fausse piste.

Erlendur entendit du bruit dans le couloir et vit apparaître Elinborg accompagnée de quatre autres policiers à la porte de la chambre. Il lui fit signe d'attendre.

– Votre frère se trouve dans la même situation que vous. Peut-être même avez-vous une ardoise commune auprès d'eux, je n'en sais rien. Ils l'ont attrapé et lui ont flanqué une sacrée raclée. Il a reçu des menaces. Vos parents ont reçu des menaces. Vous n'osez pas dévoiler l'identité de ces hommes et la police n'a rien fait parce qu'il ne s'agit que de menaces et puis, au moment où ils s'en prennent à vous en plein centre-ville et qu'ils vous emmènent dans un chalet au lac de Raudavatn pour vous violer, vous ne les dénoncez même pas et votre frère ne le fait pas non plus.

Erlendur fit une pause et la regarda continuer à travailler.

– Tout à l'heure, j'ai reçu un coup de téléphone d'un homme. Il travaille à la brigade des stupéfiants. Parfois, il y a des gens qui l'appellent, des indics qui lui racontent ce qu'ils entendent dans la rue et dans le milieu de la drogue. On lui a téléphoné tard hier soir, au milieu de la nuit en fait, et son interlocuteur lui a parlé d'une jeune fille qui avait subi un viol il y a six mois, cette jeune fille peinait à rembourser ses dealers jusqu'au moment où elle a réglé tout ce qu'elle leur devait en un seul coup, il y a environ deux jours. Le paiement couvrait sa dette à elle et celle de son frère. Cela vous dit quelque chose?

Ösp secoua la tête.

– Cela ne vous dit rien? demanda à nouveau Erlendur. L'interlocuteur de la brigade des stupéfiants connaissait le nom de la jeune femme et il savait qu'elle travaillait dans l'hôtel où le Père Noël a été assassiné.

Ösp continuait de secouer la tête.

– Nous savons que la somme de cinq cent mille couronnes se trouvait dans le cagibi de Gudlaugur, poursuivit Erlendur.

Elle s'arrêta de frotter la glace et laissa lentement ses bras descendre le long de son corps en regardant fixement son propre reflet.

– J'ai essayé d'arrêter.

– D'arrêter la drogue?

– Ça ne sert à rien. Et ils sont impitoyables quand vous leur devez des sous.

– Est-ce vous allez me dire qui sont ces gens?

– Je ne voulais pas le tuer. Il était toujours gentil avec moi. Et puis…

– Et puis, vous avez vu l'argent, n'est-ce pas?

– J'en avais besoin.

– C'est pour l'argent que vous l'avez agressé?

Elle ne lui répondit pas.

– Vous ne saviez pas, pour la relation entre Gudlaugur et votre frère?

Ösp gardait le silence.

– Vous avez fait ça pour l'argent ou bien à cause de votre frère ?

– Peut-être les deux, répondit Ösp à voix basse.

– Vous vouliez cet argent, n'est-ce pas ?

– Oui.

– Et il se servait de votre frère.

– Oui.

Elle vit son frère agenouillé ; sur le lit, il y avait une liasse de billets et à côté d'elle, un couteau. Sans réfléchir, elle attrapa le couteau et essaya de poignarder Gudlaugur. Il plaça ses mains devant lui pour se protéger mais elle n'y prêta même pas attention et continua à lui asséner des coups de couteau jusqu'à ce qu'il cesse de se débattre et retombe, le dos collé au mur. Du sang giclait de la blessure qu'elle lui avait faite à la poitrine, en plein cœur.

Le couteau était ensanglanté, ses mains et son uniforme étaient pleines de sang. Son frère s'était relevé et enfui en courant dans le couloir et vers l'escalier.

Un râle profond s'échappait de Gudlaugur

Un silence de mort régnait dans le cagibi. Elle fixait Gudlaugur et le couteau qu'elle tenait dans sa main. Brusquement, Reynir réapparut.

– Quelqu'un descend l'escalier, chuchota-t-il.

Il prit la liasse de billets, attrapa sa sœur qui restait debout, comme figée, et l'entraîna avec lui jusqu'au recoin sombre au fond du couloir. Ils osaient à peine respirer en voyant la femme s'approcher. Elle scruta l'obscurité mais ne les vit pas.

Quand elle arriva devant la porte ouverte du cagibi, elle poussa un petit cri et ils entendirent Gudlaugur : Steffi ? soupira-t-il.

Puis, ils n'entendirent plus rien.

La femme entra dans la pièce et ils la virent immédiatement ressortir. Elle recula jusqu'au mur du couloir puis se tourna d'un geste vif et s'en alla d'un pas rapide sans un regard.

– J'ai jeté mon uniforme et j'en ai mis un autre. Reynir a disparu. Je ne pouvais pas faire autrement que de continuer à travailler. Sinon, vous auriez tout compris immédiatement, en tout cas, c'est ce que je pensais. Ensuite, on m'a demandé d'aller le chercher pour l'arbre de Noël. Je n'ai pas pu refuser. Je ne pouvais pas faire quoi que ce soit qui aurait attiré l'attention sur moi. Je suis descendue et j'ai attendu dans le couloir. La porte de sa chambre était encore ouverte mais je ne suis pas rentrée. Je suis remontée et j'ai prétendu que je l'avais trouvé dans son cagibi et que j'avais l'impression qu'il était mort.

Ösp baissa les yeux à terre.

– Le pire, c'est qu'il ne m'a jamais rien fait d'autre que du bien. C'est peut-être même pour ça que je m'en suis prise à lui, parce qu'il faisait partie du petit nombre de gens à être gentils avec moi et puis, quand j'ai vu qu'il se servait de mon frère comme d'une pute, ça m'a mise hors de moi. Après tout ce que…

– Après tout ce qu'ils vous ont fait subir ? demanda Erlendur.

– Ça ne sert à rien de porter plainte contre ces porcs. Les auteurs des viols les plus atroces et sanglants prennent peut-être un an ou dix-huit mois et puis ils sortent. Vous ne pouvez rien y faire. Et il n'y a aucun endroit où s'adresser pour obtenir de l'aide. Il n'y a qu'à payer. Peu importe comment. J'ai volé l'argent et je les ai payés. Je l'ai peut-être tué à cause de l'argent. Peut-être à cause de mon frère. Je ne sais pas. Je ne sais pas…

Elle fit une pause.

– Ça m'a mise hors de moi, reprit-elle. Je n'ai jamais éprouvé un tel sentiment. Je n'ai jamais été aussi folle de rage. J'ai vu repasser dans ma tête tout ce qui est arrivé dans cette bicoque. Je les ai vus. J'ai eu l'impression que tout ça recommençait. J'ai attrapé le couteau, essayé de le poignarder, mais il s'est protégé et moi, je l'ai poignardé encore et encore jusqu'à ce qu'il ne bouge plus.

Elle regarda Erlendur.

– Je ne croyais pas que c'était aussi difficile. Aussi difficile de tuer un homme.

Elinborg s'avança devant la porte et fit un signe à Erlendur indiquant qu'elle ne comprenait rien à ce qui se passait, ni la raison pour laquelle ils n'emmenaient pas la fille avec eux.

– Où est le couteau ? demanda Erlendur

– Le couteau ? demanda Ösp en s'approchant de lui.

– Celui dont vous vous êtes servie ?

Elle hésita un instant.

– Je l'ai remis à sa place, avoua-t-elle ensuite. Je l'ai nettoyé le mieux possible à la cantine du personnel et je m'en suis débarrassée avant votre arrivée.

– Et où se trouve-t-il ?

– Je l'ai remis à sa place.

– Dans la cuisine ? C'est là qu'on les garde, n'est-ce pas ?

– Oui.

– Il doit y avoir cinq cents couteaux de ce type dans cet hôtel, soupira Erlendur, désespéré. Comment voulez-vous qu'on le retrouve ?

– Vous pourriez commencer par le buffet, suggéra-t-elle.

– Par le buffet ?

– Il y a sûrement quelqu'un qui s'en sert en ce moment.

34

Erlendur remit Ösp entre les mains d'Elinborg et des policiers, puis il se dépêcha de regagner sa chambre où Eva Lind l'attendait. Il introduisit son badge en plastique dans la fente, ouvrit la porte d'un coup sec et vit qu'Eva Lind avait ouvert en grand la fenêtre sur le rebord de laquelle elle s'était assise et d'où elle regardait la neige qui tombait sur la terre quelques étages en contrebas.

– Eva, dit Erlendur d'un ton calme.

Eva répondit quelque chose qu'il n'entendit pas.

– Allez, viens, ma chérie, dit-il en s'approchant doucement d'elle.

– Ça a l'air tellement simple, observa Eva Lind.

– Eva, viens, répondit Erlendur à voix basse. Viens à la maison.

Elle se retourna. Elle le regarda longuement avant de faire un hochement de tête.

– On ferait mieux d'y aller, dit-elle tout bas en posant le pied à terre avant de refermer la fenêtre.

Il s'approcha d'elle et lui déposa un baiser sur le front.

– Eva, est-ce que je t'ai volé ton enfance ? demanda-t-il.

– Hein ? dit-elle.

– Rien, répondit-il.

Erlendur la regarda longtemps dans les yeux. Parfois, il y distinguait des cygnes blancs.

Non, ils étaient noirs.

Le portable d'Erlendur sonna dans l'ascenseur pendant qu'ils descendaient vers le hall. Il reconnut immédiatement la voix.

– Je voulais juste vous souhaiter un joyeux Noël, annonça Valgerdur ; on aurait dit qu'elle chuchotait dans le téléphone.

– Pareillement, répondit Erlendur. Joyeux Noël.

Quand ils arrivèrent en bas, Erlendur jeta un œil à l'intérieur du restaurant : celui-ci était plein à craquer de touristes occupés à se régaler des mets de fête présentés au buffet et à discuter dans toutes les langues possibles ; le joyeux brouhaha se propageait à l'ensemble du rez-de-chaussée. Il ne parvint pas à s'empêcher de penser que l'un d'entre eux tenait l'arme du crime à la main.

Il informa le chef réceptionniste que c'était peut-être Rosant qui lui avait mis dans les pattes cette femme avec qui il avait couché et qui avait ensuite exigé d'être payée. Le réceptionniste expliqua qu'il soupçonnait quelque chose d'approchant. Il avait déjà exposé aux propriétaires de l'hôtel le trafic qui se déroulait dans leur établissement avec l'assentiment du directeur et du chef de rang mais ne savait pas quelle solution on avait envisagé.

Erlendur remarqua que le directeur toisait Eva Lind de loin d'un air étonné. Il aurait bien voulu faire semblant de ne pas l'avoir vu mais le directeur réagit promptement et lui barra la route.

– Je tenais absolument à vous remercier, évidemment vous ne paierez pas vos frais de séjour chez nous !

– J'ai déjà tout réglé, répondit Erlendur. Au revoir !

– Et ce Henry Wapshott ? demanda le directeur qui se tenait tout près d'Erlendur. Qu'est-ce que vous allez faire de lui ?

Erlendur s'arrêta. Il tenait la main d'Eva Lind qui regardait le directeur, les yeux dans le vague.

– Nous l'enverrons en Grande-Bretagne. Autre chose ?

Le directeur hésitait.

– Vous avez l'intention de faire quelque chose en ce qui concerne les mensonges que vous a racontés cette fille sur les participants des congrès ?

Erlendur sourit en son for intérieur.

– Cela vous inquiète ? demanda-t-il.

– C'est un ramassis de mensonges.

Erlendur prit Eva dans ses bras et ils se dirigèrent vers la porte.

– Nous verrons bien, répondit-il.

Pendant qu'ils traversaient le hall, Erlendur nota que les gens s'immobilisaient un peu partout en regardant autour d'eux. Les sirupeuses chansons américaines de Noël s'étaient tues et

Erlendur sourit quand il comprit que le chef réceptionniste avait accédé à sa demande et changé la musique diffusée par les haut-parleurs. Il pensait aux exemplaires invendus, au stock. Il avait demandé à Stefania où il pouvait bien se trouver, à son avis, mais elle ne le savait pas. Elle n'avait pas la moindre idée du lieu où son frère les avait entreposés et doutait qu'on les retrouve un jour.

Le brouhaha du restaurant se transforma graduellement en silence. Les clients de l'hôtel se regardaient interloqués et levaient les yeux en l'air à la recherche de la source de la voix sublime et claire qui venait leur caresser l'oreille. Les employés écoutaient, immobiles et silencieux. On aurait dit que le temps s'arrêtait, l'espace d'un instant.

Ils sortirent de l'hôtel et Erlendur fredonnait tout bas le psaume magnifique interprété par le jeune Gudlaugur ; à nouveau il ressentit au plus profond de lui la douloureuse sensibilité de la voix de l'enfant.

Ô Père, de moi faites une petite flamme en cette brève existence…

BIBLIOTHÈQUE NORDIQUE

Jens-Martin ERIKSEN
Anatomie du bourreau

Arnaldur INDRIDASON
La Cité des Jarres
La Femme en vert

Vagn Predbjørn JENSEN
Le Phare de l'Atlantide

Cet ouvrage a été composé par
Atlant'Communication
aux Sables-d'Olonne (Vendée)

Achevé d'imprimer sur les presses de

BUSSIÈRE
GROUPE CPI

à Saint-Amand-Montrond (Cher)
en novembre 2006

N° d'édition : 2805001 – N° d'impression : 063887/4
Dépôt légal : février 2007

Imprimé en France